U0104088

文學研究叢書·古典詩學叢刊

宋詩海洋書寫研究

顏智英　著

目次

宋詩主題篇

論北宋詩海洋書寫的主題
——兼述漢至唐詩海洋書寫主題的發展[*]

摘要

　　北宋詩人們有更多親海、泛海的機會，再加上北宋文學、思想、社會等傾向的急遽轉變，使得北宋詩中的海洋書寫，與漢至唐詩相較之下，無論是在作品數量的急增、作家親海性的提昇、主題內容的開展、藝術美感的多元表現、思想的積極化與深刻化、社會現況的反映與批判等方面，皆表現出對傳統詩歌的突破與超越。對於宋代文學、思想、社會等方面均極具研究與補充的價值，有深究的必要。同時，北宋詩中的海洋書寫，不僅對於傳統詩中「藉海抒懷」、「他界想像」、「才德比喻」、「特殊景象」、「泛海體驗」等主題皆有所繼承，且在書寫內涵與藝術表現上，又有其新創之處；此外，更開拓了新的主題如：「海民關懷」、「海洋貿易」、「海洋生活」。本文即以北宋親海性較高的詩人（如：蘇軾、梅堯臣、蘇轍、王安石、黃庭堅、張耒、秦觀、歐陽脩、范仲淹、陳師道、蔡襄、柳永等）的海洋相關詩作近千首逐一耙梳、觀察，以觀流變的方式先探討漢至唐詩海洋書寫主題的發展情況，再研析北宋詩對傳統主題的繼承與開拓情形；並揀選出較具代表性的作品近七十篇，從書寫內涵與藝術表現兩方面深入研析，

---

*　本文為科技部104年專題研究計畫【漢至宋詩海洋書寫研究】之部分研究成果。（計畫編號：MOST 104-2410-H-019-020）

期能從海洋文學發展史的視角見出北宋詩海洋書寫的特徵與定位，也從思想史、社會史的視角見出北宋詩海洋書寫所反映的北宋文人思想與社會現實的面貌。

關鍵詞：北宋詩、海洋書寫、主題、漢至唐詩

一　前言

　　海洋文學為海洋文化一個重要的部分，不僅展示出海洋的奇麗景觀，還有「人類奮鬥的輝煌事迹」，以及「作者的激越情懷」[1]。王慶雲更具體指出其價值，說：「它們是中華民族對海洋的理解、對海洋的感情、與海洋的生活對話的審美把握與語言藝術的體現，作為中華民族的海洋生活史、情感史和審美史的形象展示和藝術記錄，在人類的文明發展史上具有著不可或缺、無可替代的價值」[2]；而中國的古典詩歌，又是「以詩人主觀情感的渲洩為核心」[3]，因此，詩中所勾勒的海洋，便較其他體裁更能表現出詩人主觀的情感、思想；同時，詩人筆下的海洋書寫主題，也隨著詩人們不同的個性、經歷、生活、時代背景等，而展現出較其他體裁更豐富多樣的風貌。

　　大致而言，「藉海抒懷」、「他界想像」、「才德比喻」、「特殊景象」、「泛海體驗」等，是傳統詩歌海洋書寫中常見的主題。然而，由漢至唐，這些主題的發展在各個朝代中又互有消長：漢詩，承繼《詩經》、《楚辭》藉景抒情言志的方式，海洋書寫主題亦以「藉海抒懷」為大宗；魏晉，由於老莊玄理思想、道教養生之術的盛行，求仙、隱逸的風氣大興，詩中的海洋書寫遂以海外神山與神仙的「他界想像」為新興且重要的主題，值得注意的是，尤以「專殺為政」[4]的司馬氏所主導的西晉，將海洋意象作為「德性比喻」的詩作陡增，幽微地透

1　趙君堯：〈海洋文學研究綜述〉，《職大學報》2007年1期，頁62。

2　王慶雲：〈中國古代海洋文學歷史發展的軌迹〉，《青島海洋大學學報》1999年4期，頁70。

3　李劍亮：〈中國古典詩賦中的「海」意象〉，《浙江海洋學院學報》16卷3期（1999年9月），頁21。

4　馬積高、黃鈞主編：〈先秦、魏晉南北朝〉，《中國古代文學史》（臺北市：萬卷樓圖書公司，1998年），冊1，頁305。

顯出詩人對當權者的諷刺與不滿；南北朝，則以「藉海抒懷」、「他界想像」兩大主題為主，又因為文學觀念的改變，以海洋「特殊景象」為審美主體而予以專詠者有大量增加的趨勢，呈顯出詩人對純文學創作的重視態度；至於「以丰神情韻擅長」[5]的唐詩，其海洋書寫的主題也以「藉海抒懷」為主流，另隨著航海技術的進步，「泛海體驗」遂成為新開拓的主題，但詩人親自泛海的比例仍然不高，多數詩作仍為作家置身海畔的海洋想像。[6]

直至北宋，由於「沿海地區開發，北宋時廣州、泉州、明州（寧波）、杭州皆設市舶司」，「指南針已用於航海，促成海洋貿易興盛，造船工業、海洋漁業、航海技術、海洋戰爭、海神崇拜之雲興霞蔚，於是海洋文學勃興」[7]，詩作也不例外。詩人們有更多親海、泛海的機會，再加上北宋文學、思想、社會等傾向的急遽轉變，使得北宋詩中的海洋書寫，與漢至唐詩相較之下，無論是在作品數量的急增、[8]

5　錢鍾書：《談藝錄‧詩分唐宋》（北京市：中華書局，1984年），頁2。

6　據筆者初步統計古典詩中與海洋書寫主題明顯相關者：漢詩共約九首，其中「藉海抒懷」者約六首，佔百分之六十七；魏晉詩共約九十六首，其中「他界想像」者約六十七首，約佔百分之七十，而「德性比喻」者由漢之一首陡增至約十二首；南北朝詩共約二百二十五首，其中「藉海抒懷」者約九十四首，約佔百分之四十一點八，「他界想像」者約九十一首，約佔百分之四十點四，而「特殊景象」者由晉之二首陡增至約二十三首；唐詩共約一百八十首，其中「藉海抒懷」者約七十一首，約佔百分之三十九點四，又「泛海體驗」者由漢之一首、魏之一首、南北朝之二首陡增至約十四首。

7　張高評：〈海洋詩賦與海洋性格——明末清初之臺灣文學〉，《臺灣學研究》第5期（2008年6月），頁4。

8　大陸學者尚光一統計了唐代以描述海洋為主題的詩篇有一百餘首（詳參氏著：《唐詩中的海洋意象與唐人的海洋意識》，青島市：中國海洋大學碩士論文，2008年，頁32）；至於北宋詩作與海洋主題較相關者，筆者針對親海性較高詩人的詩作統計，約得：蘇軾二百〇四首、梅堯臣一百六十三首、蘇轍一百四十七首、王安石九十二首、黃庭堅八十九首、張耒七十九首、秦觀六十二首、歐陽脩四十六首、范仲淹三十一首、陳師道二十六首、蔡襄十首、柳永二首，共約九百五十一首。數量上，比唐代高出極多。

作家親海性的提昇、[9]主題內容的開展、藝術美感的多元表現、思想的積極化與深刻化、社會現況的反映與批判等方面，皆表現出對傳統詩歌的突破與超越，對於宋代文學、思想、社會等方面均極具研究與補充的價值，有深究的必要。

同時，北宋詩中的海洋書寫，不僅對於上述傳統詩中各主題皆有所繼承，且在書寫內涵與藝術表現上，又有其新創之處；此外，更開拓了新的主題如：「海民關懷」、「海洋貿易」、「海洋生活」。可惜，目前學界未見針對北宋詩海洋書寫主題進行全面而深入之研究者，僅能在與「宋代海洋文學」有關的研究文獻中，略見關於宋詩海洋書寫的零星論述；[10]因此，本文擬以北宋親海性較高的詩人（如：蘇軾、梅堯臣、蘇轍、王安石、黃庭堅、張耒、秦觀、歐陽脩、范仲淹、陳師道、蔡襄、柳永）的海洋相關詩作近千首逐一耙梳、觀察，以觀流變的方式探析其對傳統主題的繼承與開拓情形；並揀選出較具代表性的作品近七十篇，從書寫內涵與藝術表現兩方面深入研析，期能從海洋文學發展史的視角見出北宋詩海洋書寫的特徵與定位，也從思想史、社會史的視角，見出北宋詩海洋書寫所反映的北宋文人思想，與社會現實的面貌。

9　宋代較重要的海洋詩家，幾乎皆是設籍或長期僑居濱海地區，如：梅堯臣，監湖州（在浙江）鹽稅；歐陽脩，揚州（在江蘇）知州；蔡襄，設籍興化仙遊（在福建），杭州、泉州、福州知府；王安石，設籍定居江寧（在江蘇），常州（在江蘇）知州、鄞縣（在浙江）知縣；蘇軾，登州（在山東）知州、惠州（在廣東）安置、杭州通判與知州、揚州知州、瓊州（在海南島）別駕、常州（在江蘇）知州、英州（廣東省英德市）知州；蘇轍，雷州（在廣東海康）安置。

10　例如：趙君堯〈宋元海洋文學的時代特徵〉，《職大學報》2002年1期，頁13-18；葉冬娜、葉向東〈論宋元海洋文學主題取向與藝術特色〉，《網絡財富》，2009年4月，頁151-152；陳清茂《宋元海洋文學研究》（新北市：花木蘭文化出版社，2011年）等。

二 北宋詩海洋書寫繼承傳統之主題

（一）藉海抒懷：樂觀傾向

面對擁有多樣形貌與特質的海洋，敏感的詩人們在對海洋進行的審美活動中，或者由海興情，或是因海悟道，並能將這些感發的心靈圖像體現於詩歌的創作之中。以下即從「抒情」、「悟道」兩個面向分別詳述之。

1 抒情：從悲觀到樂觀

壯闊無盡、阻隔鄉望的海洋，是詩人們抒發心緒的載體。作者藉由海洋的不同面貌與特質，抒寫其內在激發的豐富情意，其中，又因作家所處時代背景、個人遭際的差異，而有不同的內涵展現；大致而言，北宋以前抒情詩作較傾向於悲觀，北宋詩則較為樂觀，茲分析如下：

（1）無盡的海：從壯志未酬到恬淡自適

首先，就海的壯闊無盡言，海洋是所有水聚集形態中最為巨大者，如《莊子・秋水》云：「天下之水莫大於海」[11]，又不因時間或空間而有所損益改變，如《莊子・秋水》云：「萬川歸之，不知何時止，而不盈；尾閭泄之，不知何時已，而不虛」[12]。首先以海洋此巨大無盡特質來抒寫壯志的詩人為曹操：「東臨碣石，以觀滄海。水何淡淡，山島竦峙。樹木叢生，百草豐茂。秋風蕭瑟，洪波湧起。日月

---

11 〔清〕王先謙：《莊子集解》，收入《新編諸子集成》（臺北市：世界書局，1983年），冊4，頁100。

12 同前註，頁100。

之行，若出其中；星漢燦爛，若出其裏。幸甚至哉！歌以言志」（〈步出夏門行〉）[13]，以海洋吞吐天體、秋風激起洪濤之雄壯氣勢，抒寫觀海引發的滿懷壯志；可惜，南北朝詩人並未繼承此類書寫，僅偶見於零星詩句如「溟漲無端倪，山島互崇崒。驥老心未窮，酬恩豈終畢」（南朝梁‧沈約〈臨碣石〉）而已。

　　直至唐代，方見幾位詩家繼承此種以巨海寫壯志的書寫，如：「積流橫地紀，疏派引天潢。……之罘思漢帝，碣石想秦皇。霓裳非本意，端拱且圖王」（李世民〈春日望海〉）[14]、「遙拱北辰纏寇盜，欲傾東海洗乾坤」（杜甫〈追酬故高蜀放人日見寄〉，卷223）、「長風破浪會有時，直挂雲帆濟滄海」（李白〈行路難〉，卷162）等；然而，由南北朝至唐，絕大部分的詩人面對浩瀚無盡的大海時，仍是心懷憂愁感傷的，如：「東岳覆如礨，瀛海安足窮。傷哉良永矣，馳光不再中。衰賤謝遠願，疲老還舊邦」（南朝宋‧鮑照〈從拜陵登京峴詩〉）、「滄溟千萬里，日夜一孤舟。曠望絕國所，微茫天際愁」（唐‧劉眘虛〈海上詩送薛文學歸海東〉，卷256）、「躋覽何所見，茫茫潮汐馳。……願言策煙駕，縹緲尋安期。揮手謝人境，吾將從此辭」（唐‧吳筠〈登北固山望海〉，卷853），揆其主因，即如張高評所言：「魏晉六朝以來，詩歌之傳統傾向於以悲觀思想為基調：重絕望，輕希望；重不幸，輕幸福；重悲哀，輕歡樂」[15]，這種傾向悲觀、消極的詩歌傳統，導致詩人們在海洋書寫上，也多呈顯出向海傾訴心曲的趨向，因此，在面對浩渺無際、恆久不變的大海時，不僅未

---

13 逯欽立編：《先秦漢魏晉南北朝詩》（北京市：中華書局，1998年），頁353。以下凡引漢至南北朝詩，皆出此書，為省篇幅，將直接括號注明作者、篇名，不另作注。

14 〔清〕清聖祖敕編：《全唐詩》（上海市：古籍出版社，1986年），卷1，頁22。以下凡引唐詩，皆出此書，為省篇幅，將直接括號注明作者、篇名、卷數，不另作注。

15 張高評：《宋詩之傳承與開拓——以翻案詩、禽言詩、詩中有畫為例》（臺北市：文史哲出版社，1990年），頁86。

能激發出浩然的壯志，反倒因對比出生命的渺小感、短暫感，而興發出一種關於自身的孤獨、衰老、不遇之嘆。

北宋詩人，亦有繼承此種藉海洋壯景以抒發傷感心緒的書寫方式者，但他們不再以海之遼闊無窮「對比」己之微渺不遇，而是以洶湧滔天、波動不已的海濤為喻，含蓄地「寄寓」內在幽微的情志，詩如：

> 江闊風烟易晚，山高草木先秋。獨倚闌干盡日，此身與世悠悠。(其一)
> 仕宦此身漫爾，功名已老茫然。山鳥不須驚客，相親此復窮年。(其二)
> 西望揚州何處，雲中雙塔巑岏，山外雲濤斷日，夕陽應近長安。(其三)
> 鳥去蒼烟古木，人歸綠野孤舟。信美雖非吾土，消憂且復登樓。(其四)(張耒〈登山望海四首〉)[16]

> 江邊身世兩悠悠，久與滄波共白頭。造物亦知人易老，故叫江水向西流。(蘇軾〈八月十五日看潮五絕〉其三)[17]

詩人突破了傳統情語與景語分明的書寫模式，而將兩者融合，以寓情於景的方式表現：「山外雲濤斷日」，既寫海濤的高聳入雲、足以蔽日，也隱喻朝中弄權小人的蒙蔽國君；「夕陽應近長安」，既寫登山望

---

16 北京大學古文獻研究所編：《全宋詩》（北京市：北京大學出版社，1993年），卷1172，頁13234。

17 〔宋〕蘇軾撰，〔清〕王文誥輯註、孔凡禮點校：《蘇軾詩集》（北京市：中華書局，1996年），卷10，頁485。以下凡再引蘇軾詩，皆出此書，將直接以括號註明卷數，不另作注。

海所見的暮景，也以「長安」借指朝廷，暗寓張耒對回朝的嚮往之
情；「江邊身世兩悠悠」，既寫自古至今、悠悠不定的海潮起落，也暗
喻蘇軾己身由京城外調、悠悠難測的宦海身世；至於「故叫江水向西
流」，則以海潮能使江水西流來寄寓作者重返朝廷的期盼。這種「借
景寫情」的手法，更能達致含蓄蘊藉的美感效果。同時，二位作者都
加入了自我衰老形象的描寫，不僅使詩篇情意得到深化，也展現出異
於前人的個性化書寫特色。

　　值得注意的是，上述北宋詩人雖是藉海上壯闊景象書寫己身仕途
偃蹇之嘆，但所描繪之景卻較為親切清朗（如：鳥客相親、綠野孤舟
等），且在詩末都結之以樂觀與希望（「消憂」、「故叫江水向西流」），
其情調是不同於前代詩家的。究其主因，乃由於北宋「理學的思想環
境和散文化的生活情調」[18]之故，才使得宋詩人在情感方面不似唐詩
人那麼激烈、悲傷。張高評也指出：「至宋代，哲學家強調人生的使
命感，才紛紛從悲哀感傷的象牙之塔，走向曠達樂觀的開闊天地。此
種人生觀之改弦易轍，明確地表現在詩歌的翻案上：否定絕望，化解
悲哀，掙脫不幸，拋棄煩惱，呈露出樂觀奮鬥之信念來」[19]，同樣
地，表現在詩歌的海洋書寫主題上，北宋詩亦多呈露出開朗樂觀、從
容不迫的情調。因此，對於海洋廣袤而恆久的存在，北宋詩人更多的
是揚棄悲傷的詩學傳統，轉而以曠達自適的心態視之，詩如：

　　　霹靂收威暮雨開，獨憑闌檻倚崔嵬。垂天雌霓雲端下，快意雄
　　　風海上來。野老已歌豐歲語，除書欲放逐臣回。殘年飽飯東坡
　　　老，一壑能專萬事灰。（蘇軾〈儋耳〉，卷43）

---

18 朱洪玉：〈從遊仙詩看山水詩的發展過程〉，《湖北成人教育學院學報》17卷2期
　（2011年3月），頁84。

19 張高評：《宋詩之傳承與開拓──以翻案詩、禽言詩、詩中有畫為例》，頁86。

疋練縈回出海門，黃泥先變碧波渾。初來似欲傾滄海，正滿真
能倒百源。流柤飛騰竟何在，扁舟睥睨久仍存。自慚不作山林
計，來往終隨萬物奔。（蘇轍〈沂潮〉二首其二）[20]
地卷天回出海東，人間何事可爭雄。千年浪說鴟夷怒，一信全
凝渤澥空。寂靜最宜聞夜枕，崢嶸須待駕秋風。尋思物理真難
測，隨月虧圓亦未通。（蔡襄〈和江上觀潮〉）[21]

詩人們不再從海天一色、吞吐日月、風吹浪湧、煙蕩海面等面向，對
海洋壯景進行多方位的泛寫，而是攫取某一特定的鏡頭，以更細膩的
描刻手法特寫海洋：蘇軾選擇的畫面是南海上雲雨俱收後，天海開闊
的壯景，他以憑船欄所見所感的「垂天雌霓」、「快意雄風」進行視覺
與觸覺的具體刻劃，一方面強化了海天的壯闊之感，另一方面也深化
了作者接獲內移詔命的暢快之意；[22]然而，在遭遇諸多無情的政治打
擊後，如今年已老、事無成，雖能重回中原，但蘇軾透視、超越了生
命的本質（生命短暫，不可能像大海般永恆存在），乃在開朗平靜的
海景特寫後，結合自身衰老形象的描繪，表達出選擇溫飽自足、恬淡
自適的生命態度，全詩可謂取景新奇，善寫人物，而呈現情景交融之
佳境。蘇轍、蔡襄則聚焦在「海潮」的特寫，二人皆從時、空兩面向
書寫其無窮、雄壯，言海潮不僅是千年恆久的存在，當其暴漲時，還
會造成滄海淘空、百川倒流的驚人氣勢與威力，勾勒真實而細緻，達

---

20 〔宋〕蘇轍撰，曾棗莊、馬德富校點：《欒城集》（上海市：上海古籍出版社，1987
年），卷14，頁333。

21 〔宋〕蔡襄撰，陳慶元、歐明俊、陳貽庭校注：《蔡襄全集》（福州市：福建人民出
版社，1999年），卷6，頁145。

22 陶文鵬指出：詩中「雌霓」還比喻蘇軾的政敵小人（如：章惇、蔡京、呂惠卿
等），「雄風」還比喻內移詔命。參氏著：《一蓑煙雨任平生：蘇軾卷》（鄭州市：河
南文藝出版社，2003年），頁114。

致南宋・包恢所言「狀物則物態宛然」[23]之妙；但是，二人面對漲落無窮或已、奔馳雄壯無敵的海潮，內心並未興發如曹操般的雄心壯志，而是欲從大自然無窮無盡的存在對比出人類生命短暫渺小的局限中，揚棄苦悶感傷，積極求得超脫，於是，蘇轍透顯的是俯仰隨緣、歸隱「山林」的打算，蔡襄則在推敲海潮現象發生原因的過程中，獲致「尋思物理」的生活情趣。

（2）阻隔的海：從苦無歸計到微笑遙望

其次，就海的阻隔性言，冥茫無際、波濤洶湧的大海，阻隔了客子的家鄉之望。漢魏南北朝詩人往往以遠觀的方式、素樸的文字，直書因海廣無舟、風強濤驚而引發的思念親友、歸鄉無計之苦，如：「何以要之比目魚，海廣無舟悵勞劬。……驚波滔天馬不屬，何為多念心憂泄」（晉・傅玄〈擬四愁詩〉四首之一）、「江海含瀾波，歸飛無羽翼」（南朝齊・謝朓〈將發石頭上烽火樓詩〉）。到了唐代，雖然「在造船技術上取得了一系列的進步，使中國的海船以體積大、載貨多、抗沉性能優良、穩定性好，而馳名海外」[24]，使出海者漸多，泛海詩篇漸增；然而，由於詩人們對於大海仍多止於遠望、想像，多心存畏懼，因此詩中依舊表現出對海洋阻隔歸鄉的無奈，但造成阻隔之因，除前述的海廣無依、風強濤驚外，還新增了航行時的海程難測與海族威脅，表現出唐朝航海活動漸趨活躍的時代文化特色，如：「越海程難計，征帆影自飄。望鄉當落日，懷闕羨回潮。宿霧蒙青嶂，驚波蕩碧霄」（李昌符〈送人入新羅使〉，卷601）、「滄溟西畔望，一望

---

23 〔宋〕包恢：「蓋古人於詩，不苟作，不多作，而或一詩之出，必極天下之至精，狀理則理趣渾然，狀事則事情昭然，狀物則物態宛然，有窮智極力之所不能到者，猶造化自然之聲也。」見氏著：〈答曾子華論詩〉，《敝帚藁略》卷二，收入吳文治主編：《全宋詩話》（南京市：鳳凰出版社，1998年），頁8036。

24 徐鴻儒：《中國海洋學史》（濟南市：山東教育出版社，2005年），頁11。

一心摧。地即同正朔，天教阻往來。波翻夜作電，鯨吼晝為雷」（林寬〈送友人歸日東〉，卷606），以閃電、雷鳴等日常習見的現象為喻，從聽覺勾勒夜裏海濤翻騰、白晝鯨魚怒吼等航行的威脅，具象而生動，表現手法超越前朝詩人。

至於北宋詩人，卻又以迥異前人的藝術手法書寫此主題。他們不再採用傳統設色沉重的阻隔之景與摧人心脾的思鄉之苦構篇，而選取較為淡彩薄墨的自然阻隔之景，與具輕快情調的人事之景，來含蓄傳情。如：

> 納納春潮草際生，商船鳴櫓趁潮行。封書欲寄天涯意，海水風濤不計程。（蔡襄〈春潮〉，《蔡襄全集》，卷8）
> 海天秋霧暗乘槎，風響空山浪卷沙。杳杳櫓聲何處客，一帆衝雨暗天涯。（張耒〈登乘槎亭〉，《全宋詩》，卷1173）
> 此外一子由，出處同偏僊。晚景最可惜，分飛海南天。（蘇軾〈和陶連雨獨飲二首〉其一，卷41）

面對阻隔家鄉之望的大海，詩人的情感不似前人那麼激烈、悲傷，僅以納納春潮、海天秋霧、風響浪捲等設色清淡又稍具阻隔意涵的自然之景委婉地暗示；詩人們還藉「趁潮行」、「一帆衝雨」、「分飛海南天」等具速度感的人事之景，來營造一種輕快的情調，透顯出作者雖為封書難寄、歸期無計而有著淡淡哀愁，但其內心並不絕望。其實，面臨海上難以逆料的風濤險阻，北宋詩人更多時候是樂觀以對的，如：

> 莫嫌瓊雷隔雲海，聖恩尚許遙相望。（蘇軾〈吾謫海南，子由雷州，被命即行，了不相知，至梧乃聞其尚在藤也，旦夕當追及，作此詩示之〉，卷41）

雷州別駕應危坐，跨海清光與子分。（蘇軾〈十二月十七日夜
坐達曉，寄子由〉，卷41）

颶作海渾，天水溟濛。雲屯九河，雪立三江。我不出門，窘寐
北窗。念彼海康，神馳往從。（蘇軾〈和陶停雲四首并引〉其
二，自立冬以來，風雨無虛日，海道斷絕，不得子由書。乃和
淵明〈停雲〉詩以寄，卷41）

我遷海康郡，猶在寰海中。送君渡海南，風帆若張弓。笑揖彼
岸人，回首平生空。平生定何有，此去未可窮。（蘇轍〈次韻
子瞻過海〉，《欒城集・欒城後集》，卷2）

孟子自誇心不動，未試永嘉鐵輪重。弟兄六十老病餘，萬里同
遭海隅送。長披羊裘類嚴子，罷食豬肝同閔仲。大男留處事田
畝，幼子隨行躬釜甕。低眉語笑接隣父，彈指吁嗟到蠻洞。（蘇
轍〈同子瞻次過遠重字韻〉，《欒城集・欒城後集》，卷2）

遠貶瓊州（在今海南島）的蘇軾，雖與雷州（在今廣東省）安置的弟
弟蘇轍隔海遙望，然而，由「莫嫌」、「尚許」、「跨海清光與子分」等
語，可見出蘇軾仍能以樂觀心態與弟分享「無常主」的「江山風
月」[25]，達致其精神主體的自在與超脫；即使是在颶風大作、海道斷
絕、書信難通的日子，作者也未發怨懟之詞，而改以神遊方式來思念
大海彼岸的弟弟。至於蘇轍，詩中更屢以「笑」字寬慰在政爭中淪落
「瘴癘交攻」、「魑魅逢迎」等「鬼門」[26]蠻荒的哥哥，在困頓的生活
中能從主體的積極面「化悲憤為曠達，融無窮於須臾」[27]，以樂觀的

25　〔宋〕蘇軾：〈與范子豐八首〉其八，孔凡禮點校：《蘇軾文集》（北京市：中華書
　　局，1996年），卷50，頁1453。

26　〔宋〕蘇軾：〈到昌化軍謝表〉，同前註，卷24，頁707。

27　朱靖華語，收入葉嘉瑩主編：《蘇軾詞新釋輯評》（北京市：中國書店，2007年），
　　頁736。

思維、微笑的姿態，面對兄弟二人生命中最低潮的時刻，展現了曠放磊落、直窺生命奧秘的人生態度。

2 悟道：從把握到放手

除了藉海抒發情意之外，詩人們也藉海洋變動、無盡等特質，書寫其觀海所引發的哲學思維；大體說來，北宋以前詩作較傾向於把握人生，而北宋詩人則從放手的面向進行哲思。北宋以前的詩作，如：「百川東到海，何時復西歸！少壯不努力，老大徒傷悲」（漢‧樂府相和歌辭‧平調曲〈長歌行〉）、「君不見黃河之水天上來，奔流到海不復回？……人生得意須盡歡，莫使金樽空對月。……五花馬、千金裘。呼兒將出換美酒，與爾同銷萬古愁」（唐‧李白〈將進酒〉，卷162），皆從川流入海的變動性進行觀察，發現百川一旦東流入海後，便不復西歸，由此聯想到光陰同樣具此不可逆性，遂感悟應把握時光，及時努力或盡情歡樂；又如：「瀚海有歸潮，衰容不還稚。君今且安歌，無念老方至」（南朝宋‧鮑照〈冬日詩〉），則由往而復返的海潮變動，對比人類青春的逝而不返，從而領悟到應把握當下，及時放歌行樂。

然而，上述的人生哲學，乃執著於求取名利或滿足嗜欲，無法得到主體真正的自適與自在；另有南朝宋‧謝靈運詩：「揚帆採石華，掛席拾海月。溟漲無端倪，虛舟有超越。仲連輕齊組，子牟眷魏闕。矜名道不足，適己物可忽。請附任公言，終然謝天伐」（〈遊赤石進帆海詩〉），卻能從「放手」面向觀察海洋，由海廣不留痕跡、舟輕方能無累而悟：唯有擺脫外物束縛、如任公般保真全生，方能安閒自適。這種從「放手」面悟道，以及運用典故喻道的手法，對北宋詩人之觀海有一定的啟發，如從海洋之變動性悟道者：

愚公移山寧不智，精衛填海未必癡。深谷為陵岸為谷，海水亦
有揚塵時。杞人憂天固可笑，而不憂者安從知。聖言世界有成
壞，況此馬體之毫釐。老人行世頭已白，見盡世間惟歎息。俯
眉袖手飽飯行，那更從人問通塞。（張耒〈山海〉，《全宋詩》，
卷1163）

潮頭出海卷秋風，風豪潮起蒼海空。弄潮船旗出復沒，騰身潮
上爭驍雄。沙頭萬目注江水，晴雷乾雹來無窮。窗外簾旌飛獵
獵，新醅翠罋行坐中。欲作吳歌弄清晝，回看滿眼西陽紅。六
曲屏深映雲母，珠盤縷縷青鴉茸。山移海轉有變化，生緣長短
須相逢。（蔡襄〈八月十九日〉，《蔡襄全集》，卷9）

二位詩人皆從「放手」一面，巧借相關神話傳說，抒寫由海的變動特
質而領悟之道。張耒靜觀山海的變化，自時間向度推擴、思索而得
「海水亦有揚塵時」的結論，並藉愚公移山、精衛填海之可能，表達
現象界實「成壞相尋」的推論所得；連深廣如大海都難免於變化，那
麼，世間萬物、萬事亦無不變者，凡事又何必太過執著？是以作者主
張「放」的哲學，認為在個人有限的生命中，應「不問」人世間境遇
之順逆或通塞，而悠閒自在地活在當下（「俯眉袖手飽飯行」）。至於
蔡襄，關心的則是人與人間的緣分變化；他面對萬人爭看的海潮奇
景，特別針對潮起時大海瞬間成「空」的變化生發哲思，認為連山之
高、海之大都仍不免於如愚公移山、滄海桑田般地發生變動，更遑論
人與人間的緣分，生滅、長短更是無法自主，豈能任意掌握？於是，
作者依舊從「放」的面向，興發了「相逢」隨緣的生命體悟。

又如從海洋之無盡性悟道者：

四州環一島，百洞蟠其中。我行西北隅，如度月半弓。登高望

中原，但見積水空。此生當安歸，四顧真途窮。眇觀大瀛海，
坐詠談天翁。茫茫太倉中，一米誰雌雄。幽懷忽破散，永嘯來
天風。千山動鱗甲，萬谷酤笙鐘。（蘇軾〈行瓊、儋間，肩輿
坐睡。夢中得句云：千山動鱗甲，萬谷酤笙鐘。覺而遇清風急
雨，戲作此數句〉，卷41）

初貶蠻荒的蘇軾，在由瓊州到儋州途中，面對環繞著儋州周圍的無盡
大海時，內心生發的是四顧途窮、不知所歸的迷惘。然而，別具心靈
洞察力的蘇軾，對此浩瀚無窮的海洋進行觀察、沉思，並結合鄒衍、
莊子的哲思加以發揮，使其哲論更具概括性與深刻性。他將海視為一
個巨大無窮的宇宙大倉，亦即鄒衍（「談天翁」）所謂的「大瀛海」[28]，
再結合《莊子・秋水》「計中國之在海內，不似稊米之在大倉」[29]的觀
點，而認為生存在四海之內的人類只不過是宇宙中的一粒小米。在宇
宙無窮無盡而生命卻渺小有盡的強烈對比下，人是如此地微不足道，
又何必為小名小利而一決「雌雄」、多方計較呢？這種「放手」的意
義和難度，並不亞於把握、抗爭和進取，但天性曠達的蘇軾，卻能在
頓悟此哲理後，「幽懷忽破散，永嘯來天風」，精神得以解脫，而能盡
情享受當下「千山動鱗甲，萬谷酤笙鐘」的美妙天籟，化解了初至此
孤島的鬱鬱之氣，透顯出面對生命壓力時能毅然放下、超拔俗世名利
的人生智慧。

28　《史記・孟子荀卿列傳》：「（鄒衍）以為儒者所謂中國者，於天下乃八十一分居其
　　一分耳。……於是有裨海環之，人民禽獸，莫能相通者，如一區中者，乃為一州。
　　如此者九，乃有大瀛海環其外，天地之際焉。」（〔日〕瀧川龜太郎：《史記會注考
　　證》，臺北市：洪氏出版社，1982年，卷74，頁944）

29　〔清〕王先謙：《莊子集解》，頁101。

（二）才德比喻：偏重比才

自從老子首先指出江海因具能容、卑下等特性，而成為百川歸往、匯聚之所，正如同能容、謙卑之道亦是天下人之所歸後，[30]後世文人遂喜以海的諸多特性作為人類精神內蘊的比喻。北宋以前的詩人，大多以海比德，如以海納萬川比君子有容乃大、使近悅遠來之德：「大海蕩蕩水所歸，高賢愉愉民所懷」（漢・唐山夫人〈漢安世房中歌〉十七首之六）、「聖君應昌曆，景祚啟休期。龍樓神睿道，兔園仁義基。海蕩萬川集，山崖百草滋」（南朝齊・王融〈聖君曲〉）；又如，以海之卑下百川比君子謙卑能下之德：「東海廣且深，由卑下百川。五嶽雖高大，不逆垢與塵。……嘉善而矜愚，大聖亦同然」（三國魏・曹植〈當欲游南山行〉）、「江海能大，上善居下」（晉・王胡之〈贈庾翼詩〉八首之四）；再如，以海之潤澤萬物比君子潤育萬物之恩：「拯我塗炭，惠隆丘阜。潤同江海，恩猶父母」（晉・雜歌謠辭〈三郡民為應詹歌〉）、「逢鏤山之既渥，承潤海之方流。……東鄰孤管入青天，沈痾白髮共急日。朝露過隟詎賒年，年去兮髮不還」（南朝宋・謝莊〈山夜憂〉）。至於以海比才的詩作較少，目前可見者如：「並海之斥，奕葉才雄」（費昶〈贈徐郎詩〉六章之二），以大海雄壯之姿譬喻徐郎不世之才，對北宋詩人有一定的啟發。

北宋詩人有承繼前人以海比德寫法的，且在上述諸德之中，較關注的是以海納百川比喻的有容、蓄積之德，如：

---

30 《道德經》：「譬道之在天下，猶川谷之於江海」（〈三十二章〉）、「江海所以能為百谷王者，以其善下之，故能為百谷王」（〈六十六章〉）。見〔周〕李耳撰，〔魏〕王弼注：《老子》（臺北市：臺灣商務印書館，1984年《景印文淵閣四庫全書》），冊1055，頁157、178。

溪澗得雨潦，奔溢不可航。江海收百川，浩浩誰能量。溪澗之
日短，江海之日長。願生畜道德，江海以自方。（王安石〈送
孫長倩歸輝州〉，《全宋詩》，卷546）

簿領文書千筆禿，公庭囂訟百蟲鳴。時從退食須臾頃，喜聽鄰
家諷誦聲。觀海諸君知浩渺，學山他日看崇成。暮堂吏退張燈
火，抱取魯論來講評。（黃庭堅〈奉答聖思講論語長句〉）[31]

二位作者皆以大海廣納百川故能成其大之理，勉勵學子亦應以海為
方，厚畜道德，方可成為德性厚積的君子。此外，由於北宋都市的繁
榮發展、市民階層的壯大，造成了經濟、政治、文化生活的大幅改
變，再加上宋代最高統治者尚文者多，使得宋代文學繼唐代之後又締
造另一座藝術高峯，而文人士大夫們亦皆遊於藝，亦促進了繪畫和書
法藝術的高度繁榮。[32]於是，在此時代背景下，北宋詩人亦極重視文
藝的表現，詩中除以海喻德外，也有不少以海廣大、流動的特性，以
喻君子的文藝才華，這是異於傳統詩學之處。如：

昔讀韋公集，固多滁州詞。爛熳寫風土，下上窮幽奇。君今得
此郡，名與前人馳。君才比江海，浩浩觀無涯。下筆猶高帆，
十幅美滿吹。一舉一千里，只在頃刻時。（梅堯臣〈寄滁州歐
陽永叔〉，《全宋詩》，卷247）

仁祖康四海，本朝盛文章。蘇郎如虎豹，孤嘯翰墨場。風流映
海岱，俊鋒不可當。學書窺法窟，當代見崔張。銀鈎刻琬琰，
蠆尾回縑緗。擢登群玉府，臺閣自生光。（黃庭堅〈觀秘閣西

---

31 〔宋〕黃庭堅著，鄭永曉整理：《黃庭堅全集輯校編年》（南昌市：江西人民出版
社，2008年），頁320。

32 參馬積高、黃鈞主編：《中國古代文學史》，冊3〈宋遼金元〉，頁3-6。

蘇子美題壁及張侯家墨跡十九紙率同舍錢才翁學士賦之〉,《黃庭堅全集輯校編年》,頁419）

第一首,以大海的「浩浩觀無涯」比喻歐陽脩文采的高絕無限,並以揚帆「千里」妙比歐陽脩下筆時的流暢敏捷,十分生動具體;而第二首,黃庭堅以海山的流暢俊逸喻寫才士蘇舜欽（字子美）馳騁翰墨場時的風流倜儻、鋒芒顯露,無論是文章或書法,皆如海流般暢快可觀,可謂一時俊彥。

（三）他界想像：崇尚理性

遙遠未知的海洋世界,提供了一處讓人們逃離避世、寄託理想的所在,如孔子:「道不行,乘桴浮于海」[33],即因其道未能行於中國,只好「寄託希望於未知的海外世界」,而成為「後世海洋書寫的模式之一」[34]。雖然孔子未進一步對此未知世界作出想像,但是,另一方面,先民們在海市蜃樓、霧靄雲霓、奇洞深淵等變幻奇譎景象的刺激下,運用其豐富的想像力,逐步創造出種種神話元素並將之「共同構築,日益增衍成為東方海域上的神聖空間──一個不死的仙境樂園」[35],而形成所謂的蓬萊仙山神話系統,以滿足人類「想要突破自身的有限性而獲得永恆」[36]的渴望。這些海外仙山的他界想像,以

---

33 〔晉〕何晏注,〔宋〕邢昺疏:《重刊宋本論語注疏附校勘記》（臺北市:藝文印書館,1989年）,頁42。

34 吳智雄:〈試論先秦文學中的海洋書寫〉,《海洋文化學刊》第6期（2009年6月）,頁36、37。

35 高莉芬:《蓬萊神話:神山、海洋與洲島的神聖敘事》（臺北市:里仁書局,2008年）,頁61。

36 汪漢利:〈從神話看先民的海洋認知〉,《浙江海洋學院學報（人文科學版）》27卷1期（2010年3月）,頁8。

《山海經》中出現的蓬萊山與姑射山為主，[37]但書中僅指出二山位於海中，尚未與仙話連結，其仙鄉型態則分別見於後來的《列子‧湯問》、《莊子‧逍遙遊》，前者呈顯出富麗、稀奇、長生、自由等仙界特質，[38]後者則側重於仙人冰清玉潔、不食人間煙火等不受世累的形象，而成為逍遙自由的精神的象徵。[39]

隨著五言詩的成熟，海外他界自由美好的意象亦進入詩人的視野，且多從感性的角度，藉以抒寫己身超越現實的企盼之情。漢魏南北朝詩人採取的是「神遊」的方式，如：「遠遊臨四海，俯仰觀洪波。大魚若曲陵，承浪相經過。靈龜戴方丈，神嶽儼嵯峨。仙人翔其隅，玉女戲其阿。瓊蕊可療飢，仰首吸朝霞。……金石固易敝，日月同光華。齊年與天地，萬乘安足多」（三國魏‧曹植〈遠遊篇〉）、「昔有神仙士，乃處射山阿。乘雲御飛龍，噓唏嘰瓊華。可聞不可見，慷慨歎咨嗟。自傷非儔類，愁苦來相加。下學而上達，忽忽將如何」（三國魏‧阮籍〈詠懷詩八十二首〉之七十八），分別以蓬萊、姑射仙鄉中仙人自由飛騰、無拘無束的想像，來對比現實中生命的短暫、人生的失意與理想的破滅等局限，而寄託自由、永恆、理想實現等想望。

唐代，大部分的遊仙詩作者，儘管對道教神仙有著清醒的認識，

---

37 原文分別為：「蓬萊山在海中，大人之市在海中」、「列姑射在海河洲中。姑射國在海中，屬列姑射，西南，山環之」（〔晉〕郭璞注：《山海經‧海內北經》，臺北市：臺灣商務印書館，1984年《景印文淵閣四庫全書》，冊1042，頁67）。

38 《列子‧湯問》：「有五山焉：一曰岱輿，二曰員嶠，三曰方壺，四曰瀛洲，五曰蓬萊。……其上臺觀皆金玉，其上禽獸皆純縞，珠玕之樹皆叢生，華食皆有滋味，食之皆不老不死，所居之人皆仙聖之種，一日一夕飛相往來者，不可數焉」，見〔周〕列禦寇撰，〔晉〕張湛注：《列子》（臺北市：臺灣商務印書館，1984年《景印文淵閣四庫全書》），冊1055，頁616。

39 《莊子‧逍遙遊》：「藐姑射之山，有神人居焉，肌膚若冰雪，綽約若處子。不食五穀，吸風飲露。乘雲氣，御飛龍，而遊乎四海之外。其神凝，使物不疵癘而年穀熟」，見〔清〕王先謙：《莊子集解》，頁4。

卻仍大量創作遊仙詩作，乃因神仙世界，作為污濁現實世界的「對立物」而存在，是其逃避現實、寄託自由理想的所在，取材上亦因此轉而強調仙境的美好純潔、永恆長生，以顯現作者對美好人生的渴望，或不願同流合污的高潔之志。同時，詩人們為了對神仙他界「含蓄地表達懷疑態度」[40]，又改而以「夢遊」方式寫遊仙，在感性的抒懷中呈顯出較為理性的書寫特徵。如李賀：「老兔寒蟾泣天色，雲樓半開壁斜白。玉輪軋露濕團光，鸞珮相逢桂香陌。黃塵清水三山下，更變千年如走馬。遙望齊州九點煙，一泓海水杯中瀉」（〈夢天〉，卷390），以蓬萊三神山上皎潔清朗又具永恆意象的月宮，反襯出塵世的污濁與生命的短暫，也寄寓詩人對無憂而永恆生命的盼望；又如李白：「青冥浩蕩不見底，日月照耀金銀臺。霓為衣兮風為馬，雲之君兮紛紛而來下。虎鼓瑟兮鸞迴車，仙之人兮列如麻……忽魂悸以魄動，怳驚起而長嗟。……安能摧眉折腰事權貴，使我不得開心顏」（〈夢遊天姥吟留別〉，卷174），金碧輝煌、美好和諧的他界想像，對比、暗示出李白被唐玄宗賜金放還時對政治現況的不滿心緒，只能將政治理想寄託在遠離權貴俗事的夢中仙鄉。

到了北宋，由於民生疾苦、理學發達、易學繁盛、禪風流行，同時刻書漸多、流通漸廣，促成教育普及，儒釋道三家思想之融會，加上儒家詩教美刺時政之強調，詩人、學者、官宦三位一體之特質，懷疑與創新的開拓精神之發揚，遂蔚為一股思辨之風、崇尚義理之習；[41]因此，海外他界的想像書寫，詩人們亦展現出此等較前朝更具理性思辨的特徵，在書寫模式上仍繼承唐詩「以夢遊仙」的方式以表達其懷疑他界的態度，但在仙鄉他界的描寫上卻更加簡略，透顯出尚現實、重理性的時代思想特色。如：

---

40 張振謙：〈試論北宋文人遊仙詩〉，《蘭州學刊》2010年6期，頁168。
41 參張高評：《宋詩之新變與代雄》（臺北市：洪葉文化公司，1995年），頁200。

> 夜夢登天壇，壇上兩仙人。來時乘白鳳，去時乘白麟。我問不
> 我語，颯颯山中雨。（梅堯臣〈夢登天壇〉，《全宋詩》，卷
> 250）
> 萬頃波濤木葉飛，笙簫宮殿號靈芝。揮毫不似人間世，長樂鐘
> 聲夢覺時。（王安國〈紀夢〉，《全宋詩》，卷631）
> 千山動鱗甲，萬谷酣笙鐘。安知非群仙，鈞天宴未終。喜我歸
> 有期，舉酒屬青童。急雨豈無意，催詩走群龍。應怪東坡老，
> 顏衰語徒工。久矣此妙聲，不聞蓬萊宮。（蘇軾〈行瓊、儋
> 間，肩輿坐睡。夢中得句云：千山動鱗甲，萬谷酣笙鐘。覺而
> 遇清風急雨，戲作此數句〉，卷41）

上述三首詩題皆有「夢」字，明白告訴讀者此乃夢仙之作；又，詩中
梅堯臣僅針對仙人坐騎之稀奇、王安國僅針對仙宮景致之壯麗、蘇軾
僅針對仙宴音樂之動人加以書寫，並未如李白般對仙鄉作多面向而詳
細的描繪，大多只是借夢仙來表達個人的逍遙之志，或暫時逃現實的
調劑而已；「我問不我語」、「長樂鐘聲夢覺時」、「喜我歸有期」等詩
句，皆顯現出作者與想像中的他界保持著一定的心理距離，含蓄地傳
達詩人對仙界的質疑與理性態度。

（四）特殊景象：生命哲思

北宋以前詩人對於海洋特殊景象如：海潮奇景、海族鯨魚、海市
蜃樓、海洋強風等，已有所關注而加以特寫，然而北宋詩家，卻有更
細膩的景象刻劃與更深刻的內涵展現，其原因正如吉川幸次郎所言：
「比唐人冷靜得多的宋人的詩，積極地提倡一種新的美——冷靜的
美。因而，具有更多的知性，更多的精細觀察，尤其是更富于對日常

生活的觀察」[42]。

例如歌詠海潮奇景者，有晉・蘇彥：「洪濤奔逸勢，駭浪駕丘山。訇隱振宇宙，漰磕津雲連」（〈西陵觀濤詩〉）、唐・孟浩然「百里聞雷震，鳴弦暫輟彈。府中連騎出，江上待潮觀。照日秋雲迥，浮天渤澥寬。驚濤來似雪，一坐凜生寒」（〈與顏錢塘登障樓望潮作〉，卷160），多以視覺、聽覺的摹寫法直接描繪潮聲與潮勢。及至北宋，詠潮詩作邊增，對海潮的描繪也更多彩多姿、細膩生動，其中陳師道以多組連章形式專詠錢塘海潮的詩篇，最為特別：

> 潮頭初出海門山，千里平沙轉面間。猶有江神憐北客，欲將奇觀破衰顏。
> 江水悠悠自在流，向人無恨不應愁。相逢不覺渾相似，誰使清波早白頭。
> 漫漫平沙走白虹，瑤臺失手玉杯空。晴天搖動清江底，晚日浮沉急浪中。（陳師道〈十七日觀潮〉三首，《全宋詩》，卷1115）
> 一年壯觀盡今朝，水伯何知故晚潮。海浪肯隨山俯仰，風帆長共客飄搖。
> 眼看白浪覆青山，誰信黃昏去復還。縱使百年終有盡，何須豪橫詫吳蠻。
> 千槌擊鼓萬人呼，一抹濤頭百尺餘。明日潮來人不見，江邊只有候潮魚。
> 江平石出漲沙浮，船閣平洲水斷流。朝暮去來何日了，一

---

42 〔日〕吉川幸次郎著，章培恆、駱玉明等譯：《中國詩史》（上海市：復旦大學出版社，2012年），頁237。

杯誰與弔陽侯。（陳師道〈十八日觀潮〉四首，《全宋詩》，
卷1115）

隔江燈火見西興，江水清平霧雨輕。風送潮來雲四散，水
光月色鬪分明。

素練橫斜雪滿頭，銀潮吹浪玉山浮。猶疑海若誇河伯，豪
悍須教水倒流。（陳師道〈月下觀潮〉二首，《全宋詩》，卷
1115）

陳師道分別以三組詩作，描繪八月十七日、八月十八日白日、八月十
八日月下等三種不同時段所觀看的海潮奇景。第一組連章三首，一改
前人直接摹寫海潮潮聲、潮勢的方式，而藉潮神伍子胥飲恨沉於錢塘
之憤怒、瑤臺仙人失手倒空玉杯瓊液等神話，喻寫錢塘海潮的洶湧迅
捷、奔馳翻騰，想像力之豐富更勝前人。第二組連章四首，寫「白日
觀潮」過程的全記錄：「隨山俯仰 → 浪覆青山 → 濤頭百尺餘 → 江平
石出」，具體細膩而生動寫實；又以「千槌擊鼓」、「萬人呼」寫潮聲
之盛，意象極其新穎。第三組連章二首，寫「月下觀潮」的浪漫清
新，不僅比白日增加了雨霧、清風、月色之美，更以「素練橫斜」、
「雪滿頭」、「銀潮吹浪」、「玉山浮」等鮮活而具動感的嶄新意象勾勒
月光下的海潮奇景，取景與手法皆有獨到之處。

又如全篇專詠海族鯨魚者，北宋以前詩中並不多見，即便有之，
亦僅一、二詩句提及，少有全詩皆詠鯨者，如：「文鮌隔霧朝含碧，
老蚌凌波夜吐丹。萬狀千形皆得意，長鯨獨自轉身難」（唐・曹松
〈南海〉，卷717）中的長鯨，只是與文鮌、老蚌等並列的海族；「公
果溺死流海湄，有長鯨白齒若雪山」（唐・李白〈公無渡河〉，卷
162）中的長鯨，亦僅憑其巨碩的形象而作為詩人表達大海深廣危險
的陪襯。例外的是，南朝宋・謝世基的〈連句詩〉卻專以海鯨為主

角：「偉哉橫海鯨，壯矣垂天翼。一旦失風水，翻為螻蟻食」，將身形巨大的長鯨橫行海上之盛與為「螻蟻」所食之衰作對比，委婉地表達了「盛極必衰」、「物極必反」的弦外之音；至北宋，詩中多專詠鯨者，除了對謝氏對比性的書寫程式有所承繼外，還以更細膩的刻劃、更大的篇幅、更深刻的思想加以書寫，如：

> 百川倒蹙水欲立，不久卻迴如鼻吸。老魚無守隨上下，閣向滄洲空怨泣。推鱗伐肉走千艘，骨節專車無大及。幾年養此膏血軀，一旦翻為漁者給。無情之水誰可憑，將作尋常自輕入。何時更看弄潮兒，頭戴火盆來就溼。（梅堯臣〈青龍海上觀潮〉，《全宋詩》，卷245）

> 東海十日風，巨浪碎山谷。長鯨跨十尋，宛轉在平陸。雷火從天來，砉然剖兩目。肌膚煮作油，骨節分為屋。腥羶百里內，戶戶至厭足。我聞海上人，明珠可作燭。鯨魚復何罪，海若一何酷。從欲讒風伯，大鈞問不告。躊躕復歎息，歸咎當溟瀆。託形天地間，獨爾有含蓄。大者不能容，小者又何益。卻羨鰕魚輩，安然保家族。（張舜民〈鯨魚〉，《全宋詩》，卷833）

> 吾聞海之大，物類無窮極。蟲蝦淺水間，蠃蜆如山積。毛魚與鹿角，一龠數千百。收藏各有時，嗜好無南北。其微既若斯，其大有莫測。波濤浩渺中，島嶼生頃刻。俄而沒不見，始悟出背脊。有時隨潮來，暴死疑遭謫。海人相呼集，刀鋸爭剖析。骨節駭專車，鬚芒侔劍戟。腥聞數十里，餘臭久乃息。始知百川歸，固有含容德。潛奇與秘寶，萬狀不一識。嗟彼達頭微，誰傳到京國。乾枯少滋味，治洗費炮炙。聊茲知異物，豈足薦佳客。一旦辱君詩，虛名從此得。（歐陽脩〈奉答聖俞達頭魚之作〉，《全宋詩》，卷289）

詩人們皆強調了海鯨形體的雄偉壯碩，海鯨雖能叱吒大海、掀起巨
浪，但是卻也因過於龐大、翻身困難而成為其致命傷，一旦失去風
水，即難免於擱淺、暴死海灘的噩運。梅堯臣承繼謝世基書寫海鯨之
「活躍海上（先）→暴死海灘（後）」的對比性程式，詳加勾勒海鯨
追捕魚群（「推鱗伐肉」）、迅疾如千帆破浪而行之不可一世，以對照
其驟失海水後、被「漁者」肢解的怨泣悲悽，從而發出「無情之水誰
可憑」之嘆。至於張舜民、歐陽脩，則跳脫前述書寫格式，將視角轉
換至海鯨暴死後的遭遇，或羅縷陳列牠被人類肢解後的各種用途，或
詳加描繪牠被肢解時的各部分驚人特徵與肢解後的腥臭難當，並由此
悟出「大者難容於人、小者可安然自保」的哲思，或藉此比喻讜臣的
命運，展現北宋文人重視生命哲思的精神面貌。

（五）泛海體驗：心境開朗

由於受到航海技術、海上交通等條件限制，唐代以前詩人大多僅
能置身海畔、遙望海洋，因而有關泛海體驗的詩作極少，早期可見者
約有：「逆浪故相邀，菱舟不怕搖。妾家揚子住，便弄廣陵潮」（晉・
樂府雜曲歌辭〈長干曲〉），然而，採菱女之所以無懼於海潮逆浪，乃
因習於水性之故，一般而言，浩瀚、神秘而充滿危險的大海，對於長
期居住內陸的詩人而言，總是令人心懷畏懼的，如：「一舉必千里，
乘颷舉帆幢。經危履險阻，未知命所鍾。常恐沈黃壚，下與黿鼈同」
（三國魏・曹植〈盤石篇〉），詩人乘風舉帆、航於海上，雖可親身體
會凌駕高波的難得經驗，然而其內心卻深懼海上未知的險阻會帶來死
亡的威脅。

唐代，雖因航海技能的進展，使泛海者日多，泛海詩作也隨之增
加；但是，多數詩人仍少有泛海的機會，因而屢於作品中表現出對航
海的欣賞與嚮往，如：「忽喜海風來，海帆又欲張。漂漂隨所去，不

念歸路長」（元結〈送孟校書往南海〉，卷241）、「東下姑蘇臺，已具浮海航。到今有遺恨，不得窮扶桑」（杜甫〈壯游〉，卷222）。矛盾的是，詩人們一旦有了泛海的機會，卻又往往因缺乏經驗而心存擔憂，再加上以悲傷為基調的詩學傳統，詩中多以渺茫、神秘、詭譎等複雜的海洋意象，透顯出作者茫然失措、抑鬱不開的愁緒，如：「乘桴入南海，海曠不可臨。茫茫失方面，混混如凝陰。雲山相出沒，天地互浮沉。萬里無涯際，云何測廣深。潮波自盈縮，安得會虛心」（張說〈入海二首〉其一，卷86）、「鱗介錯殊品，氛霞饒詭色。天波混莫分，島樹遙難識。漢主探靈怪，秦王恣遊陟。搜奇大壑東，竦望成山北。……海路行已彌，軺軒未皇息。勞歌玄月暮，旅睇滄浪極」（宋務光〈海上作〉，卷101）。

　　到了北宋，詩人或設籍沿海，或長期濱海為官，有較多的親海經驗，再加上更重視日常生活的書寫，對人的世界更具興趣，[43]其泛海詩遂較前人更加重視人物形象與日常興味的書寫，且揚棄傳統詩人的傷感情調，而改以清朗、悠閒的自然、人事之景，書寫主人翁輕鬆愉悅的心境與體驗，如：

> 參橫斗轉欲三更，苦雨終風也解晴。雲散月明誰點綴，天容海色本澄清。空餘魯叟乘桴意，粗識軒轅奏樂聲。九死南荒吾不恨，茲游奇絕冠平生。（蘇軾〈六月二十日夜渡海〉，卷43）
> 瓜蔓水生風雨多，吳船發棹唱吳歌。槎從秋漢下應快，人憶故園歸奈何。世事靜思同轉轂，物華催老劇飛梭。茶官到有清閒味，海月團團入酒贏。（梅堯臣〈送李載之殿丞赴海州權務〉，《全宋詩》，卷275）

---

43 參〔日〕吉川幸次郎著，鄭清茂譯：《宋詩概說》（臺北市：聯經出版公司，2012），頁14、46。

巖頭古寺擁雲木，沙尾漁舟浮晚晴。遙山可見不知處，落霞斷
雁俱微明。十年江海興不淺，滿帆風雨通宵行。投篙榱杙便止
宿，買魚沽酒相逢迎。（蘇轍〈書郭熙橫卷〉，《欒城集》，卷
15）

憶昨初為海上行，日斜來往看潮生。如今身是西歸客，迴首山
川覺有情。（王安石〈鐵幢浦〉，《全宋詩》，卷570）

前二首寫海上夜景。構篇上皆呈現「先抑後揚」的特色，蘇軾詩以雨
後放晴、雲散月明的海天澄清、樂聲悠揚之景，寫己得以重回中原的
喜悅；梅詩則以風雨之後的團團海月、茶官悠閒飲酒之景，映襯友人
到任新職的愉悅。後二首寫海上日暮之景。構篇上皆呈現依「時間」
順敘的順向結構，蘇轍詩先描繪晚晴時海上所見巖頭雲木、遠山霞雁
等自然美景，再與時推移至通宵冒雨張帆、隨興止宿、縱情飲宴的人
事寫意之景，暗示了詩人藉泛海想像所引發的自適之感；王詩則藉昨
日方於杭州城便門「鐵幢浦」[44]體驗泛海之樂，今日卻即將西歸的光
陰流逝之感，抒發對杭州的眷戀與不捨之情。最值得注意的，是詩中
夕陽與明月的意象，吉川幸次郎指出：在宋詩裏夕陽與月的出現，是
「用來作快樂的對象，不是作悲哀的媒介」，是「一種賞心悅目、令
人興奮的景色」；[45]上述北宋詩人正妙用了此美麗的、令人興奮的斜日
與明月，映照出詩人的欣喜心境。

---

44 〔南宋〕吳自牧著，張社國校註《夢粱錄》卷11：「（杭州城）便門側名『鐵幢
浦』，古人相傳：吳越王射潮箭所止處，立鐵幢。又聞錢王筑塘時，高下置鐵幢凡
三，以為鎮壓，潮水退則見其幢也。淳祐戊申，帥司買民地，置亭其上。」（西安
市：三秦出版社，2004年，頁161）

45 〔日〕吉川幸次郎著，鄭清茂譯：《宋詩概說》，頁49。

三　北宋詩海洋書寫新開拓之主題

北宋詩的海洋書寫，更開拓了新的主題，如：「海民關懷」、「海
洋貿易」、「海洋生活」；這些新拓主題的書寫，雖多出之以散文式的
敘述與議論方式，但是，卻能「敘事詳明，議論痛快」[46]，真切地反
映北宋時期的民生疾苦、經濟繁榮與沿海生活實況，並從中透顯出北
宋詩人的生民之愛、異文化之趣與寫實之樂等精神面貌，令人動容。

（一）海民關懷：生民之愛

詩中書寫對沿海居民生活關懷的作品，雖在唐詩中即已出現，
如：「海人無家海裏住，采珠役象為歲賦。惡波橫天山塞路，未央宮
中常滿庫」（王建〈海人謠〉，卷298）、「得喪一驚飄，生死無良賤。
不謂天不佑，自是人苟患。曾言海利深，利深不如淺」（蘇拯〈賈
客〉，卷718）；但是，畢竟仍屬零星之作，尚未形成普遍性的書寫主
題。到了北宋，由於新儒學的興盛，士大夫們普遍懷抱經世濟民的思
想，再加上詩人們有更多的機會到沿海為官、可「直接融入與海洋有
關的社會生活實踐中」[47]，因此，詩人對海民生活的艱苦能作更仔細
的觀察與描寫，而且在關懷海民的書寫中，透顯出更加濃厚的人道精
神與批評時政的政治姿態。可從三個面向來看，其一，為關懷鹽民與
批評鹽政之詩，如：

> 鬻海之民何所營，婦無蠶織夫無耕。衣食之源太寥落，牢盆鬻
> 就汝輸征。年年春夏潮盈浦，潮退刮泥成島嶼。風乾日曝鹹味

---

46 〔明〕許學夷《詩源辯體》卷28：「（白樂天詩）敘事詳明，議論痛快，此皆以文為
　　詩，實開宋人之門戶耳！」（合肥市：黃山書社，2008年，卷28，頁134-135）
47 趙君堯：〈宋元海洋文學的時代特徵〉，《職大學報》2002年1期，頁17。

加，始灌潮波增成滷。滷濃鹹淡未得閑，採樵深入無窮山。豹
蹤虎跡不敢避，朝陽出去夕陽還。船載肩擎未遑歇，投入巨竈
炎炎熱。晨燒暮爍堆積高，才得波濤變成雪。自從瀦滷至飛
霜，無非假貸充餱糧。秤入官中得微直，一緡往往十緡償。周
而復始無休息，官租未了私租逼，驅妻逐子課工程，雖作人形
俱菜色。鬻海之民何苦辛，安得母富子不貧。本朝一物不失
所，願廣皇仁到海濱。甲兵淨洗征輸輟，君有餘財罷鹽鐵。太
平相業爾惟鹽，化作夏商周時節。（柳永〈鬻海歌〉，《全宋
詩》，卷162）

擔任浙江定海（鎮江）曉峰鹽場監督官的柳永，以高達全詩四分之三
（三十二句）的篇幅，採平鋪直敘的方式，對鹽民飽受風吹日曬、冒
險入山採樵、匍匐刮泥、熬鹵成鹽的辛苦製鹽過程（第一至十六
句），以及「官租」「私租」催逼的可憐生活（第十七至二十四句），
作出詳細的描繪與真實的反映。宋代的官收鹽利，至少佔了所有租賦
的三分之一，在中央財政歲入中佔有顯要地位；[48]這種由政府專賣
（「官榷」）的鹽策，雖為政府獲得巨大利益，卻也存在不少弊端，畢
沅《續資治通鑑》即指出其有三弊：「亭戶煎鹽入官，官不以時給
直，往往寄居，為之干請而後予之，至有分其大半者，一也。煎煉之
初，必須假貸于人，而監司類多乘時放債，以要其倍償之息，及就場
給直，往往先已剋除其半，而錢入于亭戶之手者無幾，二也。鹽司及
諸場人吏，類多積私鹽以規厚利，亭戶非不畏法，以有狷胥為之表
裏，互相蒙庇，三也」[49]，可知官府方面並未以市場的價值收購海

---

48 參郭正中主編：《中國鹽業史》（北京市：人民出版社，1999年），頁286。

49 〔清〕畢沅撰，楊家駱主編：《新校續資治通鑑》（臺北市：世界書局，1974年），卷
    139〈宋紀〉，頁3707。

鹽，亭民煎煉時又必須先借貸高利息的資本，結果，亭民往往無法得到能維持生計的收益，只好鋌而走險、違法販售「私鹽」。因此，詩末，作者為民發聲，盼君主能施恩海濱，請宰相主其事以罷徵鹽稅，展現出一種既是國家意識傳播者、又是為人民表達意見者的「中間人」[50]的政治姿態。類似關懷鹽民鹽政的詩作還有：

> 州家飛符來比櫛，海中收鹽今復密。窮囚破屋正嗟欷，吏兵操舟去復出。海中諸島古不毛，島夷為生今獨勞。不煎海水餓死耳，誰肯坐守無亡逃。爾來賊盜往往有，劫殺賈客沈其艘。一民之生重天下，君子忍與爭秋毫。（王安石〈收鹽〉，《全宋詩》，卷549）
>
> 蜃竈熬溟渤，航鹹播楚越。官榷利言盈，盜販弊相汩。連艘以轉致，攪灰或沉沒。雖使日鞭黜，未易窮姦窟。朝廷用朱侯，提職欲無闕。侯因許專畫，拜疏陳其說。曰臣有更張，敢以肝膽竭。荊湘嶺下城，恃遠不畏罰。堂堂事私賈，遮吏遭驅突。願使商自通，輸金無暴猝。淮江且循常，約束備本末。國用必餘資，亭民無滯物。事下丞相府，論議不可拔。從之東南蘇，拒之財賦過。聽侯侯往施，所便黔黎活。五味既和調，萬里銷狂悖。汴水桃花時，犀舟順流發。過淮逢絮鶩，泊岸採蘆蕨。挂帆趨浪頭，應不勞歲月。（梅堯臣〈送朱表臣職方提舉運鹽〉，《全宋詩》，卷259）

---

50 華盛頓大學的Franz Michael在一九五○年代綜述了何炳棣和張仲禮等人的研究指出：中國傳統相當教育程度的精英分子（或稱為文人），在國家與鄉村社會之間扮演了中間人的角色，一方面，他們依照國家的政策，管理本地的公共事務；另一方面，他們在地方上又代表著平民百姓，向國家的官僚機構表達意見。士大夫也是宣揚國家核心的意識形態的傳播者，他們學之，信之，傳之；並對自己這種「以天下為己任」的角色深信不疑。詳參〔美〕Franz Michael, *State and Society in Nineteenth century China* (World Politics, Vol.7, No.3, 1955), pp. 419-433.

王安石曾知鄞縣（浙江寧波）、常州（江蘇），對於鹽民的艱辛亦有詳
細的觀察與深切的關懷。他著眼於「州家」（刺史）收鹽頻繁、與民
爭利，結果鹽民不得不逃亡求活、淪為海盜的直接描寫，由此透顯出
身為地方父母官的不忍人之仁心；可惜的是，詩中並未針對鹽政提出
具體的批評與建議，且後來安石為相後，其變法的結果，卻使鹽法不
寬反嚴，仍未解決鹽民的生計問題。至於梅堯臣，不僅以敘述的方
式，直書亭民製鹽的辛酸，還具體擘析「官榷」時政之弊，並以悲憫
的襟懷指出亭民鋌而走險的情非得已；詩末，期許朱職方（字表臣）
就任「提舉運鹽」後，能實踐自己有關鹽政的政治主張，為鹽民開闢
一條活路，足見梅氏胸懷的是儒者痌瘝在抱的生民之愛。

其二，為關懷沿海與海島農民生計之詩，如：

> 天禍爾土，不麥不稷。民無用物，珍怪是直。播厥熏木，腐餘
> 是穡。貪夫污吏，鷹摯狼食。（蘇軾〈和陶勸農六首〉其二，
> 卷41）
> 月從海上湧金盆，直入東樓照病身。久已無心問南北，時能閉
> 目待儀麟。颶風不作三農喜，舶客初來百物新。歸去有時無定
> 在，漫隨俚俗共欣欣。（蘇轍〈寓居〉，《欒城集・欒城後集》，
> 卷2）

沿海或海島農民，除了擔心天然災害（如：颶風）的侵襲農地外，也
深懼貪官污吏的剝削壓榨，第一首即寫出因天災人禍之害，使得海南
島長久以來處於農事廢弛的狀態，蘇軾對此憂心忡忡，也因其對島民
生計如此地深切關注，因此，當詩人步郊訪黎時，還造成「父老爭
看」（蘇軾〈縱筆三首〉其二）的盛況。第二首則寫蘇轍貶雷州時對
「三農」（平地、山區、水澤三地的農民）的關愛之情，由於廣東沿

海夏秋之時，常受颶風侵襲而致影響農收，詩人至雷州當年，卻無颶風之害，遂為三農「欣欣」歡慶，展現出政治家仁愛悲憫的情懷。

其三，為關懷海民生命安全之詩，如：

> 吳兒生長狎濤淵，冒利輕生不自憐。東海若知明主意，應教斥鹵變桑田。
>
> 江神河伯兩醯雞，海若東來氣吐霓。安得夫差水犀手，三千強弩射潮低。（蘇軾〈八月十五日看潮五絕〉其四、其五，卷10）

狂風巨浪，是沿海居民生命與財產安全的最大威脅。尤其是錢塘海潮，雖極壯觀，卻經常危害當地百姓的生命安全。詩家們的觀潮之作，大多著墨於海潮懾人氣勢的描寫，如范仲淹：「暴怒中秋勢，雄豪半夜聲」（〈和運使舍人觀潮〉，《全宋詩》，卷164），而蘇軾通判杭州時，在目覩弄潮兒冒險作海上表演以圖利，以及海潮對沿海居民造成生命財產的巨大威脅與損害後，遂借用海潮神話，發出欲使曬鹽的鹵田能變成可耕的農田，以及效吳王夫差「射潮」[51]以平息錢塘怒潮的雄偉心願，透顯出對百姓安危的深深關切。

---

51 〔北宋〕錢惟演〈築捍海塘遺事〉：「謹按：曾王父武肅王，以梁開平四年八月築捍海塘。怒潮急湍，晝夜衝激，版築不就，表告于天，……禱訖明日，命強弩五百人，以射濤頭。人用六矢，每潮一至，射以一矢。及發五矢，潮乃退錢塘，東趨西陵。餘箭埋于候潮、通江門浦濱，填以鐵幢，誓云：『鐵壞，此箭出。』又大竹破之為器，長數十丈，中實巨石，取羅山大木長數丈植之，橫為塘。依匠人為防之制，內又以土填之，外用木立于水際。去岸二丈九尺，立九木。作六重，象《易》〈既濟〉、〈未濟〉二卦。由是潮不能攻，沙土漸積，岸益固也。」見四川大學古籍整理研究所編，曾棗莊、劉琳主編：《全宋文》（成都市：巴蜀書社，1989年），冊5，頁353-354。

（二）海洋貿易：異文化之趣

雖然從唐代開始，海外貿易即出現，但朝廷僅在登州等四處設立市舶使管理，中國人在海上貿易的地位並不高，主要的壟斷者是阿拉伯人，因此，海外貿易對中國人、甚或沿海居民的生活影響也不大。唐詩中書寫海洋貿易情形的並不多見，尚未形成一種普泛性的書寫主題，但其中所反映當時國際貿易中以「金銀」為交換媒介的貨幣流通情況，倒是值得留意，如：「海國戰騎象，蠻州市用銀。一家分幾處，誰見日南春」（張籍〈送南遷客〉，卷384）、「市喧山賊破，金賤海船來。白氎家家織，紅蕉處處栽」（王建〈送鄭權尚書南海〉，卷299），記錄了以金、銀作為媒介的貿易實情，以及因金銀增多而使得金價下跌的現象。

直到宋代，海外貿易才得到較大的發展。唐代的市舶使只是臨時派遣到貿易港口，協同地方官管理海舶貿易事宜的官員，尚未有專門機構；宋代則把市舶司成為一個專門管理海外貿易，並具有系統職能的獨立機構，使海外貿易成為一個獨立的行業，被納入有序的發展軌道。[52]正由於宋代實行這種「開放的海洋政策」，海外貿易的龐大利益不僅「推動宋朝官府和老百姓民間的海外貿易，也吸引了大量外商來華貿易」[53]，使得宋代貿易發展，「與元代並處於中國古代海外貿易發展歷史曲線的最高段」[54]。此時，中國的商船才在中外貿易中取得主導地位，海洋也才正式進入中國人的視野，因此，設籍沿海或濱海為官的北宋詩人，對於海港貿易的活絡興盛、貿易貨品的豐富多樣，開始有了較多的關注與描寫，如：

---

52 詳參李文濤：〈宋代的海洋文明概況〉，《歷史月刊》第261期（2009年10月），頁53-62。

53 趙君堯：〈論宋元海洋文學〉，《職大學報》2003年第3期，頁18。

54 黃純艷：《宋代海外貿易》（北京市：社會科學文獻出版社，2003年），頁18。

地占三吳勝，名因二陸雄。海村宵見日，江市晝多風。商賈通倭舶，樓臺半佛宮。歸來千歲鶴，應恨故巢空。（釋文珦〈華亭縣〉，《全宋詩》，卷3320）

黃田港北水如天，萬里風檣看賈船。海外珠犀常入市，人間魚蟹不論錢。高亭笑語如昨日，末路塵沙非少年。強乞一官終未得，祇君同病肯相憐。（王安石〈予求守江陰未得酬昌叔憶江陰見及之作〉，《全宋詩》，卷560）

扇從日本來，風非日本風。風非扇中出，問風本何從。風亦不自知，當復問大空。空若是風穴，既自與物同。同物豈空性，是物非風宗。但執日本扇，風來自無窮。（蘇轍〈楊主簿日本扇〉，《欒城集》，卷13）

日本大刀色青熒，魚皮帖欛沙點星。東胡腰鞘過滄海，舶帆落越棲灣汀。賣珠入市盡明月，解條換酒琉璃餅。當壚重貨不重寶，滿貫穿銅去求好。會稽上吏新得名，始將傳玩恨不早。歸來天祿示明游，光芒曾射扶桑島。坐中燭明魑魅逝，呂虔不見王祥老。古者文事必武備，今人褒衣何足道。干將太阿世上無，拂拭共觀休懊惱。（梅堯臣〈錢君倚學士日本刀〉，《全宋詩》，卷259）

昆夷道遠不復通，世傳切玉誰能窮？寶刀近出日本國，越賈得之滄海東。魚皮裝貼香木鞘，黃白閒雜鍮與銅。百金傳入好事手，佩服可以禳妖凶。傳聞其國居大島，土壤沃饒風俗好。其先徐福詐秦民，採藥淹留卯童老。百工五種與之居，至今器玩皆精巧。（歐陽脩〈日本刀歌〉，《全宋詩》，卷299）

前兩首寫貿易港，後三首寫貿易品。第一首記華亭縣（在今上海市），宋代時是中日交通的要地，釋文珦以華亭市集日夜熱鬧、海港

商賈倭舶雲集的景象，記錄了中、日兩國商人在該貿易海港進行交易
的繁榮情形。第二首記黃石港（在今江蘇省江陰市），王安石全家曾
於仁宗景祐四年（1037）定居江蘇江寧，此次向朝廷請求調守江陰未
果，在遺憾的心情下，回憶了定居江蘇時對黃石港的美好印象：進出
頻繁的商船、海外珍奇的珠犀、便宜鮮美的海產，具現了海港的活絡
與生氣。第三首寫由日本進口的貿易貨品──日本扇，蘇軾在把玩楊
主簿的異國扇時，並未就扇之外形或功用刻劃，而是藉追究所搧之
「風」從何而來引發妙思，雖有尋繹物理的邏輯性推理，卻無理縛、
理障之弊，展現出作者「寓理性認知於感性形象之中」，「既富於情趣
韻致、又饒妙悟與玄理」[55]的異文化體驗之理趣。第四、五首皆寫由
日本進口的貿易貨品──日本刀，梅堯臣從日本刀青熒晶亮的色澤與
光芒、辟邪去害的功能，聯想到呂虔刀、干將、太阿等寶刀名劍，而
獲得與好友共同賞玩異國寶物之趣；歐陽脩則未因日本為外夷就輕視
其貨品，反而藉歌詠日本刀之刀鞘講究、質料極佳、作工精巧等特
點，深致其讚賞之意。這些由海洋貿易而來的貨品，令詩人們眼界大
開，並在把玩、欣賞中獲得了體驗異文化的新奇與趣味。

（三）海洋生活：寫實之樂

　　吉川幸次郎指出，「對日常生活的關切與興趣，固然是中國詩歌
自古以來的傳統」，「但只有到了宋代，這方面的興趣才進入了最高
潮，描寫的範圍和技巧也才達到了最廣最細的地步」[56]；而宋詩中的
這種日常生活書寫，表現在海洋生活如飲食、居住、人情等方面的特
殊觀察與體驗上，則以飲食方面的書寫為最大宗，如寫「鮑魚」：

---

55 二條引述資料，皆見張高評：《宋詩之傳承與開拓──以翻案詩、禽言詩、詩中有
　　畫為例》，頁485。
56 〔日〕吉川幸次郎著，鄭清茂譯：《宋詩概說》，頁19。

漸臺人散長弓射，初噉鰒魚人未識。西陵衰老總帳空，肯向北
河親饋食。兩雄一律盜漢家，嗜好亦若肩相差。食每對之先太
息，不因嚘嘔緣瘡痂。中間霸據關梁隔，一枚何嘗千金直。百
年南北鮭菜通，往往殘餘飽臧獲。東隨海舶號倭螺，異方珍寶
來更多。磨沙淪瀋成大嘬，剖蚌作脯分餘波。君不聞蓬萊閣下
駝碁島，八月邊風備胡獠。舶船跋浪黿鼉震，長鑱鏟處崖谷
倒。膳夫善治薦華堂，坐令雕俎生輝光。肉芝石耳不足數，醋
芼魚皮真倚牆。中都貴人珍此味，糟浥油藏能遠致。割肥方厭
萬錢廚，決眥可醒千日醉。三韓使者金鼎來，方奩饋送煩輿
臺。遼東太守遠自獻，臨淄掾吏誰為材。吾生東歸收一斛，苞
苴未肯鑽華屋。分送羹材作眼明，卻取細書防老讀。（蘇軾
〈鰒魚行〉，卷26）

此詩作於元豐八年「烏臺詩獄」後的登州（山東半島北端近海處），
以長歌的形式（36句）、繁多的典故，對自成一科的海產鮑魚（即石
決明），在中國的流播歷史、產地（駝碁島）、生存條件（石崖）、捕
撈方式（長鑱鏟開）、食用（滑嫩鮮美）、貯藏方式（糟、油）、功能
（醒酒、明目去障、防止老花）等方面作客觀而詳盡的描述；詩末，
方從主觀的角度，言己喜得此珍禮。全詩以流暢的賦筆與轉折，靈活
的用典，精細的觀察，「發揮了蘇軾曠意不羈的豪興，頗有烏雲出
日，匯思大海的壯朗心境」[57]。又如寫「牡蠣」：

薄宦遊海鄉，雅聞靜康蠔。宿昔思一飽，鑽灼苦未高。傳聞巨
浪中，碨磊如六鼇。亦復有細民，並海施竹牢。採掇種其間，

---

57 陳素貞：《北宋文人的飲食書寫——以詩歌為例的考察》（臺北市：大安出版社，
　2007年），頁166。

衝激恣風濤。鹹鹵與日滋，蕃息依江皐。中廚烈焰炭，燎以菜
與蒿。委質已就烹，鍵閉猶遁逃。稍稍窺其戶，清瀾流玉膏。
人言噉小魚，所得不償勞。況此鐵石頑，解剝煩錐刀。戮力効
一割，功烈纏牛毛。若論攻取難，飽食未為饕。秋風鱸鱠綠，
霜日持蟹螯。修靮踏羊肋，巨臠剸牛尻。盤空筋得放，羹盡釜
可輠。等是暴天物，快意亦魁豪。蠣味雖可口，所美不易遭。
拋之還土人，誰能析秋毫。(梅堯臣〈食蠔〉)[58]

「靜康」應作「靖康」，約在今深圳市珠江口麻涌一帶；雖然梅堯臣
行迹最遠只到湖州（在浙江省），未到過嶺南，但是嗜食牡蠣的他，
有可能根據他人的介紹，而以親歷者口吻寫就此首品賞牡蠣經驗之
詩。詩中從嚮往靖康蠔的美味起筆，接著細數當地「種」蠔的方式
（以人工在海上插竿為誌、投石養蠔）、烹調方式、食用口感（滑潤
如玉）、取食過程的艱難，最後作出「得不償勞」、「拋還土人」的結
論。寫得彷彿親歷親為，真實而生動。其中關於人工養蠔的記錄，更
可說是我國人工養蠔歷史上最早的記載。歐陽脩曾稱梅詩：「其體長
於本人情，狀風物，英華雅正，變態百出」[59]，而此詩以樸質自然的
語言，貼切的典故與譬喻，在夾敘夾議中，對牡蠣作出各種客觀的描
狀與主觀的評價，正是該評語之最佳體現。

其他，還有寫「蛤」者，如：王安石〈車螯〉二首、歐陽脩〈初
食車螯〉、梅堯臣〈永叔請賦車螯〉；寫「達頭魚」、「黃魚」（石首
魚）、「鱟醬」（鱟肉、卵製成的醬）、「紫子」（刀魚）、「蝤蛑」、「蟹」
等之詩，多為作者們實際觀察或品賞海物所作的寫真或體驗，展現出

---

58 〔宋〕祝穆編：《事文類聚・後集》（合肥市：黃山書社，2008年），卷35〈介蟲
部〉，頁1225。

59 〔宋〕歐陽脩：〈書梅聖俞稿後〉，收入《宋詩話全編》，頁244。

詩人們從海洋生活中獲得的特殊食趣。又如寫海南島之飲食：

> 小酒生黎法，乾糟瓦盎中。芳辛知有毒，滴瀝取無窮。凍醴寒
> 初泫，春醅暖更饛。華九兩樽合，醉笑一歡同。里閈峨山北，
> 田園震澤東。歸期那敢說，安訊不曾通。鶴鬢驚全白，犀圍尚
> 半紅。愁顏解符老，壽耳鬪吳翁。（蘇軾〈用過韻，冬至與諸
> 生飲酒〉，卷42）
>
> 聚糞西垣下，鑿泉東垣隈。勞辱何時休，宴安不可懷。天公豈
> 相喜，雨霽與意諧。黃菘養土膏，老楮生樹雞。未忍便烹煮，
> 繞觀日百回。跨海得遠信，冰盤鳴玉哀。茵蔯點膾縷，照坐如
> 花開。一與蜑叟醉，蒼顏兩摧頹。齒根日浮動，自與粱肉乖。
> 食菜豈不足，呼兒拆雞棲。（蘇軾〈和陶下潠田舍穫〉，卷42）
>
> 香似龍涎仍釅白，味如牛乳更全清。莫將南海金虀膾，輕比東
> 坡玉糝羹。（蘇軾〈過子忽出新意，以山芋作玉糝羹，色香味
> 皆奇絕。天上酥陀則不可知，人間決無此味也〉，卷42）
>
> 得穀鵝初飽，亡貓鼠益豐。黃薑收土芋，蒼耳斫霜叢。兒瘦緣
> 儲藥，奴肥為種菘。頻頻非竊食，數數尚乘風。河伯方夸若，
> 靈媧自舞馮。歸途陷泥淖，炬火燎茅蓬。膝上王文度，家傳張
> 長公。和詩仍醉墨，戲海亂羣鴻。（蘇軾〈用過韻，冬至與諸
> 生飲酒〉，卷42）

蘇軾詳細記錄了海南生黎特別的釀酒法，並言此酒加上溫暖的友誼，
能令他醉笑解愁，忘卻貶謫海南之憂。還有，海南奇絕的食用植物也
值得一書：「黃菘」（大白菜）脆嫩爽口，「樹雞」（木耳）滋養活血，
「山芋」作玉糝羹則「色香味皆奇絕，天上酥陀則不可知，人間決無
此味」，均使其味蕾經歷了愉快的饗宴。更特別的是藥草，「茵蔯」湯

可以去瘴利膽，「蒼耳」（即《詩經》之「卷耳」）可以使骨髓充實、肌膚如玉，都是作者在此島的發現，也成為其屋中的「儲藥」。

居住方面，主要是書寫詩人對蜑人居住水上的特殊生活型式的觀察。《博物志》曰：「南海外有鮫人，水居如魚，不廢織績，其眼能泣珠」[60]，此種能採珠、捕魚、織績、水居的鮫人，可謂蜑人的先民，散居在廣東、廣西、海南、福建等沿海，一直受到統治者的歧視、迫害，不許陸居，亦不可列戶籍，唐詩中偶而可見相關描述：「竹船來桂浦，山市賣魚鬚。入國自獻寶，逢人多贈珠」（張籍〈送海南客歸舊島〉，卷384）、「鮫人潛織水底居，側身上下隨遊魚。……始知萬族無不有，百尺深泉架戶牖」（李頎〈鮫人歌〉，卷133）。自宋代起，他們才「被命名為『蜑』」[61]，蜑人長期水居的特殊生活，格外引起北宋詩人的注意，不少作家真實記錄下蜑民的起居細節或謀求生計的方式，且於詩題或詩句中明確點出「蜑」之稱呼，如：

> 艤舟蜑戶龍岡窟，置酒椰葉桄榔間。（蘇軾〈追餞正輔表兄至博羅，賦詩為別〉，卷39）
> 越井岡頭雲出山，牂牁江上水如天。床床避漏幽人屋，浦浦移家蜑子船。龍卷魚蝦并雨落，人隨雞犬上檣眠。只應樓下平階水，長記先生過嶺年。（蘇軾〈連雨江漲二首〉其一，卷39）
> 潮頭欲上風先至，海面初明日近來。怪得寺南多語笑，蜑船爭送早魚迴。（蔡襄〈宿海邊寺〉，《蔡襄全集》，卷8）
> 合浦古珠池，一熟胎如山。試問池邊蜑，云今累年閑。豈無明月珍，轉徙溟渤間。何關二千石，時至自當還。（秦觀〈海康書事十首〉之十，《全宋詩》，卷1057）

60 〔晉〕張華：《博物志》（臺北市：中華書局，1983年），頁11。
61 詹堅固：〈宋代蜑民考略〉，《黑龍江社會科學》2012年5期，頁147。

蘇詩以白描的手法，真實地勾勒出嶺南的「蜑人」居住舟上的情況，他們經常要忍受避雨移浦的不便，長年與魚族、雞犬同寢共眠，是居住習慣極為特別的族群。蔡襄、秦觀，則分別就福州海澄、廣東海康的蜑戶們在捕魚、採珠等維持生計的經濟活動作觀察，他們水性極佳，能嫻熟地下海捕魚與採珠，過著收入雖不穩定、卻淡而有味的海上生活。

　　人情方面，有蘇軾記錄海南島居民的溫暖人情，如：

> 黎山有幽子，形槁神獨完。負薪入城市，笑我儒衣冠。生不聞詩書，豈知有孔顏。翛然獨往來，榮辱未易關。日暮鳥獸散，家在孤雲端。問答了不通，歎息指屢彈。似言君貴人，草莽栖龍鸞。遺我古貝布，海風今歲寒。（蘇軾〈和陶擬古九首〉其九，卷41）
>
> 北船不到米如珠，醉飽蕭條半月無。明日東家當祭竈，隻雞斗酒定膰吾。（蘇軾〈縱筆三首〉其三，卷42）
>
> 孤生知永棄，末路嗟長勤。久安儋耳陋，日與雕題親。海國此奇士，官居我東鄰。卯酒無虛日，夜棋有達晨。小甕多自釀，一瓢時見分。仍將對牀夢，伴我五更春。暫聚水上萍，忽散風中雲。恐無再見日，笑談來生因。空吟清詩送，不救歸裝貧。（蘇軾〈和陶與殷晉安別·送昌化軍使張中〉，卷42）

質樸的黎山「幽子」，在蘇軾面前雖因語言不通而手足無措，但看到萍水相逢的蘇軾在寒冷海風的侵襲下竟僅穿薄薄單衣，遂慷慨地贈以海南特產的吉貝（木棉）布，表現出海南濃厚的人情味；在農曆十二月二十四送竈神上天的日子，若北船未到、米貴如珠，儋人便會體貼地攜酒、雞等前來與蘇軾共飲共樂。更有昌化軍使張中對他最為照

顧，不僅為他安置居處，還經常陪他飲酒下棋，度過海南的漫漫長夜。這些體貼而溫馨的海島人情，平撫了蘇軾初貶儋州的抑鬱低沉的心緒。

四　結語

　　北宋，由於沿海地區的開發、航海技術的進步、海洋政策的開放、海洋貿易的興盛等因素，使得作家的親海性大為提昇、海洋作品也急遽增加，詩中海洋書寫的主題內容與藝術美感，均表現出對傳統詩歌的突破與超越；因此，北宋詩中海洋書寫的主題內涵與表現，便成為重要的研究課題。本文針對北宋親海性較高的詩家約十二人，與海相關詩作近一千首逐一耙梳，選取約七十首作深入探析與論述，獲得初步結果如下：

　　北宋詩中的海洋書寫，不僅對於傳統詩中「藉海抒懷」、「才德比喻」、「他界想像」、「特殊景象」、「泛海體驗」等主題皆有所繼承，而且在書寫內涵與藝術表現上，更有其新創之處。就「藉海抒懷」主題言，抒情方面，傳統詩多以海洋「無盡」、「阻隔」的特質書寫壯志未酬、苦無歸計的悲觀心緒，北宋詩人則因理學的發達導致人生觀的改弦易轍（強調人生的使命感），而展現恬淡自適、微笑遙望等較偏於冷靜、樂觀與從容不迫的情感，在表現上則揚棄傳統全面直書海景的方式，而改以某一海景的特寫、較淡彩的自然取景方式，又其新增的人事取景方式，更呈現出個性化的特色；悟道方面，傳統詩多從海洋「變動」、「無盡」的特質領悟應「把握」有限生命以及時努力或享樂，北宋詩人則自「放手」面向思考，從海洋「變動」、「無盡」的特質領悟應不執著於個人的順逆通塞、小名小利，以及人與人間的緣分，而應活在當下、相逢隨緣，在表現上則除了傳統的白描直觀所見

的海流現象外，還善用海洋相關的神話傳說與哲學典故，展現出概括性與深刻性的特色。

就「才德比喻」主題言，傳統詩多選取大海廣納萬川、卑下百川、潤澤萬物等特性，以喻君子有容乃大、謙卑能下、潤育萬物等德性，少數詩作有以海之雄壯喻人之才高者；北宋詩人除了承繼以海喻德的寫法外，還因士大夫多遊於藝、繪畫和書法藝術高度繁榮等緣故，而多以海之廣大、流動等特性比喻君子的文藝才華，是異於傳統詩學之處。就「他界想像」主題言，漢魏南北朝詩人採「神遊」方式想像自由的海上仙鄉，藉對比現實人生的諸多局限，感性地寄託了自由、永恆的理想企盼；唐詩人則想像出美好純潔的海外仙鄉，以作為污濁現實的對立物，並改採「以夢遊仙」方式以含蓄表達對他界的懷疑態度；北宋詩人，思辨、尚理之風更盛，是以仍承「以夢遊仙」的書寫模式以表達質疑他界的理性態度，且對他界的描寫更加簡略，在感性地藉夢仙作為暫避現實的調劑中，透顯出更偏重理性的傾向。

就「特殊景象」主題言，傳統詩對海潮奇景、海族鯨魚等特殊海景，已有所關注而予以特寫；然而，對日常生活更精細觀察的北宋詩人，卻以更大的篇幅、更多樣的視角、更新穎的意象，細膩而生動地刻劃這些子題，並能從中引發感喟或哲思而呈顯出深刻的思想內涵。就「泛海體驗」主題言，傳統詩人多居內陸、缺乏親海經驗，對於偶有的泛海體驗，多以神秘、複雜的海洋意象書寫，呈現出畏海懼海或抑鬱不開的愁緒；及至北宋，詩人或設籍沿海、或長期濱海為官，有較多親海經驗，再加上對人的世界與日常生活更具興味，其泛海體驗書寫，遂改以清朗的海景與悠閒的人事之景，表現出主人翁愉悅自在的心境。

此外，北宋詩的海洋書寫，更開拓了新的主題，如：「海民關懷」、「海洋貿易」、「海洋生活」；這些新拓主題的書寫，雖多出之以

散文式的敘述與議論方式，但是，卻能「敘事詳明，議論痛快」，真切地反映北宋社會的民生疾苦、經濟繁榮與沿海生活實況，並透顯了北宋詩人的生民之愛、異文化之趣與寫實之樂等精神面貌。就「海民關懷」主題言，由於新儒學興盛，士大夫們多懷抱經世濟民思想，詩人們有更多機會到沿海為官，因此，詩人對海民生活的艱苦有更仔細的觀察，關懷同情海民的人道精神更加濃厚，對時政批評與建議的政治姿態也更加明顯，成功扮演了既是國家意識傳播者、又是為人民表達意見者的「中間人」的政治角色。就「海洋貿易」主題言，因朝廷實行開放的海洋政策，使海洋貿易得到較大發展，北宋詩人對於海港貿易的活絡、貿易貨品的多樣有生動的描述，並從中獲得異文化的體驗之趣。就「海洋生活」主題言，因宋人對日常生活的高度關切與興趣，北宋詩人對於海洋生活如飲食、居住、人情等方面的特殊體驗，往往不厭其煩地以較大的篇幅、甚或長歌形式，對其特徵與感受作真實而詳盡的書寫，並在客觀的觀察與細節的書寫中得到寫真之樂。更值得注意的是，廖肇亨曾指出：「海洋因素蘊藏著改變詩學風貌的潛能」[62]，而前述這些開拓性的海洋書寫主題，正為北宋詩學注入了一股揉合了深沉、新奇、異文化等多樣風格的、足以改變詩學面貌的新興能量。

透過本文的分析，從海洋文學史的角度可知，北宋詩的海洋書寫，無論在承繼傳統的主題書寫、或新開拓的主題書寫中，都透顯出北宋因理學思辨的風氣、經世濟民的思想、寫實主義的傾向、散文化的情調、海外貿易的興盛、航海技術的進步等因素的影響，而展現出有別於前代的，更具樂觀理性、哲理思維、人道關懷、細膩寫實、異文化色彩的時代書寫特徵，因而在古典海洋詩歌內涵的個性化、深刻

---

62 廖肇亨：〈長島怪沫、忠義淵藪、碧水長流──明清海洋詩學中的世界秩序〉，《中國文哲研究集刊》第32期（2008年3月），頁46。

化與藝術表現的多樣化、創新性的發展上，居於轉變關鍵的重要地
位。從思想史、社會史的角度可知，北宋詩中的海洋書寫，反映了北
宋社會民生疾苦、海外貿易活絡、蜑民生活特殊卻甘於平淡等現實，
以及北宋文人樂觀理性、重視哲思、關懷民瘼、勇於批判、親近生活
等迥異前代的精神面貌，為北宋思想與社會實況的研究提供了一種嶄
新的觀察視角。

主要參考文獻

一 傳統文獻（依時代先後排序）

〔周〕李耳撰　〔魏〕王弼注　《老子》　《景印文淵閣四庫全書》
　　　冊1055　臺北市　臺灣商務印書館　1984年

〔周〕列禦寇撰　〔晉〕張湛注　《列子》　《景印文淵閣四庫全
　　　書》　冊1055　臺北市　臺灣商務印書館　1984年

〔晉〕何晏注　〔宋〕邢昺疏　《重刊宋本論語注疏附校勘記》　臺
　　　北市　藝文印書館　1989年

〔晉〕張　華　《博物志》　臺北市　中華書局　1983年

〔晉〕郭璞注　《山海經》　《景印文淵閣四庫全書》　冊1042　臺
　　　北市　臺灣商務印書館　1984年

〔宋〕蘇軾撰　〔清〕王文誥輯註、孔凡禮點校　《蘇軾詩集》　北
　　　京市　中華書局　1996年

〔宋〕蘇軾撰　孔凡禮點校　《蘇軾文集》　北京市　中華書局
　　　1996年

〔宋〕蘇轍撰　曾棗莊、馬德富校點　《欒城集》　上海市　上海古
　　　籍出版社　1987年

〔宋〕黃庭堅著　鄭永曉整理　《黃庭堅全集輯校編年》　南昌市
　　　江西人民出版社　2008年

〔宋〕蔡襄撰　陳慶元、歐明俊、陳貽庭校注　《蔡襄全集》　福州
　　　市　福建人民出版社　1999年

〔宋〕祝穆編　《事文類聚》　合肥市　黃山書社　2008年

〔宋〕吳自牧著　張社國校註　《夢粱錄》　西安市　三秦出版社
　　　2004年

〔明〕許學夷　《詩源辯體》　合肥市　黃山書社　2008年

〔清〕王先謙　《莊子集解》　收入《新編諸子集成》　冊4　臺北
　　　市　世界書局　1983年

〔清〕清聖祖敕編　《全唐詩》　上海市　古籍出版社　1986年

〔清〕畢沅撰　楊家駱主編　《新校續資治通鑑》　臺北市　世界書
　　　局　1974年

逯欽立編　《先秦漢魏晉南北朝詩》　北京市　中華書局　1998年

北京大學古文獻研究所編　《全宋詩》　北京市　北京大學出版社
　　　1993年

四川大學古籍整理研究所編　曾棗莊、劉琳主編　《全宋文》　成都
　　　市　巴蜀書社　1989年

吳文治主編　《全宋詩話》　南京市　鳳凰出版社　1998年

二　近人論著（依作者姓氏筆畫排序）

王　立　〈中國古代文學的遊仙主題〉　《中國古代文學十大主題》
　　　臺北市　文史哲出版社　1994年

王慶雲　〈中國古代海洋文學歷史發展的軌迹〉　《青島海洋大學學
　　　報》　1999年4期　頁70-77

朱洪玉　〈從遊仙詩看山水詩的發展過程〉　《湖北成人教育學院學
　　　報》　17卷2期　2011年3月　頁83-84

吳智雄　〈試論先秦文學中的海洋書寫〉　《海洋文化學刊》　第6
　　　期　2009年6月　頁31-58

李文濤　〈宋代的海洋文明概況〉　《歷史月刊》　第261期　2009
　　　年10月　頁53-62

李劍亮　〈中國古典詩賦中的「海」意象〉　《浙江海洋學院學報》
　　　　16卷3期　1999年9月　頁21-25

汪漢利　〈從神話看先民的海洋認知〉　《浙江海洋學院學報（人文
　　　　科學版）》　27卷1期　2010年3月　頁6-9

尚光一　《唐詩中的海洋意象與唐人的海洋意識》　青島市　中國海
　　　　洋大學碩士論文　2008

高莉芬　《蓬萊神話：神山、海洋與洲島的神聖敘事》　臺北市　里
　　　　仁書局　2008年

徐鴻儒　《中國海洋學史》　濟南市　山東教育出版社　2005年

馬積高、黃鈞主編　《中國古代文學史》　臺北市　萬卷樓圖書公司
　　　　1998年

張振謙　〈試論北宋文人游仙詩〉　《蘭州學刊》　2010年6期　頁
　　　　167-169

張高評　〈海洋詩賦與海洋性格——明末清初之臺灣文學〉　《臺灣
　　　　學研究》　第5期　2008年6月　頁1-15

張高評　《宋詩之傳承與開拓——以翻案詩、禽言詩、詩中有畫為
　　　　例》　臺北市　文史哲出版社　1990年

張高評　《宋詩之新變與代雄》　臺北市　洪葉文化公司　1995年

郭正中主編　《中國鹽業史》　北京市　人民出版社　1999年

陳素貞　《北宋文人的飲食書寫——以詩歌為例的考察》　臺北市
　　　　大安出版社　2007年

陶文鵬　《一蓑烟雨任平生：蘇軾卷》　鄭州市　河南文藝出版社
　　　　2003年

黃純艷　《宋代海外貿易》　北京市　社會科學文獻出版社　2003年

葉嘉瑩主編　《蘇軾詞新釋輯評》　北京市　中國書店　2007年

詹堅固　〈宋代蜑民考略〉　《黑龍江社會科學》　2012年5期　頁
　　　　134-151

廖肇亨　〈長島怪沫、忠義淵藪、碧水長流——明清海洋詩學中的世
　　　　界秩序〉　《中國文哲研究集刊》　第32期　2008年3月
　　　　頁41-71

趙君堯　〈宋元海洋文學的時代特徵〉　《職大學報》　2002年1期
　　　　頁13-18

趙君堯　〈海洋文學研究綜述〉　《職大學報》　2007年1期　頁62-
　　　　64

趙君堯　〈論宋元海洋文學〉　《職大學報》　2003年3期　頁18-22

錢鍾書　《談藝錄》　北京市　中華書局　1984年

〔日〕瀧川龜太郎　《史記會注考證》　臺北市　洪氏出版社　1982
　　　　年

〔日〕吉川幸次郎著　鄭清茂譯　《宋詩概說》　臺北市　聯經出版
　　　　公司　2012年

〔日〕吉川幸次郎著　章培恆、駱玉明等譯　《中國詩史》　上海市
　　　　復旦大學出版社　2012年

〔美〕Franz Michael, *State and Society in Nineteenth century China*
　　　　(World Politics, Vol.7, No.3, 1955), pp. 419-433

論南宋詩海洋書寫的主題（上）
——以「藉海抒懷」、「特寫海景」二主題為例[*]

摘要

　　由於政治、經濟重心南移，航海技術猛進，詩人親海性大增，南宋詩中海洋書寫的主題內容、藝術風格較北宋更加豐富、生動，有繼承傳統主題者，亦有新興的主題。限於篇幅，本文乃專就其中傳統主題的部分予以探討，並選擇了作品比例最多的「藉海抒懷」、「特寫海景」兩個主題為例，自主題內容、藝術風格來探析南宋詩海洋書寫在傳統主題方面書寫特徵的承與拓情形。從而由海洋文學史的角度探知，南宋因動亂不安的時代背景，詩中展現出有別於前代的，更具悲憫百姓、憂心國事、戰鬥豪邁、細膩寫實的時代書寫特徵，因此在古典海洋詩歌內涵的格局擴大、深刻化與藝術風格的多樣化、創新性的發展上，具有大幅進展的重要地位。從思想史、社會史的角度探知，南宋詩中的海洋書寫，反映了南宋海洋居民飽受戰事威脅的現實，以及南宋文人關懷家國、勇於報國的精神樣態，為南宋思想與社會實況的研究提供了一種新的觀察視角。

關鍵詞：南宋詩、海洋書寫、主題、藉海抒懷、特寫海景

---

* 本文為科技部104年專題研究計畫【漢至宋詩海洋書寫研究】之部分研究成果。（計畫編號：MOST 104-2410-H-019-020）

一　前言

　　隨著政權南移（定都杭州）、經濟重心轉向南方發展、航海技術更加進步，使得南宋東南沿海地區（如：江蘇、浙江、福建等）的人口驟增、港市繁榮、海洋活動蓬勃、詩人設籍海濱或濱海為官的情形更多，也因此帶動了詩歌海洋書寫的風尚，海洋詩家與詩作的數量遠高於北宋，詩中海洋書寫的主題內容、藝術風格也較北宋更加豐富、生動，不僅有傳統主題（如：藉海抒懷、他界想像、特寫海景、泛海體驗、海民關懷、海洋貿易、海洋生活等）的繼承，亦由於海疆不寧、政治重心南移而更需向東南沿海與海島擴展等因素，而有新興主題（如：海洋戰爭、海神崇拜）的開拓。

　　限於篇幅，本文僅能就南宋詩海洋書寫中傳統主題的部分予以探討，並選擇了作品比例最多的「藉海抒懷」、「特寫海景」兩個主題為例，自主題內容、藝術風格來探析南宋詩海洋書寫在傳統主題方面書寫特徵的承與拓情形，從而由海洋文學史的角度為南宋詩海洋書寫尋一適切的定位，並由社會史、思想史的角度具體見出從海洋詩視角所反映的南宋現實與詩人情志。

二　藉海抒懷：從個人到國家、從自適到靜定

　　如前言所述，南宋詩的海洋書寫對於傳統主題如：藉海抒懷、才德比喻、他界想像、特寫海景、泛海體驗、海民關懷、海洋貿易、海洋生活等皆有所繼承；但由於政治中心南移，航海技術大幅提昇，詩人親海性更高，因此，才德比喻、他界想像等虛寫海洋的主題大量減少，而其他實寫海洋、或與實際海洋活動相關的主題書寫則蓬勃發展。

　　其中，「藉海抒懷」的主題，雖然可以虛寫、亦可以實寫海洋，但南宋詩人卻多藉己身耳目所聞所見之海以抒發一己情志，較少關於海外仙界、仙物的聯想。同時，在書寫內涵與表現手法上，南宋以前的詩人面對具有豐富面貌的海洋時，多運用視覺感官，藉「望」海所見以抒發個人的壯志、鄉愁或不遇之情，以及藉「觀」海所得以書寫領悟的生命哲思；南宋詩人，則在承續前人「望」海的手法外，還調動了聽覺，藉「聽」海所聞以抒發情思，並表現出更加含蓄深刻、豪邁雄壯且格局擴大的情感內涵特色。

（一）抒情：從個人到國家

1 藉阻隔海景寫思鄉念人之情

　　南宋以前，詩人面對浩渺無盡的大海，書寫阻隔其家鄉親友之望的原因中，最多的是海廣濤驚，如：「登高臨巨壑，不知千萬里。雲島相連接，風潮無極已」[1]、「瀛海安足窮……疲老還舊邦」[2]、「目送滄海帆……動別知會難」[3]、「莫嫌瓊雷隔雲海，聖恩尚許遙相望」[4]；其次是航行時的海程難測與海族威脅，如：「封書欲寄天涯意，海水風濤不計程」[5]、「滄溟西畔望，一望一心摧。地即同正朔，天教阻往

1　〔北齊〕祖珽：〈望海詩〉，逯欽立編：《先秦漢魏晉南北朝詩》（北京市：中華書局，1998年），頁2273。以下凡引漢至南北朝詩，皆出此書。

2　〔南朝宋〕鮑照：〈從拜陵登京峴詩〉，《先秦漢魏晉南北朝詩》，頁1281。

3　〔唐〕劉長卿：〈嚴子陵瀨東送馬處直歸蘇〉，〔清〕清聖祖敕編：《全唐詩》（臺北市：文史哲出版社，1978年），卷149，頁1533。

4　〔宋〕蘇軾：〈吾謫海南，子由雷州，被命即行，了不相知，至梧乃聞其尚在藤也，旦夕當追及，作此詩示之〉，〔宋〕蘇軾撰，〔清〕王文誥輯註，孔凡禮點校：《蘇軾詩集》（北京市：中華書局，1996年），卷41，頁2245。

5　〔宋〕蔡襄：〈春潮〉，〔宋〕蔡襄撰，陳慶元、歐明俊、陳貽庭校注：《蔡襄全集》（福州市：福建人民出版社，1999年），卷8，頁187-188。

來。波翻夜作電，鯨吼晝為雷」[6]。

至於南宋，詩人也有繼承上述兩種因素的書寫，但卻突破了前人直書的方式，而以更委婉曲折、具體生動的意象書寫，含蓄而深刻地傳達出因海廣、濤高、海族威脅而造成的家鄉阻隔之感，如：

三日離家客，悠然覺路長。梅花十里眼，竹葉一杯腸。詩思貪家境，眉頭憶故鄉。江山看未足，回首隔滄浪。（王十朋〈過黃岩〉）[7]

高臺十日不曾登，雨後揩藤挂晚晴。城外諸峰迎落照，松根細草總斜明。眼穿嶺北書不到，秋入海南愁頓生。只有荷花舊相識，風前翠蓋為人傾。（楊萬里〈雨霽登連天觀〉）[8]

裊裊秋風度汎寥，臥聞微雨打芭蕉。黃花籬落重陽近，白髮江津客路遙。家信隔年新恨過，篋衣經暑舊香消。小槽正想珍珠滴，海舶來時寄一瓢。（李光〈寄內丁卯九月〉）[9]

三位作者皆以強調己身望鄉或思鄉的形象，迂迴曲折地埋怨廣袤大海的阻隔：第一首寫王十朋旅途中對家鄉的回顧之舉，眼前黃岩（在今浙江省台州市）特有的梅花花海，仍不足以抑制詩人的故鄉之望，詩末幽微地道出對「滄浪」阻隔視線的怨懟之情；第二首寫楊萬里的登高望鄉，並以他只識眼前景中的荷花，反襯身處嶺南異域的陌生之感與寂寞之情，又以他感受到「秋入海南」隱約地點出大海的阻隔乃是

---

6 〔唐〕林寬：〈送人歸日東〉，《全唐詩》，卷606，頁7001。

7 〔宋〕王十朋撰，梅溪集重刊委員會編：《王十朋全集》（上海市：上海古籍出版社，1998年），卷3，頁41。

8 〔宋〕楊萬里：《誠齋集》（臺北市：臺灣商務印書館，1983年），卷16，頁165。

9 〔宋〕李光：《莊簡集》（北京市：線裝書局，2004年），卷5，頁9。

導致其鄉愁的主因；第三首寫李光靜臥海城思內的想像，巧借李賀〈將進酒〉[10]對江南美酒與美女的形容，概括而含蓄地傳達思念內人之情，而詩末對「海舶」寄酒的冀盼更暗示了因大海阻隔歸鄉的無奈。又如：

> 遠人仍遠別，把手話江皋。積水三韓路，西風八月濤。海門山似粒，洋嶼樹如毛。他日難通信，相思夢寐勞。（釋文珦〈送僧歸日本〉）[11]
> 雨昏郡郭連三日，吏報江流忽數回。江海漲津吏輒報，日或三四至正歡船如天上坐，那知人自日邊來。臂弓腰箭身今老，航海梯山運已開。漢虜不應常自守，期公決策畫雲臺。（陸游〈因王給事回使奉寄〉）[12]

前首以具體的「三韓路」（朝鮮半島）、「八月濤」，確切地指出僧友歸日海途中濤高水積的危險，音書也將因此而難以通達；後者則誇飾潮高足以使船沖天的意象，生動地展現航海之險與送別友人之思。再如：

> 高丘遠望海，秋思窮渺瀰。苦吟有鬼泣，直釣無人知。有時捲龜殼，箕踞食蛤蜊。落日明雲霞，狂風舞蛟螭。……畫圖障我

---

10 〔唐〕李賀〈將進酒〉：「琉璃鍾，琥珀濃。小槽酒滴真珠紅，烹龍炮鳳玉脂泣。羅屏繡幕圍香風，吹龍笛。擊鼉鼓，皓齒歌。細腰舞，況是青春日將暮。桃花亂落如紅雨，勸君終日酩酊醉，酒不到劉伶墳上土。」（《全唐詩》，卷393，頁4434）

11 〔宋〕釋文珦：《潛山集》（臺北市：藝文印書館，1964年），卷8，頁5。

12 〔宋〕陸游撰，錢仲聯校注：《劍南詩稿校注》（上海市：上海古籍出版社，1985年），卷18，頁1406。

目，隔此天一涯。欲携我簑笠，風雨從所之。漁僮緩皷枻，驚
我白鷺鷥。我欲從伊人，薄酒分一巵。（蒲壽宬〈寄丘釣磯〉）[13]

詩人極寫海族「蛟螭」狂舞風濤之威脅，以致無法前往好友釣磯翁
（丘葵之自號）所避居的海島。

尤可注意的是，南宋詩人在描寫大海阻隔鄉望之時，還經常伴隨
著干戈因素的書寫，反映出其時戰亂不安的時代背景，如：

煙嵐飛翠蓋，鯨海泛龍舟。退避亦已遠，憑陵殊未休。包胥思
慟哭，曹劌願深謀。嘆息繞朝策，何人知故侯？（李綱〈清明
日得家書四首〉其四）[14]
四年除夕旅殊方，海上歸來路更長。暮景飛騰催老病，餘生留
滯且炎荒。傳聞寇盜紛驚擾，歎息江湖墮渺茫。杳杳東吳家萬
里，椒盤誰與頌馨香？（李綱〈除夜與宗之對酌懷家〉）[15]
海上歸來心緒多，鬢邊無那白標何？詩情初得江山助，酒量自
因風月多。黃卷中間親聖哲，白雲深處避干戈。弟兄念我心應
切，故向梅花嶺上過。（李綱〈遣興二首〉其二）[16]
江海相望萬里餘，干戈阻絕久離居。沉魚斷雁杳何所？一紙千
金初得書。身脫鯨波真偶爾，家鄰兵火幸恬如。弟兄老矣何為
者？相約羅浮同結廬。（李綱〈家問自閩中轉來走筆寄諸弟〉）[17]

---

13 〔宋〕蒲壽宬：《心泉學詩稿》（臺北市：臺灣商務印書館，2010年），卷1，頁13。
14 〔宋〕李綱：《李綱全集·梁谿集》（長沙市：岳麓書局，2004年），卷25，頁333。
15 〔宋〕李綱：《李綱全集·梁谿集》，卷25，頁330。
16 〔宋〕李綱：《李綱全集·梁谿集》，卷25，頁340。
17 〔宋〕李綱：《李綱全集·梁谿集》，卷26，頁345。

此四首乃南宋初年主戰派宰相李綱所作，由「退避」、「寇盜」、「干戈」等詞彙運用可知，金人的侵擾是造成他流放海南、與家人離居的主因；由「鯨海」、「鯨波」等深具危險感的海洋意象可知，南海是詩人與親友相離萬里、使其內心既驚懼又無奈的最大阻隔；又從詩人以哭秦庭七日為楚退敵的忠臣申包胥、為魯莊公論戰退齊的謀士曹劌自喻可知，即使飽受戰亂、謫貶海涯的苦難與折磨，李綱仍心繫家國，輒思有以報國安家，表現出深刻而大格局的情意。又如：

> 不見江東弟，急難心惘然。念君經世亂，臥病海雲邊。（文天祥〈弟第一百五十四〉）[18]
>
> 風塵淹白日，乾坤霾漲海。為我問故人，離別今誰在。（文天祥〈懷舊第一百五〉）[19]
>
> 茫茫地老與天荒，如此男兒鐵石腸。七十日來浮海道，三千里外望江鄉。高鴻尚覺心期闊，寒馬何堪腳跡長。獨自登樓時柱頰，山川在眼淚浪浪。（文天祥〈登樓〉）[20]

此三首乃南宋末年主戰派名臣文天祥所作，由於赴元談判遭囚禁後僥倖脫逃，遂一路亡命海上（「浮海道」），與家人、故友分離。詩中「霾漲海」意象鮮明飽滿，一方面以「漲海」指陳高濤猛浪為阻絕其故鄉之望的障礙，一方面又以「霾」字隱喻世亂非常，使其苦遭急難，內心惘然。雖然如此，詩人還是以「鐵石腸」自明心跡，儘管南歸海路偃蹇悠遠，仍不畏艱險，不減念家報國之思，情感真摯，格局極高。

---

18 〔宋〕文天祥：《文文山全集》（臺北市：世界書局，1956年），卷16〈集杜詩〉，頁434。

19 〔宋〕文天祥：《文文山全集》，卷16〈集杜詩〉，頁421。

20 〔宋〕文天祥：《文文山全集》，卷14〈指南後錄〉，頁351。

　　除了上述內容方面的開拓外，在藝術表現上，南宋詩人更突破傳統集中視覺感官摹寫的手法，而新增聽覺的描繪，使得詩人的家鄉之望更增撼動心弦的力量。如：

> 嶺頭無復一人來，漁店收燈戶不開。松氣滿山涼似雨，**海聲中夜近如雷**。擬披醉髮橫簫去，只寄鄉書與劍迴。他日有人傳肘後，尚堪收拾作詩材。（劉克莊〈蒜嶺夜行〉）[21]
>
> 十里青山接郡城，危樓四望眼添明。**海冥天闊鄉心切，更聽飛飛鴻雁聲**。（王十朋〈與鄭時敏登樓把酒書二絕〉其一）[22]
>
> 片帆湖海闊，移纜晉江濱。客思蜑邊老，**秋蟬鴈外新**。同吟兒對榻，獨酌影隨身。暗卜歸時節，修書托便鱗。（胡仲弓〈和溪翁二首〉其二）[23]

異域如雷的海潮聲既陌生又撼動人心，海上鴻雁南歸時震耳的拍羽聲又引人歸鄉之思，水濱蜑兒、秋蟬淒涼的鳴聲音更牽引出年華老大的焦慮與客居他鄉的愁緒。如此同時調動視、聽兩種感官（甚至還有「涼似雨」的膚覺），更添生動的臨場感，更深化詩人的鄉情。

2 借奇壯海景寫豪邁雄壯之志

　　由於傳統詩歌傾向以悲觀思想為基調，[24]南宋以前，多數詩人在面對浩渺無際、恆久不變的大海時，不僅未能激發出浩然的壯志，反

---

21 〔宋〕劉克莊：《後村集》（臺北市：臺灣商務印書館，1983年），卷1，頁7-8。

22 〔宋〕王十朋：《王十朋全集》，卷5，頁79。

23 北京大學古文獻研究所編：《全宋詩》（北京市：北京大學出版社，1993年），卷3333，頁39753。

24 張高評：《宋詩之傳承與開拓——以翻案詩、禽言詩、詩中有畫為例》（臺北市：文史哲出版社，1990年），頁86。

倒因對比出生命的渺小感、短暫感，而興發出關於自身的孤獨、衰老、不遇之嘆，如：「滄波不可望，望極與天平。往往孤山映，處處春雲生」[25]寫孤獨之感，「江邊身世兩悠悠，久與滄波共白頭。造物亦知人易老，故叫江水向西流」[26]致衰老之嘆，「混沌本冥冥，泄為洪川流。雄哉大造化，萬古橫中州。……時來會雲翔，道塞即津遊」[27]抒不遇之悲。然而，亦有部分詩人能由遙望奇壯海景之中生發雄放豪邁之志，如：「東臨碣石，以觀滄海。水何淡淡，山島竦峙。樹木叢生，百草豐茂。秋風蕭瑟，洪波湧起。日月之行，若出其中；星漢燦爛，若出其裏。幸甚至哉！歌以言志」[28]，借海洋吞吐日月、秋風激起洪濤之雄壯海景，輔以海島上山高、木密、草茂等壯美的次意象，抒寫其觀海引發的躊躇滿志；又如：「長風破浪會有時，直挂雲帆濟滄海」[29]，借征服巨海的氣勢寫己之凌雲壯志。

　　到了飽受外患之苦的南宋，詩人們大多不再藉滄海對比、嗟怨自身的衰老或不遇，而是直承曹操、李白的借壯海寫壯志，承曹操者，如：

> 衰髮不勝白，寸心殊未降。避風留水市，岸幘倚船窗。**日上金鎔海，潮來雪捲江**。登臨數奇觀，未易敵吾邦。（陸游〈西興泊舟〉）[30]
>
> 造物寧能困此翁，浩歌庭下答松風。煌煌斗柄插天北，**焰焰月輪生海東**。皂纛黃旗都護府，峨冠長劍大明宮。功名晚遂從來

25　〔齊〕謝朓：〈和劉西曹望海臺詩〉，《先秦漢魏晉南北朝詩》，頁1440。

26　〔宋〕蘇軾：〈八月十五日看潮五絕〉其三，《蘇軾詩集》，卷10，頁485。

27　〔唐〕長孫佐輔：〈楚州鹽壝古墻望海〉，《全唐詩》，卷469，頁5336。

28　〔魏〕曹操：〈步出夏門行〉，《先秦漢魏晉南北朝詩》，頁353。

29　〔唐〕李白：〈行路難〉，《全唐詩》，卷162，頁1684。

30　〔宋〕陸游撰，錢仲聯校注：《劍南詩稿校注》，卷17，頁1338。

> 事，白首江湖未歎窮。（陸游〈冬夜月下作〉）[31]

詩人不僅如曹操〈步出夏門行〉中借海洋吞吐日月之壯景寫未降之寸心，更強調了日月金光遍照海面的奇觀，以明一己對報國志業的活力與熱情是足以持續至晚年的。另承李白者，如：

> 我欲築化人中天之臺，下視四海皆飛埃；又欲造方士入海之舟，**破浪萬里求蓬萊**。……半酣脫幘髮尚綠，壯心未肯成低催。（陸游〈池上醉歌〉）[32]

詩人以李白「長風破浪會有時」的征服海洋意象為基礎，再加上「萬里求蓬萊」等字眼，既增加了實空間的擴大感（「萬里」），也加深了詩人現實的挫折感與對理想追求的豪邁感（「蓬萊」的想像，象徵現實無法達成的理想境界）。

值得注意的是，除了上述視覺的書寫外，南宋詩家還調動了聽覺來抒發壯志，這是對前人的新拓之處。如：

> 地角潮來未五更，陰雲解駁作霜晴。星河明潤天容睟，**風浪喧豗海氣清**。粗見鯤鵬潛化理，豈無犬馬戀軒聲。遠遊不作乘桴計，虛號男兒過此生。（李綱〈次東坡韻二首〉其一）[33]
>
> 影靜長安道，涼風響轡銜。海天低到水，江日晚明帆。**潮遣先驅壯**，聲吞絕島巉。黃塵征袖滿，卻愧著朝衫。（楊萬里〈到龍山頭〉）[34]

---

31 〔宋〕陸游撰，錢仲聯校注：《劍南詩稿校注》，卷16，頁1237。

32 〔宋〕陸游撰，錢仲聯校注：《劍南詩稿校注》，卷4，頁394。

33 〔宋〕李綱：《李綱全集．梁谿集》，卷22，頁318。

34 〔宋〕楊萬里：《誠齋集》，卷2，頁17。

秋雨初霽開長空，夜天無雲吐白虹，**擘波浴海出日月，破山卷地驅雷風**。崑崙黃流瀉浩浩，太華巨掌摩穹穹。平生所懷正如此，拜賜虛皇稱放翁。放翁七十飲千鍾，耳目未廢頭未童。向來楚漢何足道，真覺萬古無英雄。行窮禹跡亦安往，聊借曠快洗我胸。濤瀾屢犯蛟鱷怒，澗谷或與精靈逢。黃金鑄就決河塞，俘獻頡利長安宮。不如醉筆掃青嶂，入石一寸豪健驚天公。（陸游〈醉書秦望山石壁〉）[35]

轟鬧喧騰的風鼓浪湧之聲，使李綱聯想到鯤化為鵬、展翅高翔九萬里空的壯舉，並藉此暗喻其男兒報國凌雲之志；聲吞島巘的震天潮響，激發了楊萬里報效朝廷、征服敵寇之壯志；破山捲地而來的如雷海風，更使陸游興起掃滅金人俘虜的豪情。

3 借衰殘海景寫國家百姓之憂

除了傳統的借壯景寫壯志外，南宋詩還新增了以衰殘之海景寫國家百姓之憂，具體地反映了南宋備受外族威脅的岌岌國勢，也透顯出南宋詩人較大格局的情感表現。大致可分兩種，一是以迷濛的海景表達對國是的憂心，如：

古來雲海浩茫茫，北望悽然欲斷腸。不得中州近消息，六龍何處駐東皇。（李綱〈郡城南曰瓊臺北曰語海余易之曰雲海登眺有感〉其二）[36]

夜靜吳歌咽，春深蜀血流。向來蘇武節，今日子長游。**海角雲**

---

35 〔宋〕陸游撰，錢仲聯校注：《劍南詩稿校注》，卷21，頁1610。

36 〔宋〕李綱：《李綱全集‧梁谿集》，卷22，頁320。

為岸，江心石作洲。丈夫竟何事，底用泣神州。（文天祥〈長
溪道中和張自山韻〉）[37]

漠漠愁雲海戍迷，十年何事望京師。李陵罪在偷生日，蘇武功
成未死時。鐵石心存無鏡變，君臣義重與天期。縱饒夜久胡塵
黑，百煉丹心涅不緇。（文天祥〈題蘇武忠節圖有序〉三首之
三）[38]

江氛海霧暗前村，四望秋空一白雲。忽有數峯雲上出，好山何
故總無根。（楊萬里〈富陽曉望〉）[39]

李綱以雲海茫茫遮蔽其故國之望，極寫其憂心國君為避夷狄侵擾之
亂，不得不移駕駐蹕的安危。天祥、萬里則分別以海上的愁雲、暗霧
來譬喻朝中小人，對於神州蒙塵、國危無根深致遺憾與無奈。另一是
以敗壞的海景表示對生靈塗炭的哀痛，如：

憶昔廷諍駐蹕時，孤忠欲挽六龍飛。萊公謾有親征策，亞父空
求骸骨歸。靈武中興形勢便，江都巡幸士心違。累臣獨荷三朝
眷，瘴海徒將血涕揮。（李綱〈「伏讀三月六日內禪詔」書及傳
將士牓檄慨王室之艱危憫生靈之塗炭悼前策之不從恨姦回之誤
國感憤有作聊以述懷四首〉其一）[40]

胡騎長驅擾漢疆，廟堂高枕失提防。關河自昔稱天府，淮海于
今作戰場。退避固知非得計，威靈何以鎮殊方？中原夷狄相衰

---

37 〔宋〕文天祥：《文文山全集》，卷13〈指南錄〉，頁345。

38 〔宋〕文天祥：《文文山全集》，卷13〈指南錄·補遺〉，頁347。

39 〔宋〕楊萬里：《誠齋集》，卷26，頁285。

40 〔宋〕李綱：《李綱全集》，卷23，頁308。

盛，聖哲從來只自強。（同上，其二）[41]

踏雪遙登望海亭，扶桑日上臥龍醒。微臣望處非滄海，只望堯
天萬里青。（王十朋〈望海亭〉）[42]

風打船頭繫夕陽，亭前老子舊胡牀。青牛過去關山動，白鶴歸
來城郭荒。忠節風流落塵土，英雄遺恨滿滄浪。故園水月應無
恙，江上新松幾許長。（文天祥〈蒼然亭〉）[43]

瘴海、戰海，都表達了李綱對生靈塗炭的悲憫，而楊萬里則以所望之
海竟「非滄海」來透顯對國是日非的眈心與對政治清平的盼望。至於
天祥，因逃亡海路，遂以風打船頭的狼狽景象來抒發一己英雄流落、
報國無門之悲。

　　本小節在藉衰殘海景寫國家百姓之憂時，往往結合了天子意象
（「六龍」、「堯天」等）與忠臣典故（主戰的寇萊公、善謀的亞父、
持節的蘇武等），強化了詩人們憂心朝廷的孤忠與報國無門的遺憾。

（二）哲思：從自適到靜定

　　北宋以前的詩人，面對變動不居、巨大無盡的海洋所引發的哲
思，多傾向於把握時光努力或行樂，如：「百川東到海，何時復西
歸！少壯不努力，老大徒傷悲」[44]、「瀚海有歸潮，衰容不還稚。君今
且安歌，無念老方至」[45]；北宋詩人則從放手面向思考人生，或由海
之巨大對比人類之渺小而悟名利之不足掛齒，如：「眇觀大瀛海，坐

---

41 〔宋〕李綱：《李綱全集》，卷23，頁309。

42 〔宋〕王十朋：《梅溪集・後集》，收入《景印攝藻堂四庫全書》（臺北市：世界書
　　局，1986年），冊395，卷4，頁296。

43 〔宋〕文天祥：《文文山全集》，卷14〈指南後錄〉，頁353。

44 〔漢〕樂府相和歌辭・平調曲：〈長歌行〉，《先秦漢魏晉南北朝詩》，頁262。

45 〔南朝宋〕鮑照：〈冬日詩〉，《先秦漢魏晉南北朝詩》，頁1309。

詠談天翁。茫茫太倉中，一米誰雌雄」[46]，或由滄海亦可變為揚塵而
悟世界成壞相尋之理，當不問人間順逆通塞而享當下之自適自得，
如：「深谷為陵岸為谷，海水亦有揚塵時。……聖言世界有成壞，況
此馬體之毫釐。……俯眉袖手飽飯行，那更從人間通塞」[47]。

　　南宋詩人之藉海悟道，多承北宋詩人從「放」的面向體悟人生哲
理。例如，觀海之巨大無盡時，與蘇軾相似，將之視為大宇宙以對比
人類世界的渺小，從而領悟不應汲汲於小名小利，由此得精神的解
脫，詩云：

> 醉倚危欄望海鯨，乍看潮落又潮生。眼中世界粟來大，身外乾
> 坤葉樣輕。鷗鷺行藏無俗迹，魚龍變化詎虛聲。冥搜誤入蠻烟
> 去，祇恐梅花句未清。（胡仲弓〈寄李希膺二首〉其一）[48]
> **湖海歸來**世念輕，短篷終日載吟聲。天風約住雲來往，萬里長
> 空一雁橫。（胡仲弓〈和趙同叔見寄韻〉其一）[49]
> 碧海瞰危亭，**波光混太清**。曠懷知樂此，夷險本來平。（李綱
> 〈次海康登平仙亭次萊公韻〉）[50]
> 瘦藤挂破山頭雲，山溪盡處開危亭。**平田萬頃際大海，海無所**
> **際空冥冥**。乾端坤倪悉呈露，飛帆去鳥無遺形。蓬萊去人似不
> 遠，指點水上三山青。褰裳濡足恐未免，倘有飆馭吾當乘。是
> 中始覺宇宙大，眼力雖窮了無礙。雲夢八九不足吞，回視塵寰
> 一何隘。曾聞芥子納須彌，漫說草菴舍法界。看我振衣千仞

---

46 〔宋〕蘇軾：〈行瓊、儋間，肩輿坐睡。夢中得句云：千山動鱗甲，萬谷酣笙鐘。
　　覺而遇清風急雨，戲作此數句〉，《蘇軾詩集》，卷41，頁2246。

47 〔宋〕張耒：〈山海〉，北京大學古文獻研究所編：《全宋詩》，卷1163，頁13117。

48 北京大學古文獻研究所編：《全宋詩》，卷3334，頁39782。

49 同前註，卷3335，頁39798。

50 〔宋〕李綱：《李綱全集・梁谿集》，卷24，頁321。

岡，笑把毫端捲烟海。（樓鑰〈登育王山望海亭〉）[51]

動地驚風起海陬，為人吹散兩眉愁。身行島北新春後，**眼到天南最盡頭**。眾水更來何處著，千峰赴此卻回休。客間供給能消底，**萬頃煙波一白鷗**。（楊萬里〈潮陽海岸望海〉）[52]

無論是胡仲弓、李綱、樓鑰的登高遙望滄海，抑或是楊萬里的立足海岸平視萬頃煙波，詩人們對於眼前這眾水歸流、海天一色、橫無際涯的遼闊滄溟，無不興發宇宙大、塵寰隘之強烈對比感，無盡的海就像一個宇宙大倉，而人類所處的世界僅是大倉中的一粒粟米，[53]何必執著於世念中的微名小利？不如胸懷曠達，笑看世事。

又如，觀海潮之往復變動、去而復返，不僅承北宋詩人放棄執著以求安閒自適，更能進一步藉聽海來體悟萬動歸靜之理，詩云：

淨洗塵埃腳，時來訪道林。但知謀隱是，何用入山深。瀹茗延新話，撞鐘動苦吟。夜分僧出定，**靜聽海潮音**。（胡仲弓〈次馮深居韻贈原上人〉）[54]

海上傳呼夜報更，舟師歡喜得新晴。風帆擘浪去時急，海月籠雲分外清。天影合中觀妙色，**潮波迴處悟圓聲**。從來渤海為全體，試問一漚何處生。（李綱〈次東坡韻二首〉其二）[55]

---

51 〔宋〕樓鑰：《攻媿集》（臺北市：臺灣商務印書館，1967年），卷1，頁11-12。

52 〔宋〕楊萬里：《誠齋集》，卷18，頁188-189。

53 《莊子‧秋水》：「計中國之在海內，不似稊米之在大倉乎？」（〔清〕王先謙：《莊子集解》，收入《新編諸子集成》，冊4，臺北市：世界書局，1983年，頁101）

54 北京大學古文獻研究所編：《全宋詩》，卷3333，頁39761。

55 〔宋〕李綱：《李綱全集‧梁谿集》，卷22，頁318。

潮來潮往的律動聲音，在夜半時分聽得特別清楚，詩人胡仲弓以靜心
打坐完畢的僧人出定形象，配以深夜規律的、平和的海潮妙音，透顯
其內在所體悟的清淨心境。至於李綱，雖不幸被貶瓊州萬安軍，但在
夜渡瓊海之際，卻能自海潮一往一復的波動聲中，如聽如來說法般，
妙悟圓聲，而心領神會、得大智慧：人心如整個大海（「渤海」），只
要心海澄淨，則妄念（「一漚」）即無由而生。「海潮音」乃佛教意
象，藉海潮進退不失時，以喻觀音菩薩之說法是應機而不失時的
（〈普門品〉），因此，熟諳佛典的南宋詩人們面對大海時，無論當時
自身遭際如何，多能自海潮之音進入靜定之境，使內心充滿妙悅澄
淨，而能盡情欣賞海上天光雲影的美妙清景。

三　特寫海景：從登高遠望到置身其間

　　前一節「藉海抒懷」主題中的內容書寫，乃以作者情志為主、海
洋為輔，而此節「特寫海景」主題之內容書寫，則多以海洋為審美主
體，作者情志僅以一、二句點出，或隱於詩外。南宋以前詩人刻意特
寫的海景，主要有：海潮、海市、颶風等奇景，以及海山勝景，其中
又以海潮奇景、海山勝景為大宗，且多採登高遠望的方式。及至南
宋，雖然描寫的海景仍不超出上述諸項，且亦集中於海潮奇景、海山
勝景的書寫，但在描山刻水以誌山海之樂外，還增添了國事之憂、和
平之盼等情意展現，反映了南宋兵戈紛擾的時代特色。同時，在景致
內容的書寫上亦更加豐富多樣，如寫海潮，除觀潮全記錄外、更添聽
潮之妙音；又如寫海市，除樓閣阜仙、車馬人物外，還新增橋欄柳
花、鶴仙童女、龍馬蛟鯨、旗戈戰士等；再如寫強風，除舶趨風外，
更有阻風、潮風等。在表現手法上，益發後出轉精，呈顯較北宋更新
奇多變的藝術特徵。在描繪視角上，除了登高遠望，也新增了舟中觀

賞、岸邊遊歷的方式，使得取景更有變化，寫景效果更佳妙。茲舉作品比重最多的海山勝景為例，詳述如下：

（一）登高遠望：收納山海整體於心目之開拓感

登高望遠，可以「使人意退」[56]，一如唐代李嶠所云：「非高遠無以開沈鬱之緒」[57]，徐復觀亦指出此覽觀方式「可以開擴遊者的胸襟」，因為「在登山臨水時的遠望，可以望見在平地上所不能望見的山水的深度與曲折」、「遠是山水形質的延伸。此一延伸，是順著一個人的視覺，不期然而然的轉移到想像上面。由這一轉移，而使山水的形質，直接通向虛無，由有限直接通向無限；人在視覺與想像的統一中，可以明確把握到從現實中超越上去的意境」[58]；因此，它一直是傳統詩人欣賞自然美景時最常採取的方式，當然，對臨山海勝景時亦不例外，如：「翠鳳翔淮海，衿帶遶神坰。北阜何其峻，林薄杳葱青」[59]，望見的是山（鍾山）峻海（淮海）闊之壯美，「嶜崟疏丹壑，朝宗合紫微。三山巨鼇湧，萬里大鵬飛」[60]寫遙望日映山海所引發之神話想像，皆透顯出作者精神超越的自在愉悅；及至北宋，此類詩作遽增，且詩題中多明確標出登覽地點，如：「紫煙孤起麗朝日，定是海山飛得來。化工造物能神奇，不必驚世出蓬萊。千來隱淪被昭洗，博

---

56 張協〈雜詩〉其九：「重基可擬志，迴淵可比心」句李善注引「顧子」云。見〔南朝梁〕蕭統撰，〔唐〕六臣註：《文選》（臺北市：華正書局，1981年），卷29〈詩己·雜詩上〉，頁555。

57 〔唐〕李嶠：〈楚望賦〉，〔清〕董誥等奉敕編：《欽定全唐文》（臺北市：啟文出版社，1961年），卷242，頁3093。

58 徐復觀：〈山水畫創作體驗的總結——郭熙的林泉高致〉，收入氏著：《中國藝術精神》（臺北市：臺灣學生書局，1998年），頁345-346。

59 〔南朝梁〕沈約：〈游鍾山詩應西陽王教〉五章之一，《先秦漢魏晉南北朝詩》，頁1632。

60 〔唐〕李嶠：〈海〉，《全唐詩》，頁18。

山我勸爾一杯。先生髮白足力強，遙思秋風醉幾回」[61]、「劍氣崢嶸夜
插天，瑞光明滅到黃灣。坐看暘谷浮金暈，遙想錢塘湧雪山。已覺蒼
涼蘇病骨，更煩沆瀣洗衰顏」[62]，詩人多妙用生動的譬喻以寫日映山
海之奇、浪濤奔湧之壯，並結合一己形象的描繪、蓬萊仙山的想像，
乃至跨越現實空間聯繫至遠方的錢塘海潮，在視線與想像的延展中，
有效地將山海之勝景與一己開拓之胸襟更曲折而具體地勾勒出來。

　　南宋詩人的登高觀覽山海之作，亦同於北宋，不僅數量極多，而
且多於詩題中明確標出登覽地點，亦喜用蓬萊意象喻寫海中山，如：
「祖龍車轍遍塵寰，只道蓬萊在海間。空向望秦山上望，不知此處是
神山」[63]，甚至，對於蓬萊仙話有較北宋更細緻具體的描繪，如：

> 饒陽景物猶武夷，岩石崛起多瑰奇。此峰厥狀更詭異，舉首曳
> 尾如靈龜。穹隆曝甲正霜曉，蹣跚引氣當晴暉。故知造化巧凝
> 結，欲問所以良難推。吾疑龍伯釣溟渤，六鼇連引背負歸。中
> 途遺一尚贔屓，直欲赴海冠峨巍。又疑清江使河伯，波濤相失
> 留于斯。化為巨石峙千古，雖欲鑽灼無由施。茫茫神怪不可
> 詰，但使風景增清輝。我來閩嶺厭山水，見此還復伸雙眉。頗
> 嗟行役不果到，側身西望生長悲。（李綱〈望龜峰〉）[64]

李綱是南宋高宗建炎年間的宰相，祖籍邵武（今屬福建），為主戰
派，可惜僅主政七十五天即遭罷黜，終其一生皆為國事憂煩；他來到
福建的望龜峰遠眺海山，卻未能消憂，反而藉龍伯大人釣走六鼇使神

61 〔宋〕黃庭堅：〈博山臺〉，《全宋詩》，卷1018，頁11607。
62 〔宋〕蘇軾：〈南海神廟浴日亭〉，《蘇軾詩集》，頁2067。
63 〔宋〕王十朋：〈蓬萊閣〉，《王十朋全集》，卷13，頁202。
64 〔宋〕李綱：《李綱全集》，卷14，頁162。

山漂流的蓬萊神話想像，表達國家失序的悲憤之情，體現了南宋初期士大夫的愛國熱情。值得一提的是，除了蓬萊仙話的想像外，南宋詩人更縱情馳聘想像力，集多種海洋神話於一爐，如：

> 青天與海連，羲娥代吞吐。封姨助餘威，陽侯倏起舞。或奔千丈龍，或轟萬疊鼓。蓬弱此路通，祇界一斥鹵。浩浩無津涯，尾閭關地戶。嬴女驅鮫人，獻怪扶桑府。琛球來百蠻，珓珠還合浦。獨立象罔外，身世等一羽。宇宙納溟渤，萬山齊傴僂。清風與明月，造物不禁取。臨流喜得句，玉欄失笑拊。眺望此一時，頃洞注千古。安得捲上天，霈作天下雨。（胡仲弓〈海月堂觀濤〉）[65]

設籍福建的胡仲弓，登上福建莆田北方囊山寺海月堂遙望大海，將海天一色的浩渺大海想像成日神月神隱現的殿堂，將奔騰的海濤想像成風神水神起舞的丰姿，而雪白晶瑩的浪花應是弄玉驅使鮫人獻給扶桑府的珍珠。然而，長期流寓杭州的胡仲弓，透過繽紛海洋神話的構築所欲表達的情感與李綱的愛國情緒不同，而是一種懷才不遇、試圖超脫現實桎梏的身世縹緲之感。

此類遙望海山之詩作，南宋詩人在藝術技巧上還另有突破北宋之處，如：

> 繫船浮玉山，清晨得奇觀。日輪擘水出，始覺江面寬。遙波蘸紅鱗，翠靄開金盤，光彩射樓塔，丹碧浮雲端。（陸游〈金山觀日出〉）[66]

---

65 北京大學古文獻研究所編：《全宋詩》，卷3336，頁39815。
66 〔宋〕陸游撰，錢仲聯校注：《劍南詩稿校注》，卷2，頁138。

望中雪嶺界天橫，雪外青瑤甆地平。白底是沙青是海，捲簾看
了卻心驚。（楊萬里〈晨炊黃岡望海〉）[67]

杖履千峯表，波濤萬頃前。瓊天吹不定，銀地濕無邊。一石當
流出，孤尖卓筆然。更將垂老眼，何許看風煙。（楊萬里〈登
大鞋嶺望大海〉）[68]

紅、翠、金、丹、青、白、銀等色彩詞出現密度極大，且除了傳統的
視覺摹寫外，還調動了心覺（「驚」）、觸覺（「濕」）等，使日出、山
高、海闊、波驚等空間上的雄偉無垠，達致更生動鮮明、懾人心神的
審美效果。

（二）舟中觀賞：忘形於山海之親近感

南宋詩中書寫山海勝景所採取的視角，除了上述傳統的登高遠望
之外，還新增了舟中觀賞、岸邊遊歷兩種方式，能與山海更為親近，
更深層地賞玩山海美景。舟中觀賞之作如：

青塘無店亦無人，只有青蛙紫蚓聲。蘆荻葉深蒲葉淺，荔支花
暗楝花明。船行兩岸山都動，水入諸村海旋成。回望越臺煙雨
外，萬峯盡處五羊城。（楊萬里〈明發青塘蘆包〉）[69]

湖海飄然避世紛，汀鷗沙鷺舊知聞。漁舟臥看山方好，野店沽
嘗酒易醺。病骨未成松下土，老身常伴渡頭雲。美芹欲獻雖堪
笑，此意區區亦愛君。（陸游〈舟中作〉）[70]

---

67 〔宋〕楊萬里：《誠齋集》，卷18，頁189。
68 〔宋〕楊萬里：《誠齋集》，卷18，頁191。
69 〔宋〕楊萬里：《誠齋集》，卷16，頁170。
70 〔宋〕陸游撰，錢仲聯校注：《劍南詩稿校注》，卷22，頁1666。

北宋郭熙云：「遠望之以取其勢，近看之以取其質」[71]，上述的登高遠
望固然可以迅速掌握山海的整體感，但詩人與自然間卻仍存在較大的
距離感；倘能置身其間，仰觀俯察，在近距離的耳目聞見間，可作更
深層的賞玩，將周遭聲色具體收納於心目之中，而獲致覽觀山海的實
質之趣。楊萬里置身於移動的船中，兩岸青山彷彿也跟著移動，這種
體驗是遠望所無法企及的；而近距離俯察蘆荻與蒲草葉色的深淺、荔
支花與楝花的明暗，也是遙望所無法辦到的。至於陸游，他躺臥舟中
賞海，能近觀可親的鷗鷺、仰視可樂的雲山，亦獲致忘形於自然山海
的悠然意趣；但由詩末「美芹欲獻」可知，詩人仍心念恢復之業，胸
懷報國之思，反映出南宋朝廷飽受外患威脅的時代特色。

（三）岸邊遊歷：與山海往還互動之親臨感

南宋與海相關書寫的詩作中，採岸邊遊歷視角者，多為長篇，較
具代表性者有李綱遊福州鼓山靈源洞、惠州羅浮山延祥寺二詩：

> 碧海吸長江，清波逾練淨。我為鼓山游，潮落初放艇。連峰翠崔
> 嵬，倒影涵玉鏡。舍舟訪招提，木末繚危磴。凌雲開寶閣，震谷
> 韻幽磬。乃知大叢林，栖托必深夐。靈源更瑰奇，岩壑相隱映。
> 森羅盡尤物，無乃太兼並。偉哉造化力！至巧于此罄。烟雲互卷
> 舒，變態初不定。豈惟冠一方？實最東南勝。周行洞峽中，泉石
> 若奔競。飄蕭毛髮清，滌濯肺腑瑩。當年喝水人，端恐涸觀聽。
> 是心如虛空，動寂豈妨並。兵戈正聯綿，幽討亦云幸。相携得佳
> 侶，散策謝軒乘。偷安朝夕間，未可笑趙孟。淹留遂忘歸，悵望

---

71 〔宋〕郭熙：《林泉高致・山水訓》，黃賓虹、鄧實編，嚴一萍補輯：《美術叢書二
　　集第七輯》（臺北市：藝文印書館，1975年），頁9。

雲海暝。不負惠詢期，更起滄洲興。(李綱〈游鼓山靈源洞次周元仲韻〉)[72]

神山失憑依，漂泊西南州。連峯蟠秀氣，作鎮蒼溟陬。世傳朱明洞，深秘未易求。夜半見赤日，光若金鼇浮。我來夏正中，川漲通行舟。弭櫂泊頭渚，遂作羅浮遊。山靈憫病暑，風雨為變秋。雲開遠岫出，黛色散不收。籃輿陟翠微，頗得精廬幽。雅志愜邱壑，斯行豈人謀。愧煩五色雀，顧我鳴蜩啾。寓目天水永，微茫見瀛洲。中原正雲擾，盜賊屯蟊蟊。而我臥雲海，歸途亦淹留。逝將愬真境，祕訣追前修。稚川不可見，得見野人不。(李綱〈艤舟泊頭鎮風雨中乘小舟行十餘里遵陸遊羅浮山寶積延祥寺〉)[73]

還有陸游遊杭州香積寺龍門洞、紹興法雲寺二詩：

我來香積寺，清晨歷龍門。孤峰撐蒼昊，大壑裂厚坤。古穴吹腥風，峭壁挂爪痕。水浮石楠花，崖絡菖蒲根。橫策意未愜，褰裳探其源。絕境豈可名，恨我詩語煩。須臾蒼雲合，便恐白雨翻。東走得平野，萬里扶桑曛。(陸游〈龍門洞〉)[74]

放船三家村，進棹十字港。雲山互吞吐，水草遙莽蒼。沙鷗下拍拍，野鶩浮兩兩。蕭騷菰蒲中，小艇時來往。匡山如香爐，藍水似車輞，夢魂不可到，于此寄遐想。瘦僧迎寺門，為我掃方丈，指似北窗涼，此味媿專享。我笑謝主人，聊可倚拄杖，

---

72 〔宋〕李綱：《李綱全集‧梁谿集》，卷28，頁376。
73 〔宋〕李綱：《李綱全集‧梁谿集》，收入《文淵閣四庫全書》（北京市：商務印書館，2006年），冊1129，卷26，頁749。(此詩岳麓書局版未收)
74 〔宋〕陸游撰，錢仲聯校注：《劍南詩稿校注》，卷6，頁487。

吾廬已清絕，敢取魚熊掌。（陸游〈遊法雲〉）[75]

此種親自走入山海風景的方式，可以使「山水之性情氣象，種種狀貌變態影響，皆從我目所視耳所聽足所履而出」[76]，才稱得上是真正的遊覽山海。南宋詩人多以五古形式書寫此類作品，且多依作者遊程為主軸，隨時間的進展與腳步的移動而順序展開對沿途山海的描繪，以及詩人內心剎時體驗的抒發。在表現手法上，最鮮明的特色即為藉由調動自身多種感官，以具體描繪作者所處空間的細緻變化與整體感受，例如〈游鼓山靈源洞次周元仲韻〉以視覺所見森然羅列的瑰奇岩壑、變幻不定的卷舒烟雲，以及觸覺所感飄蕩至毛髮、彷彿能洗濯肺腑的飛泉，道出靈源洞的深夐幽美、勝絕東南；〈艤舟泊頭鎮風雨中乘小舟行十餘里遵陸游羅浮山寶積延祥寺〉則調動視覺與聽覺，以曲徑（「翠微」）通幽（「精廬幽」）、雀鳥啁啾、海天一色等聲色之景，強調延祥寺隱於幽靜深山的特殊地理位置；〈龍門洞〉以帶有海水腥味的嗅覺強調已身所處位置（在海邊的龍門洞）的特殊，以「蒼雲合」（暗）到「扶桑暾」（明）的視覺光影變化象徵詩人心境由鬱到晴的轉變；〈遊法雲〉則以婉謝寺僧留宿、自感「吾廬」已極「清絕」的心覺表達魚與熊掌不可得兼的知足心態。

其次，精心熔鑄的動詞亦增添了山海的生命力，「通常置於五言詩之第三字，居於句中眼的地位，負起聯結與詮釋相關自然物之關係的作用」，可以「使景物呈現活潑之生氣與清新之韻致」[77]，上述四詩

75 〔宋〕陸游撰，錢仲聯校注：《劍南詩稿校注》，卷44，頁2800。

76 〔清〕葉燮：《原詩》，收入丁福保輯：《清詩話》（上海市：上海古籍出版社，1999年），頁606-607。

77 林文月：〈鮑照與謝靈運的山水詩〉，收入氏著：《山水與古典》（臺北市：純文學出版社，1976年），頁107、108。

如:「碧海吸長江」、「連峰蟠秀氣」、「孤峰撐蒼昊,大壑裂厚坤」、
「潮生抹沙岸,雲薄漏月明」,其中「吸」、「蟠」、「撐」、「裂」、
「抹」、「漏」等動詞,不僅分別使海與江、山與嵐、山與天、海與
地、潮與岸、雲與月兩兩產生緊密的聯結,也凸顯了海、山、雲、天
的廣、秀與孤、清、朗,以及深蘊厚蓄的生命力量。同時,各式與人
類感官、肢體相關動詞的使用,也凸顯了詩人己身移動時立體而流動
的空間感,以及與自然互動時相親相得的和諧美感,如:〈游鼓山靈
源洞……〉之「放」、「舍」、「訪」、「行」、「淹留」,〈艤舟泊頭……〉
之「來」、「泊」、「遊」、「陟」、「寓」、「愒」、「追」,〈龍門洞〉之
「來」、「歷」、「橫」、「探」、「走」,〈遊法雲〉之「放」、「進」、「來
往」、「到」、「迎」、「掃」、「謝」、「倚」等。再者,詞彙的運用亦見慧
心,一是藉雙聲、疊韻或疊字詞,如:「隱映」、「吞吐」、「拄杖」(以
上雙聲)、「崔嵬」、「飄蕭」、「悵望」、「翠微」、「啁啾」、「須臾」、「莽
蒼」、「蕭騷」、「菰蒲」、「方丈」(以上疊韻)、「拍拍」、「兩兩」(以上
疊字)等,形成了音律上的美感效果,另一是藉同部首詞,如:「滌
濯」、「滄洲」、「木末」、「菖蒲」、「莽蒼」、「菰蒲」、「澄漪」、「扶攜」
等水部、木部、草部、手部之詞,以加強山海的水、木、花形象或詩
人手部動作與姿態的方式,營造了空間上的臨場感受。在運用身體感
官與山海相親相近、往還互動後,這些經過詩人們細心觀察與用心記
錄的氛圍氣味,給予詩人們心靈上極大的愉悅與滿足;但山海之美僅
能暫時消除苦悶而已,從李綱詩中可以看出,詩人對於中原兵戈正
盛、國家盜賊蠭起仍是憂心忡忡的。

四 結語

由以上對南宋詩中「藉海抒懷」、「特寫海景」二主題的分析可

知，海洋，對南宋詩人而言，更加真實、親近；南宋詩人書寫海洋，情志內涵更加擴大格局且含蓄深刻，藝術表現更為新奇多變，描繪視角更為多元靈活。

舉「藉海抒懷」主題為例，南宋以前的詩人面對阻隔、奇壯等面貌的海洋時，多運用視覺感官，藉「望」海所見以抒發個人的鄉愁、不遇或壯志，以及藉「觀」海所得以書寫生命哲思的領悟；南宋詩人還新增了衰殘海景以寫國家百姓之憂，並在承續前人「望」海的手法外，另調動了聽覺，藉「聽」海所聞以抒發情思，並表現出更加含蓄深刻、靜定澄淨的個人情志，或更豪邁雄壯、憂心國是的大格局情感等內涵特徵，反映了南宋外患頻仍的時代現實。

舉「特寫海景」主題為例，南宋以前的詩人多採「登高遠望」的視角，將海山勝景的整體迅速收納、掌握於心目間，而達開拓遊者胸襟的審美效果；南宋詩人還新增了「舟中觀賞」、「岸邊遊歷」兩種視角，能與山海更為親近，更深層地賞玩其美景。在藝術手法上，不僅描寫更加細緻，想像更為豐富，還巧用諸多色彩詞，調動各種感官摹寫，精心熔鑄多樣動詞，用心設計雙聲、疊韻、疊字、同部首詞等語彙，生動而具體地呈現出詩人細心觀察與用心記錄的山海氛圍與氣味，有效地增添空間上的臨場感，透顯出作者與山海往還互動的相親感；在情意的書寫上，除了承續前人描山刻水以誌山海之樂外，另增添了憂心國事、企盼和平的情感展現，再一次地映照出南宋朝廷飽受外患威脅的時代特色，以及詩人們愛國報國的動人情志。

透過本文的分析，從海洋文學史的角度可知，南宋詩的海洋書寫，透顯出南宋因動亂不安的時代背景，而展現出有別於前代的，更具悲憫百姓、憂心國事、戰鬥豪邁、細膩寫實的時代書寫特徵，因而在古典海洋詩歌內涵的格局擴大、深刻化與藝術風格的多樣化、創新性的發展上，具有大幅進展的重要地位。從思想史、社會史的角度可

知，南宋詩中的海洋書寫，反映了南宋海洋居民飽受戰事威脅的現實，以及南宋文人關懷家國、勇於報國的精神樣態，為南宋思想與社會實況的研究提供了一種新的觀察視角。

主要參考文獻

一　傳統文獻（依時代先後排序）

〔南朝梁〕蕭統撰　〔唐〕六臣註　《文選》　臺北市　華正書局　1981年

〔宋〕蔡襄撰　陳慶元、歐明俊、陳貽庭校注　《蔡襄全集》　福州市　福建人民出版社　1999年

〔宋〕蘇軾撰　〔清〕王文誥輯註　孔凡禮點校　《蘇軾詩集》　北京市　中華書局　1996年

〔宋〕王十朋撰　梅溪集重刊委員會編　《王十朋全集》　上海市　上海古籍出版社　1998年

〔宋〕釋文珦　《潛山集》　臺北市　藝文印書館　1964年

〔宋〕楊萬里　《誠齋集》　臺北市　臺灣商務印書館　1983年

〔宋〕李　光　《莊簡集》　北京市　線裝書局　2004年

〔宋〕陸游撰　錢仲聯校注　《劍南詩稿校注》　上海市　上海古籍出版社　1985年

〔宋〕蒲壽宬　《心泉學詩稿》　臺北市　臺灣商務印書館　2010年

〔宋〕李　綱　《李綱全集》　長沙市　岳麓書局　2004年

〔宋〕劉克莊　《後村集》　臺北市　臺灣商務印書館　1983年

〔宋〕劉克莊　《後村集》　臺北市　臺灣商務印書館　1983年

〔宋〕樓　鑰　《攻媿集》　臺北市　臺灣商務印書館　1967年

〔宋〕文天祥　《文文山全集》　臺北市　世界書局　1956年

〔宋〕郭　熙　《林泉高致‧山水訓》　黃賓虹、鄧實編　嚴一萍補輯　《美術叢書二集第七輯》　臺北市　藝文印書館　1975年

〔清〕清聖祖敕編　《全唐詩》　臺北市　文史哲出版社　1978年

〔清〕王先謙 《莊子集解》 收入《新編諸子集成》 冊4 臺北
　　　市 世界書局 1983年

〔清〕董誥等奉敕編 《欽定全唐文》 臺北市 啟文出版社 1961年

〔清〕葉 燮 《原詩》 收入丁福保輯 《清詩話》 上海市 上
　　　海古籍出版社 1999年

逯欽立編 《先秦漢魏晉南北朝詩》 北京市 中華書局 1998年

北京大學古文獻研究所編 《全宋詩》 北京市 北京大學出版社
　　　1993年

二　近人論著（依作者姓氏筆畫排序）

林文月 〈鮑照與謝靈運的山水詩〉 收入氏著 《山水與古典》
　　　臺北市 純文學出版社 1976年

徐復觀 〈山水畫創作體驗的總結——郭熙的林泉高致〉 收入氏著
　　　《中國藝術精神》 臺北市 臺灣學生書局 1998年

張高評 《宋詩之傳承與開拓——以翻案詩、禽言詩、詩中有畫為
　　　例》 臺北市 文史哲出版社 1990年

論南宋詩海洋書寫的主題（下）
──以「海民關懷」、「海洋貿易」、「海洋生活」三主題為例*

摘要

　　由於政治、經濟重心南移，航海技術猛進，詩人親海性大增，南宋詩中海洋書寫的主題內容、藝術風格，較北宋更加豐富、生動，有繼承傳統主題者，亦有新興的主題。限於篇幅，本文承繼前一篇論文，就南宋詩中繼承北宋新興主題（如：「海民關懷」、「海洋貿易」、「海洋生活」）的書寫予以探討，從主題內容、藝術風格來說明南宋詩海洋書寫在繼承北宋主題書寫特徵的承與變，並探究其有承有變的原因，以具體見出南宋因政治中心與經濟重心南移、朝廷更加重視海洋貿易政策、東南沿海港市繁榮、航海技術大幅進展、詩人沿海為官機會更多等時代背景，而展現出有別於前代、更具海民關懷的實際行動力、海洋貿易的高度關注性、海洋生活的全面體察性等時代書寫特徵。因而在古典海洋詩歌內涵的擴大、深刻化與藝術風格的多樣化、創新性的發展上，具有大幅進展的重要地位。從思想史、社會史的角度可知，南宋詩中的海洋書寫，反映了南宋朝廷鹽政改良的成果，但海洋居民的生命仍備受自然災害威脅的現實；同時，也探知了南宋文

＊　本文為科技部104年專題研究計畫【漢至宋詩海洋書寫研究】之部分成果。（計畫編　號：MOST 104-2410-H-019-020）

人積極關懷沿海百姓（尤其是農民、漁民）的精神樣態，為南宋思想與社會實況的研究提供了一種新的觀察視角。

關鍵詞：南宋詩、海洋書寫、主題、海民關懷、海洋貿易、海洋生活

一　前言

　　北宋時期，由於市舶司的設立（廣州、泉州、明州、杭州），以及指南針在航海方面的應用，促使海洋貿易興盛，海洋活動亦趨於活躍，詩人們的親海性也頗有提昇，表現在詩中的海洋書寫，遂有「海民關懷」、「海洋貿易」、「海洋生活」等新興主題；時至南宋，更因為定都杭州，而將經濟重心轉向南方發展，再加上航海技術的大幅進展，使得東南沿海地區（如：江蘇、浙江、福建等）港市繁榮、人口驟增，海洋活動更加蓬勃興盛，詩人設籍海濱或濱海為官的情形也更多，是以海洋詩家與詩作的數量遠遠高於北宋，詩中海洋書寫的主題內容、藝術風格也較北宋更加豐富、生動，不僅有對傳統主題（如：藉海抒懷、他界想像、特殊海景、泛海體驗、海民關懷、海洋貿易、海洋生活等）的繼承，亦由於海疆不寧、政治重心南移而更須向東南沿海與海島擴展的因素，而有新興主題（如：海洋戰爭、海神崇拜）的開拓。

　　限於篇幅，本文僅能就南宋詩中繼承北宋新興主題（如：「海民關懷」、「海洋貿易」、「海洋生活」）的書寫予以探討，從主題內容、藝術風格來說明南宋詩海洋書寫在繼承北宋主題書寫特徵的承與變，並探究其有承有變的原因，以具體見出從海洋視角所反映的南宋現實與詩人情志。

二　海民關懷

　　北宋詩中「海民關懷」的主題書寫，多以散文式的敘述與議論方式，從海民生計與安危來觀察其生活實況，並提出對相關時政的批評，充滿對海民關懷的人道精神。及至南宋，雖仍繼承此一主題的書

寫，亦從生計與安危兩大面向來觀察海民的生活實況，但卻較少時政的批評，而是以更多樣生活面向的描繪與情志抒發，來表達詩人的生民之愛。尤其值得一提的是，詩人還將此份關愛之心，化為實際的行動，在對地方具體建設的觀察中具現其愛民主張。

（一）生計——化批評為實際愛民行動

1 鹽民與鹽政

北宋實行政府專賣的「鹽榷」政策，此官收鹽利至少佔所有租賦三分之一，在中央財政歲入中佔有顯要地位；[1]然而，此官鬻法從生產到運銷，都由政府控制，雖為政府獲得巨大利益，卻也存在不少弊端。[2]北宋詩人們有鑑於此一社會現象，多以長篇詩歌道出對鹽民的殷殷關切與對鹽政的諷刺、批評，如王禹偁〈鹽池〉：「煮勞輕渤澥，煎苦笑胖砢」強調煮鹽煎鹽等製程的辛苦；任浙江定海曉峰鹽場監督官的柳永更以兩百二十四字的長篇〈煮海歌〉，詳細描繪製鹽的艱辛過程與鹽民飽受官租私租催逼的可憐生活，並為民發聲、盼國君施恩海濱以罷徵鹽稅；歐陽脩〈送朱職方提舉運鹽〉：「物艱利愈厚，令出奸隨起。良民陷盜賊，峻法難禁止」，對鹽民淪為盜賊深表同情，對鹽商奸詐深致不滿；梅堯臣〈送朱表臣職方提舉運鹽〉：「官榷利言盈，盜販弊相汨」、蘇軾〈湯村開運鹽河雨中督役〉：「鹽事星火急，誰能恤農耕。薨薨曉鼓動，萬指羅溝坑。天雨助官政，泫然淋衣纓。

---

1 參郭正忠主編：《中國鹽業史》（北京市：人民出版社，1999），頁286。

2 畢沅《續資治通鑑》即指出其有三弊：「亭戶煎鹽入官，官不以時給直，往往寄居，為之干請而後予之，至有分其大半者，一也。煎煉之初，必須假貸于人，而監司類多乘時放債，以要其倍償之息，及就場給直，往往先已剋除其半，而錢入于亭戶之手者無幾，二也。鹽司及諸場人吏，類多積私鹽以規厚利，亭戶非不畏法，以有猾胥為之表裏，互相蒙庇，三也。」見〔清〕畢沅撰，楊家駱主編：《新校續資治通鑑》（臺北市：世界書局，1974），卷139〈宋紀〉，頁3707。

人如鴨與豬，投泥相濺驚」、王安石〈收鹽〉：「州家飛符來比櫛，海中收鹽今復密」「爾來賊盜往往有，劫殺賈客沉其艘。一民之生重天下，君子忍與爭秋毫」等語，也都毫不留情地揭露了官家不顧民生、與民爭利、鹽民不得不淪為海盜等等鹽政之弊。

上述的書寫內涵與形式，到了南宋詩中有了極大的轉變。南宋詩人們一改北宋的長篇型態與議論方式，而多用律、絕來記錄、抒發對鹽民生計的觀察與關懷。如：

> 煮海誰為祟，沿淮困不勝。民思賢使者，帝遣大農丞。玉節寒侵斗，牙檣凍作冰。來歸聞早著，紫禁要渠登。（楊萬里〈送葉叔羽寺丞持節淮東〉二首其二）
>
> 煮海神功不計場，逼真冷焰奪春芳。東君深恐成堆積，急遣雷公喚阿香。（王十朋〈泰之用歐蘸潁中故事再作五絕勉強繼韻〉其四）
>
> 地僻民居少，官勤國課優。遠程驅瘦馬，小港礙行舟。晴日鹽花曉，風潮海氣秋。野人因買鶴，半月此遲留。（林尚仁〈寓華亭下砂鹽場〉）
>
> 同綈入貢載遺經，分賜羣臣羨水晶。潤下作醎從海產，熬波出素似天成。享神潔白惟形似，富貴珍奇以寶名。此物可方為相事，他時商鼎用調羹。（黃庚〈鹽〉）

除了第一首仍沿襲北宋詩人憐憫鹽民煮海困窮的視角外，其餘詩作皆以新穎的視角，分別從鹽的製程、外形、價值等方面，詠讚其為煮海神功的成品、美麗如花、富貴珍奇可入貢。詩中未見對鹽政的批評或諷刺，且由詩人對製鹽與鹽花的新奇之賞中，可以看出其對南宋當局「官勤國課優」的肯定。這種轉變，主要是因為北宋末年初行新鈔法

時，已將原本以實施官鬻法為主的東南六路，亦即淮浙鹽區，改行鈔
法；南宋初年，淮浙鹽區仍沿襲北宋末年的這個新鈔法制度，由商人
赴榷貨務算請鹽鈔，持鹽鈔至產鹽州縣請鹽，憑鹽引運至指定地區銷
售；在此新鈔法之下，經由勘驗鹽鈔、繳還鹽鈔、使用官袋、查驗鹽
引及官袋封印、批鑿鹽引、繳還鹽引及官袋等手續，可防杜私鹽。[3]這
種政策，較為「優恤亭戶與鈔商，因而鹽產和鹽利都穩步增長」[4]，反
映在詩中，也就較少對鹽政的批評與責難之語。

2 農民與農稼

　　北宋詩人對沿海農民的辛苦已有所措意，但篇幅不多，且僅於詩
中一、兩句提及而已，如蘇軾〈和陶勸農六首〉其二：「播厥薰木，
腐餘是穡」，表達對農事荒廢的憂心，又如蘇轍〈寓居〉：「颶風不作
三農喜」，直言颶風為妨害農事的元凶。

　　及至南宋，詩人親海者益眾，對於沿海農家與農稼的關心也具體
而微地反映於詩中。有憂心海上大風襲擊岸邊農田者，如：

> 自從嶺海入閩中，乃始今朝識颶風。南極只愁天柱折，蘭臺休
> 更論雌雄。雲氣飄揚萬馬馳，占風先有土人知。飛沙拔木渾閒
> 事，祇怕山園損荔枝。（李綱〈颶風二絕句〉）
> 東風無賴妒華年，一夜淒寒到酒邊。放盡珠帘遮畫炬，莫教簷
> 雨濕青煙。河傾海立夜翻盆，不獨妨燈更損春。凍澀笙簧猶可
> 耐，滴皴梅頰勢須嗔。（范成大〈元夕大風雨二絕〉）
> 颶母從來海若家，青天白地忽飛沙。煩將殘暑驅除盡，只莫顛
> 狂損稻花。（范成大〈大風〉）

3　梁庚堯：《南宋鹽権——食鹽產銷與政府控制》（臺北市：臺大出版中心，2014），頁4。
4　郭正忠：《宋代鹽業經濟史》（秦皇島市：人民出版社，1990），頁843。

當大風襲岸，河傾海立、飛沙拔木，雖可驅暑，詩人卻耽心摧毀稻花、荔枝等農作物，而使農民蒙受嚴重的損失。有憂心農田乾旱者，如：

> 去年西浙颶風高，瞬息三州汨海濤。欲倚人謀銷咎證，扶持那可欠英豪。（程公許〈自永康還連日又告旱懇祈勤恪初四五日再得甘霪農疇無高下沛然沾渥因賦絕句志喜〉其三）
>
> 良田水旱不妨耕，海際成田禾罕生。一夜潮來留剩水，民家辛苦望西成。（張侃〈海際民田〉）

連日告旱之後，農田終得甘霖，詩人在欣慰之餘，遂賦詩志喜。然而，過多的雨水也會傷害農田，因此，另有憂心農田遭雨潦侵襲的詩，如：

> 桑田萬頃變滄海，四海茫茫不見津。天漏祇今無補處，不知誰是作霖人。（胡仲弓〈久雨〉）
>
> 撫枕時時猶歎欷，阨窮已極畏凶饑。雨聲淅瀝孤齋冷，客夢蕭條萬里歸。山邑風雷移蜃穴，海城水潦半民扉。如雲秋稼方相賀，一飽還憂與願違。（陸游〈枕上作時聞臨海四明皆大水〉）
>
> 堤樹叢祠北，煙村古堠南。買魚論木盎，挑薺滿荊籃。積潦經旬月，晴光見二三。農功殊可念，保麥復祈蠶。（陸游〈乍晴行西村〉）
>
> 一徑通幽亭面牆，鳥啼林靜木蒼蒼。礙人眼界宜斤斧，放出山光接海光。（王十朋〈出郊勸農飯蔬于法石僧舍時方閔雨有無麥之憂因成八絕〉其八）

胡仲弓以天漏未補的想像，極寫久雨之苦；陸游則以示現法描繪出海

城四明（今浙江寧波）大水半淹民扉的慘狀。於是，詩人們憂心積潦
旬月將戕害麥、蠶之農功，而影響農民生計，充滿著仁民愛物的悲憫
襟懷。尤其是愛國詩人陸游，居家鄉海濱長達三十年之久，對於近海
農民的生計有極深刻的關懷，認為執政者應積極行動為海民築堤防
水，其詩云：

> 朝雨暮雨梅正黃，城南積潦入車箱；鏡湖無復鍼青秧，直浸山
> 腳白茫茫。湖三百里漢訖唐，千載未嘗廢陂防，屹如長城限胡
> 羌，嗇夫有秩走且僵，旱有灌注水何傷，越民歲歲常豐穰。決
> 湖誰始謀不臧？使我婦子屢糟糠。陵遷谷變亦何常，**會有妙手
> 開湖光**。蒲魚自足被四方，煙艇滿目菱歌長。（陸游〈丙午五
> 月大雨五日不止鏡湖渺然想見湖未廢時有感而賦〉）

陸游家鄉紹興近海處，因連日大雨而致無法鍼秧，從而援引漢迄唐
悉心築堤的歷史來對比當局的不恤民生，「會有妙手開湖光」，是他對
主政者的期許，也是他能由心懷理想進而化為實際愛民行動的最佳
例證。

3 漁民與漁獲、漁具

漁民的海上營生方式、漁獲情形與漁具寫生，也進入了南宋詩人
的詩筆之中，這在北宋以前的詩中是較罕見的。例如：

> 已抄口數報隅官，歲後朝餔定不難。且願眼前彊健在，趂坊討
> 海過冬寒。
> 父子分頭上海船，今年海熟勝常年。官中可但追呼少，不質田
> 輸折米錢。（陳造〈定海甲寅口號七首〉其三、其五）

詩人以漁民第一人稱的口吻記錄漁民討海的心聲，直接道出此次出海漁獲尚佳、可折米錢的喜悅之情。又如：

> 風伯一怒聲如雷，排空濁浪山崔嵬。江湖千里人影絕，一葉小舟何處來。蘆荻花中有漁者，蓑笠為衣楫為馬。止將烟水作生涯，紅麴鹽魚荷裹鮓。舟人爭買不論錢，我亦聊將薦杯斝。烹庖入坐氣微腥，飣飳登盤色如赭。但能得趣酒杯中，也勝彈鋏人門下。君不見仲尼魚餒則不食，陳蔡面猶含菜色。又不見退之欲飽東海鯨，焉知家有啼饑聲。我居江鄉厭海味，今日魚蝦八珍貴。朱門日興費萬錢，未必一生常適意。爾曹異日宦西東，一飯安得如今同。寄鮓不須勞孟宗，但願清白傳家風。我將歸結雞豚社，不用擊鮮如陸賈。但願年豐魚米賤，欣然醉飽同天下。（王十朋〈買魚行〉）

以白描手法直繪詩人所見漁民的裝束、交通工具、漁獲，在輕快的情調中透顯出對魚米豐收的深深祈願。尤其是長期任職沿海地方官（杭州、漳洲、廣東等）的楊萬里，對於漁民的生計與生活特別關注，相關詩作亦多，如：

> 橋柱疏疏四寂然，亭前突出八魚船。一聲礮礮鳴榔起，驚出銀刀躍玉泉。六隻輕舠攪四旁，兩船不動水中央。網絲一撒還空舉，笑得倚欄人斷腸。漁郎妙手絕多機，一網收魚未足奇。剛向人前撰勳績，不教速得只教遲。鱸魚小底最為佳，一白雙腮是當家。旋看水盤堆白雪，急風吹去片銀花。（楊萬里〈垂虹亭觀打魚斫鱠〉）

垂虹亭在江蘇省吳江縣，詩人在此觀看漁民特殊的打魚方式與利落的
斫鱠刀法，並以生動的文字加以記錄。全詩依時間的進展順敘，前十
二句以聲色俱佳的摹寫法，描繪八船以先攪動海面再撒網的方式圍捕
鱸魚的精彩畫面，後八句則以譬喻的手法，鮮活地呈現了漁家斫鱠的
嫻熟技術。詩中以「銀刀」、「白雪」、「銀花」等詞分別喻寫躍出水面
的活魚、堆疊盤中的雪白魚片、被風吹去的薄魚片，意象鮮明活潑，
亦透露出作者對漁民生計與生活的高度注意與深刻體察。更特別的
是，他的視角還延伸至漁民的維生工具——漁船（甚至還有藏船
屋），詩云：

> 絕小漁舟葉似輕，荻篷密蓋不聞聲。無人無釣無簑笠，風自吹
> 船船自行。（楊萬里〈漁舟〉）
> 望見官旗御舳艫，漁船爭入沼中蘆。藏船蘆底猶有雨，屋底藏
> 船雨也無。非港非溝別一涯，茅簷元不是人家。不居黔首居青
> 雀，動地風濤不到他。（楊萬里〈藏船屋〉）

詩人由留心漁民生計，進而重視其營生工具，不僅將漁船入詩，也把
保護漁船的藏船屋加以寫生，其取材眼光獨到。詩中「無」、「船」、
「非」、「居」、「藏船」等字詞以類字或疊字的方式出現，更添親切的
況味，也凸顯作者對漁民生計與生活的好奇與關切。

（二）安危——從祝願落實為叮嚀與築橋

關懷海民生命安全的詩，北宋多聚焦在錢塘海潮對當地居民所造
成的危害，如蘇軾〈八月十五日看潮五絕〉其四、五：「東海若知明
主意，應教斥鹵變桑田」、「安得夫差水犀手，三千強弩射潮低」，藉
海潮神話祈願海潮平息以使民安居。

　　及至南宋，雖也有耽憂海潮威脅百姓安危的詩作，但詩人卻以較寫實的手法展現對百姓的關愛之意，如：

> 高臨無地屹山腰，今古知觀幾度潮。水鑑掛空波正滿，鯨魚入穴浪還消。雷初出地神龍怒，銀忽成山海若驕。聖世風濤合平靜，不應泛溢似唐朝。（王十朋〈觀潮閣〉）

作者王十朋身處浙江省瑞安縣峴山的觀潮閣，觀賞潮起潮落的難得奇景，讚嘆之餘，仍不忘心繫百姓安危，援引唐朝多次潮災的歷史為鑑，祝禱本朝能風平浪靜。海潮之外，南宋詩人還憂心海浪襲擊岸邊行人，如：

> 大風吹起翠瑤山，近岸還成白雪團。一浪攙先千浪怒，打崖裂石與君看。
> 行人莫近岸邊行，便恐波頭打倒人。若道岸高波不到，玉沙猶濕萬痕新。（楊萬里〈海岸七里沙二首〉）

時任廣東提點刑獄的楊萬里，漫步潮州海岸，懾於海浪打岸的威猛與難測，因而提醒行人勿近，以保性命。至於泉州知府王十朋，則以謳歌築橋護民的英雄的方式，傳達其愛護濱海黎民的心聲，詩云：

> 北望中原萬里遙，南來喜見洛陽橋。人行跨海金鰲背，亭壓空江玉蝀腰。功不自成因砥柱，患宜預備有風潮。蔡公力量真剛者，遺愛勝於鄭國僑。（王十朋〈洛陽橋〉）

北宋蔡襄知泉州時，為保護泉州人民免於海浪風潮的襲擊，特築長達

三千六百尺的跨海石橋，將內在的憂慮化為實際的護民行動——築
橋，因此，王十朋以春秋時期惠愛百姓的「鄭國僑（字子產）」[5]稱譽
蔡襄，同時，也透顯了王氏本身關愛海民之深情。

三　海洋貿易

　　南宋因政權南移（定都杭州）、經濟重心轉向南方發展的結果，使
得江蘇、浙江、福建等東南沿海地區的人口遽增、港市繁榮、海洋活
動蓬勃，海洋貿易遂成為詩人海洋書寫的重要主題，無論在貿易港的
描繪或貿易品的賞玩，都在北宋詩既有的基礎上有更進一步的開拓。

（一）貿易港——從華亭轉移至明州、泉州、瓊州

　　首先，就貿易港言，北宋起，市舶司成為專門管理海外貿易的獨
立機構，杭州是較早置司的貿易港，而兩浙路市舶司官員多駐於華
亭，釋文珦有詩詠〈華亭縣〉云：「海村宵見日」、「商賈通倭舶」，記
其市集日夜交投熱絡、港口海商倭舶雲集的海外貿易繁榮景象。但自
北宋後期起，特別是南宋時期，其貿易中心的地位漸讓與明州（寧
波），明州於南宋初期雖因遭受戰亂，貿易一度萎縮，但不久即得以
恢復，甚且其貿易地位還有進一步的提高，[6]不僅駐於華亭的兩浙路
市舶司官員常年在明州視事，明代黃潤玉《寧波府簡要志》也譽之為
「東南之要會」，連紹興籍的詩人陸游也對明州的海舶輻湊、豐饒富
庶印象深刻，詩云：

5　鄭國僑，即公孫僑，字子產，《論語・公冶長》：「子謂子產，有君子之道四焉：其行
　　己也恭，其事上也敬，其養民也惠，其使民也義。」子產治鄭，卓有政聲，卒時，
　　百姓悲戚。

6　參黃純艷：《宋代海外貿易》（北京市：社會科學文獻出版社，2003），頁20-21。

豐年滿路笑歌聲，蠶麥俱收穀價平。村步有船銜尾泊，江橋無柱架空橫。海東估客初登岸，雲北山僧遠入城。風物可人吾欲住，擔頭蔬菜正堪烹。（陸游〈明州〉）

三江郡東北，古戍鬱嵯峨。漁子船浮葉，更人鼓應鼉。年豐坊酒賤，盜息海商多。老我無豪思，悠然寄醉歌。（陸游〈三江〉）

由於盜息，海商遂多，詩人攫取商船銜尾停泊、估客由海登岸等具鮮明貿易熱絡意象的鏡頭，展現寧波海港的熱鬧景況。

至於福建的泉州港，憑其交通便利的優良港口條件：「其地濱海，遠連二廣，川逼溟渤」[7]，而能在福建路海外貿易諸港口中居主導性的地位，元祐二年已設市舶司，南宋時更逐漸超越廣州港而成為全國最大的貿易港。因此，更是南宋詩人書寫的焦點，詩云：

海賈歸來富不貲，以身殉貨絕堪悲。似聞近日雞林相，祇博黃金不博詩。（劉克莊〈泉州南郭〉二首其二）

泉州人稠山谷瘠，雖欲就耕無地僻。州南有海浩無窮，每歲造舟通異域。（謝履〈泉南歌〉）

由於泉州是「蕃舶之饒，雜貨山積」[8]的繁榮貿易海港，且海外貿易的利潤往往遠超過普通的貿易活動，宋代包恢〈禁銅錢申省狀〉即具體描述云：「每十貫之數可以易番貨百貫之物，百貫之數可以易番貨

7　〔宋〕祝穆：《方輿勝覽》（臺北市：臺灣商務印書館，1983），卷12〈泉州〉。

8　〔元〕脫脫等：《宋史》（臺北市：鼎文書局，1994），卷330〈杜純傳〉。

千貫之物」[9]，因此，豐厚不貲的利益吸引了沿海無地可耕[10]的農民與漁民向大海冒險逐利。[11]

另在廣南沿海，主要有廣州、潮州、欽州、瓊州等貿易港。其中，廣州港是全國最早設立市舶司的港口，在宋代很長的一段時期內執海外貿易之牛耳，歲入曾居全國市舶總收入的十分之八九，是廣南惟一可以辦理貿易公憑的港口，也是兩廣路外貿港的中心；潮州、欽州為其兩翼，而瓊州諸港則為其門戶。詩人樓鑰曾特別就瓊州對廣南整個貿易體系的輔助地位作描述，詩云：

> 琉球大食更天表，舶交海上俱朝宗。勢須至此少休息，乘風徑集番禺東。不然舶政不可為，兩地雖遠休戚同。(樓鑰〈送萬耕道帥瓊管〉)

由於瓊州有神應港，瓊州所屬瓊山、澄邁、臨高、文昌、樂會等都有市舶司抽稅的地方，萬安軍、吉陽軍等地也有海商集散之處；[12]因此，這些瓊州諸港是琉球、大食等東、西方海外遠來船舶的休息站與進口處，在廣南海外貿易體系中具有不容忽視的地位與功能。

9　〔宋〕包恢：《敝帚稿略》（北京市：商務印書館，2006），卷1。

10　〔宋〕羅濬：《寶慶四明志》：「（四明）瀕海之地，田業既少。」（北京市：商務印書館，2006，卷5〈商稅〉）

11　黃純艷指出，海商的構成，人數最多的是沿海農戶和漁戶；此外，宗族、官吏、軍將在海商中也佔一定比例。同時，不時還有僧道人員被誘出淨土，遠涉鯨波，加入海商的隊伍。在這些為數眾多、出自不同階層的海商中，一部分以海外貿易為固定職業，另一部分，如官吏、軍將及一些漁戶、僧道只是在參與貿易時擔當海商的角色，其他時候又各歸本業。參氏著：《宋代海外貿易》，頁99-102。

12　參〔宋〕趙汝適：《諸蕃志》（北京市：中華書局，1996），卷下。

（二）貿易品——從軍事用品轉移至日常用品

其次，就貿易品言，南宋詩中所關注的品項與北宋也頗有差異。宋代貿易品種類極多，根據黃純艷的統計，從海外進口的商品大致可分為：珍寶（如：金銀、象牙、犀角、珍珠、珊瑚、玳瑁、翠羽、瑪瑙、貓兒眼睛、琉璃等）、香料（如：沉香、乳香、降真香、龍涎香、薔薇水、檀香、篯香、光香、金顏香、篤耨香、安息香、速香、暫香、黃速香、生香、麝香木等）、藥材（如：蘇木、阿魏、肉豆蔻、白豆蔻、沒藥、胡椒、丁香、木香、蘇合油、血碣、腦子、鹿茸、茯苓、人參、麝香等）、日常用品（如：吉貝布、番布、高麗絹、綢布、松板、杉板、羅板、烏婪木、席、折扇等）、軍事用品（如：硫磺、鑌鐵、日本刀、皮貨、筋角等）等五大類[13]，北宋詩人除了繼承傳統詩對珠犀象牙等珍寶進口的泛泛書寫外[14]，最引人注目的是朝臣們對軍事用品「日本刀」的精描細繪，如：梅堯臣〈錢君倚學士日本刀〉[15]具寫日本刀的色澤與功能，又如：歐陽脩〈日本刀歌〉[16]也以長篇細刻其包裝、質料與作工之精巧。

至於南宋，皇宮內廷與封建貴族仍是海外貿易進口珍寶的主要消

---

13 參黃純艷：《宋代海外貿易》，頁55。

14 如：王安石〈予求守江陰未得酬昌叔憶江陰見及之作〉有「海外珠犀常入市」之句。

15 原文為：「日本大刀色青熒，魚皮帖櫑沙點星。東胡腰鞘過滄海，舶帆落越棲灣汀。賣珠入市盡明月，解條換酒琉璃缾。當壚重貨不重寶，滿貫穿銅去求好。會稽上吏新得名，始將傳玩恨不早。歸來天祿示明游，光芒曾射扶桑島。坐中燭明魑魅遁，呂虔不見王祥老。古者文事必武備，今人褒衣何足道。干將太阿世上無，拂拭共觀休懊惱。」

16 部分原文為：「昆夷道遠不復通，世傳切玉誰能窮？寶刀近出日本國，越賈得之滄海東。魚皮裝貼香木鞘，黃白閒雜鍮與銅。百金傳入好事手，佩服可以禳妖凶。傳聞其國居大島，土壤沃饒風俗好。其先徐福詐秦民，採藥淹留卵童老。百工五種與之居，至今器玩皆精巧。」

費階層，書寫這些珠犀象牙的詩作也隨著詩人親海性的大量提昇，[17]
而變得較多且較深刻，如：

> 海賈不愛死，適值驪龍眠。深淵頃刻命，平地千丈川。丈夫豈
> 無志，固為兒女煎。彼美頭上粲，它人口中涎。鮫人一滴淚，
> 不肯隨潸漣。眼見懸珠人，明月幾缺圓。（蒲壽宬〈明月篇〉）
> 帝曰桂林五千里，象犀珠玉生海裏。安得使者人人皆如此，金
> 捐於山珠抵水。（楊萬里〈七字長句敬餞提刑寺丞胡元之持節
> 桂林〉）
> 矧此賈舶人，入海如登仙。遠窮象齒徼，深入驪珠淵。大貝與
> 南琛，錯落萬斛船。取之人不傷，用之我何慳。（熊禾〈上致
> 用院李同知論海舶〉）

詩人指出因象犀珠玉之珍奇難得，海商往往為了暴利，[18]而不惜性命
地冒險入海的普遍現象；同時，也反映了時人認為大海中各種資源是
可以任意取用而不傷的觀點。

　　值得注意的是，由於各類進口品的消費已逐漸由朝廷宮內與貴族
階層進入了普通人家，詩人關注進口貿易品的目光亦因此由宮廷貴族
的酬贈轉移至庶民生活如衣著、器用、祭祀、建築及待客送禮等方面
的應用，如特寫香水：

---

17 南宋有更多的詩人設籍或長期僑居濱海地區，據陳清茂的統計，北宋海洋詩家約有
　　五十人，南宋大量提昇至一百人左右，此乃因政權南移（定都杭州）、經濟重心轉
　　向南方發展的結果。詳參陳清茂：《宋元海洋文學研究》（新北市：花木蘭文化出版
　　社，2011），頁160-169。

18 例如：有一建康巨商楊二郎，本以牙儈（居間買賣的人）起家，轉而成為海商，
　　「數販南海，往來十餘年，累貲千萬」。見〔宋〕洪邁：《夷堅志補》（臺北市：新
　　興書局，1975），卷21。

　　海外薔薇水，中州未得方。旋偷金掌露，淺染玉羅裳。已換桃
　　花骨，何須賈氏香。更煩麴生輩，同訪墨池楊。（楊萬里〈和
　　張功父送黃薔薇并酒之韻〉）

宋代蔡絛《鐵圍山叢談》曾提及這種從大食（今阿拉伯）進口的薔薇
水：「舊說薔薇水乃外國采薔薇花上露水，殆不然，實用白金為甑，
采薔薇花蒸氣成水，則屢采屢蒸，積而為香，此所以不敗，但異域薔
薇花氣馨烈非常，故大食國雖貯琉璃缶中，蠟密封其外，然香猶透徹
聞數十步，灑著人衣袂，經十數日不歇也」[19]，可知宋人將之散灑於
衣服上，作為香水之用。宋代，焚香薰衣、在服裝上散灑香水、佩帶
香袋等，皆為時尚，如陸游記錄了開封的「宗室戚里歲時入禁中，婦
女上犢車，皆用二小鬟持香毬在旁，而袖中自持兩小香毬，車馳過，
香烟如雲，數里不絕，塵土皆香」[20]，因此，上述楊萬里在詩中以日
常生活可見的薔薇香水為詠歌對象，也就不足為奇了。詩中先敘述此
香水來源自海外，[21]中土並無配方；其次言其使用方法，將香露滴於
掌心再淺染至羅裳。輕快行文之際，流露了對海外貿易品的賞愛之趣
與送禮贈答之樂。又如特寫大食瓶：

　　窳質謝天巧，風輪出鬼謀。入窯奔閼伯，隨舶震陽侯。獨鳥藏
　　身穩，雙虹繞腹流。可克王會賦，漆簡寫成周。（朱槔〈大食
　　瓶〉）

大食瓶，泛指來自回教世界的器皿。《宋史》中的大食瓶是指琉璃

19　〔宋〕蔡絛：《鐵圍山叢談》（北京市：北京出版社，2000），卷5。
20　〔宋〕陸游：《老學庵筆記》（北京市：北京商務出版社，2006），卷1。
21　《宣遊紀聞》卷3、《新五代史》卷74〈西夷附錄──占城〉皆載此水乃占城國王因
　　德漫所貢，云：「得自西域。灑衣雖弊，而香不滅。」

瓶，口小腹大，宋人多用作洗壺、水壺或裝飾品。上列詩作對大食瓶的製作（入窰火燒）、來源（海外舶運）、外形（鳥形腹美）、功用（可供宴會、題詠盛朝）作了多方面的描繪，顯現出詩人對此貿易品的欣賞與重視。詩中「闕伯」（火神）、「陽侯」（水神）、「成周」（盛世）等典故的運用，更增添作者賦詠此來自異域的日用器皿的趣味。

（三）舶臺——祈風與薄斂

南宋詩中海洋貿易主題書寫的內涵還有一大特色，即是對舶臺的大量書寫；這個特徵，在一定程度上反映了南宋時期市舶司在海外貿易中的重要地位與功能。如戴復古〈市舶提舉管仲登飲于萬貢堂有詩〉：「平生知己管夷吾，得為萬貢堂前客」，記詩人與舶臺的深厚情誼；又如俞德鄰〈故舶使知泉州趙公挽詞五首〉：「名雖高北斗，身竟老遼東」、「洛濱多侍從，立懦獨清風」，挽泉州舶使的高風亮節；再如劉克莊〈兼舶〉：「鷖笑飛䍐瘴海瀕，扇遮不斷庾公塵。而今更遣兼琛節，羞寫氷銜寄故人」，藉庾信乘的盧之典[22]稱道好友兼舶的不迷信、不害人的優秀品格；也有曾幾〈寄提舶王季羔〉：「官曹閒似雲間鶴，賈舶紛如海上鷗。幸有西湖應著我，時操艇子過明州」，既寫與提舶之交情又讚提舶理政之從容。更有歌詠舶臺實際的愛民作為者：

> 雨初欲乞下俄沛，風不待祈來已薰。瑞氣遙看騰紫帽，豐年行見割黃雲。大商航海蹈萬死，遠物輸官被八垠。賴有舶臺賢使者，端能薄斂體吾君。（王十朋〈提舉延福祈風道中有作次韻〉）

---

22 《世說新語・德行》：「庾公乘馬有的盧，或語令賣去。庾云：『賣之必有買者，即復害其主。寧可不安己而移於他人哉？昔孫叔敖殺兩頭蛇以為後人，古之美談，效之，不亦達乎！』」

提舶身為市舶司的主管官員，綜理海外貿易事務，而海外商舶之海道往返仰賴於季風，因此，祈風遂成提舶的主要工作之一，其祈願的內容一如真德秀〈祈風文〉所云：「惟泉為州，所恃以足公私之用者，蕃舶也。舶之至，時與不時者，風也。而能使風之從律而不愆者，神也。……神其大，彰厥靈，俾波濤晏清，舳艫安行，順風揚颿，一日千里，畢至而無梗焉，是則吏與民之大願也」[23]，乃祈求海神庇佑季風能從律而來；又郭祥正〈同穎叔修撰登蕃塔〉有云：「祝堯齊北極，望舶請南風」、王十朋〈提舶生日〉：「北風航海南風回，遠物來輸商賈樂」，可知夏祈南風，冬祈北風。上列王十朋詩不僅稱美了提舶祈風的舉措，也肯定其體恤海商薄徵賦稅的賢明。

四　海洋生活

北宋詩已有不少關於海洋生活的觀察與體驗的書寫，但只集中在幾位親海性高的詩人筆下；及至南宋，濱海為官或設籍沿海的詩人數量驟增，書寫海洋生活的詩篇亦大量增加，且書寫面向與創作題材也較北宋更為擴大，「凡一草一木，一魚一鳥，無不裁剪入詩」[24]。

（一）海洋生活體驗──食衣住行育樂皆具

北宋詩的海洋生活體驗書寫，以食為最大宗，舉凡車螯（如：王安石〈車螯〉二首、歐陽脩〈初食車螯〉、梅堯臣〈永叔請賦車螯〉）、鮑魚（如：蘇軾〈鰒魚行〉）、蟹（如：蘇軾〈丁公默送蝤蛑〉、黃庭堅〈次韻師厚食蟹〉）、蠔（如：梅堯臣〈食蠔〉）等海錯，

23　〔宋〕真德秀：《石山先生真文忠公文集》，收於《四部叢刊‧集部》（臺北市：臺灣商務印書館，1983），頁773。

24　〔清〕趙翼：《甌北詩話》（臺北市：廣文書局，1991），卷6。

都有關於其外形、生態、養殖、烹調或滋味的具體書寫；其中又以蘇軾、梅堯臣詩所書寫的種類最多，例如詠達頭魚（北海魚）、黃魚（石首魚）、鱟醬（鱟肉、卵製成的醬）、紫子（刀魚）等等，皆其實際觀察所得，並從中展現出詩人品嚐海錯的食趣。至於海洋生活的衣、住、行等方面，除了蘇軾的海南島居書寫外，其他的北宋詩家則較少著墨。

南宋詩人則不然，由於偏安江南的特殊時代背景，以及對江西詩派「以學問為詩」[25]的反動，詩人創作特別注重反映社會人生與時代生活，因此，對於海洋生活的食、衣、住、行、育、樂等方方面面都予以關注、用心體會，食如：周紫芝〈鹹鮓〉、楊萬里〈鱟醬〉、王十朋〈周光宗贈蠣房報以溪蓴〉、楊萬里〈食車螯〉、周必大〈答周愚卿江珧詩〉、周紫芝〈食蛤蜊一首〉、呂本中〈西施舌〉、岳珂〈螃蟹〉、李綱〈食蟹〉、楊萬里〈烏賊魚〉等，書寫的詩家與提及的海錯種類皆超越了北宋。衣如：陸游〈喜晴〉：「澤國風雨多，春盡尚裘褐」，道出因海濱多風雨、寒氣重而春末仍衣裘的實況；又如：劉克莊〈海口官舍〉：「潮能趨海走，風欲挾人飛」、「客身偏畏冷，著盡帶來衣」，也記錄了海邊風大而不得不多穿衣的實境。住如：楊萬里〈前古寒歌〉：「龜山橫身攔不住，潮波怒飛風倒回。欲晴不晴雪不雪，併作苦寒凍人絕」、「勸君莫出君須出，冰脫君髯折君骨」，對於強風怒潮的威力與居住海濱出門的不便有具體的描繪；其中又以居住海邊長達三十年的陸游，書寫最為生動：

> 驕風起海澨，浩蕩東北來；鐵騎掠陣過，秋濤觸山回。老夫北窗下，坐守寒爐火。處世困憂患，萬事學低摧。便欲滅燈睡，

---

25 馬積高、黃鈞主編：《中國古代文學史3──宋遼金元》（臺北市：萬卷樓圖書公司，1998），頁113。

門閉不敢開。並海固多風，汝屏良可哀。（陸游〈歲暮風雨〉）
風大連三夕，衰翁不出門。兒言卷茅屋，奴報徹蘆藩。狼藉鴉
擠塹，縱橫葉滿園。乘除有今旦，紅日上東軒。（陸游〈大
風〉）

大風從北來，洶洶十萬軍。草木盡僵仆，道路暝不分。山澤氣
上騰，天受之為雲。山雲如馬牛，水雲如魚龜。朝闇翳白日，
暮重壓厚坤。高城岌欲動，我屋何足掀。兒怖床下伏，婢恐堅
閉門。老翁兩耳聵，無地著戚欣。夜艾不知雪，但覺手足皸。
布衾冷似鐵，燒糠作微溫。豈不思一飲，流塵暗空樽。已矣可
奈何，凍死向孤村！（陸游〈風雲晝晦夜遂大雪〉）

作者以鐵騎掠陣、洶洶十萬軍等軍事意象來形容海風襲來的威勢，以
蘆藩被吹徹、塹中群鴉狼藉、園中落葉縱橫、高城岌岌欲動、己屋似
欲掀起等示現手法呈現出大風來襲時的災情，再結合一己與家人閉門
伏床下的惶怖形象，鮮活地書寫出住居海邊的辛苦與無奈。行如：

海濱半程沙上路，海風吹起成煙霧。行人合眼不敢覷，一行一
步愁一步。步步沙痕沒芒屨，不是不行行不去。若為行到無沙
處，寧逢石頭齧足拇。寧踏黃泥濺袍袴，海濱沙路莫再度。
（楊萬里〈海岸沙行〉）
山歷愁寡天，沙征恨多地。兩日行海濱，雖近彌不至。遐瞻道
旁堠，我進渠祇退。大風來無隔，午燠皎安避。今夕范氏莊，
初覷三峰翠。愈遠故絕瑕，不多始足貴。巉然半几出，麼若一
拳細。輕霏澹晚秀，隋照燁春媚。靚久有餘佳，繪苦未必似。
今夕勿掩扉，月中對山睡。（楊萬里〈正月三日宿范氏莊四
首〉其四）

九淵龍公出忘還，瓦溝垂溜聲淙潺；茫茫大澤北際海，潋潋平湖南浸山。吾廬四望路俱斷，蛙黽爭雄亂昏旦。漏床腐席夜失眠，溼灶生薪朝不爨。今年十分喜有秋，豈知青秧出禾頭。老夫一飽復繆悠，聽兒讀書寬百憂。（陸游〈苦雨歎〉）

前兩首是楊萬里在潮州海岸沙行的痛苦經驗，面對進退無據、合眼難開的困境，詩人寧可選擇會齧足拇的石頭路與會濺袍袴的黃泥路，可見海濱沙路多麼令他不悅；詩中海、沙、步、行等字的類疊法運用，更添海岸沙行的不便之感。第三首是陸游家居紹興海濱時，因連日苦雨而致四周交通皆阻斷難行的不便經驗，本來在陸路不可能見到的蛙黽爭雄亂象，如今呈現在詩人眼前，深刻地透顯出陸游對行路難的紊亂心思。育如：劉克莊〈自勉〉：「海濱荒淺幼無師，前哲藩籬尚未窺」，強調海濱地僻難以求師；樂如：

一笑靈龜尾曳塗，扁舟聊復寄菰蒲。潮生潮落帆來去，雲卷雲舒山有無。風定若教胥怒息，月明空憶蠡遊孤。漁翁不識人間事，白髮青蓑酒滿壺。（蒲壽宬〈閒坐海觀興致悠然是時月白如畫〉）
昨日賣魚到城郭，暑氣千門正炮烙。買酒歸來風露涼，始信人間漁父樂。
釣得魚來日又斜，潮迴無路可歸家。炙魚當飯且一飽，閒看白鷗飛浪花。
海光瀲灔月團圓，一顆明珠落玉盤。鷗鷺不知何處宿，白頭閒坐把魚竿。
青山淡淡水悠悠，有客江邊孟浪遊。漁父相逢欲借問，掉頭吟詠不相酬。（蒲壽宬〈又漁父四首〉）

湖海飄然避世紛，汀鷗沙鷺舊知聞。漁舟臥看山方好，野店沽嘗酒易醺。病骨未成松下土，老身常伴渡頭雲。美芹欲獻雖堪笑，此意區區亦愛君。（陸游〈舟中作〉）

賴有釣船堪送老，一汀鷗鷺共忘形。（陸游〈微雨午寢夢憩道傍驛舍若在秦蜀間慨然有賦〉）

一葉輕舟一破裘，飄然江海送悠悠。閑知睡味甜如蜜，老覺羈懷淡似秋。……年逾八十真當去，似為雲山尚小留。（陸游〈舟中作〉）

抽身簿書中，茲日睡頗足。縹緲桐君山，可喜忽在目。紛紛眾客散，杳杳一筇獨。昔如脫淵魚，今如走山鹿。詩情森欲動，茶鼎煎正熟。安眠簟八尺，仰看帆十幅。逍遙富春飯，放浪漁浦宿。送老水雲鄉，羹藜勿思肉。（陸游〈釣臺見送客罷還舟熟睡至覺度寺〉）

當海波不興、風平浪靜之時，一葉扁舟、一根釣竿、一汀鷗鷺、一壺濁酒、一幅山海美景，再加上一個悠閑的詩人，就是最上乘的海洋生活之樂。蒲壽宬、陸游都是善於捕捉山海動態美景、書寫海洋漁父之樂的箇中好手。

值得注意的是，上述六種海洋生活面向中，南宋詩雖與北宋一樣，仍以食為書寫的最大宗，然而其書寫內涵與藝術風格與北宋不同，亦即，一改北宋詩好議論的方式，而以較生動的意象，以及較豐富的想像來描寫海錯，如寫車螯：

海於天地間，萬物無不容。車螯亦其一，埋沒沙水中。獨取常苦易，衛生乏明聰。機緘誰使然，含蓄略相同。坐欲腸胃得，要令湯火攻。置之先生盤，啖客為一空。蠻夏怪四坐，不論殼

之功。狼籍堆左右，棄置任兒童。何當強收拾，持問大醫工。
（王安石〈車螯〉）

珠宮新沐淨瓊沙，石鼎初燃瀹井花。紫殼旋開微滴酒，玉膚莫
熟要鳴牙。根拖金線成雙美，薑擘糟丘併一家。老子宿醒無解
處，半杯羹後半甌茶。（楊萬里〈食車螯〉）

同樣是寫車螯（大蛤）的烹調法，北宋王安石卻先花了極大的篇幅議
論其埋於沙中的衛生法有欠明智，至於實際的烹調方法僅以一句直
書：「要令湯火攻」，而南宋楊萬里則避去議論，開篇就以「珠宮新沐
淨瓊沙」的宮女沐浴意象，來譬喻烹煮大蛤前須先將之養水吐沙的動
作，再以「石鼎初燃瀹井花」的井垣花開意象描繪大蛤入鼎水煮的美
麗景象，接著敘明微滴酒、莫太熟的要訣，並分別以「玉膚」、「金
線」喻指蛤肉、殼邊肉柱的鮮美可口，還以「鳴牙」的聲響生動地比
擬蛤肉入口咀嚼時的清脆爽口，如此妙用數字詞、並以美女及美好的
視聽意象書寫的車螯食譜，再結合己身藉以解酒的形象，更具生動親
切的美感效果。又如寫螃蟹：「無腸公子郭索君，橫行湖海劍戟羣。
紫髯綠殼琥珀髓，以不負腹誇將軍」（岳珂〈螃蟹〉）、「秋風蕭蕭蘆葦
蒼，野岸郭索紛成行。持矛被甲正雄健，意氣正欲行無旁。朝魁執穗
似有禮，擁劍敵虎何其強」（李綱〈食蟹〉），能突破前人只用郭索之
典的窠臼，而以諸多戰爭意象喻指螃蟹橫行強勢的形象，栩栩如生。
此外，寫烏賊：「秦帝東巡渡浙江，中流風緊墜書囊。至今收得磨殘
墨，猶帶宮車載鮑香」（楊萬里〈烏賊魚〉），藉秦皇東巡遺落書囊、
書囊化為烏賊的傳說[26]，來描寫烏賊腹中的黑墨；寫西施舌：「海上凡
魚不識名，百千生命一杯羹。無端更號西施舌，重與兒曹起妄情」

---

26 《南越志》引陳藏器云：「海人云是秦王東游，棄算袋於海，化為此魚，故形猶似
之，墨尚在腹也。」

（呂本中〈西施舌〉），由其命名聯想「西施」的美貌，都充滿了浪漫
的想像，予人極豐富的美感體驗。

（二）特殊生活觀察——海南島與蜑民

　　北宋詩人蘇軾貶謫儋州長達三年，對海南島特殊的島嶼生活與民
情有極為深刻的觀察，相關詩作極多。主要集中在食方面的書寫，不
僅在詩中詳細記錄了海南生黎特別的釀酒法[27]，也特寫了許多當地奇
特的食用植物的滋味與效能，如：黃菘（大白菜）脆嫩爽口，樹雞
（木耳）滋養活血，山芋作玉糁羹色香味奇絕，茵蔯湯可去瘴利膽，
蒼耳可充實骨髓、使肌膚光滑；[28]其次是記錄海島居民溫暖的人情，
如：「黎山有幽子，……遺我古貝布，海風今歲寒」（〈和陶擬古九
首〉其九）、「海國此奇士，官居我東鄰。卯酒無虛日，夜碁有達晨」
（〈和陶與殷晉安別・送昌化軍使張中〉）。至於南宋的李綱，雖貶海
南萬安軍僅三日便蒙召還，但在雷州停留了四個多月，在瓊州也待了
十多日，[29]因此，對海南島的生活體驗，雖不如蘇軾般深刻，但卻在
〈次瓊管二首〉詩中完整地道出他對此島各方面的印象：

　　　巨舶浮于海，長颿送短蓬。夜潮和月白，曉日跳波紅。雲影搖
　　　脩浪，瀾光接遠空。喜過三河流，愁遠冠頭峯。雷化迷天際，
　　　瓊儋入望中。地遥橫一線，山露點羣鴻。偶脫鯨鯢患，尤欣氣
　　　俗同。川原驚老眼，稚耋看衰翁。蠻市蝦魚合，賓居棟宇雄。

27　參〔宋〕蘇軾：〈用過韻冬至與諸生飲酒〉。

28　參〔宋〕蘇軾：〈和陶下潠田舍穫〉、〈過子忽出新意，以山芋作玉糁羹，色香味皆
　　奇絕。天上酥陀則不可知，人間決無此味也〉、〈用過韻冬至與諸生飲酒〉。

29　南宋建炎二年（1128）十一月，李綱責海南萬安軍安置。三年七月，次雷州；十一
　　月三日，詔諭公，許自便，二十五日，渡海；二十六日，抵瓊州；二十九日，奉德
　　音，許自便居住；十二月六日，渡海北歸。

人煙未寥落,竹樹自蔥蘢。碧暗檳榔葉,香移薄荷叢。金花翔
孔翠,綵幕問黎童。南極冬猶暖,中原信不通。管寧雖跡遠,
阮籍已途窮。澒洞滄波裏,蒼茫返照東。客愁渾不寢,鼓角五
更風。(其一)

四郡環黎母,窮愁最萬安。峒氓能憫冠,瀧吏豈欺韓。草屋叢
篁裏,孤城瘴海端。民居纔百數,道里尚艱難。徑陸憂生蜑,
乘桴畏怒瀾。颶風能破膽,癘氣必摧肝。去死垂垂近,資生物
物殫。舶來方得米,牢醴或無餐。樹芋充嘉饌,廬蠃薦淺盤。
蔓藤茶更苦,淡水酒仍酸。黎戶花縵服,儒生椰子冠。檳榔資
一醉,吉貝不知寒。何必從詹尹,無因詠考槃。失圖嗟罪大,
得此荷恩寬。顧影同三友,談空不二觀。中州杳何在,猶共月
團圓。(李綱,〈次瓊管二首〉序:南渡次瓊管,江山風物,與海北
不殊,民居皆在檳榔木間。黎人出市交易,蠻衣椎髻,語音兜離,不可曉
也。因詢萬安,云相去猶五百里,僻陋尤甚,黃茅中草屋二百餘家,資生
之具,一切無有。道由生黎山洞,往往剽刼行者,必自文昌縣泛海,得便
風三日可達。艱難至此,不無慨然,賦此紀土風、志懷抱也。)

第一首寫瓊州印象。因為瓊州是北部濱海最重要的港口,人口相對稠
密,住家也極雄偉;此外,初登海岸的李綱,還以諸多色彩詞對當地
溫暖的氣候,青翠的竹葉、檳榔葉、薄荷叢,以及活躍的孔雀、黎
童,記錄其深刻的印象。可惜,因與中原隔了大海,音信難通,致使
詩人愁悶難眠。第二首寫詩人聽說萬安軍的印象。該地位於島之東
南,僻遠窮愁,物資極為不足:住,在草屋叢篁之中;行,則海路皆
難;居,瘴癘、颶風俱多;食(樹芋、螺、蔓藤茶、檳榔等)、衣
(吉貝),則就地取材為主。這些生活窘境,雖令詩人極度不安,但
化為詩中文字,卻成為後人了解南宋海南島極珍貴的資料。

　　此外，還有對於蜑民特殊生活方式的觀察。北宋已有不少詩人將蜑民水居與謀生的情形入詩，如秦觀〈海康書事十首〉之十：「合浦古珠池，一熟胎如山。試問池邊蜑，云今累年閑」，是對廣東海康蜑戶採珠經濟活動的記錄；又如蔡襄〈宿海邊寺〉：「怪得寺南多語笑，蜑船爭送早魚迴」，是對福州海澄蜑戶捕魚生計的觀察；還有蘇軾〈連雨江漲二首〉其一：「床床避漏幽人屋，浦浦移家蜑子船。龍卷魚蝦并雨落，人隨雞犬上檣眠」，主要刻劃了嶺南蜑人經常要忍受避雨移浦、與魚雞共眠等居住上的不便。至於南宋詩人楊萬里，則對廣東沿海蜑戶生活的食衣住行作了全面性的觀察，詩云：

　　　　天公分付水生涯，從小教化蹈浪花。煮蟹當糧那識水，緝蕉為布不須紗。夜來春漲吞沙嘴，急遣兒童斸荻芽。自笑平生老行路，銀山堆裡正浮家。（楊萬里〈蜑戶〉）

蜑民的生活方式，宋朝周去非《嶺外代答》有載：「以舟為室，視水如陸，浮生江海者，蜑也。……凡蜑極貧，衣皆鶉結，得掬米，妻子共之。……兒學行，往來篷脊，殊不驚也，能行則已能浮沒。蜑舟泊岸，群兒聚戲沙中，冬夏身無一縷，真類獺然」，這段敘述，恰恰詮釋了詩中對於蜑民食衣住行各方面的描述。食的方面，以荻芽搭配蟹一類的海錯為主，缺米；衣的方面，緝蕉為布，缺紗；住行皆在海上，因此自幼即足蹈浪花、習於水性。詩人並未隨俗輕視蜑民，反而以一種新奇的眼光欣賞他們奇異的生活方式，在輕快的情調中展現出尊重生命平等的思想特質。

五　結語

　　由以上對南宋詩中繼承北宋新興的「海民關懷」、「海洋貿易」、「海洋生活」三主題的分析可知，海洋，對南宋詩人而言，更加真實、親近；南宋詩人書寫海洋，由於詩人親海性的大量提高，以及對江西詩派「以學問為詩」的反動，無論是書寫面向、或取材視角皆有擴大，且情志更加深刻，藝術表現更為新奇多變而少議論。

　　舉「海民關懷」主題為例，北宋詩人多以先敘（民苦）後議的長篇發抒對時政的批評與議論，而南宋詩人在承繼前朝對海民生計與安危的觀察與關懷書寫外，還以較小的篇幅（律、絕）、較鮮活的意象、先敘（民苦）後情的結構，從更多生活面向（煮鹽、農事、捕魚）的描繪與實際愛民行動（祝禱、叮嚀、築橋）的記錄來具現其生民之愛。

　　舉「海洋貿易」主題為例，南宋詩雖繼承北宋詩示現貿易港之熱絡、貿易品之賞玩，但更能妙用特寫、映襯、反詰等手法，真實反映出貿易中心由華亭南移至明州、泉州、瓊州等的實況，也書寫出詩人賞玩貿易品從軍事用品轉移至日常用品的情形與其象徵意義（貿易品已普及民間）。另有對舶臺形象的大量書寫（詠舶臺愛民、為人著想的品格），反映了南宋時期市舶司在海外貿易中的重要地位與功能。

　　舉「海洋生活」主題為例，南宋詩雖繼承北宋詩以流暢的賦筆、精細的觀察書寫海洋生活體驗，與對特殊生活方式的觀看，但觀察面向更為全面，且更能憑其豐富的想像、生動的意象，與活用譬喻、類疊、示現、色彩詞、數字詞等手法，以輕快的情調表現詩人融入海洋生活的情味。

　　透過本文的分析，從海洋文學史的角度可知，南宋詩在繼承北宋三個新主題的海洋書寫中，透顯出南宋因政治中心與經濟重心南移、

朝廷更加重視海洋貿易政策、東南沿海港市繁榮、航海技術大幅進展、詩人沿海為官機會更多等時代背景，而展現出有別於前代的，更具海民關懷的實際行動力、海洋貿易的高度關注性、海洋生活的全面體察性等時代書寫特徵，因而在古典海洋詩歌內涵的擴大、深刻化與藝術風格的多樣化、創新性的發展上，具有大幅進展的重要地位。從思想史、社會史的角度可知，南宋詩中的海洋書寫，反映了南宋朝廷鹽政改良的成果，但海洋居民的生命仍備受自然災害威脅的現實；同時，也透顯了南宋文人積極關懷沿海百姓（尤其是農民、漁民）的精神樣態，為南宋思想與社會實況的研究提供了一種新的觀察視角。

主要參考文獻

一　傳統文獻（依時代先後排序）

〔宋〕祝　穆　《方輿勝覽》　臺北市　臺灣商務印書館　1983年

〔宋〕洪　邁　《夷堅志補》　臺北市　新興書局　1975年

〔宋〕陸　游　《老學庵筆記》　北京市　北京商務出版社　2006年

〔宋〕蔡　條　《鐵圍山叢談》　北京市　北京出版社　2000年

〔宋〕包　恢　《敝帚稿略》　北京市　商務印書館　2006年

〔宋〕羅　濬　《寶慶四明志》　北京市　商務印書館　2006年

〔宋〕趙汝適　《諸蕃志》　北京市　中華書局　1996年

〔宋〕真德秀　《石山先生真文忠公文集》　收於《四部業刊・集
　　　部》　臺北市　臺灣商務印書館　1983年

〔元〕脫脫等　《宋史》　臺北市　鼎文書局　1994年

〔清〕畢沅撰　楊家駱主編　《新校續資治通鑑》　臺北市　世界書
　　　局　1974年

〔清〕趙　翼　《甌北詩話》　臺北市　廣文書局　1991年

二　近人論著（依作者姓氏筆畫排序）

馬積高、黃鈞主編　《中國古代文學史3——宋遼金元》　臺北　萬
　　　卷樓圖書有限公司　1998年

梁庚堯　《南宋鹽榷——食鹽產銷與政府控制》　臺北　臺大出版中
　　　心　2014年

郭正忠　《宋代鹽業經濟史》　秦皇島　人民出版社　1990年

郭正忠主編　《中國鹽業史》　北京市　人民出版社　1999年

陳清茂　《宋元海洋文學研究》　新北市　花木蘭文化出版社　2011
　　年
黃純艷　《宋代海外貿易》　北京市　社會科學文獻出版社　2003年

個別詩家篇

論蘇軾海南詩的海洋意象
——並與其海南詞略作比較

摘要

　　對「海」情有獨鍾的蘇軾（1036-1101），晚年貶謫四面環海的海南島時，在詩中藉著豐富多樣的「海洋」意象（阻隔的空間、無盡的宇宙、美好的樂園、自由的理境、重生的場域），歷時性地呈顯出其垂老投荒，由感傷而至領悟、適應、欣悅的情志變化軌跡，由此可以深層透視其居瓊的心靈圖景，及其對「海洋」的審美觀察。同時，文中還將詩、詞的內涵與表現略作比較，以探知詩詞二體在「海」意象書寫中審美情調的異同之處。

關鍵詞：蘇軾、海南、詩、詞、海洋意象、情感思想

一　前言

　　蘇軾（1036-1101）性喜「臨水」[1]，對「海」更是情有獨鍾。其作品中，「海」出現二三九六次，遠遠多過李白的一二五六次、杜甫的四三一次，[2]如此高頻出現的「海」意象，其所透顯之蘇軾對「海」的審美觀察、情感意蘊及哲理思辨，十分值得深究。尤其在謫居四面環海的「海南島」之時，蘇軾有更多親海、觀海，甚至渡海的經驗，對於「海」，遂有更豐富的形象刻劃與情志寄寓。同時，由於晚年貶謫海外，心境更趨淡泊超然，原本詩、詞、文兼善的蘇軾，竟罷去平日所好的圖史文章，「獨喜為詩」[3]，因此，本文捨其文賦等作，專以其詩中之「海」意象為研究對象。[4]

　　又蘇軾海南時期的詞作雖為數不多，然而，由於「詩」體發展至北宋，已慢慢從純抒情的範疇轉而往哲思慧見的領域發展，「詞」反而成為抒情的最佳工具，[5]而蘇軾又是開始用「詞」的形式正式抒寫自己懷抱志意的文人，[6]他「把詞保留為表示繁複情感的工具，而把

1　〔宋〕蘇軾〈泛潁〉：「我性喜臨水。」見〔宋〕蘇軾撰，〔清〕王文誥輯註，孔凡禮點校：《蘇軾詩集》（北京市：中華書局，1996年），卷34，頁1794。以下凡引蘇軾詩，皆直接於文中括弧注明頁碼，不另作注。

2　以上三家作品中出現「海」的統計數字，皆大陸學者陳冬根檢索上海人民出版社出版的電子版文淵閣《四庫全書》統計所得，詳見陳冬根：〈水月清明　情有獨鍾──蘇軾作品中的「水」意象探微〉，《樂山師範學院學報》22卷3期（2007年3月），頁6。

3　〔宋〕蘇轍〈東坡和陶詩引〉：「東坡先生謫居儋耳（即昌化軍），……茸茅竹而居之，日啗薯芋，而華屋玉食之念不存於胸中，平生無所嗜好，以圖史為園囿，文章為鼓吹，至此亦皆罷去，獨喜為詩，精深華妙，不見老人衰憊之氣。」見《欒城集》（北京市：商務印書館，2006年），頁472-473。

4　蘇軾海南詩中言及「海」者約有四十多首。

5　詳參繆鉞：《詩詞散論》（臺北市：開明書店，1966年），頁1-15。

6　參葉嘉瑩：〈論蘇軾詞〉，《靈谿詞說》（臺北市：國文天地雜誌社，1989年），頁193。

詩視為處理雜事的媒體，例如論證、社會批評與閑情偶寄等等」，[7]據此，從詞作著手，似乎比詩作更能探知蘇軾深層的內在情感。因此，本文亦揀選蘇軾與「海」相關之詞作加以研究，[8]期盼能補充詩作、對其「海」意象的象徵內蘊與情志投射，作更周延的觀察與掘發；另一方面，本文亦擬對蘇軾詩與詞中「海」意象之內涵與表現，略作比較，以見詩、詞二體審美情調之異同。

　　蘇軾遠謫海南島，實與北宋黨爭有密切的關連，亦可謂受「烏臺詩案」遺禍所致。哲宗親政後，政敵一而再、再而三地以謗訕之辭，羅織蘇軾的罪狀，遂使剛正敢言的蘇軾先後被貶放定州、英州、惠州；章惇、蔡京又以貶竄為未足，復祖述沈括、何正臣等群小訕謗之說，重議其罪，哲宗紹聖四年（1097），遂責授瓊州別駕，移昌化軍安置，不得簽書公事。[9]瓊州，即今之海南島，春秋戰國時為揚越之地，秦末始正式內屬，屬南越；漢武帝時以為儋耳、珠崖郡；[10]宋太祖時以儋、崖、振、萬安四州隸瓊州，宋神宗熙寧六年，為加強海外疆域之管理，更以瓊州「瓊管安撫司」領州之屬縣，並改儋州為昌化軍，以隸瓊管。[11]蘇軾責授「瓊州別駕，移昌化軍安置」，即因二者有屬附關係之故。孤懸海外的海南島，氣候燠熱，物質條件困阨，風俗

7　孫康宜著、李奭學譯：《詞與文類研究》（北京市：北京大學出版社，2004年），頁128。

8　蘇軾海南詞中與「海」相關者有：〈減字木蘭花·立春〉、〈千秋歲·次韻少游〉、〈減字木蘭花·以大琉璃杯勸王仲翁〉等三首。

9　詳參唐玲玲、周偉民：《蘇軾思想研究》（臺北市：文史哲出版社，1996年），頁149-164。

10　參〔漢〕班固等：《漢書》（臺北市：鼎文書局，1994年），〈地理志〉第八下，頁1669-1670。

11　參〔明〕曾邦泰等纂修：《萬曆儋州志》（海口市：海南出版社，2004年），〈輿圖志〉，頁12。

語言與中原大異；[12]「垂老投荒」[13]的蘇軾，謫居三年期間，[14]面對遼闊的大海和靜謐的海島叢林，更有機會以虛靜的心境對自身遭受的厄運及處境加以反思，因而在作品中多方地表述其獨特的生命感受與體驗。[15]這些感受與體驗，透過其詩詞中「海」意象的歷時性呈現，尤其顯露出一條由初至海南、進而熟悉海南、眷戀海南的情志發展的軌跡，從中可以概括地描繪出蘇軾居瓊的心靈圖景。

可惜，目前學界從「海」或「水」意象切入探索蘇軾詩詞的相關研究，僅陳冬根〈水月清明　情有獨鍾——蘇軾作品中的「水」意象探微〉、張連舉〈蘇軾詠海詩管窺〉兩篇論文，[16]對蘇軾詠「海」詩的主題作了概略性的探討，其他未見有深入而系統研究蘇軾詩詞「海」意象的論著。因此，本文期能透過對蘇軾海南詩詞「海」（含四面環海的「海南島」）意象[17]的耙梳，具體描繪出蘇軾謫居海南的心靈世界（情感與哲思），為蘇軾晚年思想情意的研究提供一個新的觀察視角。

---

12 與蘇軾一同居儋的少子蘇過，其《斜川集》描述儋耳的風候民情為：「其民卉服鼻飲，語言不通，狀若禽獸，既囂且聾，海氣鬱寧，瘴煙溟濛。」（蘭州市：蘭州大學出版社，2003年），卷3〈志隱〉，頁334。

13 〔宋〕蘇軾：〈與王敏仲十八首〉其十六，孔凡禮點校，《蘇軾文集》（北京市：中華書局，1996年），卷56，頁1694。

14 蘇軾於紹聖四年（1097）四月離開惠州，六月渡海，七月到昌化軍（儋州）貶所；元符三年（1100）六月二十日夜渡海北歸。總計在瓊三年零二月。時年六十二至六十五間。

15 參唐玲玲：〈寄我無窮境——蘇軾貶儋期間的生命體驗〉，收入中國人民大學中文系主辦：《中國蘇軾研究（第二輯）》（北京市：學苑出版社，2005年），頁89、102。

16 分別見《樂山師範學院學報》22卷3期（2007年3月），頁6-11、《邵陽學院學報（社會科學版）》第4卷第4期（2005年8月），頁69-70。

17 本文所引蘇軾相關詩詞中對「海」或「海南」的描寫，多為自然實質之海，僅象徵「人生理境」之海（詩、詞各一首）為抽象泛稱；又由於蘇軾海南詩言及海之作品中，描寫海南島風情者幾佔四分之一，為觀察其心境變化不可或缺的材料，再加上「島嶼」四面環海，與海實有密切相關，是以此類作品亦納入本文考察範圍。

二　雲海茫茫：遙遠阻隔的空間

　　遠闊恢宏、浩瀚難窮，是大海予人的直觀印象。班彪〈覽海賦〉：「覽滄海之茫茫」、王粲〈遊海賦〉：「覽滄海之體勢。吐星出日，天與水際。其深不測，其廣無臬。……洪洪洋洋，誠不可度也」[18]，都是文人遙望海洋後，對其廣大渺茫的特點所興發的浩嘆。倪濃水指出這種對海洋「遙望」的描述，是「當時對海洋的陌生而感到神秘的一種心理的反映」[19]，由於這種陌生感，早在先秦文學作品中，遼闊的海洋就被視為一個遙遠的、阻隔的空間：

> 渤海之東不知幾億里，有大壑焉，實惟無底之谷。其下無底，名曰歸墟。
> 八紘九野之水，天漢之流，莫不注之，而無增無減焉。(《列子‧湯問》)[20]
> 挾太山以超北海。語人曰：我不能。是誠不能也。(《孟子‧梁惠王上》)[21]

在先民的心目中，大海是一「不知幾億里」、不能超越的「谷型空

---

18 分別見費振剛、仇仲謙、劉南平：《全漢賦校注》(廣州市：廣東教育出版社，2005年)，頁355、1037。

19 倪濃水：〈中國古代海洋小說的發展軌迹及其審美特徵〉，《廣東海洋大學學報》28卷5期 (2008年10月)，頁24。

20 〔周〕列禦寇撰，〔晉〕張湛注：《列子》(臺北市：臺灣商務印書館，1984年《景印文淵閣四庫全書》)，子部三六一〈道家類〉，冊1055，頁616。

21 〔宋〕朱熹集註：《四書集注》(臺北市：學海出版社，1982年)，《孟子》，卷1〈梁惠王上〉，頁11。

間」[22]；到了木華的〈海賦〉:「乖蠻隔夷，迴互萬里」[23]，更將「海」視為隔絕中央王朝與蠻夷之地的遼遠空間。

初至蠻荒海南的蘇軾，詩中亦繼承這種對海的意識，將「海」視為一阻隔他與中原故山、親人好友的遼遠空間:

> 欲為中州信，浩蕩絕雲海。……攀躋及少壯，已失那容悔。（〈和陶擬古九首〉其八，2265）
>
> 從我來海南，幽絕無四鄰。（〈和陶雜詩十一首〉其一，2272）
>
> 故山不可到，飛夢隔五嶺。……披衣起視夜，海闊河漢永。（〈和陶雜詩十一首〉其二，2273）
>
> 時來登此軒，目送過海席。家山歸未能，題詩寄屋壁。（〈司命宮楊道士息軒〉，2352）
>
> 莫嫌瓊雷隔雲海，聖恩尚許遙相望。（〈吾謫海南，子由雷州，被命即行，了不相知，至梧乃聞其尚在藤也，旦夕當追及，作此詩示之〉，2245）
>
> 時來與物逝，路窮非我止。與子各意行，同落百蠻裏。……相逢山谷間，一月同臥起。茫茫海南北，粗亦足生理。（〈和陶止酒〉，2245-2246）
>
> 此外一子由，出處同偏僊。晚景最可惜，分飛海南天。（〈和陶連雨獨飲二首〉其一，2252）

---

22 吳智雄指出這個形狀像大壑的「谷型空間」具有下列幾項特性:1.水之大者，2.無底之谷，3.萬川歸趨之所，4.海水不盈不竭，5.超越時空的限制，6.日月出入之地，7.無法超越的空間。參氏著:〈試論先秦文學中的海洋書寫〉，《海洋文化學刊》第6期（2009年6月），頁49。

23 〔梁〕昭明太子蕭統撰，〔唐〕六臣註:《增補六臣註文選》（臺北市:華正書局，1981年），卷12，頁231。

颶作海渾，天水溟濛。雲屯九河，雪立三江。我不出門，寤寐
北窗。念彼海康，神馳往從。（〈和陶停雲四首并引〉其二，自
立冬以來，風雨無虛日，海道斷絕，不得子由書。乃和淵明
〈停雲〉詩以寄。2269）

雷州別駕應危坐，跨海清光與子分。（〈十二月十七日夜坐達
曉，寄子由〉，2284）

老去仍棲隔海村，夢中時見作詩孫。（〈庚辰歲人日作，時聞黃
河已復北流，老臣舊數論此，今斯言乃驗，二首〉其一，
2342）

昔與吳（復古）遠遊，同藏一瓢窄。潮陽隔雲海，歲晚倘見
客。（〈和陶雜詩十一首〉其七，2276）

除了「隔」字的一再使用外，蘇軾還增加了「雲海」、「茫茫」、「溟
濛」等浩瀚難窮的意象，來強調大海的難以跨越、飛渡，透顯出作者
心中因受阻於海、淪落蠻荒以致不能回鄉與親友團聚的傷感無奈。由
於海南島多瘴氣，黎民亦不解耕，以致經濟貧困，民風未開；而歷代
貶放海南之官，又十有八九未能生還，[24]遂使瓊州多蒙鄙夷，被視為
非人所居。蘇軾離開惠州、遠赴陌生的瓊州之時，亦目海南為「瘴癘
交攻」、「魑魅逢迎」之「鬼門」[25]荒地，心中不存生還之望，是以「子
孫慟哭於江邊，已為死別」[26]，軾並對諸子孫（長子邁，三個孫子
簞、符、籥）交代後事：「首當作棺，次便作墓」、「死則葬海外」[27]，

---

24 如唐之楊炎、李德裕、李孝逸、韋方質、林蘊，宋之盧多遜、丁謂、洪湛等，皆死
　於貶所。詳見《萬曆儋州志》，〈流寓志〉，頁153、154；以及黃光全：〈海南貶客與
　他們的詩〉，《今日海南》2007年8期，頁44。

25 〔宋〕蘇軾：〈到昌化軍謝表〉，《蘇軾文集》，卷24，頁707。

26 同前註。

27 〔宋〕蘇軾：〈與王敏仲十八首〉其十六，《蘇軾文集》，卷56，頁1694。

大海阻隔了回鄉的期盼，其心情之低落絕望，由此可以想見。再加上
是時蘇轍責授化州別駕，雷州安置，蘇軾雖於五月十一日與弟相遇於
藤州，同行至雷州同住了一個月，六月十一日終不得不相別渡海，兄
弟二人自此只能遙隔大海互通書信，若遇「颶風」大雨、海道斷絕，
便久久不能得子由書，此時的洶湧「天水」，是兄弟親情之最大阻
隔。至於吳復古，字子野，與蘇軾交遊二十餘年，此時亦時時致書問
候，身在海南的蘇軾，也只能隔著「雲海」無奈地遙望、思念中原的
友人。

　　一望無際的大海，不僅阻隔了蘇軾對中原故土、故人的遙望，也
阻隔了中原的文明教化。詩云：

> 天其以我為箕子，要使此意留要荒。他年誰作輿地志，海南萬
> 里真吾鄉。(〈吾謫海南，子由雷州，被命即行，了不相知，至
> 梧乃聞其尚在藤也，旦夕當追及，作此詩示之〉，2245)
> 聞有古學舍，竊懷淵明欣。攝衣造兩塾，窺戶無一人。邦風方
> 杞夷，廟貌猶殷因。先生饌已缺，弟子散莫臻。……今此復何
> 國，豈與陳、蔡鄰。永愧虞仲翔，絃歌滄海濱。(〈和陶示周掾
> 祖謝〉，2254)
> 我非皇甫謐，門人如摯虞。不持兩鷗酒，肯借一車書。欲令海
> 外士，觀經似鴻都。(〈和陶贈羊長史〉，2282)

「海南萬里」、「海外」皆意味著海南島與中原文化的巨大隔閡；而遙
遠的「滄海濱」，與海洋同樣有著「遙遠」與「離開」的意義，[28]因此

---

28 介於海洋與陸地的過渡地帶──「海濱」，雖然仍保有陸地的原素，而與遠離陸地
　　中心的海洋不同。但對身處中原的華夏民族而言，遙遠的海濱之地與海洋同樣有著
　　「遙遠」與「離開」的意義，因而也成為思想家傳達超越觀念的喻體之一。如孟

也成為蘇軾表現「阻隔」之感的意象。由於海南「學舍」的荒置、文化的落後，[29]素有儒家濟世精神的蘇軾遂有「絃歌滄海濱」之志，意欲學習被周武王封於朝鮮、教民禮義田蠶的「箕子」，以及雖罪放交州卻仍講學不倦的「虞仲翔」（三國吳人，名翻），推廣中原文化，使海南學子皆有「觀經」摹寫、接受教育的機會，進而達提昇海南人民素質的目的。他將己居「桄榔庵」當作講學之所，苦心勸導民眾學習，並自編詩書禮樂等教材，「務令文字華實相符，期於適用乃佳」[30]，結果來習者約二十餘人，一時書聲琅琅，絃歌四起，儋州遂成海南文化教育的中心。大海雖阻隔了瓊州吸收中原文明的機會，但蘇軾卻「跨海」將文化的種子散播於此荒地，使多士崛起，儋州人符確更成為海南歷史上第一位進士（1109），[31]蘇軾在海南敷揚文教的成果豐碩，使海南自此突破大海的局限，教化日興，人文漸盛。

子：「伯夷辟紂，居北海之濱。……太公辟紂，居東海之濱。」（〈離婁上〉）「伯夷……當紂之時，居北海之濱，以待天下之清也。」（〈萬章下〉）「舜視棄天下猶棄敝蹝也。竊負而逃，遵海濱而處，終身訴然，樂而忘天下。」（〈盡心上〉）此處的海濱，因遠離都城，而具有距離所產生之想像的美好。以四海之濱為超越現實的場域，海濱之地除了有實際的地理空間意義外，還具有「遠離」的象徵意義。參吳智雄：〈試論先秦文學中的海洋書寫〉，《海洋文化學刊》第6期（2009年6月），頁51。

29 〔清〕蕭應植總修《乾隆瓊州府志·海黎志》（卷8）載海南民情之不化：「黎分生、熟。生黎居深山，性獷猂，不服王化」、「熟黎，……性亦獷橫，不問親疏，一語不合，即持刀弓相向」（海口市：海南出版社，2001年，頁26、28）；蘇軾作品中亦載其民俗之不佳者：「病不飲藥，殺牛以禱」、「以巫為醫」、「得牛皆以祭鬼」（〈書柳子厚《牛賦》後〉，《蘇軾文集》，卷66，頁2058），「逸諺戲侮，博弈頑鄙」（〈和陶勸農六首〉其六，《蘇軾詩集》，卷41，頁2257））等。

30 〔宋〕蘇軾：〈與姪孫元老書〉，《蘇軾文集》，卷60，頁1841。

31 鍾平主編：《儋縣志》（北京市：新華書局，1996年），頁719。

三 瀛海天風：無窮無盡的宇宙

有萬川歸趨的大海，卻從不滿溢；即使歷經多次的水災、旱災，
也從不枯竭。這種超越時空限制的「恆久廣大」特質，早已為上古思
想家們所注意與運用：

> 北海若曰：「……天下之水，莫大於海。萬川歸之，不知何時
> 止，而不盈；尾閭泄之，不知何時已，而不虛。春秋不變，水
> 旱不知。此其過江河之流，不可為量數。……計四海之在天地
> 之間也，不似礨空之在大澤乎？計中國之在海內，不似稊米之
> 在大倉乎？」（《莊子·秋水》）
> 夫千里之遠，不足以舉其大；千仞之高，不足以極其深。禹之
> 時，十年九潦，而水弗為加益；湯之時，八年七旱，而崖不為
> 加損。夫不為頃久推移，不為多少進退。（《莊子·秋水》）[32]
> 曰：吾道如海。……能運小蝦小魚，能運大鯤大鯨。合眾水而
> 受之，不為有餘；散眾水而分之，不為不足。（《關尹子·一
> 宇》）[33]

皆是藉海水不受時空因素而增減的特質，以喻道之恆久、無盡的特
性。具備這樣特質的大「海」，像是一個無窮無盡、永恆不變的宇
宙，萬物與之相比，都只是「大倉」中的一粒「稊米」，微不足道。

這種將「海」想像成無窮宇宙所引發萬物如稊米的哲思，竟成為

---

32 〔清〕王先謙：《莊子集解》（臺北市：世界書局，1983年《新編諸子集成》），冊4，
　　頁100-101、107。

33 〔周〕尹喜撰：《關尹子》（臺北市：臺灣商務印書館，1984年《景印文淵閣四庫全
　　書》），子部361〈道家類〉，冊1055，頁555。

蘇軾在人生瀕臨絕境時超脫現實困境的重要思維，同時，他還聯繫了
鄒衍的宇宙觀來闡發其人生領悟：

> 四州環一島，百洞蟠其中。我行西北隅，如度月半弓。登高望
> 中原，但見積水空。此生當安歸，四顧真途窮。眇觀大瀛海，
> 坐詠談天翁。茫茫太倉中，一米誰雌雄。幽懷忽破散，永嘯來
> 天風。千山動鱗甲，萬谷酣笙鐘。安知非群仙，鈞天宴未終。
> 喜我歸有期，舉酒屬青童。急雨豈無意，催詩走群龍。夢雲忽
> 變色，笑電亦改容。應怪東坡老，顏衰語徒工。久矣此妙聲，
> 不聞蓬萊宮。（〈行瓊、儋間，肩輿坐睡。夢中得句云：千山動
> 鱗甲，萬谷酣笙鐘。覺而遇清風急雨，戲作此數句〉，2246-
> 2248）

初貶蠻荒的蘇軾，沿途浩然的大海天風與奇偉的山光水色，激發了他
的哲理思考：在由瓊州到儋州的路途中，登臨眺望「中原」，雖仍不
免興發出被大海阻隔故國之歸路、「四顧途窮」的無奈感傷；然而，
當他面對「大瀛海」進行觀察、沉思時，卻將大海聯繫到鄒衍（「談
天翁」）的宇宙天體觀：

> 以為儒者所謂中國者，於天下乃八十一分居其一分耳。中國名
> 曰赤縣神州，赤縣神州內自有九州，禹之序九州是也。……於
> 是有裨海環之，人民禽獸，莫能相通者，如一區中者，乃為一
> 州。如此者九，乃有大瀛海環其外，天地之際焉。（《史記・孟
> 子荀卿列傳》）[34]

---

34 〔日〕瀧川龜太郎：《史記會注考證》（臺北市：洪氏出版社，1982年），卷74，頁
944。

無窮的宇宙天地，其周圍是無邊無際的「大瀛海」；再加上莊子哲學的啟示：「計中國之在海內，不似稊米之在大倉」，大海就像一個無窮無盡的宇宙大倉，生存在四海之內的人類只不過是其中的一粒小米，蘇軾由此悟得「宇宙無窮而生命有盡」的人生哲理，人的生命有盡，與無窮的宇宙相比，是微不足道的，何必為小名小利而決「雌雄」呢？頓悟之後，「幽懷忽破散，永嘯來天風」，蘇軾的精神得以解脫，故能盡情享受當下「千山動鱗甲，萬谷酣笙鐘」的美妙天籟，化解了初至此孤島的鬱鬱之氣。

也正由於蘇軾能將大海視為一無窮的宇宙，從「大小相對」的哲學思維領悟人生有盡的生命體驗，方能放下現實生活的「榮辱」、「窮達」，使其心靈超脫自在：

> 我少即多難，邅回一生中。百年不易滿，寸寸彎強弓。老矣復可言，榮辱今兩空。泥洹尚一路，所向餘皆窮。似聞崆峒西，仇池迎此翁。胡為適南海，復駕垂天雄。下視九萬里，浩浩皆積風。回望古合州，屬此琉璃鐘。離別何足道，我生豈有終。渡海十年歸，方鏡照兩童。還鄉亦何有，暫假壺公龍。峨眉向我笑，錦水為君容。天人巧相勝，不獨數子工。指點昔遊處，蒿萊生故宮。（〈次前韻寄子由〉，2248-2249）

既然體悟了宇宙無窮、生命有盡之理，蘇軾遂懷著「榮辱今兩空」的超然心境，來迎接由廣渺宇宙（「南海」）拂來的浩浩「天」「風」，盡情想像「渡海十年歸」後，「峨眉向我笑，錦水為君容」的美好生活。這種哲理的感悟，使他在垂老投荒的困窘生活中，能夠時時俯仰轉念、處逆境也作順境度過：

> 吾始至海南，環視天水無際，淒然傷之，曰：「何時得出此島
> 耶？」已而思之，天地在積水中，九州在大瀛海中，中國在少
> 海中，有生孰不在島者？覆盆水於地，芥浮於水，蟻附於芥，
> 茫然不知所濟。少焉水涸，蟻即徑去，見其類，出涕曰：「幾
> 不復與子相見，豈知俯仰之間，有方軌八達之路乎？」念此可
> 以一笑。戊寅九月十二日，與客飲薄酒小醉，信筆書此紙。
> （〈試筆自書〉）[35]

如果把大海當作無窮盡的宇宙，則「有生」皆在島中；同樣地，亦可
將海南島視作一被海環繞的小小宇宙、一方軌八達的美好天地，只要
精神不被形軀困囿，「以不歸為歸」[36]，隨處皆可安身，又何必執意要
「出此島」呢？由此可知，象徵無窮宇宙的「海」意象，實為轉變蘇
軾居儋三年生活態度、領悟「短籬尋丈間，寄我無窮境」（〈新居〉，
2312）的思想關鍵。

四　海島風情：美好生活的樂園

　　海，是「象徵美好生活」[37]的意象。尤其是位於明麗、溫柔大海
中的海島，更令中國古代人們無限嚮往，於是，他們「把海洋看成是
神仙居住的地方」，「把海洋看成是美好的去處」[38]：

---

35 《蘇軾文集》，〈蘇軾佚文彙編〉，卷5，頁2549。
36 見蘇軾〈次前韻寄子由〉一詩中王文誥之案語：「二詩本旨以不歸為歸，猶言此區
　　區形跡之累，不足以囿我也。」（《蘇軾詩集》，卷49，頁2249）
37 李江月：〈奧尼爾劇作中的「海」與「霧」意象解讀〉，《當代戲劇》2006年2期，頁
　　17。
38 趙君堯：〈海洋文學研究綜述〉，《職大學報》2007年1期，頁64。

渤海之東，不知幾億萬里，有大壑焉。……其中有五山焉，一
曰岱輿，二曰員嶠，三曰方壺，四曰瀛州，五曰蓬萊，……其
上臺觀皆金玉，其上禽獸皆純縞，珠玕之樹皆叢生，華實皆有
滋味，食之皆不老不死。所居之人，皆仙聖之種，一日一夕，
飛相往來者，不可數焉。(《列子·湯問》)[39]
藐姑射之山，有神人居焉，肌膚若冰雪，淖約若處子。不食五
穀，吸風飲露。乘雲氣，御飛龍，而遊乎四海之外。其神凝，
使物不疵癘而年穀熟。(《莊子·逍遙遊》)[40]

先人想像渤海以東「幾億萬里」有五座島山，有神仙自由地飛居往
來，有美麗的宮闕、純白的禽獸、長生的花果，是有著美好生活的仙
境；海河洲中有姑射仙島，是一個祥和無爭、風調雨順的美麗世界。
海島，包含了海與岸，而海與岸本身都是耐人尋味的審美對象，「海／
岸」之間的互動更有多種可能，「海帶來自由的呼喚，岸卻象徵溫暖的
依靠，這種『海／岸』之間的相互渴望織構出海洋生活的魅力」[41]，
因此，海島風情的書寫，往往透顯出一種美好欣悅的意象，一如陳幸
蕙所言：

非常喜歡自己是生長在一個島，而不是一塊封閉的內陸上。
因為島是四周環以岸的土地；島的美體，在於她四季接受海水
的祝福，在於她有岸。
島因為有岸，終於成為一座希望。

39　《列子》，頁616。
40　《莊子集解》，頁4。
41　吳旻旻：〈「海／岸」觀點：論臺灣海洋散文的發展性與特質〉，《海洋文化學刊》創
　　刊號（2005年12月），頁129。

而岸的含蓄與多義性，永遠可以供我們的想像做無盡的馳騁與發揮。[42]

在極富動感的海水「祝福」之下，四周環以岸的「島」，不是一座封閉的城堡，而是一處充滿美好希望的生活樂園。

生性樂觀、隨遇而安的蘇軾，亦擁有相同的海島意識，將「四州環一島」、物質條件貧乏的海南島，視之為一個美好生活的場域。在浩瀚大海與莊子思想的啟迪下，晚年貶荒的他，逐漸能以淡泊超然的胸襟看待、欣賞此一獨特的海島環境，其居瓊一年左右所寫的詩作中，凡言及「海南」處，多著墨於「海南」島中美好的環境、人民及特產，原本為蠻癘之地的海南島，在他心中儼然成為一可以安居的美好樂園。例如言海南自然環境之清淨豐美：

> 九日獨何日，欣然愜平生。四時靡不佳，樂此古所名。龍山憶孟子，栗里懷淵明。鮮鮮霜菊艷，溜溜糟牀聲。閑居知令節，樂事滿餘齡。登高望雲海，醉覺玉山傾。(〈和陶九日閑居〉，2259-2260)
>
> 少年好遠遊，蕩志陯八荒。九夷為藩籬，四海環我堂。……稍喜海南州，自古無戰場。奇峰望黎母，何異嵩與邙。飛泉瀉萬仞，舞鶴雙低昂。分流未入海，膏澤彌此方。芋魁倘可飽，無肉亦奚傷。(〈和陶擬古九首〉其四，2261-2262)

海南島的氣候及自然景物，四時皆佳，尤其在重九登高賞菊、遙望雲

---

42 陳幸蕙：〈岸〉，收入楊牧、顏崑陽主編：《現代散文選續編》(臺北市：洪範書店，2002年)，頁169。

海，更為其「閑居」的一大「樂事」；海南島又因「四海」環繞，遠離
中原，故「自古無戰場」，島內秀美的奇峰、飛泉、舞鶴等山水美景，
及豐富的自然資源，因而得以保全。又如言海南人民之純樸熱情：

> 黎山有幽子，形槁神獨完。負薪入城市，笑我儒衣冠。生不聞
> 詩書，豈知有孔顏。翛然獨往來，榮辱未易關。日暮鳥獸散，
> 家在孤雲端。問答了不通，歎息指屢彈。似言君貴人，草莽栖
> 龍鸞。遺我古貝布，海風今歲寒。(〈和陶擬古九首〉其九，
> 2266)
>
> 北船不到米如珠，醉飽蕭條半月無。明日東家當祭竈，隻雞斗
> 酒定膰吾。(〈縱筆三首〉其三，2328)
>
> 孤生知永棄，末路嗟長勤。久安儋耳陋，日與雕題親。海國此
> 奇士，官居我東鄰。卯酒無虛日，夜碁有達晨。小甕多自釀，
> 一瓢時見分。仍將對牀夢，伴我五更春。暫聚水上萍，忽散風
> 中雲。恐無再見日，笑談來生因。空吟清詩送，不救歸裝貧。
> (〈和陶與殷晉安別‧送昌化軍使張中〉，2321)
>
> 小酒生黎法，乾糟瓦盎中。芳辛知有毒，滴瀝取無窮。凍醅寒
> 初泫，春醅暖更饛。華九兩樽合，醉笑一歡同。里閈峨山北，
> 田園震澤東。歸期那敢說，安訊不曾通。鶴鬢驚全白，犀圍尚
> 半紅。愁顏解符老，壽耳鬪吳翁。(〈用過韻，冬至與諸生飲
> 酒〉，2324-2325)

質樸的黎山「幽子」，在蘇軾面前雖因語言不通而手足無措，但看到
萍水相逢的蘇軾在寒冷海風的侵襲下竟僅穿薄薄單衣，遂慷慨地贈以
海南特產的吉貝（木棉）布，表現出海南濃厚的人情味；在農曆十二
月二十四送竈神上天的日子，若北船未到、米貴如珠，儋人便會體貼

地攜酒、雞等前來與他共飲共樂。更有昌化軍使張中對他最為照顧，不僅為他安置居處，[43] 還經常陪他飲酒下棋，渡過海南的漫漫長夜；同時，張中也介紹他認識儋人黎子雲兄弟、老符秀才[44]、吳氏老翁諸生，這些海南友人以大海般的奔放熱情，以海南生黎特有的方法釀製的酒，為他解除「愁顏」，與他一同「醉笑」同歡。又如言海南植物之奇絕特別：

> 聚糞西垣下，鑿泉東垣隈。勞辱何時休，宴安不可懷。天公豈相喜，雨霽與意諧。黃菘養土膏，老楮生樹雞。未忍便烹煮，繞觀日百回。跨海得遠信，冰盤鳴玉哀。茵蔯點膾縷，照坐如花開。一與蜑叟醉，蒼顏兩摧頹。齒根日浮動，自與粱肉乖。食菜豈不足，呼兒拆雞棲。（〈和陶下潠田舍穫〉，2316）
> 香似龍涎仍釅白，味如牛乳更全清。莫將南海金虀膾，輕比東坡玉糝羹。（〈過子忽出新意，以山芋作玉糝羹，色香味皆奇絕。天上酥陀則不可知，人間決無此味也〉，2317）
> 得穀鵝初飽，亡貓鼠益豐。黃薑收土芋，蒼耳斫霜叢。兒瘦緣儲藥，奴肥為種菘。頻頻非竊食，數數尚乘風。河伯方夸若，靈媧自舞馮。歸途陷泥淖，炬火燎茅蓬。滕上王文度，家傳張

---

43 張中本安置蘇軾住在官舍，但章惇派董必前來查辦，徹治張中，將軾父子逐出官舍，偃息城南南污池之側桄榔林下。張中請來黎子雲、符林、王介石等人幫忙，就地築室，運覽畚土以助之，張中亦助其舂錘。詳參〈與鄭靖老四首〉（《蘇軾文集》，卷56，頁1674）、〈和陶和劉柴桑〉（《蘇軾詩集》，卷42，頁2311）、〈新居〉（《蘇軾詩集》，卷42，2312）。

44 符林，因安貧守靜而得軾贊賞，稱之為老符秀才。軾曾過訪，且歡飲至醉，而作〈海南人不作寒食，而以上巳上冢。予攜一瓢酒，尋諸生，皆出矣。獨老符秀才在，因與飲，至醉。符蓋儋人之安貧守靜者也〉詩：「老鴉銜肉紙飛灰，萬里家山安在哉！蒼耳林中太白過，鹿門山下德公回。管寧投老終歸去，王式當年本不來。記取城南上巳日，木棉花落刺桐開。」（卷42，頁2308-2309）此後，二人情誼日深。

長公。和詩仍醉墨，戲海亂羣鴻。(〈用過韻，冬至與諸生飲
酒〉，2325)

由於海南多荒田、無秔秫（多賴北船由惠州運來），又難得肉食，因
此，蘇軾入境隨俗，亦日日食芋飲水，並以當地所產脆嫩爽口的「黃
菘」（大白菜）、滋養活血的「樹雞」（木耳）為滿足；子蘇過還以
「山芋」作玉糝羹孝敬父親，蘇軾嚐後盛讚其「色香味皆奇絕，天上
酥陀則不可知，人間決無此味」。更特別的是，為了解決此間「病無
藥」[45]的問題，蘇軾經常步郊海島，尋覓藥草，其中「茵陳」湯可以
去瘴利膽、「蒼耳」（即《詩經》之「卷耳」）可以使骨髓充實、肌膚
如玉，都是他在此島的發現，也成為其屋中的「儲藥」。

雖然海南島上「資養所急，求輒無有」[46]，加以海島型氣候又濕
熱難耐，實難為居，卻因蘇軾天性樂觀曠達，不僅能湛然無思，安之
若素，甚且能進一步敞開心胸欣賞此海島饒富地域色彩的獨特風土人
情，體悟海島生活之可愛美好。也因此之故，當謫居此島三年後、即
將北歸之時，蘇軾不禁發出「我本海南民」、「欲去且少留」(〈別海南
黎民表〉，2363)、「餘生欲老海南村」(〈澄邁驛通潮閣二首〉其二，
2365)、「鴃舌倘可學，化為黎母民」(〈和陶田舍始春懷古二首〉其
二，2281) 的不捨之語了。

---

45 蘇軾在給程天侔信中寫道：「此間（海南）食無肉，病無藥，居無室，出無友，冬
　無炭，夏無寒泉，然亦未易悉數，大率皆無耳。惟有一幸，無甚瘴也。」見〈與程
　秀才三首〉其一，《蘇軾文集》，卷55，頁1627。
46 同前註。

五 海外世界：自由人生的理境

　　浩瀚未知的海外世界，自孔子以來，就經常成為士人逃避現實挫折、懷才不遇的寄託所在，象徵著一種「自由」[47]自在、無拘無束、「能實現自身價值」[48]的人生理境：

　　　　子曰：「道不行，乘桴浮于海。」（《論語・公冶長》）[49]

劉寶楠《論語正義》釋之曰：「浮海指東夷，即勃海也。夫子當日必實有所指之地，漢世師說未失，故尚能知其義，非泛言四海也。夫子本欲行道於魯，魯不能竟其用，乃去而之他國。……至楚又不見用，始不得已而欲浮海居九夷」，己之善道既然無法施行於現實世界，孔子只好將其人生理想寄託於浩渺未知的「勃海」之東。雖然孔子未進一步說明其所謂的「海」究竟是何種樣貌，但在先民的想像中，「勃海」之東，是一個有仙人居住的自由仙鄉，《史記》首先記述了此一蓬萊仙山的神話：

　　　　自威、宣、燕昭使人入海求蓬萊、方丈、瀛洲。此三神山者，
　　　　其傳在勃海中，去人不遠，患且至，則船風引而去。蓋嘗有至

---

47 〔美〕尤金・奧尼爾：「一生記掛航海夢想的羅伯特，在小山腳下接近大海的地方走完了生命的旅程。在死亡即將到來時，羅伯特卻高興地說：『那不是終點，而是自由的開始——我航行的起點！』」見氏著，荒蕪譯：《奧尼爾劇作選》（上海市：上海文藝出版社，1982年），頁99。

48 孫太：「大海是一個天邊外的夢，一個能實現自身價值的所在。」見氏著：〈詩情畫意《天邊外》〉，《山東師範大學外國語學院學報》2001年1期，頁42。

49 〔晉〕何晏注，〔宋〕邢昺疏：《重刊宋本論語注疏附校勘記》（臺北市：藝文印書館，1989年），頁42。

者，諸僊人及不死之藥皆在焉。其物禽獸盡白，而黃金銀為宮
闕。未至，望之如雲；及到，三神山反居水下。臨之，風輒引
去，終莫能至云。世主莫不甘心焉。(《史記・封禪書》)[50]

「勃海」之東有「蓬萊、方丈、瀛洲」等三座神山(「三神山」)，其
上有自由飛往的神仙、食之長生的仙藥與世間所無的奇獸金殿，不僅
是道教方士們熱烈尋求的聖域仙鄉，更是懷才不遇的文士們意欲擺脫
現實桎梏、寄託自由理想的人生歸宿。

一生對求仙學道頗有興趣的蘇軾，[51]亦輒藉對海外「三山仙鄉」
的追尋探究，反襯一己仕宦不樂的抑鬱苦悶：

海上乘槎侶，仙人萼綠華。飛昇元不用丹砂。住在潮頭來處、
渺天涯。　　雷輥夫差國，雲翻海若家。坐中安得弄琴牙。寫
取餘聲歸向、水仙誇。(蘇軾〈南歌子・八月十八日觀潮，和
蘇伯固二首〉)
苒苒中秋過，蕭蕭兩鬢華。寓身此世一塵砂。笑看潮來潮去、
了生涯。　　方士三山路，漁人一葉家。早知身世兩聾牙。好
伴騎鯨公子、賦雄誇。(《其二・再用前韻》)[52]

這是元祐年間(1089或1090)蘇軾守杭時、和下屬蘇堅的詠潮之作。[53]

---

50 〔日〕瀧川龜太郎：《史記會注考證》，卷28，頁502。
51 參鍾來因：《蘇軾與道家道教》(臺北市：臺灣學生書局，1990年)，第二章〈蘇軾
　一生崇道概況〉，頁17-224。
52 鄒同慶、王宗堂：《蘇軾詞編年校注》(北京市：中華書局，2002年)，頁620-624。
53 關於此二詞寫作時間之考辨，詳參顏智英：〈寫實與浪漫——柳永、蘇軾「詠潮詞」
　(《望海潮》、《南歌子》)之比較探析〉，《中國學術年刊》第31期(2009年3月)，頁
　152。

在對錢塘海潮的獨特觀照下，蘇軾驅遣了一系列的神話意象描繪海潮奇觀，並指其人生歸宿為乘一葉扁舟，往尋渤海上「三山」仙鄉的自由之境，隱含了對現實政治醜陋的抗議，也揭示了他心目中的人生理境，無法在現實生活中覓得，而是在有仙人自由住居的海外仙鄉。謫居海南將近三年時（1100），蘇軾更拈出「三山」仙鄉中的仙人「安期生」，暗示了對仕途不順的失意之情，及對自由世界的嚮往之意：

> 安期本策士，平日交蒯通。嘗干重瞳子，不見隆準公。應如魯仲連，抵掌吐長虹。難堪踞牀洗，寧把扛鼎雄。事既兩大繆，飄然篩遺風。乃知經世士，出世或乘龍。豈比山澤臞，忍飢啖柏松。縱使偶不死，正堪為僕僮。
>
> 茂陵秋風客，望祖猶蟻蜂。海上如瓜棗，可聞不可逢。（〈安期生并引〉，安期生，世知其為仙者也。然太史公曰：「蒯通善齊人安期生，生嘗以策干項羽，羽不能用，羽欲封此兩人，兩人終不肯受，亡去。」予每讀此，未嘗不廢書而歎。嗟乎，仙者非斯人而誰為之。故意戰國之士，如魯連、虞卿皆得道者歟？2349-2350）

《史記·封禪書》中方士李少君曾告訴漢武帝說：「臣嘗游海上，見安期生，安期生食巨棗大如瓜。安期生僊者，通蓬萊中，合則見人，不合則隱」[54]，可知「安期生」是蓬萊山神話中能食巨棗的「僊（仙）者」。據說安期生與蒯通，本為有「經世」之才的「策士」，卻不被踞牀見客的劉邦與力能扛鼎的項羽重用，只好飄然「出世」、得道成仙，即使權重如漢高祖、武帝，亦無法得見之。蘇軾詩中詳述了

---

54 《史記會注考證》，卷28，頁507-508。

安期生懷才不用後轉而出世成仙的始末，隱然以之自比，透顯了身處海南孤島的不遇之嘆，以及對「可聞不可逢」的「海上」仙鄉的無限企盼。在遺憾生命不能自主、自我價值無法實現之時，浩瀚無垠的大海、自由無爭的海外仙鄉，遂成為蘇軾超拔羈縻、追求自由的人生理境了。

蘇軾在海南詩中，藉仙人「安期生」之不見用於世、轉而追求海外「三山」仙鄉，來含蓄地暗示、類比一己懷才不遇、欲轉而追求出世的自由理境之心思。值得注意的是，在其海南詞中，早就有這種以追求「海外世界」的意象來表現因仕途失意而嚮往自由理境的心情，且在描寫與抒發上更加具體而深刻，其元符二年（1099）有詞作云：

> 島邊天外。未老身先退。珠淚濺，丹衷碎。聲搖蒼玉佩，色重黃金帶。一萬里，斜陽正與長安對。　　道遠誰云會。罪大天能蓋。君命重，臣節在。新恩猶可覬，舊學終難改。吾已矣，乘桴且恁浮於海。（〈千秋歲・次韻少游〉，803）[55]

開頭六句鮮明地描繪了自己淪落天涯卻堅持保有榮光的形象：一個遠貶天遠孤島的朝臣，因「未老」卻不得不「先退」的無奈，而淚滴如珠、丹心破碎；即便如此，自己仍像出征將軍般身佩蒼玉、腰繫黃金帶，一直保有當年的耀眼榮光。「一萬里」二句寫景，卻情寓景中，以島邊落日與京都的遙遙相望，寄寓詞人深藏內心、忠君愛國的丹心赤忱。如此運用了作者本身形象與風景描寫的手法，來表現自己蒼涼的暮景與浩然情態，比起同樣主題中以「敘事」為主的詩作（即前述

---

55 本文所引蘇軾詞皆據鄒同慶、王宗堂：《蘇軾詞編年校注》，且均直接於文中標明頁碼，不另作注。

〈安期生〉一詩），更加情意深切、形象動人，更具藝術感染力。

下片則以深沉悲壯的口吻，娓娓道出他身不由己、只好任天而動的內在心聲：雖然君命不可違，但「新恩猶可覬」，蘇軾心中仍企盼著能內遷復朝、為國效命；然而，「舊學終難改」，他在政治上仍堅持著自己的原則，不會為了窮達而改變自己的節操，他也清楚地了解，這種堅持很難在複雜醜陋的現實實行，只有效法孔子「乘桴浮於海」，寄託人生理想於海外未知的自由之境。這種因江海而引發對自我存在的反思、對生命不能自主的遺憾，在他黃州時期的詞作亦曾出現：

> 夜飲東坡醒復醉，歸來髣髴三更。家童鼻息已雷鳴。敲門都不應，倚杖聽江聲。　　　長恨此身非我有，何時忘卻營營。夜闌風靜縠紋平。小舟從此逝，江海寄餘生。（〈臨江仙‧夜歸臨皋〉，467）

臨皋夜闌風靜，作者佇聽江聲，回首過往不能自主的塵緣勞碌，因而興起歸隱江海的心緒。李澤厚說蘇軾「一生並未退隱，也從未真正『歸田』，但他通過詩文所表達出來的那種人生空漠之感，卻比前人任何口頭上或事實上的『退隱』、『歸田』、『遁世』要更深刻更沉重」，[56]我們由他海南詞〈千秋歲〉中，身處「島邊天外」、「道遠誰云會」的無奈情境，尤能看出這種空漠的人生哀感，而此哀感產生的原因則是己「道」之不行於世，於是，「乘桴」至海外未知理境的想像，成為其解脫心靈桎梏的良方。日人保苅佳昭曾指出，蘇軾心懷悲傷的時候，會特地把這種不合於自己人生觀的心情，運用「詞」這種以情為主的文學樣式，詠在風景意象中，所以，詞中有時會表現詩裏

---

56 李澤厚：〈美的歷程〉（臺北市：三民書局，2002年），頁177。

沒有出現的作者陷於人生悲哀的形象。[57]我們從同樣主題的〈安期生〉詩加以比較,可以印證他的說法:詩中僅在引言部分言及作者每讀安期生不遇之事,輒「廢書而歎」,此外,詩句中完全沒有關於作者本身外在或內在形象的描寫,整首詩著重的是對安期生成仙始末的邏輯性書寫,在抒情表意上未及詞作的深刻感人。由此可知,蘇軾海南詞雖然為數不多,但在研究其居瓊的情感思想上,卻仍是不可忽略的重要材料。

六 海天澄清:生命希望的場域

柔軟透明、流動不竭的海水,是孕育生命的搖籃,「它們是泉源,也是起源,是一切可能存在之物的蘊藏處」[58]。古希臘稱「水」為arche,意即「萬物之母」;《管子》亦云:「水者何也?萬物之本原也,諸生之宗室也」[59],都強調了生命與母性是「水」的象徵意義。[60]「天下之水,莫大於海」(《莊子·秋水》),擁有廣闊無盡之水的「大海」,更是孕育眾多生命、充滿希望的搖籃:

> 譬如大海,變化億萬蛟魚,水一而已。我之與物,蓊然蔚然,
> 在大化中,性一而已。知夫性一者,無人無我,無死無生。

---

57 參〔日〕保苅佳昭:《新興與傳統──蘇軾詞論述》(上海市:上海古籍出版社,2005年),頁18。

58 〔羅〕伊利亞德(Mircea Eliade)著,楊素娥譯:《聖與俗──宗教的本質》(The Sacred & The Profane: The Nature of Religion)(臺北市:桂冠圖書公司,2001年),頁173。

59 〔唐〕尹知章注,〔清〕戴望校正:《管子校正》(臺北市:世界書局,1983年《新編諸子集成》),冊5,第39〈水地〉,頁237。

60 參陳冬根:〈水月清明 情有獨鍾──蘇軾作品中的「水」意象探微〉,《樂山師範學院學報》22卷3期(2007年3月),頁8-9。

（《關尹子・七釜》）[61]

大海以其唯一的基本元素——水，即可化生億萬蛟魚，具有「以一化多」的生成力量，蘊含著無限的生機。這樣一個充盈著生命力，具有眾多生命沈潛、蟄伏的海洋，在先民的心目中往往也成為一個具有超越意義的重生場域：

> 窮髮之北有冥海者，天池也。有魚焉，其廣數千里，未有知其修者，其名為鯤。有鳥焉，其名為鵬，背若泰山，翼若垂天之雲，摶扶搖羊角而上者九萬里，絕雲氣，負青天，然後圖南，且適南冥也。（《莊子・逍遙遊》）[62]

由於大海的浩瀚與深厚，使巨鯤得以藉由強勁的海風，「超越」時空的限制，通過「神秘的轉化」[63]而完成生命氣質的改變，「重生」成為直上九萬里的大鵬，飛向更廣闊美好的境域。

這種結合海風而生的重生意象，在蘇軾詩詞中亦可看見。元符三年（1100）五、六月，蘇軾在海南得知可以離島北歸的消息[64]後，詩中的「海」意象便成為這種帶來希望、生機的生命之源，也是他得以重生、超越的生命場域：

---

61 《關尹子》，頁568。

62 《莊子集解》，頁2。

63 詳參葉舒憲：《莊子的文化解析》（武漢市：湖北人民出版社，1997年），頁116；以及吳智雄：〈試論先秦文學中的海洋書寫〉，頁51。

64 元符三年正月十二日，哲宗崩，端王即位，是為徽宗湖北人民出版社，皇太后向氏權同處分軍國事。大赦天下，蘇軾六十五歲，五月告下，仍以瓊州別駕，徙廉州安置。蘇軾臨走前，作〈峻靈王廟碑〉：「自念謫居海南三歲，飲鹹食腥，陵暴颶霧而得生還者，山川之神實相之。」對於離島北歸，感到驚喜。詳參唐玲玲、周偉民：《蘇軾思想研究》，頁183。

霹靂收威暮雨開，獨憑闌檻倚崔嵬。垂天雌霓雲端下，快意雄
風海上來。野老已歌豐歲語，除書欲放逐臣回。殘年飽飯東坡
老，一壑能專萬事灰。（〈儋耳〉，2363）

參橫斗轉欲三更，苦雨終風也解晴。雲散月明誰點綴，天容海
色本澄清。

空餘魯叟乘桴意，粗識軒轅奏樂聲。九死南荒吾不恨，茲游奇
絕冠平生。（〈六月二十日夜渡海〉，2366）

哲宗親政之初，幾乎全部罷黜了太后信用的舊人，重用陰險的章惇、
蔡京、呂惠卿、李清臣等小人，如今太后重掌政權，這些小人俱被罷
黜，因此，蘇軾詩中以「雌霓」比喻政敵小人，以「雄風」比喻內移
詔命，[65]而這令人振奮、帶來希望的回歸消息正是從雷雨俱收、開朗
平靜的「海上」傳來的；六月二十日渡海之時，更是風停雨止、雲散
月明的晴朗天氣，「澄清」的「天容海色」，不僅隱喻了他放逐嶺南卻
不改初衷的堅貞品格、飽受迫害卻光明坦蕩的潔淨心胸，[66]也意味著
陰霾散盡、得以回返中原的重生心境。

其實，早在元符二年（1099）立春日，蘇軾的海南詞中，即有此
種以海風襲來、使萬物重現生機來呈顯「海」的生成意象者：

春牛春杖。無限春風來海上。便與春工。染得桃紅似肉紅。
春幡春勝。一陣春風吹酒醒。不似天涯。捲起楊花似雪花。
（〈減字木蘭花・立春〉，801）

---

65 參陶文鵬：《一蓑烟雨任平生：蘇軾卷》（鄭州市：河南文藝出版社，2003年），頁
114。

66 朱昆槐：《雪泥鴻爪──蘇東坡詩詞文選》（臺北市：時報文化出版公司，1992年），
頁99。

海上春風無止無盡地吹拂而至，彷彿慈母的手，輕撫大地，使萬物甦醒，大地回春；然而，本詞與〈儋耳〉詩在內容情調上仍存在著差異：詩中喜獲重生的對象僅限於蘇軾個人，而詞中沐浴海風、重現生機的，除了蘇軾之外，還包括了自然萬物與海南全部的百姓，在關懷的層面上，詞比詩顯得更加廣闊，充分流露出蘇軾「久安儋耳陋，日與雕題（紋身黎民）親」（〈和陶與殷晉安別〉，2321）的愛民之情。

全詞雖僅八句，卻用了七個「春」字，其中更出現兩次「春風」，顯現出海南生機盎然春色給予蘇軾的深刻感發，以及海上春風發育滋長萬物、激起人們高昂生活欲望的大功。[67]大海與春風所帶來的復甦力量，不僅使得「桃」花盛開、「楊花」飄雪，大地一片欣欣向榮，也促使海南人民歡喜迎春、祈求豐年。「春牛春杖」，寫的便是儋州「鞭牛擲豆」的迎春民俗，地方志對此有詳細記載：

> 立春前一日，府縣官至東郊迎春。館、街、坊各扮雜劇會聚，俟祭勾芒神畢，前導土牛自河口過南橋，從北門入府，人挣撒豆穀，謂可消痘疹。[68]
> 迎春日，坊里各鋪行裝辦雜劇，城落男婦各攜負幼男女競看。以豆穀洒土牛，謂消豆疹。及鞭春，廂民分左右推扑，占凶吉。[69]

其實這種古老的勸農風俗在《隋書》早有記載：「後齊……立春前五

---

67 詳參王水照：〈蘇軾減字木蘭花賞析〉，收入張淑瓊主編：《蘇軾》（臺北市：地球出版社，1993年），頁250；以及葉嘉瑩主編：《蘇軾詞新釋輯評》（北京市：中國書店，2007年），頁1232。

68 《道光瓊州府志》，卷3〈輿地志〉，頁100。

69 〔清〕韓祐重修：《康熙儋州志》（海口市：海南出版社，2001年），卷1〈民俗〉，頁28。

日，於州大門外之東，造青土牛兩頭，耕夫犁具。立春，有司迎春於東郊，豎青幡於青牛之傍焉」[70]，言立春日作土牛犁具，為迎春勸農儀式中所用；宋人傅幹《注坡詞》更進一步說明：「今立春前五日，郡邑並造土牛、耕夫犁具於門外之東，是日質明，有司為壇以祭先農，而官吏各具縷杖環擊牛者三，所以示勸耕之意」[71]，指出官吏執春杖鞭牛之舉，有示民以勸耕的深意。至於「春旛春勝」，則是在迎春之時，立春旗與剪春勝以祛除不祥、祈求豐年之兆，即如宋人吳自牧《夢粱錄》所云：「立春前一日……街市以花裝欄，坐乘小春牛，及春幡、春勝，各相獻遺於貴家宅舍，示豐稔之兆」[72]，從這些民俗的涵義及書寫中，可以窺出蘇軾欲與黎族人民同甘苦、共命運，一同期盼春耕後豐收的虔誠心理。

原本在海南過著「怛然悸寤心不舒，起坐有如掛鈎魚」（〈夜夢〉，2252）貶謫生活的蘇軾，卻因當地黎族人民協助築屋、贈衣送食的熱情與關懷，而逐漸適應海南物質不便的生活，真心接納、享受此間淳厚的「人情」，相對地，他也對當地的民俗、民生極為關切：「天禍爾土，不麥不稷。民無用物，珍怪是直。播厥熏木，腐餘是稽。貪夫污吏，鷹摯狼食」（〈和陶勸農六首〉其二，2256），是他對農事荒廢的憂心；「父老爭看烏角巾，應緣曾現宰官身。溪邊古路三叉口，獨立斜陽數過人」（〈縱筆三首〉其二，2328），是他步郊訪黎、父老爭看的盛況；「兒聲自圓美，誰家兩青衿。且欣集齊咻，未敢笑越吟」（〈遷居之夕，聞鄰舍兒誦書，欣然而作〉，2313），是他勉學黎民後輩的厚意。凡此種種，皆可見他對黎民的深切關注。因此，

---

70 〔唐〕魏徵等：《隋書》（臺北市：鼎文書局，1993年），卷7〈禮儀志二〉，頁129-130。

71 鄒同慶、王宗堂：《蘇軾詞編年校注》，頁802。

72 〔宋〕吳自牧：《夢粱錄》（西安市：三秦出版社，2004年），卷1〈立春〉，頁5。

當象徵生命希望的海上春風陣陣拂來，蘇軾欣喜之餘，遂以其心眼靈視，將目光聚焦在海南立春的民情習俗之上，並將其所見所感填入以「情」為主的詞中，深刻抒發其對海南百姓勸耕之殷與豐年之盼。

在寫作手法上，本詞雖幾乎全為寫景結構，不如〈儋耳〉一詩「先景後情」的結構來得有變化，卻因長短句的搭配與順接句（「便與春工」、否定句（「不似天涯」）的彈性運用，造成一種「進程上的向度」，能避開律詩（如：〈儋耳〉詩的三、四句與五、六句）體裁因對仗而形成的「凝重感」，從而加強了「詞片的衍遞」[73]效果，不僅在立春節俗與春日生機氣氛的營造上更具流暢、親切的審美情調，也頗能收致強調作者認同海南、眷顧百姓之功。

七　結語

紹聖四年（1097）七月，蘇軾以六十二歲高齡遠貶物質條件困阨卻充滿濃郁人情的海南，三年之中，在這四面環海的島上寫下高達四十多首與「海」有關的詩作。詩中豐富多樣的「海」意象，歷時性地呈現出蘇軾謫居海南從陌生感傷而至熟悉眷戀、充滿希望的情志發展軌跡，具體透顯其「垂老投荒」的心靈世界：茫茫無際的雲海，象徵遠遠阻隔蘇軾與中原故山親友、文明教化的空間，表現出初至海南的陌生之感與無法回鄉的感傷；所幸，結合浩浩天風的大瀛海，象徵無窮無盡的宇宙，引發了蘇軾「宇宙無窮而生命有盡」的人生體悟，故他能以榮辱兩空的超脫心境適應此間生活，化解初至此島的鬱鬱之氣；一年後，蘇軾對海島美麗風情的集中書寫，則顯示他已將海南島

---

73 以上三條引用資料及蘇軾詩詞之辨的相關論述，詳見孫康宜著、李奭學譯：《詞與文類研究》，頁132-134。

視為一美好生活的樂園，這是由於天性樂觀曠達，復受大海、莊子思想啟迪所致，故能以順處逆、隨遇而安，以淡泊超然的胸襟欣賞海南島獨特奇絕的風物與純樸濃郁的人情，時時流露出熟悉海南的歸屬之感；然而，「致君堯舜」的儒家理想，仍不免縈繞其懷中，居儋近三年，在現實碰壁、深覺北歸希望渺茫之時，仙人自由往來住居的海外仙鄉，就成為蘇軾超脫現實桎梏、內心嚮往的人生理境；元符三年（1100），終於獲赦北歸，消息傳來後，澄清平靜的大海，就成為為他帶來重生希望的場域。

總之，這五種「海」的意象，不僅投射了蘇軾謫居海南起伏曲折的心靈圖景，也分別呈顯出各具特色的審美情調：感傷的海（初至之陌生）→無盡的海（哲理之啟示）→美好的海（生活之適應）→浪漫的海（不遇之感發）→平靜的海（北歸之心境——風雨後的寧靜），從中可以看出對「海」情有獨鍾的蘇軾對「海」審美觀察的深刻敏銳，以及其自身情志寄寓的豐富蘊藉。

至於其海南詞作，雖僅三首涉及「海」之書寫，且其中所呈現的人生理境與生命場域的意象，皆與詩中並無二致。但詞體既作為以「情」為主的文學樣式，在內容情意上遂有著更深更廣的展現：詩中蘇軾僅以安期生不見用於世、轉而追求海外仙鄉的敘事來類比自己懷才不遇的遭遇，詞中他更善於描繪自己暮年蒼涼卻堅持操守的形象，以及從海南遙望都城的風景書寫，來強化自己人生悲哀的情緒與「乘桴浮於海」的生命抉擇；詩中的「海上雄風」所化育生成的對象僅有蘇軾本身，而詞中的「海上春風」所發育滋長的卻是海南的大自然與全體人民，其關懷的層面比詩更加擴大，也充分流露出蘇軾仁民愛物的儒者襟懷。在表現手法上，詞比詩更多了作者形象與風景的描寫，使作者情意得到更具體而深刻的抒發；此外，小令的長短句變化與順接句、否定句的穿插運用，營造出比律詩更流暢親切的審美情調及強

調情意的效果，因此，在觀察探索蘇軾海南作品的「海」意象時，為數較少卻具深刻內容與生動技巧的詞作也是不可或缺的研究材料。

主要參考文獻

一　傳統文獻（依時代先後排序）

〔周〕尹喜撰　《關尹子》　臺北市　臺灣商務印書館　1984年

〔周〕列禦寇撰　〔晉〕張湛注　《列子》　臺北市　臺灣商務印書
　　　館　1984年

〔漢〕班固等　《漢書》　臺北市　鼎文書局　1994年

〔晉〕何晏注　〔宋〕邢昺疏　《重刊宋本論語注疏附校勘記》　臺
　　　北市　藝文印書館　1989年

〔梁〕昭明太子蕭統撰　〔唐〕六臣註　《增補六臣註文選》　臺北
　　　市　華正書局　1981年

〔唐〕尹知章注　〔清〕戴望校正　《管子校正》　臺北市　世界書
　　　局　1983年

〔唐〕魏徵等　《隋書》　臺北市　鼎文書局　1993年

〔宋〕蘇軾著　孔凡禮點校　《蘇軾文集》　北京市　中華書局
　　　1996年

〔宋〕蘇　轍　《欒城集》　北京市　商務印書館　2006年

〔宋〕蘇　過　《斜川集》　蘭州市　蘭州大學出版社　2003年

〔宋〕吳自牧　《夢粱錄》　西安市　三秦出版社　2004年

〔宋〕朱熹集註　《四書集注》　臺北市　學海出版社　1982年

〔明〕曾邦泰等纂修　《萬曆儋州志》　海口市　海南出版社　2004年

〔清〕王文誥輯註　孔凡禮點校　《蘇軾詩集》　北京市　中華書局
　　　1996年

〔清〕明誼修　張岳崧纂　《道光瓊州府志》　海口市　海南出版社
　　　2006年

〔清〕韓祐重修　《康熙儋州志》　海口市　海南出版社　2004年
〔清〕蕭應植總修　《乾隆瓊州府志》　海口市　海南出版社　2001年
〔清〕王先謙　《莊子集解》　臺北市　世界書局　1983年

二　近人論著（依作者姓氏筆畫排序）

吳旻旻　〈「海／岸」觀點：論臺灣海洋散文的發展性與特質〉
　　　　《海洋文化學刊》創刊號　2005年12月　頁117-145
吳智雄　〈試論先秦文學中的海洋書寫〉　《海洋文化學刊》　第6
　　　　期　2009年6月　頁31-58
李江月　〈奧尼爾劇作中的「海」與「霧」意象解讀〉　《當代戲
　　　　劇》　2006年2期　頁16-17
李澤厚　〈美的歷程〉　臺北市　三民書局　2002年
唐玲玲　〈寄我無窮境——蘇軾貶儋期間的生命體驗〉　收入中國人
　　　　民大學中文系主辦　《中國蘇軾研究（第二輯）》　北京市
　　　　學苑出版社　2005年　頁89-103
唐玲玲、周偉民　《蘇軾思想研究》　臺北市　文史哲出版社　1996年
孫康宜著　李奭學譯　《詞與文類研究》　北京市　北京大學出版社
　　　　2004年
張連舉　〈蘇軾詠海詩管窺〉　《邵陽學院學報（社會科學版）》　4
　　　　卷4期　2005年8月　頁69-70
陶文鵬　《一蓑烟雨任平生：蘇軾卷》　鄭州市　河南文藝出版社
　　　　2003年
陳冬根　〈水月清明　情有獨鍾——蘇軾作品中的「水」意象探微〉
　　　　《樂山師範學院學報》　22卷3期　2007年3月　頁6-11

陳幸蕙　〈岸〉　收入楊牧、顏崑陽主編　《現代散文選續編》　臺
　　　北市　洪範書店　2002年

黃光全　〈海南貶客與他們的詩〉　《今日海南》　2007年8期　頁44

葉嘉瑩　〈論蘇軾詞〉　《靈谿詞說》　臺北市　國文天地雜誌社
　　　1989年

葉嘉瑩主編　《蘇軾詞新釋輯評》　北京市　中國書店　2007年

鄒同慶、王宗堂　《蘇軾詞編年校注》　北京市　中華書局　2002年

繆　鉞　《詩詞散論》　臺北市　開明書店　1966年

鍾平主編　《儋縣志》　北京市　新華書局　1996年

鍾來因　《蘇軾與道家道教》　臺北市　臺灣學生書局　1990年

顏智英　〈寫實與浪漫──柳永、蘇軾「詠潮詞」(《望海潮》、《南歌
　　　子》)之比較探析〉　《中國學術年刊》　第31期　2009年3
　　　月　頁145-170

〔日〕保苅佳昭　《新興與傳統──蘇軾詞論述》　上海市　上海古
　　　籍出版社　2005年

〔日〕瀧川龜太郎　《史記會注考證》　臺北市　洪氏出版社　1982
　　　年

〔羅〕伊利亞德著　楊素娥譯　《聖與俗──宗教的本質》　臺北市
　　　桂冠圖書公司　2001年

論陸游詩的泛海書寫[*]

摘要

　　由於受到航海技術、海上交通等條件的限制，唐代以前之海洋文學作家多置身海畔，作海洋想像之敘寫，因此，望海、觀海之作居多；到了宋代，隨著造船業的發展、指南針的應用、海外貿易的擴大等因素，使得遊海、渡海之作漸多，其中陸游詩歌所書寫的泛海體驗，內容極為豐富，十分值得研究。本論文乃就陸詩中二百多首與海相關之作品，揀選出約十四首實際泛海之作，並結合南宋之時代背景與陸游之個人遭際以深入探索其離開陸地、泛舟海上的所見所感為：一、海上探奇冒險：豪氣蕩胸的生命基調與臨危不驚的個性意志；二、親睹海市變化：失意時對「成壞須臾」的人生感悟；三、歌詠海上樂園：現實受挫後遺忘世事的生命歸宿。從中不僅可觀出陸游藉親臨泛海之旅所書寫出的海洋特色與由此激發的情意與哲思，同時也反映了陸游與南宋複雜政治間的緊張關係。

關鍵詞：南宋詩、陸游、泛海、豪氣、生命歸宿

---

[*] 本文為國科會補助101年專題研究計畫【陸游詩海洋書寫研究】之部分研究成果。（計畫編號：NSC 101-2410-H-019-012）

一 前言

　　自漢魏的班固〈覽海賦〉、班彪〈覽海賦〉、曹操〈觀滄海〉等作品開始以「海」名篇以來，在詩與賦的領域中，關於海洋書寫的篇章就較其他體類為多，例如張高評先生據《藝文類聚》、《淵鑑類函》統計此類作品，詩有：謝靈運、謝朓、沈約、隋煬帝等望海詩九首，唐太宗、李嶠、獨孤及、李白、張說、高適、王維等望海、觀海、詠海詩十首，蘇軾、楊萬里所作海市、渡海、望海詩四首等，賦有：班彪〈覽海賦〉、王粲〈遊海賦〉，魏文帝、潘岳〈滄海賦〉，木元虛、虞闡、張融〈海賦〉，孫綽〈望海賦〉等。[1]然而，從上述篇目可以看出，宋代以前的海洋書寫，作家多是置身海邊，作海洋想像的敘寫，因此望海、觀海之作居多，這是由於受到航海技術、海上交通等條件限制的緣故；到了宋代，隨著東南沿海的經濟發展、航海技術的改進（如：造船業的發展、指南針的應用）、海洋貿易的興盛等因素，[2]使得作家實際親臨遊海、渡海之詩作漸多，是一值得探究的課題。筆者曾檢索《全宋詩》詩句中有「海」字的詩篇，其中以陸游所作約二百四十一首為最多，其次為蘇軾一百五十六首、范成大八十一首、楊萬里七十七首；又進一步由陸游這二百多首與「海」相關的詩作中，揀選出實際泛海之作約十四首，發現其所書寫的泛海體驗，內容極為豐富多樣，除了繼承前人之外，亦多有突破傳統之處，而目前學界又無針對陸游泛海書寫的相關研究，[3]因此，本論文擬以此為主題作深入的探討。

1　詳參張高評：〈海洋詩賦與海洋性格——明末清初之臺灣文學〉，《臺灣學研究》5期（2008年6月），頁3-4。

2　詳參趙君堯：〈論宋元海洋文學〉，《職大學報》2001年3期，頁18。

3　目前學界關於古典海洋文學書寫的研究，較側重於「史」的縱向分析，如：王慶云〈中國古代海洋文學歷史發展的軌迹〉、柳和勇〈中國海洋文學歷史發展簡論〉、趙君堯〈海洋文學研究綜述〉等；或聚焦於「斷代」的橫向觀察，如：趙君堯〈談唐

　　陸游，生於宋徽宗宣和七年十月十七日，卒於宋寧宗嘉定二年十二月二十九日（1125-1210）[4]，字務觀，號放翁，越州山陰（今浙江省紹興縣）人，除去散失和自己刪掉的以外，現存詩共有九千多首。[5]他所生存的八十五年歲月中，正是宋金戰火不斷、人民備受苦難的時期：陸游出生的第二年，適為金朝女真族攻佔汴京、摧毀北宋王朝之時；他十七歲時，愛國英雄岳飛被權奸秦檜殺害；女真族為了加強對中原人民的反動統治，「以深文傅致為能吏，以慘酷辦事為長才」[6]，濫施嚴刑峻法，使「生民無辜，立成星散，被害之甚，不啻兵火」[7]。在對待金政權的關係上，南宋統治集團內部始終存在著主和與主戰兩派的鬥爭，再加上當權者的懦弱無能，使得一貫堅持對金作戰的陸游，在宦途上一再受挫，曾四度罷官回鄉；[8]也正因如此特殊的時代背景與政治因素，懷才不遇、壯志難酬的陸游，在以家鄉附近海域為主的泛海行旅書寫中，其欲藉泛海意象所呈現的情志內蘊，除了與一般人

代嶺南的海洋文學〉、葉冬娜〈論宋元海洋文學主題取向與藝術特色〉、趙君堯〈論宋元海洋文學〉、趙君堯〈宋元海洋文學的時代特徵〉、陳清茂《宋元海洋文學研究》、張高評〈海洋詩賦與海洋性格──明末清初之臺灣文學〉等。至於針對某一位或某一類型古典作家的泛海書寫作研究者則不多見，如：廖肇亨〈知海則知聖人：明代琉球冊封使海洋書寫義蘊探詮〉、陳思穎〈來自大海的呼喚──論清初巡臺御史錢琦詩作中的海洋書寫〉等，且未見以陸游的泛海書寫為研究者。

4　陸游卒於宋寧宗嘉定二年十二月二十九日，相當於西元一二一○年一月二十六日。參于北山：《陸游年譜》（上海市：上海古籍出版社，2006年），頁552。

5　張健：「陸游詩原有一萬多首，現存九千多首，是清代以前的詩人中流傳作品最多的一位。」見李致洙：《陸游詩研究·序》（臺北市：文史哲出版社，1991年），頁1。

6　〔元〕脫脫等：《金史》（臺北市：鼎文書局，1995年），卷45〈刑志〉，頁1014。

7　徐夢莘：《三朝北盟會編》（上海市：上海古籍出版社，2008年），卷197，頁1422。

8　陸游四度罷官的時間，分別為高宗紹興三十一年（1161）、孝宗乾道二年（1166）、孝宗淳熙七年（1180）、淳熙十六年（1189）。以上關於陸游時代背景及其仕宦遭際的敘述，詳參儲東潤：〈前言〉，《陸游傳》（臺北市：國際文化事業公司，1985年），頁1-5。

相同的探奇心理外，更值得注意的是，他受到南宋複雜政治環境影響而產生的抗金豪氣、人生體悟與對生命最終回歸之所在的深層心理。以下即分別就此三種書寫類型，詳加探究。

二　海上探奇冒險：豪氣蕩胸的生命基調與臨危不驚的個性意志

　　海洋浩瀚遼闊、波浪騰湧的奇壯景觀，自古以來，就廣為文人謳歌，如三國魏曹操〈步出夏門行・觀滄海〉：「秋風蕭瑟，洪波湧起。日月之行，若出其中；星漢燦爛，若出其裏。幸甚至哉！歌以言志」[9]，眼前洶湧的海濤，激發起曹操的豪情，遂以海洋彷彿能吞日吐月的氣勢來寫他胸中的雄心壯志；又如三國魏曹丕〈滄海賦〉：「驚濤暴駭，騰踊澎湃」、「于是黿鼉漸離，泛濫淫游。鴻鷖孔鵠，哀鳴相求」、「巨魚橫奔，厥勢吞舟」[10]，不僅對海浪奔騰的氣勢從視覺動態上作更生動的描繪，還加入諸多海洋巨型生物以烘托大海的宏偉景象；到了西晉木華〈海賦〉：「于是鼓怒，溢浪揚浮，更相觸搏，飛沫起濤」[11]，則在「飛沫」的視覺書寫之外，增加了聽覺的摹寫，以發怒的鼓聲來狀寫海濤觸撞時激起的震天聲響。然而，上述作家皆僅止於岸邊的觀海、望海，到了唐宋以後，方有較多涉海、泛海之作，而其書寫類型可大別為二：一為親臨海上、頌詠海景，如唐宋務光〈海上作〉：「曠哉潮汐池，大矣乾坤力」、「鱗介錯殊品，氛霞饒詭色。天波混莫分，島樹遙難識」、「搜奇大壑東……魏闕渺雲端，馳心附歸

9　逯欽立：《先秦漢魏晉南北朝詩》（北京市：中華書局，1998年），頁353。
10　〔清〕嚴可均：《全三國文》（北京市：商務印書館，1999年），卷4，頁36。
11　〔清〕嚴可均：《全晉文》（北京市：商務印書館，1999年），卷105，頁111。

冀」[12]，作家置身海上，對於遼曠多變、魚品繁殊的海上奇觀，作了真實而具體的描繪，表現出海天一體、混然莫分的臨場感動，但在渺茫的視野中也透顯出思歸的意緒；又如北宋蘇軾〈六月二十日夜渡海〉：「參橫斗轉欲三更，苦雨終風也解晴。雲散月明誰點綴，天容海色本澄清」[13]，則因詩人甫獲赦北還的寫作背景，而特意著墨於「苦雨終風」後「澄清」平靜的「天容海色」，以隱喻他放逐嶺南卻不改初衷的堅貞品格、飽受迫害卻光明坦蕩的潔淨心胸。[14]然而，儘管詩中表現的情感有所差異，但文人們往往與海融為一體，藉海傾訴或宣洩其內心的鬱悶，人海之間呈現出一種物我渾融的境界。另一類型為想像泛海、征服海洋，唐李白可謂開其端者，其〈臨江王節士歌〉：「安得倚天劍，跨海斬長鯨」、〈司馬將軍歌〉：「手中電曳倚天劍，直斬長鯨海水開」、〈行路難三首〉其一：「長風破浪會有時，直掛雲帆濟滄海」[15]，皆以持劍斬鯨或破浪濟海的動作想像，來展現一己激昂的豪情與冒險的壯志；這種將海視作自然外力而與之拚搏的觀照角度，是以一種類似西方文學中「將其（海）作為人抗爭與征服的對象」，人與海的主客關係是對立的、「界限分明」[16]的，而具有相當的客觀精神。

可惜，傳統詩篇中像上述李白作品將海視為征服對象的書寫並不多見，一直要到南宋陸游的詩作，這種異於過去大部分詩家觀海視角

---

12 〔清〕清聖祖：《全唐詩》（臺北市：文史哲出版社，1987年），卷101，頁1078。

13 〔宋〕蘇軾撰，〔清〕王文誥輯註，孔凡禮點校：《蘇軾詩集》（北京市：中華書局，1999年），頁2366。

14 參朱昆槐：《雪泥鴻爪——蘇東坡詩詞文選》（臺北市：時報文化出版公司，1992年），頁99。

15 三首詩分別見《全唐詩》，卷163，頁1693、卷163，頁1694、卷162，頁1684。

16 王立：〈海意象與中西方民族文化精神略論〉，《大連理工大學學報（社會科學版）》21卷4期（2000年12月），頁62。

的書寫才有了更進一步的開展。他不僅繼承李白征海壯舉的泛海想像，還以一己穩駕巨船、笑凌駭浪的實際泛海形象，來書寫其豪氣蕩胸的生命基調與臨危不驚的個性意志，其實，這與他具有高度的愛國心有著密切的關係：陸游三歲時（高宗建炎元年，1127），北宋為金所滅，朝廷南遷，高宗趙構即位於南京，卻不謀收復失地，只求偏安，而「廣大人民彼伏此起的抗金怒濤和主戰派萬死不辭的報國壯舉」，使得南宋成為「我國歷史上民族精神和愛國思想極其高漲的時代，陸游就生活在這樣一個血與火的時代」，這樣急劇的社會動亂，「使他有機會更多地接觸悲苦痛切的人，對嚴酷的現實有更廣的觀察和更深的認識」[17]；他幼年受戰亂影響而顛沛流離的逃難經驗——「我生學步逢喪亂，家在中原厭奔竄」、「往往經旬不炊爨」[18]，更對其愛國思想的孕育有極大的催化作用；他幼年時期，還有一些愛國憂民之士常來家中造訪，和他父親陸宰談論國事，他曾寫道：「一時賢公卿與先君遊者，每言及高廟盜環之寇，乾陵斧柏之憂，未嘗不相與流涕哀慟，雖設食，率不下咽引去」[19]，這樣的家庭氛圍對於其愛國情操的培養也奠定了極深的基礎；此外，其師儒者曾幾所主張的「嘗膽枕戈，專務節儉」、「北取中原」[20]等政治立場，以及「年過七十，聚族百口，未嘗以為憂，憂國而已」[21]的愛國精神，更給予陸游極大

---

17 以上三條資料，見陸堅：〈前言〉，《陸游詩詞賞析集》（成都市：巴蜀書社，1990年），頁2。

18 〔宋〕陸游：〈三山杜門作歌〉，收入錢仲聯校注：《劍南詩稿校注》（上海市：上海古籍出版社，1985年），卷38，頁2455。以下凡引陸游詩者，皆出此書，為省篇幅，再度徵引陸詩時，將直接於詩後以括號註明卷、頁，不另作註。

19 〔宋〕陸游：〈跋周侍郎奏稿〉，《渭南文集》（臺北市：臺灣商務印書館，1979年），卷30，頁270。

20 〔宋〕陸游：〈曾文清公墓誌銘〉，《渭南文集》，卷32，頁287。

21 〔宋〕陸游：〈跋曾文清公奏議稿〉《渭南文集》，卷30，頁268。

的鼓舞與感動；再加上從朱熹、張栻、楊萬里、周必大這一群朋友間所得的感染，以及家鄉浙東有名愛國志士如陳亮、葉適等的影響，是以愛國思想在他身上扎了根，終其一生皆深具愛國之心。[22]因此，當他航行海上之時，能引起崇高美感經驗的奇壯大海，在「異質同構」[23]的對應下，遂特別能激盪出他內在蘊蓄的強烈愛國豪情，同時，還能以極其穩健而理性的態度面對隨時興起的滔天巨浪，展現出意欲征服海洋的冒險克敵精神。茲分論如下：

（一）穩駕巨船的泛海形象

陸游三十四歲（高宗紹興二十八年，1158）時，曾在赴福建寧德縣任所、途經瑞安江時有詩云：「俯仰兩青空，舟行明鏡中。蓬萊定不遠，正要一颸風」（〈泛瑞安江風濤貼然〉，卷1，頁30），透顯了他第一次出仕的精神面貌：他還不大熟悉官場的腐敗與世事的複雜，對未來的政治前途充滿了希望，因而在此遠航的旅途中，並不滿足於眼前優美明淨的景色，而是嚮往著波濤洶湧的大海，想要喚來「一颸

---

22 以上關於陸游時代環境、幼年經歷、家庭教育與師承交游等形成其愛國思想因素的論述，詳參朱東潤：〈陸游的思想基礎〉，《陸游研究》（上海市：中華書局，1962年），頁1-17；以及李致洙：《陸游詩研究》，頁80-82。

23 「異質同構」是由格式塔心理學派所提出的，即指「兩個不同的空間領域具有相似的結構特性。」見〔美〕魯道夫‧阿恩海姆（Rudolf Arnheim）著，郭小平、翟燦譯：《藝術心理學新論》（臺北市：臺灣商務印書館，1998年），頁354。也就是說，外在世界的力（物理）與內在世界的力（心理）在形式結構上的「異質同構」；它們在大腦中所激起的電脈衝相同，所以才主客協調，物我同一，外在對象與內在情感合拍一致，從而在相映對的對稱、均衡、節奏、韻律、秩序、和諧……中，產生美感愉快。參李澤厚：《李澤厚哲學美學文選》（臺北市：谷風出版社，1987年），頁503-504。因此，就「豪氣」心理的發生言，屬於物理世界的奇壯大海，與屬於心理世界的愛國豪氣，雖然質料及品位皆不同，但兩者間的表現性及其力的結構卻存在著同型契合的關係，這便是客觀世界與心靈間「異質同構」的對應。

（帆）風」，送他到蓬萊仙山般的理想境界。次年，三十五歲（紹興
二十九年，1159）的陸游，果然實現了航行巨海的願望，這是一趟穩
駕「萬斛舟」的成功航行，詩云：

> 我不如列子，神遊御天風。尚應似安石，悠然雲海中。臥看十
> 幅蒲，彎彎若張弓。潮來湧銀山，忽復磨青銅。飢鶻掠船舷，
> 大魚舞虛空。流落何足道，豪氣蕩肺胸。歌罷海動色，詩成天
> 改容。行矣跨鵬背，弭節蓬萊宮。（〈航海〉，卷1：35）
> 羈遊那復恨，奇觀有南溟。浪蹴半空白，天浮無盡青。吐吞交
> 日月，頗洞戰雷霆。醉後吹橫笛，魚龍亦出聽。（〈海中醉題時
> 雷雨初霽天水相接也〉，卷1：36）

　　鄒志方指出這兩首詩是「陸游現存詩作中首次寫到大海，也首
次表達大海所激起的情懷，這是與陸游強烈的從政意識聯繫在一起
的」[24]。陸游自幼即懷有憂國憂民的愛國思想，早早就樹立了抗擊金
人收復失地的崇高志向；二十九歲（紹興二十三年，1153）時，曾赴
臨安應進士試，主考官陳阜卿取為第一；明年又試禮部，復置游於前
列，然而，由於陸游名居秦檜之孫秦塤之前，又不忘國恥，「喜論恢
復」[25]，因而觸怒秦檜，竟遭黜落；直到秦檜死後三年（紹興二十八
年，1158，年三十四），賦閒多年的陸游，才被用為小吏，出任福建
寧德縣主簿。翌年，他好不容易由寧德縣主簿調為福州郡決曹，正躊
躇滿志，豪氣蕩胸，想趁此一展政治長才，因此，書寫的內容多聚焦
於能激發其豪氣的大海「奇觀」：前首寫其第一次親海所見的海上奇

---

24 鄒志方：《陸游研究》（北京市：人民出版社，2008年），頁134。
25 〔宋〕葉紹翁：《四朝聞見錄》（北京市：中華書局，1997年），〈乙集〉「陸放翁」
　　條，頁65。

景,「張弓」般的蒲帆、「銀山」般的滔天巨浪、復歸平靜如「磨青銅」的海面,形象而生動地描繪了詩人臥看海景的多樣美感,接著再以白描手法親切地勾勒出唯有泛海方能親見的「飢鶻」飛掠船舷、「大魚」自海面騰空飛舞的珍奇畫面;後首則化用曹操「日月之行,若出其中」詩句,以「吞吐交日月」從視覺上誇飾大海的遼闊,再以「雷霆」之聲從聽覺上誇飾海濤的洶湧,「浪蹴半空白」兩句,更以「半空白」、「無盡青」極寫「雷雨初霽」時海上所見「天水相接」的明麗色彩與連綿視野。學者李致洙《陸游詩研究》曾指出陸游詩寫景喜用「奇」字表現美感經驗(頁152),同樣地,陸詩中的大海亦以其奇壯的美學形態及其自然力的感召,使得擁有報國壯志的陸游的內在世界與之產生同型契合的對應關係,因而深感「豪氣蕩肺胸」,「羈遊那復恨」?「流落何足道」?

　　他將大海視為征服的對象,一反蘇軾「天容海色本澄清」、與大海渾然一體的書寫傳統,而以「歌罷海動色」、「詩成天改容」等馴服海天的奇特想像,來誇寫自身的豪邁氣概;甚至,詩末他還想像自己跨坐大鵬背上、飛往凡人嚮往的蓬萊仙境等征服海洋的壯舉,來暗示自己意欲實現政治理想的企盼。然而,詩中最值得注意的形象書寫是:作者以謝安自喻,《世說新語》:「謝太傅盤桓東山,時與孫興公諸人汎海戲。風起浪涌,孫、王諸人色並遽,便唱使還;太傅神情方王,吟嘯不言」[26],欲藉謝安(太傅)泛海時不為湧浪所駭的鎮定形象以隱喻自己勇於挑戰大海險惡、臨危不驚的堅強個性與過人豪氣。這種穩駕巨船的作者形象,也可從陸游多年後回憶此次航行的詩中得到印證,詩云:

26　〔南朝宋〕劉義慶撰,〔梁〕劉孝標注,楊勇校箋:《世說新語校箋》(臺北市:正文書局,1992年),〈雅量篇〉,頁282。

常憶航巨海，銀山卷濤頭。一日新雨霽，微茫見流求。⋯⋯丈夫等一死，滅賊報國讎。(〈步出萬里橋門至江上〉，卷8：619)

行年三十憶南遊，穩駕滄溟萬斛舟。常記早秋雷雨霽，柁師指點說流求。(〈感昔〉，卷59：3399)

前首作於淳熙三年（1176，年五十二），此時陸游被范成大辟為參議官，兩人既為舊識，范對陸游又十分敬重，不以幕僚相待，每有空暇，便相偕賦詩飲酒，為文字交，人遂譏陸游「不拘禮法」、「頹放」，而後陸游因病自請解職，始「自號放翁」。[27]自從孝宗乾道八年（1172，年四十八）離開南鄭前線、轉赴成都以來，作者就因自己對朝廷所提收復中原的意見不被採納而深感壯志未酬、鬱鬱不樂，此時步行至江邊，回憶起三十四歲初次航行大海時所見的銀山巨濤，心中仍洶湧著「滅賊報國讎」的雄心壯志；後首雖作於高齡八十（嘉泰四年，1204）之際，卻對自己初次航海時能「穩駕」巨船、無懼駭浪的精神有著最深刻的記憶，由此亦可見出他一生為理想奮鬥、克服困難、至死不渝的信念與堅持，而這種豪氣與鎮定，實為貫串其一生的生命主軸與個性特質。

（二）笑凌駭浪的泛海形象

陸游詩中征服海洋的冒險精神，除了「穩」駕巨船外，還進一步表現在「笑」凌駭浪的泛海形象書寫中，其間人海對立，與大海戰鬥的意味更形濃厚。

---

27 詳參〔元〕脫脫等：《宋史》（臺北市：鼎文書局，1994年），卷395〈陸游傳〉，頁12058；以及劉維崇：《陸游評傳》（臺北市：正中書局，1967年），頁77-79。

其實，陸游一直懷有馳騁疆場、橫掃胡塵的雄心壯志，可惜南宋朝廷只顧偏安一隅，不思奮發，詩人始終未獲重用，偉大的政治抱負，終未能實現。儘管如此，他入仕以來，對國事仍抱持著堅定的信念，「白髮未除豪氣在」（〈度浮橋至南台〉，卷1：31），時刻不忘恢復的大業，即便是在罷官歸鄉之後、泛舟海上之時，仍不忘藉一己笑凌駭浪的征海形象以展現其奮進不已的豪氣壯懷。如第三度罷官時所作：

> 鰲負三山碧海秋，龍驤萬斛放翁遊。少舒我輩胸中氣，一掃群兒分外愁。醉斬長鯨倚天劍，笑凌駭浪濟川舟。悠然高詠平生事，齷齪寧能老故丘。（〈泛三江海浦〉，卷17：1317）

此詩為陸游三度罷官歸鄉後第五年（孝宗淳熙十二年，1185，年六十一）的作品。淳熙七年（1180，年五十六）時，陸游因撫州水災，奏請發粟賑民，卻被趙汝愚彈劾，[28]遂遭免職，歸居山陰故鄉，閑居了六年。即使如此，他卻不甘於就此「老故丘」，仍極為關心國事，密切注意敵人的動態，其同時所作詩有云：「羽檄未聞傳塞外，金椎先報擊衙頭」，作者自注：「聞虜酋行帳為壯士所攻，幾不免。虜語謂酋所在為衙頭」（〈秋夜泊舟亭山下〉，卷17：1321），又如：「懸知青海邊，殺氣橫千里。良時不可失，胡行速如鬼」，作者自注：「時聞虜酋自香草淀入秋山，蓋遠遁矣」（〈感秋〉，卷17：1324）。由此可知，賦閑在鄉的陸游，依舊有著堅定的抗金意志，希望朝廷能把握戰機、出擊敵人，於是，當他搭乘「龍驤萬斛」的巨船進行海上探險

---

28 《宋史》：「累遷江西常平提舉。江西水災，奏：『撥義倉振濟，檄諸郡發粟以予民。』召還。給事中趙汝愚駁之，遂與祠。」（卷395〈陸游傳〉，頁12058）

時，內心不禁湧起了萬丈雄心，想像自己能做出「醉斬長鯨倚天劍，笑凌駭浪濟川舟」的豪壯舉措，充分展現出奮擊抗爭的冒險精神。如此充滿豪情的詩句雖是化用自李白的「安得倚天劍，跨海斬長鯨」，卻也與陸游從小就練習劍術、鑽研兵法、[29]廣交「商賈、仙釋、詩人、劍客」[30]等豪傑之士有極密切的關係，且其中所增添的「醉」、「笑」形象更能凸顯出陸游意欲征服海洋、勇猛克敵的從容與自信。

又如第四度罷官時所作：

> 白頭漸覺黑絲多，造物將如此老何？三萬里天供醉眼，二千年事入悲歌。劍關曾躡連雲棧，海道新窺浴日波。未頌中興吾未死，插江崖石竟須磨。（作者自注：比自三江杭海至丈亭。）
> （〈覽鏡〉，卷23：1682）
> 厭逐紛紛兒女曹，挂帆江海寄吾豪。鯨吞鼉作渾閑事，要看秋濤天際高。（〈海上作〉，卷46：2804）

陸游不論身分如何變化，報國的初衷一直不變，浩然正氣總是充斥胸中；在宋與金的關係上，也始終堅持抗戰不講和、恢復中原故地的主張，其〈上殿劄子〉云：「天下萬事皆當以氣為主」，並以此諫勸孝宗要振作風節，還舉出「寇準氣吞醜虜，故能成卻敵之功」（其二）[31]為例，充分透顯他想振作士氣以抗金的用心良苦。上列兩首（分別作於光宗紹熙二年，1191，年六十七、寧宗嘉泰元年，1201，

---

29 〔宋〕陸游有〈甲午十一月十三夜夢右臂踴出一小劍長八九寸有光既覺猶微痛也〉詩云：「少年學劍白猿翁，曾破浮生十歲功」（卷6，頁503），又有〈夜讀兵書〉詩云：「窮山讀兵書」（卷1，頁18）。

30 〔宋〕葉紹翁：《四朝聞見錄》，〈乙集〉「陸放翁」條，頁65。

31 上述二條資料皆見〔宋〕陸游：《渭南文集》，卷4，頁53。

年七十七）他四度罷官後所作的泛海詩中，便可見出他即使年事已
高，仍不稍減弱的愛國赤忱與干雲豪氣。他之所以第四度罷官回山
陰，是因為受到主和派忌恨其總是把堅持抗金的意見寫進詩歌中，於
是，淳熙十六年（1189，年六十五）十一月時，被諫議大夫何澹以
「前後屢遭白簡，所至有污穢之迹」等罪名彈劾，[32]但是，堅強的陸
游並未因此而灰心喪志，雖然垂垂老矣，前首六十七歲所作詩卻以自
己必能從海道克服駭浪，重「新」於海上親見旭日東昇、光照大海的
「浴日波」奇景，來象徵自己對協助國家「中興」必成的堅定信念；
[33]後首七十七歲所作詩則更以「要看秋濤天際高」的冷靜態度，來呈
顯自己面對如「鯨吞鼉作」般的狂濤駭浪時的豪勇與從容，一如叔本
華所指出的，主體面對怒海狂濤時，有雙重意識：「他覺得自己一面
是個體，是偶然的意志現象，那些自然力輕輕一擊就能毀滅這個現
象……而與此同時，他又是永遠寧靜的認識的主體，作為這個主體，
它是客觀的條件，也是這整個世界的肩負人，大自然中可怕的鬥爭只
是它的表象，它自身卻在寧靜地把握著理念，自由而不知有任何欲求
和任何需要。這就是完整的壯美印象」[34]，頗能道出陸游面對大海、
抗爭大海時內在深層的肩負整個世界的奮進意識，及對自身理念的潛
在把握與執著心理。宋邦珍也指出，陸游晚年家居山陰將近二十年，
卻自始至終，豪情未減，對於恢復失土的大業念念不忘，[35]正可以作
為上述兩首詩的最佳注腳。

---

32 參于北山：《陸游年譜》，頁351。

33 許瑞琪點評〈覽鏡〉云：「憧憬中興，信念堅定。」見氏著：《陸游詩注評》（濟南
　　市：齊魯書社，2009年），頁174。

34 〔德〕叔本華著，石沖白譯：《作為意志和表象的世界》（北京市：商務印書館，
　　1982年），頁285-286。

35 宋邦珍：《陸游詩歌研究》（高雄市：國立高雄師範大學國文研究所博士論文，2000
　　年6月），頁35。

三 親睹海市變化：失意時對「成壞須臾」的人生感悟

　　如上所述，在特殊的政治環境之下，再加上愛國心的驅使，報國豪情遂成為陸游生命的基調，詩中對海的觀照，亦多突破前代詩人的視角，而將之視為征服的對象，呈現出人海分離、甚至對立的物我關係；但是，在政治失意、現實遭受打擊之時，面對大海，那些關於海的集體記憶與情緒就難免被「慣常思路」誘發和導引而出，而表現出藉海宣洩情志、人海渾融的物我關係。[36]在與海相關的題材中，詭譎莫測、令人驚歎的海象變化，是最能引發中國文人深省的；而當中尤其引人注目的變化奇觀應屬「海市蜃樓」的景象，亦稱為「蜃景」，它是一種光學幻景，由地球上物體反射的光「通過不同溫度的空氣層產生折射」[37]而形成的虛像；也就是說，它是因海面上暖空氣與高空中冷空氣之間的密度不同，對光線折射而產生的。蜃景與地理位置、地球物理條件以及特定時間的氣象特點有密切聯繫，中國大陸以「登州」（今山東省蓬萊市）為「海市蜃樓」出現較頻繁的地區，[38]且「常出於春夏」[39]。這種海中幻景，早在《史記・天官書》就有記載：「海旁蜃氣象樓臺」[40]，以為此樓臺城市之象是由「蜃」（大蛤蜊）吐氣而形成的；而宋代沈括的《夢溪筆談》對此蜃景有較詳細而客觀的記錄：「登州海中，時有雲氣如宮室、臺觀、城堞、人物、車馬、冠

---

36 王立：〈海意象與中西方民族文化精神略論〉，頁62。

37 〔英〕大衛・伯尼等合著，王原賢等翻譯：《袖珍科學百科全書》（臺北市：貓頭鷹出版社，1998年），頁95。

38 馬麗梅：〈蘇軾《海市》詩對韓愈的同情和誤解辨〉，《現代語文（文學研究版）》2007年1期，頁12。

39 〔宋〕蘇軾：〈登州海市・敘〉，《蘇軾詩集》，卷26，頁1388。

40 〔日〕瀧川龜太郎：《史記會注考證》（臺北市：洪氏出版社，1982年），卷27〈天官書〉，頁490。

蓋，歷歷可見，謂之海市」[41]。

　　至於文學作品，則不重客觀的記載，而偏向表達作者親睹蜃景所興之主觀可樂的情感，如唐李世民〈於北平作〉：「海氣百重樓，巖松千丈蓋。茲焉可遊賞，何必襄城外」[42]、虞世南〈賦得吳都〉：「江濤如素蓋，海氣似朱樓。吳趨自有樂，還似鏡中遊」[43]；到了宋代，由於受到儒、釋、道等文化思想高度融合的影響，文人觀物角度則由感性轉而偏向理性的哲思，[44]因此，倏忽萬化的幻景，多能引發其萬象終歸空滅的「無常」領悟與感喟，如蘇軾：「東方雲海空復空，群仙出沒空明中。蕩搖浮世生萬象，豈有貝闕藏珠宮。心知所見皆幻影，……重樓翠阜出霜曉，異事驚倒百歲翁。……斜陽萬里孤鳥沒，但見碧海磨青銅。新詩綺語亦安用，相與變滅隨東風」[45]、王安石：「天日蒼茫海氣深，一船西去此登臨。丹樓碧閣皆時事，只有江山古到今」[46]、范成大：「海雲晻靄日曨葱，案指光中萬象空」[47]等，同樣處於此種時代學術氛圍的陸游，自然也不例外，在親見或想像奇異的海象時，他內心亦興發了釋、道對於人生「無常」的思維及感悟，值得一提的是，他對蜃景的描寫較前人更為詳細，詩云：

　　　　浴罷來水滸，適有漁舟橫，浩然縱棹去，漫漫菰蒲聲。海祲乃
　　　　爾奇，萬象空際生：駢驥牧龍馬，夭矯騰蛟鯨，或如搴大旗，

41　〔宋〕沈括著，胡道靜校證：《夢溪筆談校證》（上海市：上海古籍出版社，1987年），卷21〈異事〉，頁691。

42　〔清〕清聖祖：《全唐詩》，卷1，頁5。

43　〔清〕清聖祖：《全唐詩》，卷36，頁473。

44　參鄔鵾：《詠物流變文化論》（長沙市：湖南人民出版社，2009年），頁191。

45　〔宋〕蘇軾：〈登州海市〉，《蘇軾詩集》，卷26，頁1388。

46　〔宋〕王安石：〈金山三首〉之三，北京大學古文獻研究所：《全宋詩》（北京市：北京大學出版社，1995年），頁6730。

47　〔宋〕范成大：〈育王望海亭〉，《全宋詩》，頁25958。

或如執長兵。我欲記其變，忽已天宇清。成壞須臾間，使我歎
且驚。世事正如此，何者非強名。(〈海氣〉，卷62：3550-
3551)

陸游與佛教的因緣發生極早，幼年時即因父親的關係接觸了佛教的
「持禪師」，曾云：「予時甫數歲，侍先君旁，無旬月不見師。至今想
其抵掌笑語，瞭然在目前，夷粹真率，真山林間人也」[48]；二十多歲
時，還與蕺山天王廣教院老僧惠迪遊，略無十日到；[49]但四十五歲
前，他的詩作中關於佛教內容的僅有〈寄黃龍升老〉一首，[50]直至入
蜀後，詩中始漸多因不得志而尋訪山寺，或嚮往佛教的表現，如淳熙
三年二月成都所作〈飯昭覺寺抵暮乃歸〉：「身墮黃塵每慨然，攜兒蕭
散亦前緣。聊憑方外巾盂淨，一洗人間匕箸羶」(卷7：555)；三度、
四度罷官後，更以參禪讀經來安慰心靈，如淳熙八年山陰所作〈禪
室〉：「早誇劇飲無勍敵，晚覺安禪有宿因。赫赫心光誰障礙，緜緜鼻
息自輕勻」(卷14：1099)、〈宴坐〉：「身寄窮山裏，心安一事無。新
傳小止觀，漸解半跏趺」(卷14：1109)、淳熙十三年秋嚴州所作〈千
峰榭宴坐〉：「朱弦靜按新傳譜，黃卷閑披累譯書」(卷18：1387)、嘉
定元年春山陰所作〈茆亭〉：「讀罷楞伽四卷經，其餘終日坐茆亭」
(卷75：4114)，由此可知，他晚年經常以佛養心，藉佛解憂，佛教
思想時時縈繞其胸，因此，當他八十一歲(寧宗開禧元年，1205)目
睹奇異的海象變化時，佛家成壞相尋的哲理便應時湧現。

晚年歸隱家鄉的陸游，興來放舟，卻有幸觀看到難得一見的海市

---

48 〔宋〕陸游：〈持老語錄序〉，《渭南文集》，卷14，頁131
49 〔宋〕陸游：〈天王廣教院在蕺山東麓予年二十餘時與老僧惠迪遊略無十日不到也
　　淳熙甲辰秋觀潮海上偶繫舟其門曳杖再遊怳如隔世矣〉(卷16，頁1290)。
50 參李致洙：《陸游詩研究》，頁169。

蜃樓奇景，由於空氣層動蕩不定，致使天空顯現的「萬象」忽隱忽現，千姿百態。陸游以前的詩家對蜃景的描繪多止於「朱樓」、「碧閣」等宮室臺觀，即使如蘇軾的名作〈登州海市〉亦只多出「群仙出沒」的意象，詩中偏重敘述韓愈謁衡山、禱於山神應驗之事，並將之自比，寫出作者能在登州冬季目睹神迹（蜃景多出現在夏季）的激動欣喜之情，對於空中突然出現的「萬象」並未有具體的勾勒；陸游此詩則突破前人，以嶄新的意象群對蜃景內容予以靈動的描繪：以飛行天空的神馬及騰躍海中的「蛟鯨」書寫出海天之間熱烈的戰鬥氣氛，又以「搴大旗」、「執長兵」的戰士動作刻劃出盛大的戰爭場景，由此，也強烈暗示出作者企盼戰鬥的心理。然而，就在作者想要記下此一變化萬千的奇景時，整個天空卻突然一掃而淨，空無一物，於是，詩人在震懾驚歎之餘，悟及佛家所云世間萬象之「成」與「壞」皆在須臾之間變化，亦即「成壞相尋，亦豈有常」[51]的無常之理。陸游從早年的〈夜讀兵書〉到臨終的〈示兒〉，詩中始終貫串著北伐抗金、恢復中原的報國壯志，此時他雖已是八十一歲的高齡，對於國事仍高度關心，曾在〈送辛幼安殿撰造朝〉詩中，以「中原麟鳳爭自奮，殘虜犬羊何足嚇」（卷57：3315）之恢復中原事勉之，亦曾對自己年事已高、無法「為國戍萬里」、「一死報天子」（〈壯士吟次唐人韻〉，卷57：3321）深致遺憾，而今目睹了成壞倏忽的海氣幻景，不正像是朝廷搖擺不定的抗金政策，讓人深感「報國仇、雪國恥的心事」[52]難成之無奈。

---

51 〔明〕釋明河：「成壞相尋，亦豈有常。今日之壞，安知不為四眾作福之地哉！」見氏著：《補續高僧傳》（上海市：上海古籍出版社，2002年），卷11〈退谷雲傳（附石橋宣公）〉，頁166。

52 錢鍾書：「他（陸游）看到一幅畫馬，碰見幾朵鮮花，聽了一聲雁唳，喝幾杯酒，寫幾行草書，都會惹起報國仇、雪國恥的心事。」見氏著：《宋詩選注》（北京市：三聯書店，2001年），頁272。

被貶（量移登州）而不受重用的蘇軾在目睹海市蜃景時，興發的
是天佑神助、為他鞭魚起蜃的激動感以及「信我人厄非天窮」的對朝
中「奸讒群小構陷」[53]的無奈感所交織出的矛盾心情；但在蜃景幻滅
之後，蘇軾僅以「相與變滅隨東風」的萬事皆空之理收束，並未積極
提出對治之道。陸游則不然，在親睹蜃景由有至無之變化，悟及佛家
成壞相尋之理後，他在詩末提出了「世事正如此，何者非強名」的對
治之道，認為面對忽起忽落、變幻無常的世事發展，唯有以順其自然
的生命態度，不加以強求，方能避免失落的心緒，與前人蜃景詩相
比，陸游此詩的思想價值當更勝一籌。

四 歌詠海上樂園：現實受挫後遺忘世事的生命歸宿

海是遠離中央陸地的地方，無論是海上或海濱之美景，都予人飄
然遠塵的悠然感受，因此，自由的大海與遠離人間的海涯，儼然成為
文人在現實受挫後尋求解脫桎梏的海上樂園，以及寄託人生理想的生
命歸宿。從孔子的「道不行，乘桴浮于海」（《論語‧公冶長》）[54]，到
班彪〈覽海賦〉的「余有事於淮浦，覽滄海之茫茫。悟仲尼之乘桴，
聊從容而遂行」[55]、張說〈入海〉的「乘桴入南海，海曠不可臨」（二
首之一）[56]、岑參〈精衛〉的「負劍出北門，乘桴適東溟」[57]、孟浩然
〈歲暮海上作〉的「仲尼既云歿，余亦浮于海」[58]，乃至蘇軾〈臨江

---

53 馬麗梅：〈蘇軾《海市》詩對韓愈的同情和誤解辨〉，頁12。

54 〔晉〕何晏注，〔宋〕邢昺疏：《重刊宋本論語注疏附校勘記》（臺北市：藝文印書
　　館，1989年），頁42。

55 費振剛、仇仲謙、劉南平：《全漢賦校注》（廣州市：廣東教育出版社，2005年），
　　頁355。

56 〔清〕清聖祖：《全唐詩》，卷86，頁931。

57 〔清〕清聖祖：《全唐詩》，卷198，頁2049。

58 〔清〕清聖祖：《全唐詩》，卷159，頁1628。

仙‧夜歸臨皋〉的「小舟從此逝，江海寄餘生」、〈千秋歲‧次韻少
游〉的「新恩猶可覬，舊學終難改。吾已矣，乘桴且恁浮於海」[59]等
作品，在在都體現了於現實世界懷才不遇的文士們，以海為寄託抒懷
或逃離避世對象的心理狀態。

　　家鄉位於中國東南海濱的陸游，在三度及四度罷官後的詩篇中，
亦產生了大量親臨海上，歌詠悠然海涯的歸隱生活的詩篇，但他在繼
承孔子「乘桴於海」的原型意象中，另有開展，以更豐富而美好的海
上樂園意象之具體形塑，呈顯出一己於現實受挫後，意圖超脫現實而
達曠放自在的心境。

　　先就其三度罷官後的詩作言。乾道八年（1172，年四十八）的南
鄭時期，是陸游一生中最輝煌的時期，他本欲藉此良機一展軍事長
才，實現抗金報國志業；可惜，僅短短八、九個月，就被調離前線，
輾轉於成都、蜀州、嘉州、榮州等地。淳熙五年（1178，年五十
四），由於朝廷投降派勢力的掣肘，抗金北伐依然未見成效，而一向
力主抗戰的陸游奉召從四川回臨安，孝宗皇帝趙昚在便殿召見他，雖
語多獎勉，卻對抗金之事畏首畏尾，動搖不定，因而未讓他在朝中供
職，而是命他到建安（福建建甌）任通判。在建安過著「單調、寂寞
而愁病相乘」[60]生活的陸游，「多不得意」[61]，眼見胡馬南窺，失地未
復，南宋黎民凶荒並至，淪陷區人民又繁冤無告，而南宋的統治者竟
過著酒色歌舞的淫逸生活，心中自是不樂，觀其〈前有樽酒行〉可
知：「問君胡為慘不樂？四紀妖氛暗幽朔；諸人但欲口擊賊，茫茫九
原誰可作！丈夫可為酒色死？戰場橫屍勝牀第。華堂樂飲自有時，少

---

59 分別見鄒同慶、王宗堂：《蘇軾詞編年校注》（北京市：中華書局，2002年），頁
　467、803。
60 張健：《陸游》（臺北市：國家出版社，1982），頁69。
61 〔清〕趙翼：〈放翁年譜〉，《甌北詩話》（臺北市：廣文書局，1991年），卷7，頁11。

待擒胡獻天子」（二首其二，卷11：868），也因此發出了實戰救國的呼號！不料，淳熙七年（1180，年五十六），因奏請發粟賑民，他宦途再度受挫，被趙汝愚彈劾而遭三度罷官，內心更是悲憤難抑，甚至流下憂國之淚：「和戎壯士廢，憂國清淚滴。關河入指顧，忠義勇推激。常恐埋山丘，不得委鋒鏑。立功老無期，建議賤非職。」（〈書悲〉，卷13：1061-1062）在這種立功無門、建議無路、壯志難伸的鬱悶下回到山陰的陸游，面對蒼茫的大海時，內心興起的是與孔子當初理想受挫、意欲「乘桴於海」時同樣的歸隱避世之想，詩云：

> 豈無一布帆，寄我浩蕩意；會當駕長風，清嘯遺世事。（〈曉望海山〉，卷16：1281）
>
> 忽看千尺涌濤頭，頗動老子乘桴興。……雲根小築幸可歸，勿為浮名老行路。（〈觀潮・送劉監至江上作〉，卷21：1580）

兩詩分別作於淳熙十一年（1184，年六十）、淳熙十六年（1189，年六十五）的山陰，長期的宦海浮沉，使他深深意識到「官場之不足道」[62]，「浮名」之不可恃，未若駕長風於遠離塵世的浩瀚海上，方能遺忘煩人的「世事」；抑或學孔子之「乘桴」浮於海，才能在雲根之間、扁舟之中，寄託道不行之後能夠使精神超脫的生命歸宿。此時在陸游觀照下的海，是一種和人類親和的對象，也成為文人「超現實想像的一個孿生外化之處」[63]。

再就其四度罷官後的詩作言。在山陰閑居五年多後，淳熙十三年（1186，年六十二），陸游雖除朝請大夫知嚴州，但孝宗卻對他說：

---

62 楊昇：〈陸游在紹興鏡湖地區的生活與創作〉，《湖州職業技術學院學報》2010年4期，頁59。

63 王立：〈海意象與中西方民族文化精神略論〉，頁62。

「嚴陵山水勝處，職事之暇，可以賦詠自適」，意謂莫談國政和抗金問題，淳熙十五年（1188，年六十四），孝宗再召入見，對他說：「卿筆力回斡甚善，非他人可及」[64]，遂除軍器少監，可見，朝廷始終沒有重用他的意思。因此，翌年冬，他被四度罷官後，除了寧宗嘉泰二年（1202，年七十八）夏至嘉泰三年（1203，年七十九）五月間奉詔在都城臨安修撰孝、光《兩朝實錄》和《三朝史》外，皆家居於山陰。這段期間，陸游有〈訴衷情〉一詞，頗能道出他此時理想與現實衝突矛盾的心境：

> 當年萬里覓封侯，匹馬戍梁州。關河夢斷何處？塵暗舊貂裘。胡未滅，鬢先秋，淚空流。此生誰料，心在天山，身老滄洲。[65]

作者從回憶當年戍守「梁州」邊關的戎馬生涯，進而感慨眼前胡虜未滅、鬢已成霜的無奈與悲憤，詞末「心在天山，身老滄洲」，可說是他自六十五歲（淳熙十六年，1189）罷官後，一直到八十五歲（嘉定二年，1210）逝世為止心事的最佳寫照。又〈夏日雜題〉詩云：「憔悴衡門一禿翁，回頭無事不成空。可憐萬里平戎志，盡付蕭蕭暮雨中」、「衰疾沉綿短鬢疏，淒涼圯上一編書，中原久陷身垂老，付與囊中飽蠹魚」（八首其七、八，卷46：2825），亦可窺見此等無奈的心境。陸游在宦途上一再受到當權者的排斥，無法實現到前線殺敵的理想，只好在山陰鏡湖邊的山三住所，以及鄰近的海涯渡其餘生；在近二十年的隱退日子裡，詩中對於雲海生活有著極具體的描述，每一次的親海之行，皆是一趟美好的海上樂園之旅。其中有寫雲山浮鳧之美景者：

---

64 以上二條資料皆見〔元〕脫脫等：《宋史》，卷395〈陸游傳〉，頁12058。

65 〔宋〕陸游撰，陳長明校點：《放翁詞》（上海市：上海古籍出版社，1985年），卷2，頁54。

青楓湖上村，綠簑舟中客。雲興山疊見，海近地勢圻。悠然滄
洲趣，宛與塵世隔。雖云食不足，廳免婚嫁責。渥丹未辭鏡，
衰白幸滿幘。明當鼓枻行，放浪窮七澤。（〈舟中〉，卷57：
3333）

一葉輕舟一破裘，飄然江海送悠悠。閑知睡味甜如蜜，老覺羈
懷淡似秋。失侶雲間孤雁下，耐寒波面兩鳧浮。年逾八十真當
去，似為雲山尚小留。（〈舟中作〉，卷60：3470）

　　作者乘坐一葉輕舟，任其飄盪於江海之上，閑來臥看「雲興山
疊」的滄洲美景，享受著飄然避世的悠然情趣；同時，還有雁鳧自由
飛翔、浮沉海面，一如謝朓〈和劉西曹望海臺詩〉：「差池遠雁沒，颯
沓群鳧驚」、楊師道〈奉和春回望海詩〉：「之罘歸雁翔」般，藉鳥之
飛翔海面以透顯作者嚮往海涯生活自由恬淡、「逍遙世外」[66]的心願。
又有寫浮舟醉歌之可樂生活者：

湖海渺雲濤，浮家得養高。方床展蘄簟，短褐束鄖絛。酒裡亦
何好，人間聊可逃。酣歌柂樓底，萬事一秋豪。（〈舟中遣
興〉，卷43：2687）

三江郡東北，古戍鬱嵯峨。漁子船浮葉，更人鼓應鼉。年豐坊
酒賤，盜息海商多。老我無豪思，悠然寄醉歌。（〈三江〉，卷
44：2742）

　　除了雲濤浮舟之樂外，詩人在舟中還以醉歌遣興。他在酒賤盜息
的豐年中，以「酣歌柂樓底」、「悠然寄醉歌」來逃避「人間」不能自

66　王立：「人們卻總想借助筆下的海做些精神消遣，鳥的飛翔海面如同文人自身逍遙
　　世外。」見氏著：〈海意象與中西方民族文化精神略論〉，頁63。

主的「萬事」。於是，這一遠離朝廷、鄰近家鄉的海山樂園，就成為
陸游晚年飄盪心靈回歸的最終所在。

五　結語

　　本文嘗試從陸游與海相關之詩篇，並結合南宋時代背景與其個人
遭際，探討其離開陸地、泛舟海上的所見所感，藉以觀出陸游泛舟海
上所書寫出的海洋特色與由此激發的情意與哲思，同時也體察出陸游
與南宋複雜政治間的緊張關係。本論文以陸游《劍南詩稿》為探索文
獻，從與「海」有關的二百多首詩中，揀選出約十四首實際泛海之作
（另有十多首為想像泛海之作，將別作專文討論），進行論述，大致
獲得下列幾項結果：

（一）

　　從物我關係來看，海洋多樣的特色，能激發出作者不同的情思。
本文提出陸游「泛海之旅」的三種書寫類型：其一，以海上探奇冒險
寫豪氣鎮定為其生命基調與個性意志：海洋廣大浩瀚、波濤騰湧的奇
壯景觀，再加上陸游本身具有高度的愛國之心，使得詩人在泛海探奇
之時豪氣蕩胸，激發出抗金報國的雄心壯志；作者並以一己穩駕巨
船、笑凌駭浪的形象，書寫豪氣蕩胸的生命基調與臨危不驚的個性意
志，表現出人海對立的物我關係。其二，以親睹海市變化寫其失意時
對成壞須臾的人生感悟：海象詭譎莫測的變化，尤其是海市蜃樓生滅
倏忽的光學現象，令與釋道因緣深厚的作者感悟了釋道思想中成壞須
臾、生命短暫的「無常」哲理，並提出順其自然勿強名的對治之道，
此時的海之於作者，是一種失意時安慰或啟示的媒介，呈顯出人海相
融的物我關係。其三，以歌詠海上樂園寄託現實受挫後的生命回歸所

在：遠離陸地、自由美好的海上世界，再加上孔子「乘桴於海」以實現理想的文化積澱與集體記憶，遂成為作者於政治現實受挫後，意欲逃避世俗、寄託生命歸宿的美好樂園，此時的海與作者渾然一體，成為失意文人宣洩煩惱的窗口、超越現實想像的孿生外化所在。

（二）

從寫作時間來看，第一類表現征服海洋豪情的詩作分佈較廣，從三十五歲的壯年到八十歲的晚年都有，顯見愛國豪情為陸游生命的基調、思想的主軸；[67]第三類表現歸隱海洋的詩作，則主要集中在三度、四度罷官退居家鄉山陰之後，可知當作者於現實受挫後，往往會藉泛海以暫忘苦悶、尋求寄託，進而興起超脫世俗、隱身海涯之念。值得注意的是，第一、三類的作品，同時較多數量地出現在三、四度罷官後，透顯出陸游內心仕隱矛盾的掙扎心理，而這樣衝突、苦悶的心緒，又與南宋朝廷對金主和派、主戰派的勢力消長不定有極密切的關係。至於第二類感悟海象變化的詩作，雖然數量極少，卻可以從其作於高齡八十一長期退居山陰、報國無望之時看出：陸游在政治抱負遭到重大打擊時，企圖由釋道思想獲致精神上的慰藉，以順其自然的隨緣態度自我安慰。

（三）

從海洋書寫發展的角度來看，陸游的泛海書寫在觀照海洋的視角上表現出繼承中又有開拓的特色。傳統詩人泛海、觀海，往往與海融為一體，藉海傾訴或宣洩其內心的鬱悶，人海間多呈現出物我渾融的

---

67 于北山指出，陸游臨終時賦〈示兒〉：「死去元知萬事空，但悲不見九州同；王師北定中原日，家祭無忘告乃翁」，此詩乃一生政治抱負、愛國思想之結晶。（參氏著：《陸游年譜》，頁552）由此亦可證愛國豪情為貫串其一生的情感思想主軸。

關係，至於將海視為征服對象、人海對立的書寫並不多見，僅在李白
詩中有零星的呈現；而陸游由於高度愛國心的驅使，再加上南宋特殊
的政治環境使然，其泛海詩中的海，則同時是人類征服與親和的對
象：詩中主要將海視為征服對象，表現人海對立的關係，我們由此可
以探知，意欲征服強敵的愛國豪情為陸游生命的基調，而這也正是陸
游詩泛海書寫對傳統的開拓之處；至於他政治受挫、宦途失意時的泛
海詩，仍不免繼承傳統將海視為傾訴對象的書寫方式，在與海相親、
相融的物我關係中，陸游試圖藉海市蜃景倏忽幻滅的啟示，以及對海
上樂園的歌詠、對孔子乘桴浮海的嚮往，來解脫其在現實世界中生命
不能自主的心靈桎梏。

主要參考文獻

一　傳統文獻（依時代先後排序）

〔南朝宋〕劉義慶撰　〔南朝梁〕劉孝標注　楊勇校箋　《世說新語校箋》　臺北市　正文書局　1992年

〔晉〕何晏注　〔宋〕邢昺疏　《重刊宋本論語注疏附校勘記》　臺北市　藝文印書館　1989年

〔宋〕蘇軾撰　〔清〕王文誥輯註　孔凡禮點校　《蘇軾詩集》　北京市　中華書局　1999年

〔宋〕沈括著　胡道靜校證　《夢溪筆談校證》　上海市　上海古籍出版社　1987年

〔宋〕徐夢莘　《三朝北盟會編》　上海市　上海古籍出版社　2008年

〔宋〕陸游撰　陳長明校點　《放翁詞》　上海市　上海古籍出版社　1985年

〔宋〕陸游撰　錢仲聯校注　《劍南詩稿校注》　上海市　上海古籍出版社　1985年

〔宋〕陸游撰　《渭南文集》　臺北市　臺灣商務印書館　1979年

〔宋〕葉紹翁　《四朝聞見錄》　北京市　中華書局　1997年

〔元〕脫脫等　《宋史》　臺北市　鼎文書局　1994年

〔元〕脫脫等　《金史》　臺北市　鼎文書局　1995年

〔明〕釋明河　《補續高僧傳》　上海市　上海古籍出版社　2002年

〔清〕清聖祖　《全唐詩》　臺北市　文史哲出版社　1987年

〔清〕趙翼　《甌北詩話》　臺北市　廣文書局　1991年

〔清〕嚴可均　《全三國文》　北京市　商務印書館　1999年

〔清〕嚴可均　《全晉文》　北京市　商務印書館　1999年

逯欽立　《先秦漢魏晉南北朝詩》　北京市　中華書局　1998年
北京大學古文獻研究所　《全宋詩》　北京市　北京大學出版社
　　　1995年
費振剛　仇仲謙　劉南平　《全漢賦校注》　廣州市　廣東教育出版
　　　社　2005年

二　近人論著（依作者姓氏筆畫排序）

于北山　《陸游年譜》　上海市　上海古籍出版社　2006年
王　立　〈海意象與中西方民族文化精神略論〉　《大連理工大學學
　　　報（社會科學版）》　2000年12月　21卷4期　頁60-64
朱昆槐　《雪泥鴻爪──蘇東坡詩詞文選》　臺北市　時報文化出版
　　　公司　1992年
朱東潤　《陸游研究》　上海市　中華書局　1962年
宋邦珍　《陸游詩歌研究》　高雄市　高雄師範大學國文研究所博士
　　　論文　2000年6月
李致洙　《陸游詩研究》　臺北市　文史哲出版社　1991年
李澤厚　《李澤厚哲學美學文選》　臺北市　谷風出版社　1987年
馬麗梅　〈蘇軾《海市》詩對韓愈的同情和誤解辨〉　《現代語文
　　　（文學研究版）》　2007年1期　12-13
張高評　〈海洋詩賦與海洋性格──明末清初之臺灣文學〉　《臺灣
　　　學研究》　5期　2008年6月　頁1-15
張　健　《陸游》　臺北市　國家出版社　1982年
許瑞琪　《陸游詩注評》　濟南市　齊魯書社　2009年
陸　堅　《陸游詩詞賞析集》　成都市　巴蜀書社　1990年
楊　昇　〈陸游在紹興鏡湖地區的生活與創作〉　《湖州職業技術學
　　　院學報》　2010年4期　頁57-59

鄒同慶、王宗堂　《蘇軾詞編年校注》　北京市　中華書局　2002年

鄒志方　《陸游研究》　北京市　人民出版社　2008年

鄒　巔　《詠物流變文化論》　長沙市　湖南人民出版社　2009年

趙君堯　〈論宋元海洋文學〉　《職大學報》　2001年3期　頁18-22

劉維崇　《陸游評傳》　臺北市　正中書局　1967年

錢鍾書　《宋詩選註》　北京市　三聯書店　2001年

儲東潤　《陸游傳》　臺北市　國際文化事業公司　1985年

〔日〕瀧川龜太郎　《史記會注考證》　臺北市　洪氏出版社　1982年

〔英〕大衛・伯尼等著　王原賢等譯　《袖珍科學百科全書》　臺北
　　　市　貓頭鷹出版社　1998年

〔德〕叔本華著　石冲白譯　《作為意志和表象的世界》　北京市
　　　商務印書館　1982年

〔美〕魯道夫・阿恩海姆（Rudolf　Arnheim）　郭小平、翟燦譯
　　　《藝術心理學新論》　臺北市　臺灣商務印書館　1998年

論陸游詩的泛海想像*

摘要

　　陸游家鄉山陰臨近大海，他又曾四度罷官回鄉，閒居家鄉期間長達約三十年之久，因此，與海有極深的緣分；再加上南宋複雜的時代背景與作者個人遭際不順等因素，陸游有十一首藉泛海想像以抒發現實中願望難以達成心理的詩篇。本文即針對這些文本作深入的探討，分析、歸納出三種書寫類型：一是藉征服天海的記夢，以抒發現實中殺敵心願難遂的遺憾心理；二是藉醉求神山竟變化，來反映內心對生命危脆的焦慮感與對時局變化的無奈感；三是藉遨遊仙鄉的想像，暗示一己抗金理想乖離的失落心理。陸詩的泛海想像，在半夢幻、半現實的風格中，以多樣的想像方式反映出以儒者積極入世為主要人生目的、以尋仙幻道為應付仕途事變打擊的協調機制的獨特思想結構。

關鍵詞：南宋詩、陸游、泛海、想像、心理

---

* 本文為科技部補助104年專題研究計畫【漢至宋詩海洋書寫研究】之部份研究成果。（計畫編號：MOST 104-2420-H-019-020）

一 前言

詩中的泛海書寫，唐代雖有張說〈入海〉二首、宋務光〈海上作〉、李白〈夢遊天姥吟留別〉、孟浩然〈歲暮海上作〉、錢起〈海上臥病寄王臨〉、獨孤及〈海上寄蕭立〉、李商隱〈海上謠〉、吳融〈海上秋懷〉等零星詩篇，但除李白的〈夢遊天姥吟留別〉外，其餘作品皆少有作者與海之互動描寫，且其中所述多為思歸或企盼海外仙鄉等普泛化感情，少有表現作者獨特情志者；隨著宋代航海技術的進步、海上交通與貿易的繁榮等因素，文學中較多作家涉身海中，遊海、渡海之實臨感受，[1]因而宋詩中的泛海書寫逐漸增多，尤以陸游所作多達二十多首，數量最為可觀，其中「寫實」與「想像」的詩作數量約各佔一半，且各具書寫特色，甚能表現出詩人陸游的獨特情志，十分值得深究。本文即針對其中十一首「想像」泛海的詩歌，結合寫作背景分析其書寫類型與心理反映；至於陸游「實際」泛海的十四首詩歌，筆者已另撰專文探討。[2]

陸游（1125-1210），字務觀，號放翁，越州山陰（今浙江省紹興縣）人。由於家鄉臨近大海，又曾四度罷官回鄉，[3]閒居家鄉的期間

1　詳參張高評：〈海洋詩賦與海洋性格——明末清初之臺灣文學〉，《臺灣學研究》第5期（2008年6月），頁4。

2　詳參顏智英：〈論陸游詩的泛海書寫〉，收入劉石吉、張錦忠、王儀君、楊雅惠、陳美淑等編：《旅遊文學與地景書寫》（高雄市：國立中山大學人文研究中心，2013年7月），頁71-94。

3　陸游四度罷官的時間及原因，分別為：（1）宋高宗紹興三十一年（1161），「以敕令所罷，返里一行」；（2）孝宗乾道二年（1166），「言官論務觀『力說張浚用兵』，免歸」；（3）孝宗淳熙七年（1180），「為給事中趙汝愚所劾，遂奉祠」；（4）淳熙十六年（1189），「為諫議大夫何澹所劾，二十八日詔罷官，返故里」。分別見于北山：《陸游年譜》（上海市：上海古籍出版社，2006年），頁79、134、256、338。

極長（約三十年），因此，與海洋有著極深的緣分，詩篇中不僅多次
書寫其親臨海上的所見所感，同時也頻藉泛海的想像書寫以抒發其現
實生活中願望難以實現的苦悶心理。高繼堂曾指出：在現實中，每一
個體以及由個體組成的群體，他們都有各自不同的願望和需求；如果
這些願望和需求在現實生活中遭到挫折，心理痛苦時，人們就會強烈
要求精神上的勝利、慰藉，以獲得心理平衡。[4]這是人類一種本能的
心理防禦機制，而「借酒澆愁，藉夢抒懷，用幻想虛構飄緲的空中樓
閣」、「想超脫紅塵，如僧道一般逍遙方外」[5]等想像方式，則是其中
可以採取的途徑。陸游詩中的泛海想像，即以記夢想像、醉酒想像、
直接想像等三種方式來反映其現實受挫的痛苦心理，其中又以記夢詩
的份量最多，以下即就此三種想像方式所構成的想像內涵，來探析其
所反映的作者深層心理。

二　征服天海的記夢：殺敵難遂之遺憾

　　詩中的征海想像，在陸游之前有李白的「安得倚天劍，跨海斬長
鯨」（〈臨江王節士歌〉）、「手中電曳倚天劍，直斬長鯨海水開」（〈司
馬將軍歌〉）、「長風破浪會有時，直挂雲帆濟滄海」（〈行路難三首〉
其一）[6]，以持劍斬鯨或破浪濟海的征海壯舉想像，來展現海洋冒險
的壯志與豪情。到了陸游，則又有新的開拓，詩中的主人翁不僅僅是
能下海殺賊的海上騎士而已，更是一位能乘雲上天、來去自如的奇

4　高繼堂：〈陸游記夢詩探析〉，《寶鷄師院學報（哲學社會科學版）》第3期（1987年），
　　頁76。
5　胡如虹：〈論陸游紀夢詩中的愛國詩作〉，《婁底師專學報》第3期（1985年），頁23。
6　此三首詩分別見〔清〕清聖祖：《全唐詩》（臺北市：文史哲出版社，1987年），卷
　　163，頁1693、卷163，頁1694、卷162，頁1684。

人，其征服的範圍更廣、本事更高；且其想像方式亦異於李白，是以記夢形式來表現，詩云：

> 我夢入煙海，初日如金鎔，赤手騎怒鯨，橫身當渴龍。百日京塵中，詩料頗闕供。此夕復何夕，老狂洗衰慵。夢覺坐歎息，杳杳三茆鐘；車馬動曉陌，不竟睡味濃。平生擊虜意，裂眥髮上衝，尚可乘一障，憑堞觀傳烽。(〈我夢〉，卷20，頁1573) [7]
> 海上乘雲滿袖風，醉捫星斗躔虛空。要知壯觀非塵世，半夜鯨波浴日紅。(〈夢海山壁間詩不能盡記以其意追補〉四首之二，卷23，頁1713)

上列二詩分別為陸游六十五歲（孝宗淳熙十六年，1189）、六十七歲（光宗紹熙二年，1191）時四度罷官前後所作，皆對一己夢中形象作了生動的描繪：前者是能徒手征服「怒鯨」、「渴龍」等海族、冒險犯難的海上英雄；後者則更化身為能由海面乘雲而上天去「醉捫星斗」的奇人。詩中，人與海天是對立的，無論是廣袤無垠的天空或赤艷鯨波的大海，在詩人的夢中都是必須拚搏、可以征服的對象；而上天下海、來去自如等凡人無法做到的舉措，以及日如「金鎔」、日浴「鯨波」等塵世陸地難得一見的海上壯景，則是作者刻意強調的夢中奇景。

這樣的夢境，究竟透顯出詩人怎樣的心理？趙翼曾針對陸游的記夢詩評論云：「即如紀夢詩，核計全集，共九十九首。人生安得有如許夢！此必有詩無題，遂托之於夢耳」[8]，認為陸游詩中雖題為記

7　〔宋〕陸游撰，錢仲聯校注：《劍南詩稿校注》（上海市：上海古籍出版社，1985年），卷20，頁1573。以下凡引陸游詩者，皆出此書，為省篇幅，再度徵引陸詩時，將直接於詩後以括號註明卷、頁，不另作註。

8　〔清〕趙翼：《甌北詩話》（臺北市：廣文書局，1991年），卷6，頁3。

夢，實則為「有詩無題」，非真為記述夢中情景。學者黃益元直斥趙
說為「武斷」，認為不符合陸詩的實際，而主張陸游的這些記夢詩是
陸游夜有所夢的「真正的夢」。[9]然而，黃說對趙說的完全否定，實亦
失之武斷，一如學者李致洙所言，判斷某首夢詩是真是假並不容易，
反倒是有必要對陸游「托之於夢」的動機加以探討，且進一步指出他
是「因為理想在現實世界中得不到實現，就只好藉夢得到滿足，解消
苦悶」[10]；學者張晶亦謂陸游記夢「主要是借夢言志，借夢抒情」[11]；
學者高繼堂也說：「(陸游)記夢詩雖然描寫的是夢境，是幻想，卻毫
無荒誕神秘的色彩。一方面記夢詩合乎正常的生活邏輯即合乎『理
性』。他方面，借助夢境，能更深刻、更具體、更形象地表達詩人當
時的思想情感，反映詩人對社會、人生的認識與感慨」[12]，由此可
知，雖無法斷定陸游記夢詩是否真有其夢，但是他欲藉夢境的書寫來
反映一己在現實生活中難以實現的心願，則是可以肯定的。

　　佛洛伊德曾定義「夢」是「一種願望的達成。它可以算是一種清
醒狀態精神活動的延續」[13]，也就是說，夢反映並實現了人們在現實
世界中未能得到或滿足的願望，做夢者利用「想像力」，一下子就達
成了它的實現。我們若結合陸游個人思想、遭際與寫作上述二詩的時
代背景加以觀察，應可大略探知這些在現實中未能達成的願望為何。
就其思想言，陸游思想「本出儒家」[14]，終身重儒崇經，因此，積極

9　黃益元：〈詩人的夢和夢中的詩人——陸游紀夢詩解析〉，《鐵道師院學報（社會科
　　學版）》第2期（1990年），頁2。

10　李致洙：《陸游詩研究》（臺北市：文史哲出版社，1991年），頁177。

11　陸堅主編：《陸游詩詞賞析集》（成都市：巴蜀書社，1990年），頁31。

12　高繼堂：〈陸游記夢詩探析〉，頁75。

13　〔奧地利〕佛洛伊德著，賴其萬、符傳孝譯：《夢的解析》（臺北市：志文出版社，
　　1986年），頁55。

14　陳香：《陸放翁別傳》（臺北市：國家出版社，1982年），頁223。

入世的儒家思想，一直是他思想的主軸，曾自謂：

> 五世業儒書有種。（〈閑遊〉，卷68，頁3830）
>
> 六經萬世眼，守此可以老。（〈冬夜讀書〉，卷15，頁1212）
>
> 經術吾家事，躬行更不疑。（〈自儆〉之二，卷63，頁3581）
>
> 暮年尚欲師周、孔，未遽長齋繡佛前。（〈江上〉，卷48，頁2926）
>
> 六經未與秦灰冷，尚付餘年斷簡中。（〈冬夜讀書有感〉，卷49，頁2935）
>
> 萬事忘來尚憂國，百家屏盡獨窮經。（〈自詠〉，卷49，頁2965）
>
> 六藝江河萬古流，吾徒鑽仰死方休。（〈六藝示子聿〉，卷54，頁3183）
>
> 老益尊儒術，閑仍為國憂。（〈初秋夜賦〉，卷62，頁3560）
>
> 唐虞雖遠愈巍巍，孔氏如天孰得違？（〈唐虞〉，卷65，頁3663）
>
> 平生學六經，白首頗自信。（〈病中夜思〉，卷79，頁4292）
>
> 六經聖所傳，百代尊元龜。諄諄布方冊，一字不汝欺。（〈六經〉，卷41，頁2577）
>
> 六經如日月，萬世固長懸。（〈六經示兒子〉，卷38，頁2459）

他雖生當理學之世，卻不蔽於「理」；一生薄「天理」、尊「六經」，要直探儒學的本原，亦即探究「六經」中的經國治世之「道」，一如其〈斯道〉詩所云：「斯道有顯晦，所憂非賤貧。乾坤均一氣，夷狄亦吾人。朋黨消廷論，鉏耰洗戰塵。清時更何事，處處是堯民」（卷28，頁1967），他要探求的「道」，是使政治清平、百姓安定的「先王之道」。因此，在儒家思想的感染，以及外族金人的威脅之下，「抗金

收復」[15]、「致君堯舜上」（杜甫〈奉贈韋左丞丈二十二韻〉），令黎民
安居，正是他人生最大的理想與最主要的目的。

再就其遭際與寫作背景言，陸游出生的第二年（北宋欽宗靖康元
年，1126），北宋即亡於金人之手；南宋王朝又以求和割地稱臣的屈
辱來換取偷安東南，統治集團內部始終存在著主和與主戰兩派的鬥
爭；再加上當權者的懦弱無能，使得早年即立下「上馬擊狂胡，下馬
草軍書」（〈觀大散關圖有感〉，卷4，頁357）壯志、一貫堅持對金作
戰、倡言恢復中原的陸游，仕途一再受挫。他六十二歲（淳熙十三
年，1186）時，被起用為嚴州知事，赴行在朝見孝宗時，孝宗對他
說：「嚴陵山水勝處，職事之暇，可以賦詠自適」[16]，然而賦詩諷詠，
本非陸游為官本心，其心實在恢復中原、報效家國；結果，來到嚴州
近兩年，卻因公事太過繁忙：「官身早暮不容閑」（〈聽事望馬目山〉，
卷19，頁1464），又感「年齡衰邁，氣血凋耗」[17]、「報國心存氣力微」
（〈上書乞祠〉，卷20，頁1523），而不得不上書聖上，意欲解職還
鄉，至於其報國殺敵之宿願，更成為一個遙不可及的夢想；而後歸鄉
未成，六十五歲（淳熙十六年，1189）時在臨安接任了軍器少監的閑
差，於抗金壯志未酬的遺憾中，在〈我夢〉一詩中記下了他所做的
夢：夢中的他，化身為勇猛的戰士，不僅能「赤手騎怒鯨」，還可以
「橫身當渴龍」；詩末作者回到現實，明白寫出其心聲：「平生擊虜
意，裂眥髮上衝」，由是可知，詩中「怒鯨」、「渴龍」等海中生物應
是敵虜金人的象徵，作者在海中徒手征服海族、冒險犯難的英雄行
動，即具體展現出其現實生活中意欲殺敵報國的豪氣雄心，更反映出

---

15 邱鳴皋：《陸游評傳》（南京市：南京大學出版社，2002年），頁261。

16 〔元〕脫脫等：《宋史》（臺北市：鼎文書局，1994年），卷395〈陸游傳〉，頁12058。

17 〔宋〕陸游：〈乞祠祿劄子〉，《渭南文集》（臺北市：臺灣商務印書館，1979年），
　　卷4，頁55。

他現實生活中無法實現的收復中原的心願。南宋・羅大經謂陸游詩集「多豪麗語言，征伐恢復事」[18]，正由於陸游一貫堅持這種「征伐恢復」的主張，並把這些意見寫進詩歌，受到主和派的忌恨，淳熙十六年十一月，為諫議大夫何澹以「前後屢遭白簡，所至有污穢之迹」[19]等罪名所彈劾，被免職、斥回山陰。無法抗金殺敵，只能閒居山陰的陸游，在六十七歲（光宗紹熙二年，1191）所做的夢中，遂成為海上一位超脫凡塵，無所不至、無所不能的奇士：「海上乘雲」、「醉捫星斗」而上天，騎鯨破浪而下海，都是凡人無法做到的，而他卻能上天下海、來去自如，同樣地，殺敵俘虜，對夢中的他而言，自然也是易如反掌之事；最後，作者來到「半夜鯨波浴日紅」的日不落地，洶湧衝天的海濤、遍照海面的紅光，都是烘托他豪情的「壯觀」景象，此赤紅耀目的夢中奇景也映現出作者滿腔無法實踐的報國赤忱。

清・呂留良言陸游：「愛君憂國之誠，見乎辭者，每飯不忘」[20]，錢鍾書也說：「強烈的愛國情緒飽和在陸游的整個生命裡，洋溢在他的全部作品裡。他看到一幅畫馬，碰見幾朵鮮花，聽了一聲雁唳，喝幾杯酒，寫幾行草書，都會惹起報國仇、雪國恥的心事。血液沸騰起來，而且這股熱潮衝擊了他的白天清醒生活的邊界，還泛濫到他的夢境裡去」[21]，當然，陸游的泛海之夢亦不例外，也充盈著詩人的愛

---

18 〔宋〕羅大經：《鶴林玉露》，卷14，見吳文治主編：《宋詩話全編》（南京市：鳳凰出版社，2006年），冊7，頁7665-7666。

19 〔清〕徐松纂輯《宋會要輯稿》：「（淳熙十六年十一月）二十八日詔：禮部郎中陸游、大理寺丞李端友、秘書省正字吳鎰，并放罷。以諫議大夫何澹論游前後屢遭白簡，所至有污穢之迹；端友凡所歷任，略無善狀；鎰輕薄浮躁，專以口吻劫持為事；故有是命。」（臺北市：新文豐出版公司，1974年，冊101，〈職官・黜降官九〉，頁4001）

20 〔清〕呂留良：《宋詩鈔・劍南詩鈔小序》，見孔凡禮、齊治平編：《陸游資料彙編》（北京市：中華書局，1962年），頁178。

21 錢鍾書：《宋詩選註》（北京市：三聯書店，2001年），頁272。

國情緒；而且，他的泛海夢境，「是一個自由的理想世界。在這一世界中，被社會現實壓抑和剝奪了的願望和需求都可以得到實現和滿足」[22]，可說是他願望難遂時一種本能的「心理防禦機制」，而此被壓抑的心事與難遂的願望即是抗金殺敵、統一中原的愛國心聲。清·潘德興說陸游的詩所以「絕勝」，原因之一即為「忠義盤鬱於心」[23]，詩人一本儒者「忠義」之忱，在現實中卻幾乎看不到抗戰收復的影子，只好在夢境中利用「想像力」來享受勝利的快樂，在夢中盡情抒發摧折強敵、收復中原的豪情，學者邱鳴皋稱美陸游運用這種浪漫主義筆法的詩篇，寫得「激情豪放，想像奇特而不離現實基礎」[24]，是很中肯的意見。

三　醉求神山竟變化：生命危脆之焦慮、時局變化之感慨

（一）狂思入海訪蓬萊──以「不死的蓬萊仙境」對比「危脆的人類生命」

蓬萊山，首見於《山海經·海內北經》：「蓬萊山在海中，大人之市在海中」[25]，文中這座海中島山雖未見詳細的描述，卻與中國東部沿海地區的「大人」傳說結合，一起出現在東海之中。[26]而此「蓬萊山」的面貌，郭璞注有云：「上有仙人宮室，皆以金玉為之，鳥獸盡

---

22 高繼堂：〈陸游記夢詩探析〉，頁74。

23 〔清〕潘德興：《養一齋詩話》，見孔凡禮、齊治平編：《陸游資料彙編》，頁345。

24 邱鳴皋：《陸游評傳》，頁397。

25 〔晉〕郭璞注：《山海經》（臺北市：臺灣商務印書館，1984年《景印文淵閣四庫全書》），子部三四八，小說家類，冊1042，頁67。

26 「大人」傳說，詳參〔周〕左丘明：《國語》（上海市：上海古籍出版社，1988年），〈魯語下〉，頁213；以及鍾文烝：《春秋穀梁經傳補注》（北京市：中華書局，1996年），〈文公十一年〉，頁395-396。

白，望之如雲，在渤海中也」[27]，其內容可能來自《史記》，《史記·封禪書》云：

> 自威、宣、燕昭使人入海求蓬萊、方丈、瀛洲。此三神山者，其傅在勃海中，去人不遠，患且至，則船風引而去。蓋嘗有至者，諸僊人及不死之藥皆在焉。其物禽獸盡白，而黃金銀為宮闕。未至，望之如雲；及到，三神山反居水下。臨之，風輒引去，終莫能至云。世主莫不甘心焉。[28]

可知蓬萊山是「三神山」之一；而此「三神山」仙鄉所在之處有兩個特點：一是居於「水下」；二是「風輒引去」，隨時可能移動位置。王孝廉指出，這兩個特點，必須透過《列子》所見的歸墟傳說，才能有進一層的瞭解，[29]《列子·湯問》云：

> 渤海之東不知幾億萬里有大壑焉，實惟無府之谷，其下無底，名曰歸墟，八紘九野之水，尺漢之流，莫不注之而無增減焉。其中有五山焉：一曰岱輿，二曰員嶠，三曰方壺，四曰瀛洲，五曰蓬萊。其山高下周旋三萬里，其頂平處九千里。……其上臺觀皆金玉，其上禽獸皆縞，珠玗之樹叢生，華食皆有滋味，食之皆不老不死，所居之人皆神聖之種，一日一夕飛相往來者不可數焉。而五山之根無所連著，常隨潮波上下往還，不得暫峙焉，仙聖毒之，訴之於帝。帝恐流於西極，失群聖之居，乃

---

27 〔晉〕郭璞注：《山海經》，頁67。
28 〔日〕瀧川龜太郎：《史記會注考證》（臺北市：洪氏出版社，1982年），卷28〈封禪書〉，頁502。
29 王孝廉：《中原民族的神話與信仰》（臺北市：時報文化公司，1992年），頁98。

命禺彊使巨鰲十五舉首而戴之，迭為三番，六萬歲一交焉，五山始峙。而龍伯之國有大人，舉足不盈數步而暨五山之所，一釣而連六鰲，合負而趣歸其國，灼其骨以數焉。於是岱輿、員嶠二山流於北極，沉於大海，仙聖之播遷者巨億計。帝憑怒，侵減龍伯之國使阨，侵小龍伯之民使短。至伏羲神農時，其國人猶數十丈。[30]

王氏進一步解釋云：由於神山所在之處為東海中的大壑——歸墟，因此，《史記》的三神山會「反居水中」；又，由於歸墟中的神山常隨潮波上下、根無所連著，因此，《史記》的三神山會「臨之，風輒引去」。《史記》中的「三神山」為蓬萊、方丈、瀛洲，而《列子》中的「五神山」還多了岱輿、員嶠二山，此二山因龍伯國大人將承載它們的巨鰲釣走以致流於北極、沉入大海之中，所以，《史記》中的神山只有三座。[31]又，御手洗勝指出：《列子》「巨鰲負山」的神話與《楚辭·天問》中「鰲戴山抃，何以安之」契合，而《楚辭·天問》的成立在《史記》之前，可知《列子》所載的仙山神話，是具有很高的信憑性的。[32]據此，《列子·湯問》的仙山神話，可視為蓬萊仙話的原型。然而，這些位於東方大海之中的神山，無論是《列子》中從原有的五座，卻因龍伯國大人釣走六隻承載神山的巨鰲，而成為三座；或是《史記》中「傅（附）在渤海中」的三座，其上皆有食之不老不死的仙藥、能自由飛行的仙人、人間難見的珍禽異獸與華麗宮殿，透顯

---

30 〔周〕列禦寇撰，〔晉〕張湛注：《列子》（臺北市：臺灣商務印書館，1984年《景印文淵閣四庫全書》），子部三六一，道家類，第1055冊，頁616。

31 王孝廉：《中原民族的神話與信仰》，頁98。

32 〔日〕御手洗勝：〈神仙傳說上歸墟傳說〉，《東方學論集》（東京都：東方學會，1954年），第二集，頁73。

出先民面對海洋時所產生的「想要突破自身的有限性而獲得永恒」[33]
的渴望，因此，蓬萊仙境，便在先民們的共同構築、日益增衍之下，
儼然成為一個「東方海域上的神聖空間——一個不死的仙境樂園」[34]，
同樣地，在中國歷代的泛海詩篇中，蓬萊，也經常以此長生、不死的
仙境意象呈現著。

這樣一個象徵長生不死的東海仙境，在唐代詩人的泛海詩篇中，
多從「理性」的角度來看待它，如宋務光〈海上作〉：「方術徒相誤，
蓬萊安可得」[35]，認為不死的蓬萊仙境在「現實」中是不可求得的，若
訴諸道教方術將徒然自誤，作者自身與海中仙境傳說保持著相當的
距離；又如李白〈夢遊天姥吟留別〉：「海客談瀛洲，煙濤微茫信難
求」[36]，亦謂微茫幽渺的神山在現實生活中是難以尋求的。到了宋代
的陸游，則突破此一視角，從截然不同的「浪漫主義」的感性角度，
對神山展開熱烈的追求，使自身與仙境發生相即相融的關係：由於「熱
情」[37]浪漫的性格與政治現實的受挫，他將此仙境神話與自身「醉」、
「狂」的形象緊密結合，以一己泛海醉求蓬萊的狂想，書寫出對生命
短暫的無奈及長生不死的想望，以生動而新穎的意象展現出詩人獨特
的性格情感，以及迥異於傳統對神山書寫的視角與風格，詩云：

　　醉鄉卜築亦佳哉，但苦無情白髮催。癡欲煎膠黏日月，狂思入

---

33 汪漢利：〈從神話看先民的海洋認知〉，《浙江海洋學院學報（人文科學版）》27卷1
　　期（2010年3月），頁8。

34 高莉芬：《蓬萊神話：神山、海洋與洲島的神聖敘事》（臺北市：里仁書局，2008
　　年），頁61。

35 〔清〕清聖祖：《全唐詩》（臺北市：文史哲出版社，1987年），卷101，頁1078。

36 〔清〕清聖祖：《全唐詩》，卷174，頁1779。

37 〔日〕吉川幸次郎：「南宋大詩人陸游，較之北宋大詩人蘇軾，就有喜愛熱情與悲
　　哀的傾向。」見氏著，鄭清茂譯：《宋詩概說》（臺北市：聯經出版公司，2012
　　年），頁36。

海訪蓬萊。辭巢歸燕先秋去，泣露幽花近社開。莫惜傾家供作
樂，古人白骨有蒼苔。（〈醉鄉〉，卷4，頁332）

我欲築化人中天之臺，下視四海皆飛埃；又欲造方士入海之
舟，破浪萬里求蓬萊。取日挂向扶桑枝，留春挽回北斗魁。橫
笛三尺作龍吟，腰鼓百面聲轉雷。飲如長鯨海可竭，玉山不倒
高崔嵬。半酣脫幘髮尚綠，壯心未肯成低催。我姚今朝如花
月，古人白骨生蒼苔；後當視今如視古，對酒惜醉何為哉？
（〈池上醉歌〉，卷4，頁394）

二詩皆以「醉」為題，且都表現出對「蓬萊」仙境的欣羨嚮往之意；
更值得注意的是，二詩皆作於詩人由南鄭前線調回成都（乾道八年，
1172）後的四十九、五十歲（乾道九年，1173、淳熙元年，1174）之
時。詩中「白髮」、「白骨生蒼苔」等意象的一再出現，透顯出詩人入
蜀後對生命短暫的焦慮之感格外強烈；而這種焦慮感，主要還是來自
於他在政治現實上的重大挫折：乾道八年（1172）初，樞密使、四川
宣撫使王炎召陸游入其幕府任職，於是，陸游在西北前線南鄭一帶生
活了八、九個月，期間曾向王炎獻進取之策，以為「經略中原必自長
安始；取長安必自隴右始。當積粟練兵，有釁則攻，無則守」[38]，惜
王炎並未採用。他還不斷往返於抗金前線，曾西北至兩當縣、鳳縣、
黃花驛、金牛驛、大散關等地，更參與渭水強渡及大散關遭遇戰，親
見北方人民犒餉王師，馳遞情報，忠義之舉，深為感動。可惜，同年
九月，時局發生了巨大的變化，朝中主和派勢力佔了上風，王炎被召
還京師臨安，他也改任「成都府安撫司參議官」[39]，由前線調回成

---

38 〔元〕脫脫等：《宋史》，卷395〈陸游傳〉，頁12058。
39 于北山：《陸游年譜》，頁157。

都。乾道九年（1173）陸游雖曾改「攝知嘉州事」[40]，但無論是在蜀州或嘉州，皆無可作為。本來以為可以在南鄭前線大有作為，殊不料朝廷抗金政策卻一再改變，其報國宏志何時方能實現？而人類的壽命又是如此地有限，機會是稍縱即逝的！他在〈夏夜大醉醒後有感〉云：「龍泉三尺動牛斗，陰符一編役鬼神。客遊山南夜望氣，頗謂王師當入秦。欲傾天上河漢水，淨洗關中胡虜塵。那知一旦事大謬，騎驢劍閣霜毛新」（卷7，頁582，淳熙三年詩），深沉地表達出他離開前線以後，無法殺敵恢復的痛苦。清・趙翼《甌北詩話》曾說陸游入蜀後「有唾手燕雲之意，其詩之言恢復者十之五六」[41]，這些倡言恢復的詩篇，都是源自「對淪陷區人民的同情和對統治者苟安投降的不滿」[42]，而今，金人未滅，山河未復，人民仍在水火中，於是，在深感懷才不遇的極度不滿與激憤下，他藉由自身一再「狂思」、醉求象徵長生的蓬萊仙山之泛海舉措，暗示了對人生苦短、生命無常的感慨，以及報國壯志未成的焦慮心理。

在蜀中無法對國事有所作為的陸游，每有空暇，便應范成大招邀，飲酒酬唱新詩，為「文字交」，人譏之「不拘禮法」、「頹放」，陸游始「自號放翁」。[43]其實，在「放翁」醉酒「狂放」的表象下，隱藏的是一種深沉的對國事的憂心：「平生嗜酒不為味，聊欲醉中遺萬事。酒醒客散獨悽然，枕上屢揮憂國淚」（〈送范舍人還朝〉，卷8，頁651，淳熙四年詩）；學者陳香也特別指出「放翁」詩中「借醉為題」的方式，其目的主要在「發抒心中的沉重塊壘」，實則並非真正酩

---

40 同前註，頁173。

41 〔清〕趙翼：《甌北詩話》，卷6，頁14。

42 孫秀華：〈《寶劍吟》賞析〉，收入陸堅主編：《陸游詩詞賞析集》，頁59。

43 詳參〔元〕脫脫等：《宋史》，卷395〈陸游傳〉，頁12058；以及于北山：《陸游年譜》，頁203-204。

酊，入蜀時期的放翁，由於壯志未酬所引起的焦慮感，令其心頭格外「沉重」，因而，往往在「放」之外，還不惜「使酒」，以直抵於「狂」；他的吟詠固喜歡渲染酒精氣味，而且表面看來又極濃，其實他心智一向清醒，只及於「醺」，甚至連「狂」都不過是其「放」的替身罷了。[44]這番見解，很能道出陸游醉求不死仙境的表象下，其內在幽憤難言、委婉曲折的清醒心理。

（二）一朝六鰲被釣去——以仙境變化暗示生命變化、時局變化

如前所述，陸游藉追求「不死」仙境的泛海動作，表現了對人生「無常」的感慨與無奈！那麼，倘若連仙境也難免於發生破壞性的變化呢？詩人又將如何看待之？唐代張說〈入海〉二首之二有云：「海上三神山，逍遙集眾仙。靈心豈不同，變化無常全。龍伯如人類，一釣兩鰲（俗「鼇」字）連。金臺此淪沒，玉真時播遷。問子勞何事，江上泣經年」[45]，對於仙境神山因龍伯破壞而產生變化的情況，從理性的角度認為應接受這種「變化」，不必因而哭泣嘆息。此神山遭致破壞的傳說，詳見於前引《列子·湯問》中，陸游在其泛海想像的詩中，採取了《列子》這段神話後半段的變化情節，並新增蓬萊山面臨水淺危機的變化描述，藉以書寫其對生命短暫而無常的局限、國勢變化而難料的失望心理，詩云：

> 吾聞海中五神山，其根戴以十五鰲。一朝六鰲被釣去，岱輿員嶠沉洪濤。尚餘三山巋然在，當時不沒爭秋毫。如何蓬萊又已

---

44 陳香：《陸放翁別傳》，頁158-161。

45 〔清〕清聖祖：《全唐詩》，卷86，頁931。

淺，忽見平地生藜蒿。伏羲迄今幾萬歲，世事如火煎油膏。娶
妻不敢待翁命，治水無暇憐兒號。避讒奔楚僅得免，歷聘返魯
終不遭。老聃關尹亦又死，人實危脆無堅牢。有口惟可飲醇
醪，有手惟可持霜螯，勿令他人復笑汝，後有萬世來滔滔。
（〈神山歌〉，卷5，頁425-426）

詩人以「一朝」二字表現對於不死的神話仙境——五神山，竟也會遭
致龍伯國大人破壞的命運，由五座而變成三座的慨嘆之意；甚至，其
中一座神山——蓬萊山，還面臨了水「淺」的危機，即如葛洪《神仙
傳》所云：「麻姑自說：接侍以來，已見東海三為桑田。向到蓬萊，
水乃淺於往者，會將減半也，豈將復為陵陸乎？方平（王遠）笑曰：
聖人皆言海中行復揚塵也」[46]。聽聞到這些海上神山的變化，陸游並
未採取張說的理性思維，而是從感性的角度感慨生命的危脆多變：連
不死的仙人世界都如此難以避免無常的變化，更何況是血肉之軀的人
類呢？從伏羲、舜禹以至老聃關尹，無論賢愚不肖，生命都是「危脆
無堅牢」的！

　　這首以道教聖域為題，發抒其因現實苦悶而生發人生感悟的〈神
山歌〉，作於淳熙元年（1174）的居蜀時期，我們若觀察其時南宋的
政治環境與作者的個人遭際，當更能探求出詩人想像此神山變化時的
深層心理。陸游雖崇儒宗經，但他同時也浸潤於道釋二家之中。他早
年勤讀道書、與道教關係密切，[47]入蜀後，與道人往來更加頻繁，求

---

46 〔晉〕葛洪：《神仙傳》（臺北市：廣文書局，1989年），卷2，頁8。

47 陸游有不少詩篇提及研讀道書：「數櫥留得西窗日，更取丹經展卷看」（〈初寒在告
　　有感〉三首之一，卷19，頁1477）、煉丹服食：「芝房及乳石，日夜躬采掇」（〈自
　　勉〉，卷43，頁2701）等。他之所以嚮往道教的求仙、服食，除了宋真宗、徽宗等
　　君主的崇奉影響外，還與其生長在信奉道教的家庭有關，這可遠溯到他的高祖父陸
　　軫，陸軫以下，從陸珪、陸佃，到陸宰、陸游，都在服食、求仙這條路上打轉；其

道煉丹似也益發勤快，[48]這與他這段時間的仕宦遭遇有很大的關係：如前小節所述，詩人本以為可以在前線南鄭有所作為，救人民於水火之中，殊不知時局多變，不到一年，王炎便被召還京城，陸游也由前線調回成都。朱東潤曾指出：孝宗在位二十七年，換過三次年號，隆興初年，正值金主完顏亮失敗以後，以張浚為首的主戰派抬頭，孝宗也表示了堅決北伐的意志；但符離大敗以後，他的決心動搖，國策起了變化，年號也變為乾道，乾道前後九年，在屈服之中，或多或少的還保留著一些作戰的措施，王炎的外調四川宣撫使，便是措施中的一個項目；淳熙改元以後，便在臨安歌舞昇平，度著小朝廷的生活。[49]因此，當淳熙元年（1174）陸游離開嘉州返蜀州任時，心中充滿的是壯志難酬的鬱悶，對於朝廷「和戎」之後，「朱門沉沉按歌舞，廐馬

祖母還曾由道人治癒難治之症，陸游《老學庵筆記》云：「祖母楚國夫人，大觀庚寅在京師病累月，醫藥莫效，雖名醫如石藏用輩皆謂難治。一日，有老道人狀貌甚古，銅冠緋氅，一丫髻童子操長柄白紙扇從後。過門自言：『疾無輕重，一灸立愈。』先君延入，問其術。道人探囊出少艾，取一甎灸之。祖母方臥，忽覺腹間痛甚，如火灼。道人遂徑去，曰『九十歲』。追之，疾馳不可及。祖母是時未六十，復二十餘年，年八十三，乃終。祖母沒後，又二十年，從兄子楫監三江鹽場，偶飲酒于一士人毛氏，忽見道人，衣冠及童子，悉如祖母平日所言。方愕然，道人忽自言京師灸甎事，言訖遽逝去，遍尋不可得。毛君云：其妻病，道人為灸屋柱十餘壯，脫然愈。方欲謝之，不意其去也。世或疑神仙，以為渺茫，豈不謬哉」（北京市：中華書局，1997年，卷5，頁61-62）。再者，據說他曾親遇異人，授受都有來歷，陸游〈跋司馬子微餌松菊法〉：「乾道初，予見異人於豫章西山，得『司馬子微餌松菊法』，文字古奧，非妄庸所能附托。八年又得別本於蜀青城山之丈人觀，齋戒手校，傳之同志。」（《渭南文集》，卷26）

48 陸游入蜀後，與上官道人、宋道人、景道人等來往，例如他在《老學庵筆記》記錄了與上官道人相遇的經過，云：「青城山上官道人，北人也，巢居，食松麩，年九十矣。人有謁之者，但粲然一笑耳。有所請問，則託言病聵，一語不肯答。予嘗見之于丈人觀道院。忽自語養生曰：『為國家致太平，與長生不死，皆非常人所能。然且當守國使不亂，以待奇才之出，衛生使不夭，以須異人之至。不亂不夭，皆不待異術，惟謹而已。』予大喜，從而叩之，則已復言聵矣」（卷一，頁12）。

49 朱東潤：〈陸游在南鄭〉，《陸游研究》（上海市：中華書局，1962年），頁25。

肥死弓斷弦」（〈關山月〉，卷8，頁623）的邊地實況，自是滿腔悲憤
與不滿，也因而其入蜀詩始漸多因不得志而苦悶的情感表現，或求仙
煉丹，或交接道人，「把世事歸結于釋、老空幻，借以麻醉自己，安
慰自己」[50]。這首〈神山歌〉亦然，他藉由對於海上神山變化的想像
之旅，不僅引發生命無常的感觸，也以孔子「避讒奔楚僅得免，歷聘
返魯終不遭」的政治失意暗示一己報國志願的難酬與對時局多變的慨
嘆，從而在詩末發展出對於這種生命、世事桎梏的對治之道，即：
「有口惟可飲醇醪，有手惟可持霜螯」，及時飲酒行樂，莫令後人嘲
笑。這恐怕是他因報國無門、意欲逃避苦悶和煩惱，而不得不採取的
「自我麻醉」與「精神發洩」渠道；[51]在這種「傾家作樂」人生觀的
背後，或許亦隱藏著陸游對主政者「和戎」政策無可奈何的心理，隱
隱透顯出作者獨具的愛國思想與抗金性格。

四　遨遊仙鄉的想像：理想乖離之失落

　　浩瀚未知的海外世界，自孔子以來，就經常成為士人們逃避現實
挫折、寄託人生理想的所在，子曰：「道不行，乘桴浮于海」[52]，當己
之善道無法施行於現實世界時，只好「乘桴」浮於「勃海」[53]之東，
將人生理想寄託於浩渺難知的海外世界。此海外世界的樣貌，雖然孔
子未作說明，但「乘桴泛海」，已成後世懷才不遇者藉海寄懷、或避
世遠蹈的書寫典型。其實，在先民的想像中，「勃海」之東是一個有

50　于北山：〈評陸游的道家思想〉，《陸游年譜》，〈附錄二〉，頁579。

51　參高繼堂：〈陸游記夢詩探析〉，頁80。

52　〔晉〕何晏注，〔宋〕邢昺疏：《重刊宋本論語注疏附校勘記》（臺北市：藝文印書
　　館，1989年），頁42。

53　〔清〕劉寶楠：《論語正義》（臺北市：臺灣中華書局，1981年），頁5。

仙人居住的自由仙鄉（即前述蓬萊仙鄉），陸游詩中亦有此類泛海遨
遊仙鄉的書寫，所欲傳達的也是如同孔子般對現實挫折、理想乖離的
失落感，只好將理想寄託於海外的仙鄉。依其想像方式的不同，此類
書寫可以再細分為三種類型：一為夢遊海上神山仙境，二為醉釣巨
鼇，三為幻想己與仙人安期生共翔。這些想像，反映了詩人對現實社
會失序、政治理想難以達成的失落心理，以下分別加以詳述。

（一）夢遊海上神山仙境——和諧社會秩序的企盼

遊仙思想的成因固然不止一端，但王立指出其中最主要的原因
為：在人類對肉體生命與精神理想永恆和幸福追求的過程中，形成了
對現實世界、現有文化的否定意識，由此派生出變革現實超越塵世的
心理，設想一個非現實性的神仙世界，遂產生遊仙動機。[54]亦即，中
國文人詠仙，多以之作為一種對現實世界不滿、或對理想社會追索的
象徵。

曹植是第一個以「遊仙」為題的詩人，用超現實的方法（想像遊
仙）去超越現實生活的局促、人生的失意與理想的破滅，將孤憤的心
緒與寂寞的心靈寄託在對超自然世界的想像中（如：〈仙人篇〉、〈遠
遊篇〉、〈五遊詠〉）；唐宋以來大部分的遊仙詩作者，儘管對道教神仙
有著清醒的認識，卻仍大量創作遊仙詩作，乃因神仙世界，作為污濁
現實世界的對立物而存在，是其逃避現實、寄託自由理想的所在，詩
人們為了含蓄地表達對神仙的懷疑態度，遂以「夢的方式」寫遊仙，
如：唐代李白〈夢遊天姥吟留別〉，將記夢與遊仙合一，以「青冥浩
蕩不見底，日月照耀金銀臺。霓為衣兮風為馬，雲之君兮紛紛而來

---

54 王立：〈中國古代文學的遊仙主題〉，《中國古代文學十大主題》（臺北市：文史哲出
版社，1994年），頁207。

下。虎鼓瑟兮鸞迴車，仙之人兮列如麻」描寫輝煌美好的仙界，但結
尾「忽魂悸以魄動，恍驚起而長嗟。惟覺時之枕席，失向來之煙
霞。……安能摧眉折腰事權貴，使我不得開心顏」[55]卻點明了夢、真
有別，夢中富麗長生的仙境只是作為理想世界的隱喻、污濁現實的對
照組，作者真正著眼的是懷才不遇的現實桎梏，與詩中仙境保持了一
定的心理距離；北宋遊仙詩，仍繼承唐人「以夢遊仙」的書寫模式，
如：開北宋文人以夢寫遊仙先河的梅堯臣有〈夢登天壇〉、〈夢登河
漢〉等詩，廖融有〈夢仙謠〉，王安國、鄭獬等人亦皆作有〈記夢〉
詩，北宋夢仙詩之廣為流行可見一斑。

　　到了南宋，內憂外患接踵而至，社會極為不安。許多文人空有滿
腔恢復中原之志，卻苦無報國之門，於是，棄儒從道者頗眾，神仙世
界自然成為眾多知識分子迴避現實、尋找精神寄託的最佳去處。此時
的遊仙詩，依舊承繼「以夢遊仙」的創作手法，詩人們一方面以「夢
會」的方式與神仙交往，使「內心中一切願望、欲念都可以通過夢曲
折地反映出來」[56]，另一方面又對仙境保持一定的心理距離。雖然，
美好、自由而長生的仙境仍是詩人內在理想世界的隱喻、醜惡紛亂現
實的對比，但愛國詩人陸游對夢中仙境的描寫，卻揚棄了前人自由、
長生等特徵，轉而強調「和諧有序」的仙境氛圍，這種仙境隱喻，曲
折地投射出他對現實世界和諧秩序的強烈願望，詩云：

　　海山萬峰鬱參差，宮殿插水蟠蛟螭。碧桃千樹自開落，飛橋架
　　空來者誰？桐枝高聳宿丹鳳，蓮葉半展巢金龜。和風微度寶箏
　　響，永日徐轉簾陰移。西廂恍記舊遊處，素壁好在尋春詩。當

55　〔清〕清聖祖：《全唐詩》，卷174，頁1779。
56　張振謙：〈論唐宋遊仙詞〉，《大連理工大學學報（社會科學版）》33卷3期（2012年9
　　月），頁89。

年意氣不少讓，跌宕醉墨紛淋漓。宿醒未解字猶溼，人間歲月
浩莫推。歡驚撫几忽夢斷，海闊天遠難重期。（〈記九月二十六
夜夢〉，卷23，頁1712）

碧海無風鏡面平，潮來忽作雪山傾。金橋化出三千丈，閑把松
枝引鶴行。一劍能清萬里塵，讒波深處偶全身。那知九轉丹成
後，卻插金貂侍帝宸。春殘枕藉落花眠，正是周家定鼎年。睡
起不知秦漢事，一尊閑醉華陽川。（〈夢海山壁間詩不能盡記以
其意追補〉四首其一、三、四，卷23，頁1713）

上述夢遊仙境的詩，都作於詩人六十七歲（紹熙二年，1191）四度罷
官後、長期隱居山陰之時。童熾昌說：「夢境的幻象美，是對人間世
的缺陷的一種補償，對人的乾枯的心靈的一滴甘露，也是超度人的苦
痛的一只極樂之舟」[57]，夢中遨遊仙境，比諸直接想像遊仙，行動更
不受限、幻想更易達成、更具想像以及迷離恍忽的美感。學者張健
指出，陸游的記夢詩，在他的詩集中約佔了百分之一，份量可謂不
輕，從他做夢的內容，可以了解一些他的想望；[58]李致洙也說，陸游
這類遨遊仙境的方外夢，顯現出他「理想的乖離、對現世的失望與煩
厭」[59]；這份對現世的失落感，還可從作者夢醒之後，卻發現仙山竟
是如此地難以「重期」看出：他一方面欣羨著仙境的悠然閒靜，另一
方面卻自云「睡起不知秦漢事」，深感仙境之「海闊天遠難重期」，作
者與仙境呈現極大的分離感，無法與仙境融為一體。由此可知，道教
仙鄉等夢中世界的追索，只是一種心理防禦機制，提供了陸游暫時的

---

57 童熾昌：〈鐵馬冰河入夢來——讀陸游的記夢詩〉，《浙江學刊》第1期（1983年），
　頁103。

58 參張健：《陸游》（臺北市：國家出版社，1982年），頁114。

59 李致洙：《陸游詩研究》，頁183。

超脫與安慰，藉以沖淡現實所給予的壓迫感與失落感，其內心終究是
清醒地堅持著儒者積極入世的理想的。

　　至於陸游現實中的理想究竟為何，可由詩中所描繪的仙境特徵加
以探究。他夢中的仙境畫面揚棄了前人自由、長生等特徵的書寫，而
呈現一種悠閒、和諧、有序的仙境氛圍，投射出作者對現實世界「統
一秩序」的渴望：詩中雖描繪了與前文所引《列子・湯問》、《史記・
封禪書》等仙境原型極為類似的神山面貌，例如在海山之上，有「金
橋」「宮殿」、「萬峰」「千樹」等富麗美好的奇觀異象，有「丹鳳」、
「金龜」、松「鶴」等人間罕見的珍禽異獸；但陸游不再強調有神仙
自由飛往、有不死之藥存在的仙境意象，而著重於「和風微度」、「永
日徐轉」等祥和而悠「閑」的仙境想像，這樣一個仙境，隱喻的是一
個和諧有序的理想世界，反襯出現實社會的紊亂失序；夢中作者亦身
臨其境，「西廂舊遊」、「素壁尋春詩」、「卻插金貂侍帝宸」，更親切地
凸顯出作者不甘於現狀、而在遊仙中努力求索的形象。詩的結尾，陸
游借助了「欷驚撫几忽夢斷」、「春殘枕藉落花眠」等「蕭瑟淒涼」的
意象，「充分運用寄情移情的方式」[60]來表現內心對現實中社會失序、
報國無門的悲憤內涵；而此種悲憤，更可由詩中「當年意氣不少
讓」、「讒波深處偶全身」等強烈而積極的個性化書寫觀出，亦即，他
突破了傳統遊仙詩人因仕宦不達、懷才不遇而借遊仙避世的消極方
式，以一種積極的態度表現出對現實的不滿、對世人的關愛與對理想
乖離的憤懣；而其理想與期待，或許一如邱鳴皋所指出的，是那份對
抗金人、收復中原的企盼：

---

60 佘德余指出，陸游後期的詩作，往往借助於蕭瑟淒涼的物象，「充分運用寄情移情的
　方式展示審美意趣所蘊藏的英雄失路，報國無門的悲憤內涵，呈現一種沉雄蒼涼的
　美學風格。」見氏著：〈沉雄蒼涼的崇高感與平淡恬靜的優美感的統一——論陸游後
　期詩歌創作的美學風格〉，《紹興師專學報（社會科學版）》第2期（1989年），頁20。

他（陸游）蟄居山陰十三年時期的「隱」，……只是休官之後的「小隱」而已。而這「小隱」也只能是他生存狀態中的外在表現，他的靈魂深處，還繼續燃燒著那團抗金收復的不滅的聖火。[61]

據此，陸游晚年詩中覓仙幻道的夢境所隱約投射出的情感，恐是對於「抗金收復」理想未竟的失落與憾恨。

（二）醉釣巨鼇──維繫社會秩序的志向

在海外仙鄉神話的元素中，除了前小節的海山仙境外，陸游還鍾情於前揭《列子・湯問》中承載神山的「巨鼇」，高莉芬曾指出：「如從秩序論的角度來看，《列子》中所載述的仙界秩序，是一種『有序 → 破壞 → 制裁 → 重整 → 有序』的宇宙秩序演變過程」[62]，一旦「巨鼇」被龍伯國大人釣走六隻，神山的數目遂發生變化，因此，「巨鼇」在仙界秩序中所扮演的是一種維繫秩序的重要角色，象徵的是一股使社會穩定的巨大力量，後人遂常「以海客釣鼇為氣魄非凡之舉，以釣鼇客喻指胸襟豪放、懷天下之專的曠世雄才」[63]；陸游詩中亦將自己描繪成釣「巨鼇」的海客形象，投射出意欲一展雄才、維繫社會秩序的內在企盼，但從詩中伴隨出現的「醉酒」、「隱居」等意象，卻可以探知詩人心中事與願違的苦悶與無奈，詩云：

> 志欲富天下，一身常苦飢；氣可吞匈奴，束帶向小兒。天公無

---

61 邱鳴臬：《陸游評傳》，頁245。
62 高莉芬：《蓬萊神話：神山、海洋與洲島的神聖敘事》，頁61。
63 紀玉洪、呼雙雙：〈唐宋詩詞中海的審美意象探析〉，《青島大學師範學院學報》21卷1期（2004年3月），頁50。

由問，世俗那得知！揮手散醉髮，去隱雲海涯。風息天鏡平，
濤起雪山傾。輕帆入浩蕩，百怪不可名。虹竿秋月鉤，巨鰲
（俗「鼇」字）倘可求。滅迹從今逝，回看隘九州。（〈三江舟
中大醉作〉，卷14，頁1145）

這首詩作於淳熙九年（1182）陸游三度罷官退居山陰後，時年五十
六。淳熙七年（1180）時，他因江西水災，奏請發粟賑民，卻被趙汝
愚彈劾，[64] 以擅權、頹放等罪免職，歸居山陰故鄉，閑居了六年。即
使如此，他卻不甘於就此「老故丘」（〈泛三江海浦〉，卷17，頁
1317），仍極為關心國事，密切注意敵人的動態，同時所作詩有云：
「羽檄未聞傳塞外，金椎先報擊衙頭」，作者自注：「聞虜酋行帳為壯
士所攻，幾不免。虜語謂酋所在為衙頭」（〈秋夜泊舟亭山下〉，卷
17，頁1321），又有：「懸知青海邊，殺氣橫千里。良時不可失，胡行
速如鬼」，作者自注：「時聞虜酋自香草淀入秋山，蓋遠遁矣」（〈感
秋〉，卷17，頁1324），賦閑在鄉的陸游，依舊有著堅定的抗金意志，
希望朝廷能把握戰機、出擊敵人；有時，他甚至會流下憂國之淚：
「和戎壯士廢，憂國清淚滴。關河入指顧，忠義勇推激。常恐埋山
丘，不得委鋒鏑。立功老無期，建議賤非職」（〈書悲〉，卷13，頁
1061-1062）這種空有恢復中原秩序的抱負卻報國無門的痛苦，可謂
「天公無由問，世俗那得知」，只好借豪飲以紓解心中的憤懣！

　　「三江」即曹娥江、錢清江、浙江三江滙流處，在紹興城北濱海
處，詩人乘舟漫遊，酩酊大醉，不覺浮想聯翩，幻想自己乘船遠遊於

---

64 《宋史》：「累遷江西常平提舉。江西水災，奏：『撥義倉振濟，檄諸郡發粟以予
民。』召還。給事中趙汝愚駁之，遂與祠。」見〔元〕脫脫等：《宋史》，卷395〈陸
游傳〉，頁12058。

浩瀚的大海之上，能像李白一樣，「以虹霓為絲，明月為鉤」[65]，釣到道教仙鄉中的「巨鰲（鼇）」，一如前所提及，「巨鼇」象徵著維繫秩序的力量，而陸游醉求「巨鼇」的想像，即隱隱投射出意欲恢復中原秩序的雄心壯志。然而，正如于北山闡述此詩所云：「泛舟三江，醉中賦詩，則見平生抱負與生活現實相矛盾」、「復見鄙棄世俗，要求解脫」[66]，陸游這份雄心壯志，在現實中是難以實現的，因此，他只有藉酒「消愁遣興」[67]，以「排遣壯志難酬的苦悶」[68]；並於詩末強調意欲從此「滅跡」世俗、隱居自由有序的雲海之涯，透顯出對當時朝廷無力恢復社會秩序的失望與官場爾虞我詐的痛慨。

（三）幻想己與仙人安期生共翔——己身懷才不遇的解脫

除了「夢會」之外，南宋詩人還以「幻遊」的方式與神仙交往，求得心靈暫時的寄託。在陸游企求與遊的仙人中，安期生是最得其青睞的。安期生因懷才不遇，始飄然出世，於海上的蓬萊仙鄉得道成仙，《史記‧封禪書》中方士李少君對漢武帝云：「臣嘗游海上，見安期生，安期生食巨棗大如瓜。安期生僊者，通蓬萊中，合則見人，不合則隱」[69]，可知「安期生」是蓬萊山神話中能食巨棗的仙人；據說

---

65 〔宋〕趙令畤：《侯鯖錄》（北京市：中華書局，2004年），卷6，頁152。

66 于北山：《陸游年譜》，頁276。

67 〔明〕李時珍：「麴糵之酒，少飲則和血行氣，壯神禦寒，消愁遣興，痛飲則傷神耗血。」見氏著：《本草綱目》（北京市：人民衛生社，1982年），卷25，頁1560。

68 邱鳴皋：「（陸游）單純寫飲酒者很少，更少見到他對酒的贊頌，而是多夾帶著愁悶甚至激憤。……陸游曾多次表白他不是以飲酒為目的，而是為了排遣壯志難酬的苦悶：『飛觴縱飲亦何樂，憤憤不堪長閉戶。丈夫要為國平胡，俗子豈識吾所寓。』（〈夜宿二江驛〉）『感慨却愁傷壯志，倒瓶濁酒洗余悲。』（〈獵罷夜飲示獨孤生〉）從他的飲酒大醉中，可以更清楚地了解到一個報國無門的愛國志士的心態。」（《陸游評傳》，頁155）

69 〔日〕瀧川龜太郎：《史記會注考證》，卷28〈封禪書〉，頁507-508。

安期生與蒯通，本為有經世之才的策士，卻不被踞狀見客的劉邦與力能扛鼎的項羽重用，只好飄然出世、得道成仙，即使權重如漢高祖、武帝，亦無法得見之，蘇軾〈安期生并引〉曾詳述其事：

> 安期本策士，平日交蒯通。嘗干重瞳子，不見隆準公。應如魯仲連，抵掌吐長虹。難堪踞狀洗，寧把扛鼎雄。事既兩大繆，飄然簡遺風。乃知經世士，出世或乘龍。豈比山澤臞，忍飢啖柏松。縱使偶不死，正堪為僕僮。
>
> 茂陵秋風客，望祖猶蟻蜂。海上如瓜棗，可聞不可逢。（安期生，世知其為仙者也。然太史公曰：「蒯通善齊人安期生，生嘗以策干項羽，羽不能用，羽欲封此兩人，兩人終不肯受，亡去。」予每讀此，未嘗不廢書而歎。嗟乎，仙者非斯人而誰為之。故意戰國之士，如魯連、虞卿皆得道者歟？）[70]

謫居海南近三年的蘇軾，藉詳述懷才不用的「安期生」在與世相「繆」後轉而將海中仙鄉作為解脫的所在、將人生最後的歸宿放在海外的蓬萊仙島而「得道」成仙的始末，來隱喻一己身處海南孤島的不遇與無奈。同樣地，三度罷官歸鄉的陸游，亦藉相同題材（安期生）抒發此種生命無法自主的遺憾與苦痛，其〈安期篇〉詩云：

> 我昔遊岷峨，捫蘿千仞峰。丈人倚赤藤，恐是安期翁。贈我一丸藥，五雲出瓢中，服之未轉刻，瑩然冰雪容。素手掬山靄，綠髮吹天風。丈人顧我喜，共騎一蒼龍。蓬萊亦何求，愛此萬里空。卻來過齊州，螶埒看青嵩。（〈安期篇〉，卷16，頁1280）

---

70 〔宋〕蘇軾撰，〔清〕王文誥輯註，孔凡禮點校：《蘇軾詩集》（北京市：中華書局，1996年），頁2349-2350。

此詩作於淳熙十一年（1184），如前所述，作者因奏請朝廷撥義倉糧賑江西災民而於淳熙七年（1180）五月三度罷官，在這種立功無門、建議無路、壯志難伸的鬱悶下回到山陰，至寫作此詩時已閑居四年之久，內心的痛苦與謫居海南時的蘇軾極其相似，因此，他也以因不受重用而出世得道的仙人安期生為書寫焦點，藉此表現在現實中懷才不遇的苦悶。

　　然而，不同的是，蘇詩僅述安期生成仙的始末，作者本身並未進入詩中；陸游則發揮想像力，將己置身詩境，全力描寫他與安期生的親密互動：先是安期翁「贈我一丸藥」，陸游服食之後，傾刻間亦成為長生且能自在遨翔的仙人，王國瓔曾說：「即使詩人本身並不一定是求仙的體行者，可是當他面對自我，思索個人生命處境時，意識到生命困境的存在，也會油然興起對長生、無慮的神仙世界的嚮往」、「經過儒、道哲學的理論化，隱逸已不再是單純的逃避行為，卻可以解釋成一種具有道德批判性的政治姿態，也可以代表一種人生理想的索求」[71]，可見陸游將自己想像成「長生、無慮」的仙人，更可以傳達出對現實中生命困境存在的無力感，以及對人生理想的強烈索求；而後是陸游與安期翁「共騎一蒼龍」，遨遊萬里天空，於是，陸游本身亦成為一個能遊的仙人，徐復觀曾指出：「能遊的人，實即藝術精神呈現出來的人」[72]，王立亦云：「遊仙主題，真正成功而動人地打破了塵世與天堂之間那種現實與非現實界限，在人心靈世界中將人間與幻界融為一個審美對象化意象整體，自由而自覺地移入作品，開創了中國文學創作主體重感覺想像，著重表現人生命活力的習慣」、「遊仙之作即便有許多看似不經意為之，卻重在體現人的主體性，是人有意

---

71 分別見王國瓔：《中國山水詩研究》（臺北市：聯經出版社，1996年），頁83、101。

72 徐復觀：《中國藝術精神》（臺北市：臺灣學生書局，1983年），頁63。

識或潛意識中力圖超越現實、改變命運與自身的一種努力，凸顯出人
的智慧才能與精神追求」[73]，由此可知，陸游與安期翁共翔的遊仙想
像，是以一種更具生命力的姿態，呈現出他力圖超越現實、改變命運
與自身的努力與精神。然而，儘管陸游以幻遊仙人表現對現實超越的
企圖，但卻仍心念現實中的故土人情，他在詩的結尾採用〈離騷〉[74]
由從上天窺視下界的手法：「蓬萊亦何求，愛此萬里空。卻來過齊
州，蠛蜒看青嵩」，可知作者雖神遊上天，卻仍心繫故土，一如邱鳴
皋所言：「他（陸游）盡可以把一切身外之物統統忘卻，但這團火
（抗金收復），不屬於身外之物，而是他的靈魂所在」[75]，若結合〈安
期篇〉的寫作背景來看，陸游與安期生的仙遊書寫所隱隱透顯的，正
是這份對「抗金收復」理想的追求與努力，以及現實中此理想未竟的
遺憾與失落之感。

五　結語

　　陸游家鄉山陰臨近大海，他又曾四度罷官回鄉，閒居家鄉期間長
達約三十年之久，因此，與海有極深的緣分；再加上南宋複雜的時代
背景與作者個人遭際不順等因素，陸游有十一首藉泛海想像以抒發現
實中願望難以達成心理的詩篇。本文即針對這些文本作深入的探討，
大致得到下列幾項結果：
　　第一，就作者情思言，本文分析陸詩中泛海想像的三種書寫類
型：「征服海天的記夢」、「醉求神山竟變化」、「遨遊仙鄉的想像」，反

73　分別見王立：〈中國古代文學的遊仙主題〉，頁221、224。
74　屈原〈離騷〉：「升皇之赫戲兮，忽臨睨夫舊鄉」，見湯炳正：《楚辭今注》（上海
　　市：上海古籍出版社，1996年），頁26。
75　邱鳴皋：《陸游評傳》，頁245。

映出作者殺敵滅金心願難成的遺憾、對生命危脆無常的焦慮、對恢復
社會秩序的盼望等心理，展現出以現實（殺敵報國）為基礎、「半夢
幻，半現實」的書寫風格，由此探知其「以儒為人生的主要目的」、
以「道為應付和對抗來自仕途的事變和打擊的協調機制」[76]的獨特性
思想結構；提供了一個理解陸游思想的新視角。

第二，就泛海想像的方式言，陸游以前的詩家如李白，多以直接
想像的方式書寫，陸游則新增作夢、醉酒等方式，使得其泛海想像的
書寫類型更加多樣；且在夢境的幻象美、醉酒的迷離恍忽美中，更增
添了藝術感染力。

第三，就人海關係言，陸游主要將海視為征服對象，希冀自己成
為能征服海族（象徵敵虜金人）、上天下海的奇人異士，人與海天之
間呈顯出對立的關係。雖然在他泛海想像的詩中，亦有想要與海融為
一體的嘗試，「狂思入海訪蓬萊」，想在海外的道教仙鄉尋求一些精神
的慰藉。然而，無論是「頹放」的成都時期，或是晚年的罷官時期，
詩人與海山之間始終呈顯出極大的分離感，因為，海上仙鄉畢竟只能
提供詩人現實受挫時暫時的超脫與安慰，無法成為他心靈的最終歸
宿；真正在陸游靈魂深處所燃燒的，仍是那團在現實生活中意欲抗金
滅敵、恢復社會秩序的熊熊聖火。

---

76 高繼堂，〈陸游記夢詩探析〉，頁79。

主要參考文獻

一　傳統文獻（依時代先後排序）

〔周〕列禦寇撰　〔晉〕張湛注　《列子》　臺北市　臺灣商務印書
　　　館　1984年　景印文淵閣四庫全書　子部三六一　道家類
　　　冊1055

〔晉〕郭璞注　《山海經》　臺北市　臺灣商務印書館　1984年　景
　　　印文淵閣四庫全書　子部三四八　小說家類　冊1042

〔晉〕葛　洪　《神仙傳》　臺北市　廣文書局　1989年

〔南朝梁〕蕭統　《昭明文選》　臺北市　華正書局　1981年

〔宋〕陸　游　《渭南文集》　臺北市　臺灣商務印書館　1979年

〔宋〕陸游撰　錢仲聯校注　《劍南詩稿校注》　上海市　上海古籍
　　　出版社　1985年

〔宋〕趙令畤　《侯鯖錄》　北京市　中華書局　2004年

〔宋〕蘇軾撰　〔清〕王文誥輯註　孔凡禮點校　《蘇軾詩集》　北
　　　京市　中華書局　1996年

〔元〕脫脫等　《宋史》　臺北市　鼎文書局　1994年

〔明〕李時珍　《本草綱目》　北京市　人民衛生社　1982年

〔清〕王先謙　《莊子集解》　收入《新編諸子集成》　臺北市　世
　　　界書局　1983年　冊4

〔清〕清聖祖　《全唐詩》　臺北市　文史哲出版社　1987年

〔清〕趙　翼　《甌北詩話》　臺北市　廣文書局　1991年

二　近人論著（依作者姓氏筆畫排序）

于北山　《陸游年譜》　上海市　上海古籍出版社　2006年

王　立　〈中國古代文學的遊仙主題〉　《中國古代文學十大主題》　臺北市　文史哲出版社　1994年　頁201-228

王叔岷　〈莊子通論〉　《莊學管闚》　臺北市　藝文印書館　1978年

王國瓔　《中國山水詩研究》　臺北市　聯經出版社　1996年

朱東潤　〈陸游的思想基礎〉　《陸游研究》　上海市　中華書局　1962年

佘德余　〈沉雄蒼涼的崇高感與平淡恬靜的優美感的統一——論陸游後期詩歌創作的美學風格〉　《紹興師專學報（社會科學版）》　第2期　1989年　頁16-23

李致洙　《陸游詩研究》　臺北市　文史哲出版社　1991年

汪　中　《詩品注》　臺北市　正中書局　1982年

邱鳴皋　《陸游評傳》　南京市　南京大學出版社　2002年

紀玉洪　呼雙雙　〈唐宋詩詞中海的審美意象探析〉　《青島大學師範學院學報》　21卷1期　2004年3月　頁49-54

胡如虹　〈論陸游紀夢詩中的愛國詩作〉　《婁底師專學報》　第3期　1985年　頁19-25

徐復觀　《中國藝術精神》　臺北市　臺灣學生書局　1983年

高莉芬　《蓬萊神話：神山、海洋與洲島的神聖敘事》　臺北市　里仁書局　2008年

高繼堂　〈陸游記夢詩探析〉　《寶雞師院學報（哲學社會科學版）》　第3期　1987年　頁73-80＋84

張高評　〈海洋詩賦與海洋性格——明末清初之臺灣文學〉　《臺灣學研究》　第5期　2008年6月　頁1-15。

張　健　《陸游》　臺北市　國家出版社　1982年

陳　香　《陸放翁別傳》　臺北市　國家出版社　1982年

童熾昌　〈鐵馬冰河入夢來──讀陸游的記夢詩〉　《浙江學刊》
　　　　第1期　1983年　頁102-103

逯欽立　《先秦漢魏晉南北朝詩》　北京市　中華書局　1998年

黃益元　〈詩人的夢和夢中的詩人──陸游紀夢詩解析〉　《鐵道師
　　　　院學報（社會科學版）》　第2期　1990年　頁1-9

楊　昇　〈陸游在紹興鏡湖地區的生活與創作〉　《湖州職業技術學
　　　　院學報》　第4期　2010年12月　頁57-59

顏智英　〈論陸游詩的泛海書寫〉　收入劉石吉、張錦忠、王儀君、
　　　　楊雅惠、陳美淑等編　《旅遊文學與地景書寫》　高雄市
　　　　國立中山大學人文研究中心　2013年7期　頁71-94

〔奧地利〕佛洛伊德著　賴其萬、符傳孝譯　《夢的解析》　臺北市
　　　　志文出版社　1981年

〔德〕黑格爾著　朱光潛譯　《美學》　北京市　商務出版社　1979年

論陸游詩的海洋美學*

摘要

　　本文選擇在宋詩海洋書寫的質與量皆有突破性表現的陸游相關詩作近百首為主要的研究文本，分析、歸納出五種海洋美學類型：一、「海洋經綸的崇高美」，二、「海山詠歌的和諧美」，三、「海洋關懷的寫實美」，四、「海山想像的浪漫美」，五、「海洋哲思的變化美」，除了結合美學理論發掘其美感效果外，還從作者所處南宋之時代背景及其個人遭際深入探索其心靈圖景，並抉發其海洋美學主要底蘊為崇高美與寫實美。此外，也從縱向的歷史發展角度，觀察、比較出陸游詩的海洋美學內涵對前代（唐朝）的新變之處，從而探究出他足以代表宋代文人的尚氣節、重理性、尊儒愛民、愛國家、好哲思的精神面貌；並由其詩中海洋美學所表現的主要特徵與內涵，肯定其在中國海洋詩美學發展史上居於轉變關鍵的重要地位。

關鍵詞：陸游詩、海洋、崇高美、和諧美、寫實美、浪漫美、變化美

---

* 本文為國科會補助101年專題研究計畫【陸游詩海洋書寫研究】之部份研究成果。（計畫編號：NSC 101-2410-H-019-012）

一 前言

　　美感是人類所獨有的，而其來源則是客觀現實中美的事物，當人心感知審美對象的存在後，會發生一種「能動的創造性的反映」[1]，從而得到精神的愉悅。而且，這些美感是有共同性的，康德就曾指出：美感判斷雖然是主觀的，同時卻像名理判斷有普遍性和必然性；這種普遍性和必然性純賴感官，不藉助於概念。物使我覺其美時，我的心理機能（如想像、知解等）和諧地活動，所以發生不沾實用的快感，一人覺得美的，大家都覺得美（即所謂美感判斷的必然和普遍性），因為人類心理機能大半相同。[2]只要物具有適合心理機能的條件，就能使心感覺到美。李澤厚對此有同樣的看法，他說：

> 人們感受外物刺激和形成主觀反映的生理器官、機制是基本相同的，從而人們的心理結構和心理活動的規律，也就會有或多或少的共同之處。……作為特殊而又複雜的心理現象的美感，在正常的、不同的審美主體身上，也就會體現出某些共同性。這一點，尤其突出地反映在對形式美的欣賞方面。[3]

由於人們的生理器官及機制的相同，所以會體現出美感的共同性。本文即在這樣的前提之下，針對「海洋」與詩人「心象」連結後所構成

1　歐陽周等更進一步解釋這種美感心理活動「反映」的發生層次是：最初的層次是對於對象的形式感知，……第二個層次是主客體之間的同情與共感，……第三個層次是獲得再創造的愉悅。詳參歐陽周、顧建華、宋凡聖編：《美學新編》（杭州市：浙江大學出版社，2001年），頁225-227。

2　詳參〔德〕康德著，宗白華、韋卓民譯：《判斷力批判》（臺北市：臺灣商務印書館，1964年），上冊，頁118-119、128、188、210。

3　見李澤厚：《美學百題》（臺北市：丹青出版社，1987年），頁100。

的各種美感加以探究。又鑑於目前中國海洋文學的研究較偏向現、當代，呈現某種程度的失衡現象，筆者遂以古典作品為研究對象，期能補強海洋文學研究史之不足；研究文本則選擇在宋詩海洋書寫的質與量皆有突破性表現的陸游（1125-1210）詩作為主，[4]旁及於唐代的相關詩篇，以作為比較、論述的輔助。

由於受到航海技術、海上交通等條件的限制，唐代以前之海洋文學作家大多僅能置身海畔，作海洋想像之敘寫，因此，望海、觀海之作居多；到了宋代，隨著中國造船業的發展、[5]指南針的應用、[6]海外貿易的擴大，[7]使得作家們海洋書寫的視角更加擴大，海洋書寫作品

4　宋代與海洋相關的詩歌，就量而言，若依據元智大學羅鳳珠主編之「唐宋文史資料庫——《宋詩》」，於「詩句」輸入「海」一詞得到的檢索值為一二五六首詩，其中以陸游二百四十首詩為最多，其次為蘇軾一百五十七首、梅堯臣一百一十五首、范成大八十一首、楊萬里七十八首；就質而言，據顏智英〈論陸游詩的泛海書寫〉所論，陸游詩中所呈顯的對立的、征服的海洋意識，有別於詩學傳統人海相親相融的關係，其海洋書寫內涵與意識在古典海洋詩學中具有突破性的創新與發展，極具研究價值。（收入劉石吉等主編：《旅遊文學與地景書寫》，高雄市：中山大學人文研究中心，2013年7月初版，頁71-94）

5　徐鴻儒指出：就船舶製造而言，宋朝海船的規模與造船工藝皆遠超過前代，標誌著中國的造船技術達到一個新的高峰。詳參氏著：《中國海洋學史》（濟南市：山東教育出版社，2005年），頁79-80。

6　〔宋〕朱繼芳〈航海〉：「沉石尋孤嶼，浮針辨四維。」道出指南浮針使人類獲得全天候航海的能力，不必擔心因天氣陰晦、無法觀測天象而迷失方向，於是開闢出遠洋航行的契機。

7　李文濤指出：從唐代開始，海外貿易開始出現，但朝廷僅在登州等四處設立市舶使管理，中國人在海上貿易的地位並不高，主要的壟斷者是阿拉伯人，因此，海外貿易對中國人、甚或沿海居民的生活影響也不大；直到宋代，中國的商船才在中外貿易中取得主導地位，海洋也才正式進入中國人的視野，最主要的原因就是朝廷政策的轉向：唐代的市舶使只是臨時派遣到貿易港口，協同地方官管理海舶貿易事宜的官員，尚未有專門機構；宋代則把市舶司成為一個專門管理海外貿易，並具有系統職能的獨立機構，使海外貿易成為一個獨立的行業，被納入有序的發展軌道。詳參氏著：〈宋代的海洋文明概況〉，《歷史月刊》第261期，頁53-62。

也急遽增多，書寫海洋的內涵與意識更具有突破性的創新與進展，尤
其是宋人南渡後，中國政治經濟重心徹底的南移，朝廷更加重視與海
外國家的關係與貿易發展，海洋詩家們有更多的機會直接融入與海洋
有關的社會生活實踐中，實際感知海洋給予其心靈的審美感受，而曾
在福州擔任決曹、家鄉山陰（今浙江紹興）鄰近大海且閒居家鄉長達
三十年的陸游即為此中重要的代表作家。本文乃針對陸游與海洋書寫
相關之詩作近百首，分析、歸納出五種海洋美學類型，並結合美學理
論、作者寫作背景，深入探析各類型的審美內涵與表現，以及其對唐
詩轉化、新變的情形，期能從海洋審美的角度抉發作者的精神面貌，
並嘗試為其詩歌海洋美學表現作出評價與定位。

二　海洋經綸的崇高美：由敬畏轉為征服

　　一望無盡的、廣袤難測的海洋，如同無邊無際的晴空般，以其
「形狀上的強大」[8]給人以強大的感覺，陳望道指出：面對此一強大
的客體，人類主體會「先於認知它底全體上有了知力底疲勞，不易究
其究竟。知力上已自起了不滿足。而凡形狀特大的，又易覺得它含有
多少偉大的力量。故它常可喚起崇高之感」[9]。從客體形狀之大與力
感之強引起主體不滿足來解釋「崇高」美感發生的原動力。康德則從

8　陳望道指出，崇高美的對象，給人以強大感的方式有三方面：（一）形狀上的強
　大──為在空間裏眼力所不及或眼力所難及的對象底情況。如無邊的海水、無限的
　晴空、無頂的古水、無底的深潭，以及宏大的建築、高闊的巨人等；（二）物質力
　底強大──如狂的雨、暴的風；（三）生命力底強大──如於超凡的人物、不世出的
　偉人等，我們對臨那生命底偉大的時候，崇高感才算達到了極致。詳參氏著：《美
　學概論》，收入《陳望道文集》（上海市：上海人民出版社，1980年），第二卷，頁
　76-77。

9　同前註。

審美心理過程來闡釋「崇高」，認為「崇高」是：展現主體克服無可度量的自然加諸吾人的恐懼、壓抑而升起愉快的一個過程。[10]張法則綜合西方崇高理論，對「崇高」美感的發生（面對強大自然客體的自我渺小感）、過程（在安全地帶靠想像逐步征服未知而強大的自然客體）與效果（激發出向自然爭高下的激情而產生愉快的提高、生命力的噴射），作了概括性的說明。[11]

　　然而，在面對汪洋大海時，由於各人內在的個性、學養、生命力等皆不盡相同，並非人人皆能克服自我的渺小感、恐懼感，並從而興發征服這種恐懼後的快感，即便是身處國力強盛的唐代詩人們，在對臨海洋時，大多仍表現出對其壯闊浩瀚氣勢的驚恐與畏懼，如長孫佐輔：「雄哉大造化，萬古橫中州。我從西北來，登高望蓬丘。陰晴乍開合，天地相沉浮。長風卷繁雲，日出扶桑頭。……明發促歸軫，滄波非宿謀」（〈楚州鹽壔古墻望海〉）[12]，認為滄波雖雄偉壯觀，卻充滿未知的恐怖，不在其規劃之中，仍想早歸；又如孟浩然：「照日秋雲迥，浮天渤澥寬。驚濤來似雪，一坐凜生寒」（〈與顏錢塘登障樓望潮作〉，卷160，頁1645），眼前的驚濤駭浪，對比、興發出作者的渺小感，進而昇起對大自然的敬畏之情。

---

10 參〔德〕康德：《判斷力批判》，上冊，頁96-100。

11 張法指出：面對崇高的客體時，主體（人類）先感受到自我的渺小、無力、不悅，但是因為人處於「安全地帶」，依靠想像力，可以在一定的實踐力量基礎上和這種未能把握的自然客體相對，一回又一回地征服它，一步步地擴大自己的領地；且這種未能把握的、未知的恐怖客體會激發起人類再一次向自然爭高下的激情，激發起再一次試驗自己雖有挫折而最後屢勝的實踐力量的願望，因此是吸引、愉快、心情的提高，生命力的更強烈的噴射。詳參氏著：《中西美學與文化精神》（北京市：北京大學出版社，1997年），頁119-120。

12 〔清〕清聖祖敕編：《全唐詩》（臺北市：文史哲出版社，1978年），卷469，頁5336。以下凡引唐詩，皆出此書，為省篇幅，將直接括號注明篇名、卷數、頁碼，不另作注。

那麼，對臨海洋這一形狀上強大的客體時，有哪些詩人可以克服自我的渺小、無力心理，而喚起崇高之感呢？曹操親征烏桓、途經碣石山、遠觀壯海時，作有「秋風蕭瑟，洪波湧起。日月之行，若出其中；星漢燦爛，若出其裏。幸甚至哉！歌以言志」（〈步出夏門行〉）[13] 之句以自況壯志豪情，應可視為表現海洋崇高美感的開山始祖。到了唐朝，開創「貞觀之治」盛世的李世民，積極開疆拓土，大力發展海外關係，[14] 其〈春日望海〉：「有形非易測，無源詎可量。洪濤經變野，翠島屢成桑。之罘思漢帝，碣石想秦皇。霓裳非本意，端拱且圖王」（卷1，頁7），在東巡之罘、碣石時，他面對大海此一難以測量的巨大客體，聯想到同樣來過此地的秦皇、漢武的偉業，遂喚起欲向自然一爭高下的激情，以及欲成就帝王偉業的崇高之感。除了上述極寫海洋之壯外，唐代詩人還以從容航海來表現征服海洋的高志，如許敬宗：「連雲飛巨艦，編石架浮梁。周游臨大壑，降望極遐荒」（〈奉和春日望海〉，卷35，頁463）、李白：「長風破浪會有時，直挂雲帆濟滄海」（〈行路難三首〉其一，卷162，頁1684）；另還有藉征服海域的想像來表現崇高壯志者，如李白：「安得倚天劍，跨海斬長鯨」（〈臨江王節士歌〉，卷163，頁1693）、杜甫「遙拱北辰纏寇盜，欲傾東海洗乾坤」（〈追酬故高蜀放人日見寄〉，卷223，頁2382）。

到了南宋，失去了北方江山，偏安東南，中原人民飽受女真統治者的欺凌，「愛國思想因此成為當時的主導思想」[15]，而海洋詩作數量冠於兩宋的陸游，以其家庭環境、學養交游、個人性格與經歷等原

---

13 逯欽立編：《先秦漢魏晉南北朝詩》（北京市：中華書局，1998年），頁353。以下凡引漢至南北朝詩，皆出此書，為省篇幅，將直接括號注明作者、篇名、頁碼，不另作注。

14 徐鴻儒：《中國海洋學史》，頁72。

15 朱東潤：〈陸游的思想基礎〉，《陸游研究》（上海市：中華書局，1962年），頁16。

因，[16]特別具有愛國意識與情操，表現在詩中的海洋書寫，不僅能繼承上述唐代詩人三種因海而獲致的崇高美特徵的書寫，且有更為細膩而豐富的情志內蘊，並多以己身為敘述的主體，更形象化而聚焦化地展現其克服海洋、經綸海洋的勇氣與強烈生命力。茲分項詳述其崇高美感的內蘊與表現如下：

（一）對臨壯海激發之崇高感

陸游的家鄉在越州山陰（今浙江省紹興縣），臨近大海，他又曾四度罷官回鄉，[17]閒居家鄉的期間極長（約三十年），因此，廣袤而強大的海洋，對他而言，不僅不會感到恐懼，反倒因熟悉感而成為激發其屢挫屢起的愉快客體。早年即立下「上馬擊狂胡，下馬草軍書」（〈觀大散關圖有感〉）[18]、一貫堅持對金作戰、倡言恢復中原壯志的陸游，卻因當權者的懦弱無能、主和派佔上風而致仕途一再受挫，無法一展報國壯志；這股壯志未酬的苦悶與意欲報國的豪情，往往在對臨雄偉奇壯的大海時，便被激發、噴射而出。有時是從聽覺寫其耳聞海濤之盛而升起之崇高感受，如：

---

16 陸游由於幼年頻經逃難、父親特別關注國事、師承儒者曾幾、交游愛國志士等因素，因此，特別具有愛國思想。詳參朱東潤：〈陸游的思想基礎〉，《陸游研究》，頁1-17；李致洙：《陸游詩研究》（臺北市：文史哲出版社，1991年），頁80-82；以及蕭果忱：《陸放翁晚年的生活與思想》（北京市：中國書店，2012年），頁3-14。

17 陸游四度罷官的時間及原因，分別為：一、宋高宗紹興三十一年（1161），「以敕令所罷，返里一行」；二、孝宗乾道二年（1166），「言官論務觀『力說張浚用兵』，免歸」；三、孝宗淳熙七年（1180），「為給事中趙汝愚所劾，遂奉祠」；四、淳熙十六年（1189），「為諫議大夫何澹所劾，二十八日詔罷官，返故里」。見于北山：《陸游年譜》（上海市：上海古籍出版社，2006年），頁79、134、256、338。

18 〔宋〕陸游著，錢仲聯校注：《劍南詩稿校注》（上海市：上海古籍出版社，1985年），卷4，頁357。以下凡引陸游詩者，皆出此書，為省篇幅，再度徵引陸詩時，將直接於詩後以括號註明卷、頁，不另作註。

初聞澒洞怒濤翻，徐聽駥驒戰馬奔。紙帳蒲團坐清夜，恍如身
在若耶村。（〈大風〉，卷19，頁1469）

澒洞，指洶湧的水勢。當大風襲來，海水鼓湧，作者乍聞此偌大的浪
濤翻湧聲響，感受到豐沛的力道，從而喚起他內在的戰鬥力量，遂將
思維牽引至其心繫的戰場前線；因此，再細聽此風濤之聲，竟彷彿駥
驒等戰馬往來奔馳的戰音。

有時是從視覺寫其目睹海景之壯而升起之崇高感受，如：

衰髮不勝白，寸心殊未降。避風留水市，岸幘倚船窗。日上金
鎔海，潮來雪捲江。登臨數奇觀，未易敵吾邦。（〈西興泊
舟〉，卷17，頁1338）

造物寧能困此翁，浩歌庭下答松風。煌煌斗柄插天北，焰焰月
輪生海東。皂纛黃旗都護府，峨冠長劍大明宮。功名晚遂從來
事，白首江湖未歎窮。（〈冬夜月下作〉，卷16，頁1237）

在日光與月光的映照下，日間與夜間的海面皆有奇偉的景觀：太陽的
金光遍照海面，與雪白的浪頭共同形成難得一見的宏偉奇觀，激發、
映照出陸游未曾隨著年已老、髮已蒼而稍有減降的報國「寸心」與愛
國至誠；火焰般的明月自海面升起，與浩瀚輝煌的星辰共同營造出奇
美的海空壯景，令作者精神大振，而產生「造物寧能困此翁」、欲與
大自然一爭高下的拚鬥念頭，其實，由詩末二句可知，他最想拚搏、
對抗的是未遂的「功名」，亦即滅金殺敵、恢復中原的報國事業。

更有同時調動耳、目感官，從海的上空、海面、海中等各個面
向，極寫海洋壯景以自況其報國宏志者，如：

羈遊那復恨，奇觀有南溟。浪蹴半空白，天梁無盡青。吐吞交日月，頹洞戰雷霆。醉後吹橫笛，魚龍亦出聽。（〈海中醉題時雷雨初霽天水相接也〉，卷1，頁36）

秋雨初霽開長空，夜天無雲吐白虹，擘波浴海出日月，破山卷地驅雷風。崑崙黃流瀉浩浩，太華巨掌摩穹穹。平生所懷正如此，拜賜虛皇稱放翁。放翁七十飲千鍾，耳目未廢頭未童。向來楚漢何足道，真覺萬古無英雄。行窮禹跡亦安往，聊借曠快洗我胸。濤瀾屢犯蛟鰐怒，澗谷或與精靈逢。黃金鑄就決河塞，俘獻頡利長安宮。不如醉筆掃青嶂，入石一寸豪健驚天公。（〈醉書秦望山石壁〉，卷21，頁1610）

兩首詩雖分別作於三十四歲（甫任福州郡決曹）、七十歲（退居山陰，秦望山在山陰），卻同樣透過作者酣醉的眼與耳所聞見的雷雨初齎後的大海奇觀，以展現其無比高昂的報國壯志。海的上空，有凌空飛舞的浪花，與開朗無盡、白虹橫貫的青空；海面，則有如雷霆般震耳的陣陣濤聲，以及彷彿能吞吐日、月的洶湧巨浪；海面下，應有發怒的蛟靈、意欲執俘屢屢來犯的濤瀾（喻仇虜金人），否則，怎會有此世間難得的奇觀呢？陸游密集地使用多種極具動能的動詞（如：蹴、吐、吞、交、戰、開、擘、浴、出、破、卷、驅、犯、怒等）以寫海，不僅將海擬人化，而且使海更具激發人類生命動能的強大力量，於是，醉筆下的陸游，透顯的是一股能與巨海濤瀾抗爭、足以「驚天公」的豪健崇高之氣。

（二）從容航行海上之崇高感

面對大海此一崇高的客體時，若主體（人類）處於岸邊等「安全地帶」，較容易克服因自我渺小、無力感而產生的不悅，並能在一定

的實踐力量上與這種未能把握的自然客體相對，一步步地擴大自己的
心理領地，激發起向自然爭高下、屢挫屢起的豪情，從而感受到生命
力噴射、提昇的崇高美感。但是，若航行於充滿著未知風險、「非安
全地帶」的海面上，仍能克服死亡的恐懼而獲致快感與崇高感的主體
就少之又少了。南宋有航海經驗的詩人中，[19]陸游，可說是此中最能
展現其內在的勇氣與沉著者。他以航巨海、駕巨船、破巨浪的氣勢自
喻經綸國事之志：

> 常憶航巨海，銀山卷濤頭。一日新雨霽，微茫見流求。……丈
> 夫等一死，滅賊報國讎。(〈步出萬里橋門至江上〉，卷8，頁
> 619)
> 行年三十憶南遊，穩駕滄溟萬斛舟。常記早秋雷雨霽，柁師指
> 點說流求。(〈感昔〉，卷59，頁3399)
> 我欲築化人中天之臺，下視四海皆飛埃；又欲造方士入海之
> 舟，破浪萬里求蓬萊。……半酣腕憤髮尚綠，壯心未肯成低
> 催。(〈池上醉歌〉，卷4，頁394)

詩人無懼於海上難測的風濤，反而經常憶及航行巨海、穩駕萬斛舟
船、勇於破萬里浪的美好經驗；這樣的形象，展現出無比的勇氣與
壯盛的氣概，正足以烘托其「壯心」。此「壯心」為何？詩中明白說
出的是「滅賊報國讎」，而未明指的則是經綸東方海上的志願，而此
志願可由詩中兩度提及「流求」觀出。「流求」，應指今之「臺灣」，
據《宋史・流求國附毗舍邪國》：「流求國在泉州之東，有海島曰澎

---

19 南宋有航海經驗的詩人不少，例如：陸游、李綱、李光、李正民、文天祥、李呂、
折彥質等。

湖」²⁰，以及《文獻通考》：「琉球國，居海島，在泉州之東，有島曰彭（澎）湖，煙火相望，水行五日而至」²¹，可知，無論從地理位置，或是船行航程來看，「流求」很有可能是今天的臺灣。胡滄澤〈隋煬帝與流求〉、徐曉望〈隋代陳稜、朱寬赴流求國航程研究〉，亦皆有類似見解。²²再者，南宋乾道七、八年（1171、1172年）時，位於流求國旁邊的毗舍邪國兩度襲擊晉江沿海，殺人搶劫，使得東南海外不得安寧，泉州知州汪大猷不得不派水軍到澎湖長期駐守；²³因此，詩人以「流求」概括東方海上諸國，兩度提及「流求」，恐在暗示其意欲經綸東方海上的雄心壯志。

又以從容自若、沉著應變的悠然海上，自喻具有經綸國事之能。詩云：

> 我不如列子，神遊御天風。尚應似安石，悠然雲海中。臥看十幅蒲，彎彎若張弓。潮來湧銀山，忽復磨青銅。飢鶻掠船舷，大魚舞虛空。流落何足道，豪氣蕩肺胸。歌罷海動色，詩成天改容。行矣跨鵬背，弭節蓬萊宮。（〈航海〉，卷1，頁35）
> 禹祠柳未黃，剡曲水已白。魴鱮來洋洋，鳧雁去拍拍。皇天亦大度，能容此狂客。挂席乘長風，未覺湖海迮。讀書五十年，自笑安所獲。昔人精微意，豈獨在簡冊。驥空萬馬群，裘非一狐腋。超然登玉笥，及此煙月夕。（〈遊鏡湖〉，卷17，頁1343）

20 〔元〕脫脫等：《宋史》（臺北市：鼎文書局，1994年），卷491〈流求國附毗舍邪國〉，頁14127。
21 〔元〕馬端臨：《文獻通考》（臺北市：世界書局，1986年），卷327，頁352。
22 詳參胡滄澤：〈隋煬帝與流求〉，《武陵學刊》1997年5期，頁64；以及徐曉望：〈隋代陳稜、朱寬赴流求國航程研究〉，《福建論壇・人文社會科學版》2011年3期，頁81。
23 詳參〔元〕脫脫等：《宋史》，卷400〈汪大猷傳〉，頁12145；以及卷491〈流求國附毗舍邪國〉，頁14127。

輕舟夜絕江，天闊星磊磊。地勢下東南，壯哉水所匯。月出半
天赤，轉盼離巨海。清暉流玉宇，草木盡光彩。男子志功名，
徒死不容悔。坐思黃河上，橫戈被重鎧。晚途雖益困，此志顧
常在。一日天勝人，醜虜安足醢。（〈錢清夜渡〉，卷17，頁
1339）

他曾以「乘桴掠鯨波，信矣勇可習。巉巉風骨峭，颶霧不能襲」（〈送
陳希周赴安福令〉，卷45，頁2795）之海上從容意象稱美友人具治世
之才；上列三詩亦同樣以此形象形容自己，言己處任何險惡困境皆能
堅持心志，展現異於常人的從容鎮定。其中，安石事典的運用，更概
括而深刻地強調作者克服了大海加諸人心恐懼的勇氣與豪情，安石，
指晉朝名臣謝安，字安石，《世說新語》：「謝太傅盤桓東山，時與孫
興公諸人汎海戲。風起浪涌，孫、王諸人色並遽，便唱使還；太傅神
情方王，吟嘯不言」[24]，船上諸公皆懼於海上風濤，惟謝安吟嘯如
常、鎮定自若，陸游藉太傅行事以隱喻己勇於挑戰大海險惡、臨危不
驚的經綸之能，湧潮、飢鶻、大魚，皆無法令其畏懼。同時，從詩中
屢以大、狂、長、超、闊、壯、巨、重等具強大性質詞彙的選擇，亦
可見出其欲強調自己「驥空萬馬群」之獨特才能的企圖；鏡湖、錢清
皆在其濱海的家鄉山陰（紹興縣）境內，後二首詩透顯出詩人即使是
閒退江海，仍不忘以自身挂席江海、橫戈披鎧的勇猛形象，表達其急
思醢殺醜虜（金人）的崇高心願。

（三）想像征服海域之崇高感

兩宋的外患不斷，尤其在靖康之變後，宋金達成和議，形成南北

---

24 〔南朝宋〕劉義慶撰，〔梁〕劉孝標注，楊勇校箋：《世說新語校箋》（臺北市：正
文書局，1992年），〈雅量篇〉，頁282。

對峙的局勢，南宋偏安東南，北方中原百姓遂深陷於異族統治的水火
之中。時時刻刻欲拯救生民於水火的陸游，在現實中既無法有所作
為，只好以想像的方式來抒發其現實生活中理想難以實現的苦悶心
理。高繼堂曾指出，在現實中，每一個體以及由個體組成的群體，他
們都有各自不同的願望和需求；如果這些願望和需求在現實生活中遭
到挫折，心理痛苦時，人們就會強烈要求精神上的勝利、慰藉，以獲
得心理平衡。[25]這是人類一種本能的心理防禦機制，而「借酒澆愁，
藉夢抒懷，用幻想虛構飄紗的空中樓閣」[26]等想像方式，則是其中可
以採取的途徑。陸游詩中亦以此醉酒想像、記夢想像、直接幻想等三
種方式，藉想像征服海域來反映其現實中殺金滅胡理想受挫的痛苦心
理。首先是親自征服海族的醉酒想像，如：

> 鼇負三山碧海秋，龍驤萬斛放翁遊。少舒我輩胸中氣，一掃群
> 兒分外愁。醉斬長鯨倚天劍，笑凌駭浪濟川舟。悠然高詠平生
> 事，醒齗寧能老故丘。（〈泛三江海浦〉，卷17，頁1317）

長鯨，是形狀與力量強大之物，能令人們心生畏懼；然而，在家鄉濱
海又豪氣萬千的陸游眼中，卻是再也平常不過的海中生物，有詩云：
「厭逐紛紛兒女曹，挂帆江海寄吾豪。鯨吞鼉作渾閑事，要看秋濤天
際高」（〈海上作〉，卷46，頁2804）。雖然如此，長鯨畢竟以其形體的
巨大，而成為海中其他族類存在的威脅，所以，陸游詩中遂以之象徵
南宋的外患──金人，並想像自己醉後持劍斬鯨的英姿，以抒發現實
中困守故丘、無法滅金的胸中悶氣。陸游曾謂：「平生嗜酒不為味，

25 高繼堂：〈陸游記夢詩探析〉，《寶雞師院學報（哲學社會科學版）》1987年3期，頁
　76。

26 胡如虹：〈論陸游紀夢詩中的愛國詩作〉，《婁底師專學報》1985年3期，頁23。

聊欲醉中遺萬事。酒醒客散獨悽然，枕上屢揮憂國淚」（〈送范舍人還朝〉，卷8，頁651），可知，他的醉酒，只是借酒遺忘國憂；學者陳香也特別指出「放翁」詩中醉酒的形象，旨在「發抒心中的沉重塊壘」，實則並非真正酩酊，他的吟詠固喜歡渲染酒精氣味，而且表面看來又極濃，其實他心智一向清醒，只及於「醺」，[27]可謂知人之論。

其次，是親自征服天海的記夢想像，如：

> 我夢入煙海，初日如金鎔，赤手騎怒鯨，橫身當渴龍。百日京
> 塵中，詩料頗闕供。此夕復何夕，老狂洗衰慵。夢覺坐歎息，
> 杳杳三荒鐘；車馬動曉陌，不竟睡味濃。平生擊虜意，裂眥髮
> 上衝，尚可乘一障，憑堞觀傳烽。（〈我夢〉，卷20，頁1573）
> 海上乘雲滿袖風，醉捫星斗躡虛空。要知壯觀非塵世，半夜鯨
> 波浴日紅。（〈夢海山壁間詩不能盡記以其意追補〉四首之二，
> 卷23，頁1713）

陸游征服海洋的想像，不僅僅是能下海殺賊的海上騎士而已，更是一位能乘雲上天、來去自如的奇人，且其想像方式亦異於前人，乃以記夢形式展現。佛洛伊德曾定義「夢」是「一種願望的達成。它可以算是一種清醒狀態精神活動的延續」[28]，夢反映並實現了人們在現實世界中未能得到或滿足的願望，做夢者利用「想像力」，可以立即達成它的實現；詩中，陸游在夢裏化身為能徒手征服「怒鯨」、「渴龍」、冒險犯難的海上英雄，以及能由海面乘雲上天、「醉捫星斗」的奇人，此時，他與海天是對立的，無論是廣袤無垠的天空或赤艷鯨波的

---

27 陳香：《陸放翁別傳》（臺北市：國家出版社，1982年），頁158-161。

28 〔奧地利〕佛洛伊德（Sigmund Freud）著，賴其萬、符傳孝譯：《夢的解析》（臺北市：志文出版社，1986年），頁55。

大海，雖然巨壯，令人倍感威脅，但詩人仍以狂放的豪情與自信，將海視為可以拚搏、征服的對象，只為了一償「擊虜」滅敵的生平大志。南宋詩人劉辰翁曾云：「陸放翁詩萬首，今日入關，明日出塞，渡河踐華，皆如昔人，想見狼居胥、伊吾北。有志無時，載馳載驅，夢語出狂，徒以資今人馬上之一笑，然今人馬上萬里復少此」[29]，對他這類藉出入敵陣的奇思狂想以表現壯志的夢詩，格外讚賞。

再次，是劍客斬鯨的直接幻想，如：

> 世無知劍人，太阿混凡鐵。至寶棄泥沙，光景終不滅。一朝斬
> 長鯨，海水赤三月。隱見天地間，變化豈易測。國家未滅胡，
> 臣子同此責。浪跡潛山海，歲晚得劍客。酒酣脫匕首，白刃明
> 霜雪。夜半報讎歸，斑斑腥帶血。細讎何足問，大恥同憤切。
> 臣位雖卑賤，臣身可屠裂。誓當函胡首，再拜奏北闕。逃去變
> 姓名，山中餐玉屑。（〈劍客行〉，卷9，頁727）

于北山《陸游年譜》引此詩云：「自靖康、建炎以來，義軍領袖，愛國軍民，激于民族義憤，與女真貴族侵略者展開反覆鬥爭，故事流傳，可歌可泣者甚多。務觀除在詩文中屢加歌頌外（如對宗澤、岳飛、劉錡、姚平仲等），並塑造劍客之形象，冀其以如霜白刃，剪滅仇讎」[30]，陸游矢志滅金，卻又苦於報國無門，只好藉由俠客揮劍斬殺長鯨、使海水染赤三月的直接想像，暗示自己想要「剪滅仇讎」的難酬之志。詩中「大恥同憤切」、「臣身可屠裂」、「誓當函胡首」的劍客心聲，其實，也正是陸游心底的吶喊。

---

29 〔宋〕劉辰翁：〈長沙李氏詩序〉，《須溪集》，收入《四庫全書珍本四集》（臺北市：臺灣商務印書館，不著出版年），卷6，頁2。

30 于北山：《陸游年譜》，頁214-215。

三　海山詠歌的和諧美：由熱烈、悲傷轉為清靜、優美

　　報國、經國、滅金救國等充滿征服氣概的崇高美，雖是陸游海洋詩的主要旋律與內蘊，但是，詩人未能見重於南宋朝廷而四度罷官回鄉的遭遇，卻又使其海洋詩展現出另一種韻味，亦即中國傳統的歌詠海山、人海相融的和諧美感。和諧，意謂著「一種最佳的生存狀態和最佳的發展狀態」[31]。中西方文化中「和諧」的起源雖然都從音樂開始，但是西方的和諧是用明晰的「數」加以說明的，經過數而獲得宇宙的普遍性，和諧之美在於合理的或理想的數量關係；[32]而中國的和諧則是用模糊的「風」和「氣」等來說明，強調的是整體的和諧，它可以是調和「二元對立」的和諧，如晏嬰：「一氣、二體、三類、四物、五聲、六律、七音、八風、九歌，以相成也；清濁、小大、短長、疾徐、哀樂、剛柔、遲速、高下、出入、周疏，以相濟也」[33]，也可以是容納「多元化差異」的和諧，如史伯：「和實生物，同則不繼，以他平他謂之和，故能豐長而物歸之，若以同裨同，盡乃棄矣。故先王以土與金、木、水、火雜，以成百物……聲一無聽，物一無文，味一無果，物一不講」[34]，因此，顯現出一種強調不同因素間配合、互助、相生關係的宇宙整體和諧，是一種容納萬有、天人合一的和諧之美。值得注意的是，中國人的宇宙和諧還可分為兩種，一種是治世時，把個人、社會、宇宙相比附，從修身、齊家、治國、平天下，達到個人、社會、宇宙的和諧，這是儒家的宇宙和諧；另一種是

31　張法：《中西美學與文化精神》，頁62。

32　詳參張法：《中西美學與文化精神》，頁66-67。

33　〔周〕左丘明傳，〔晉〕杜預注，〔唐〕孔穎達疏：《春秋左傳正義‧昭公二十年》，收入〔清〕阮元：《十三經注疏》（臺北市：藝文印書館，1989年），頁859-861。

34　〔周〕左丘明撰，〔吳〕韋昭注：《國語‧鄭語》，《景印文淵閣四庫全書》（臺北市：臺灣商務印書館，1986年），冊406，頁146-147。

亂世或個人命途多舛時，把個人直接與宇宙相比附，人和宇宙共同否
定社會，或去國遁世、或還家潔身自好、或心齋坐忘、或寄情山水田
園，直接與自然合一，這是道家的宇宙和諧。[35]

　　中國古典詩歌中的海洋書寫，由於海洋意象所具備的偏遠特性，
較多地被懷才不遇或潔身隱退的文人用以表達心曲，因此，所顯現出
的宇宙和諧也多屬道家的人與自然（海洋）的合一。然而，由於學術
環境與生活情調的不同，南宋詩人陸游海洋詩所呈現的和諧美內涵，
又與唐詩有所差異，日人吉川幸次郎即指出：漢魏六朝以來，中國詩
的基調是推移的悲哀，即意識到人生是匆匆走向死亡的一個頹敗過
程，而引起的無可奈何的感情；唐詩之所以富於悲哀絕望，就是繼承
了這個過去的傳統；在匆匆趨向死亡的人生過程中，詩人作詩只能抓
住貴重的瞬間，加以凝視而注入感情，使感情凝聚、噴出、爆發，詩
人所凝視的只是對象的頂點，這是唐詩之所以顯得激烈的原因。[36]因
此，在面對浩渺難測的海洋時，唐代詩人詩筆下人海相融的和諧美，
呈顯的是一種傾向於藉海宣洩其熱烈、悲傷情緒的審美內蘊與特徵，
如岸邊觀海之作：「平明登古戍，徙倚待寒潮。江海方回合，雲林自
寂寥。詎能知遠近，徒見蕩煙霄。即此滄洲路，嗟君久折腰」（皇甫
冉〈登石城戍望海寄諸暨嚴少府〉，卷249，頁2806）、「拙宦從江左，
投荒更海邊。山將孤嶼近，水共惡溪連。地濕梅多雨，潭蒸竹起烟。
未應悲晚髮，炎瘴苦華年」（張子容〈永嘉作〉，卷116，頁1176），藉
蕭瑟淒清的海潮煙霄、荒瘴濕雨的海濱孤嶼，以抒發宦途不順的抑鬱
與哀傷；又如海上觀海之作：「幾度黃昏逢罔象，有時紅旭見蓬萊。
磧連荒戍頻頻火，天絕纖雲往往雷。昨夜秋風已搖落，那堪更上望鄉

---

35 儒家與道家和諧觀之異同，詳參張法：《中西美學與文化精神》，頁70。

36 〔日〕吉川幸次郎著，鄭清茂譯：《宋詩概說》（臺北市：聯經出版公司，2012年），
　　頁33。

台」（吳融〈海上秋懷〉，卷687，頁7896）、「仲尼既云歿，余亦浮于
海。昏見斗柄回，方知歲星改。虛舟任所適，垂釣非有待。為問乘槎
人，滄洲復誰在」（孟浩然〈歲暮海上作〉，卷159，頁1628）、「乘桴
入南海，海曠不可臨。茫茫失方面，混混如凝陰。雲山相出沒，天地
互浮沉。萬里無涯際，云何測廣深。潮波自盈縮，安得會虛心」（張
說〈入海二首〉其一，卷86，頁931），海上的異象、巨雷，令詩人茫
然失據，更加深思鄉、不遇的憂思。

　　至於陸游詩筆下人海相融的和諧美則有不同的內蘊與特徵，由於
「宋代理學的思想環境和散文化的生活情調」[37]之故，「宋詩以人生為
長久的延續，而且對這長久的人生具有多方面的興趣，具有廣闊的視
界。詩人的眼睛不只盯住在產生詩的瞬間，也不只凝視著對象的頂
點。他們的視線廣泛地環望四周，因此顯得冷靜而從容不迫」[38]，因
此，陸詩所透顯的和諧美，是一種溫和清適的「優美」，一如陳望道
所指出的：優美的成立，要在形式與內容的平衡；只要形式與內容貼
合渾融，形式的一面又整潔又溫和，而內容的一面又清靈又高貴；優
美，能給人安靜平衡、輕快和柔的優美情趣，讓人覺得和樂可親、適
情順性。[39]陸游閒居山陰近三十年，與大海緣分特深，無論是遠觀海
山美景，或遨遊其間，詩中多呈現一種與海相親相融的清靜輕快、適
情順性的優美意境。學者葉太平在談論山水的審美意蘊時，曾謂：
「山水是無意識、無意志、無思想、無情感、無道德屬性、無宗教屬
性，是無限定的。『無』，便意味著無限的潔淨空闊，它絲毫未受人間
的污染，不能直接地表徵道德的善惡、功利的是非等。所以，山水比

37　朱洪玉：〈從遊仙詩看山水詩的發展過程〉，《湖北成人教育學院學報》17卷2期
　　（2011年3月），頁84。
38　〔日〕吉川幸次郎著，鄭清茂譯：《宋詩概說》，頁34。
39　詳參陳望道：《美學概論》，收入《陳望道文集》，第二卷，頁78-79。

審美性的人物對象更能使主體脫盡功利的意慾，更易於引發人的想像力，也更易於安頓人的精神，更成其為人的心靈的棲息流連之所」[40]，因此，當陸游面對不受人間污染的海山美景時，或登高遙望，或置身其間，皆能憑其感官去感知、體察潔淨空闊的景致，從而滌除功利之思，將心靈安頓其間，而達人海和融之境。茲分述如下：

（一）登高遠望海山的和諧美

登高遠望的特殊效用，古人早已提及：「登高使人意遐」[41]、「非高遠無以開沈鬱之緒」[42]；徐復觀更指出這種方式「可以開擴遊者的胸襟」，其原因為：「在登山臨水時的遠望，可以望見在平地上所不能望見的山水的深度與曲折」、「遠是山水形質的延伸。此一延伸，是順著一個人的視覺，不期然而然的轉移到想像上面。由這一轉移，而使山水的形質，直接通向虛無，由有限直接通向無限；人在視覺與想像的統一中，可以明確把握到從現實中超越上去的意境」[43]。陸游亦善用此登臨方式，藉海山美景寫其悠閒心境，詩如：

> 補落迦山訪舊遊，菴摩勒果隘中州。秋濤無際明人眼，更作津亭半日留。（〈海山〉，卷73，頁4023）

---

40 葉太平：《中國文學之美學精神》（臺北市：水牛圖書出版公司，1998年），頁287-288。

41 〔西晉〕張協〈雜詩〉其九：「重基可擬志，迴淵可比心」句李善注引「顧子」云。見〔南朝梁〕蕭統撰，〔唐〕六臣註：《文選》（臺北市：華正書局，1981年），卷29〈詩己·雜詩上〉，頁555。

42 〔唐〕李嶠：〈楚望賦〉，〔清〕董誥等奉敕編：《欽定全唐文》（臺北市：啟文出版社，1961年），卷242，頁3093。

43 徐復觀：〈山水畫創作體驗的總結——郭熙的林泉高致〉，收入氏著：《中國藝術精神》（臺北市：臺灣學生書局，1998年），頁345-346。

繫船浮玉山，清晨得奇觀。日輪擘水出，始覺江面寬。遙波颺
紅鱗，翠靄開金盤，光彩射樓塔，丹碧浮雲端。（〈金山觀日
出〉，卷2，頁138）

海山縹緲玉真妃，貪看冰輪不肯歸。樓上三更風露冷，旋圍步
障換羅衣。（〈寺樓月夜醉中戲作〉，卷7，頁580）

詩人分別寫其登臨普陀山、金山與寺樓所眺之海山景致，視野由近處
的山巒，逐漸推至極遠的海面與天際（「秋濤」、「日輪」、「冰輪」），
更移向「無際」、「縹緲」的空無與無限之處，透過視線的延伸與對無
限的想像，心靈因而獲致超越與自在，「半日留」、「奇觀」、「貪看」、
「不肯歸」，皆說明了作者此時精神上的愉悅。在寫景手法上，三首
亦各具特色：第一首首句的「補落迦山」是普陀山梵文的音譯，次句
的「菴摩勒果」亦為梵文音譯，有淨土之意，全詩巧藉佛語梵音強調
了普陀山清淨祥和的氛圍，再配以此孤島四周波濤廣闊無際的取景，
烘托出詩人此時心眼為之明亮的開闊情緒，在情景交融中，展現人、
山、海的和諧美；第二首則以耀眼的紅、翠、金、丹碧等色彩敷寫海
上日出的壯觀景象，並以擘、開、射等具推擴感的動詞極寫空間的空
闊，而「始覺江面寬」的「寬」字，不僅寫江海之闊，也暗示了作者
在此奇景映照下的開闊胸襟；第三首更調動觸覺，將海上明月擬作
「冰輪」，復襯之以周遭清「冷」的風露，交織出一片幽渺潔淨的月
世界，作者醉歌其中，意境清幽別致。

（二）舟中覽觀山海的和諧美

上述登高遠望的覽景方式，固然可迅速掌握風景的整體感，但詩
人與自然物色間，卻仍存有較大的距離感；未若置身其間，仰觀俯察、
耳目聞見，較能拉近人與山水的距離，作更深層的賞玩，一如北宋郭

熙所云:「真山水之川谷,遠望之以取其勢,近看之以取其質」[44],惟有近看,方更能將周遭聲色具體收納於心目之中,而獲致覽觀山水實質之趣。陸游於舟中賞海之詩,多以近觀鷗鷺雪鱗、仰視雲帆山濤等可親可樂之山海景物入詩,前者如:

> 湖海飄然避世紛,汀鷗沙鷺舊知聞。漁舟臥看山方好,野店沽嘗酒易醺。病骨未成松下土,老身常伴渡頭雲。美芹欲獻雖堪笑,此意區區亦愛君。(〈舟中作〉,卷22,頁1666)
> 賴有釣船堪送老,一汀鷗鷺共忘形。(〈微雨午寢夢憩道傍驛舍若在秦蜀間慨然有賦〉,卷40,頁2549)
> 晚雨初收旋作晴,買舟訪舊海邊城。高帆斜挂夕陽色,急艣不聞人語聲。掠水翻翻沙鷺過,供廚片片雪鱗明。山川不與人俱老,更幾東來了此生?(〈遊鄞〉,卷18,頁1381)

詩人置身舟中,耳所聽聞的不是嘈雜的人語,而是在美麗暮色中載其訪舊的搖櫓之聲;目之所見的不是世間紛擾計較的人類,而是與人相親、善解人意的「鷗鷺」,以及甫由海中捕獲、引人垂涎的鮮魚。這些聲色,收納入詩人心目,在在能令詩人「忘形」其間,身與心均陶醉於此純淨優美的自然聲色中;其中尤以深具文化積澱色彩的「鷗鷺」,更為陸游所鍾情,如:「秋來有奇事,鷗鷺日相親」(〈幽居〉,卷27,頁1904-1905),自《列子·黃帝》敘述了一則關於鷗鳥與人相親、復因人有機心即舞去而不近人的故事後,[45]文人遂喜以此意象來

---

44 〔宋〕郭熙:《林泉高致·山水訓》,黃賓虹、鄧實編,嚴一萍補輯:《美術叢書二集第七輯》(臺北市:藝文印書館,1975年),頁9。

45 〔周〕列禦寇撰,〔晉〕張湛注:《列子》,《景印文淵閣四庫全書》(臺北市:臺灣商務印書館,1986年),冊1055,頁592。

表現一己「遠離官場、不需設防的自在心情」，或是「隱退後悠遊於
大自然的自由閒適」[46]，如辛棄疾：「凡我同盟鷗鷺，今日既盟之後，
來往莫相猜」(〈水調歌頭·盟鷗〉(帶湖吾甚愛))、「記平沙鷗鷺，落
日漁樵，湘江上、風景依然如此」(〈洞仙歌·開南溪初成賦〉(婆娑欲
舞))[47]，陸游亦然，藉由對鷗鷺掠水翻飛的自在意象書寫，傳達了自
身遠離官場、閒適安寧的悠然心境。

後者如：

> 湖海渺雲濤，浮家得養高。方床展蘄簟，短褐束鄪條。酒裡亦
> 何好，人間聊可逃。酣歌柂樓底，萬事一秋豪。(〈舟中遣
> 興〉，卷43，頁2687)
>
> 老荷君恩許醉眠，散人名號媿妨賢。久叨物外清閒福，麤識詩
> 中造化權。風月四時隨指顧，乾坤一氣入陶甄。新秋更欲浮滄
> 海，臥看雲帆萬里天。(〈遣興〉，卷57，頁3326)
>
> 青楓湖上村，綠蓑舟中客。雲興山疊見，海近地勢坼。悠然滄
> 洲趣，宛與塵世隔。(〈舟中〉，卷57，頁3333)
>
> 一葉輕舟一破裘，飄然江海送悠悠。閒知睡味甜如蜜，老覺羈
> 懷淡似秋。……年逾八十真當去，似為雲山尚小留。(〈舟中
> 作〉，卷60，頁3470)
>
> 抽身簿書中，茲日睡頗足。縹緲桐君山，可喜忽在目。紛紛眾
> 客散，杳杳一筇獨。昔如脫淵魚，今如走山鹿。詩情森欲動，
> 茶鼎煎正熟。安眠簟八尺，仰看帆十幅。逍遙富春飯，放浪漁

---

46 以上二條資料，見顏智英：〈論稼軒「博山道中詞」篇章意象之形成及組合〉，《師
　大學報：人文與社會類》50卷1期(2005年4月)，頁50。

47 分別見〔宋〕辛棄疾撰，鄧廣銘箋注：《稼軒詞編年箋注》(上海市：上海古籍出版
　社，1995年)，頁115、144。

浦宿。送老水雲鄉，羹藜勿思肉。(〈釣臺見送客罷還舟熟睡至
覺度寺〉，卷20，頁1533)

舟中的作者以仰角「臥看」海天美景：十幅船帆、高舂海濤、縹緲海
山、海上白雲，這種置身於廣闊的海天之間、與陸地完全隔絕的臨場
感，使詩人格外放鬆，而獲致「悠然滄洲趣」，並宛然有與「塵世」
隔絕的「逍遙」之感，顯然，他已充分與海天相融，而達人海和諧之
境。值得注意的是，在仰視這些雲帆山濤之際，陸游運用了更多的筆
墨來刻劃一己孤獨、自在的形象：身著短褐破裘的詩人，在舟船這一
方小小的天地中，獨自品茶、飲酒、酣歌、醉眠，任四時更迭、光陰
催老，而羈懷胸中的人間俗事卻也正逐漸淡逝……；「一葉輕舟一破
裘」、「紛紛眾客散，杳杳一筇獨」等句，更凸顯了作者在眾客散去
後，反而能夠全心融入山海、安享孤獨的自在愉悅，菲力浦・科克
（Philip Koch）曾指出：孤獨，與寂寞、疏離不同，寂寞是「一種不
愉快的情緒，一種渴望與他人發生某種互動的情緒」，疏離是「一種
加諸一個人身上的痛苦的、不快樂的狀態，它發生在社會之中（雖然
也許是社會的邊緣）」，而孤獨則是「一種開放的心理狀態，容得下任
何種類的情緒」，是「一個人自發主動的離開社會，尋找內心的寧靜
快樂」[48]，雖然在政治現實中，主戰派的陸游被主和派排擠出可以實
踐理想的政治場域外，但具有高度心靈感受力的他，卻在投入山海自
然時能真正融入其中，將身心安頓其間，與自然合而為一，以全然自
在之姿，享受心靈深層的寧靜與喜悅。

---

48 〔加拿大〕菲力浦・科克（Philip Koch）著，梁永安譯：《孤獨》（*Solitude: A Philosophical Encounter*）（臺北市：立緒文化事業公司，1997年），頁45、47、54、55。

（三）移步遊賞山海的和諧美

除了舟中覽觀之外，移步濱海美景之間，亦是深層賞玩海山的極
佳方式。正如清人葉燮所云：「遊覽詩切不可作應酬山水語。如一幅
畫圖，名手各各自有筆法，不可錯雜。又名山五岳，亦各各自有性情
氣象，不可移換。作詩者以此二種心法，默契神會；又須步步不可忘
我是遊山人，然後山水之性情氣象，種種狀貌變態影響，皆從我目所
耳所聽足所履而出，是之謂遊覽。且天地之生是山水也，其幽遠奇
險，天地亦不能一一自剖其妙，自有此人之耳目手足一歷之，而山水
之妙始洩。如此方無愧於遊覽，方無愧乎遊覽之詩」[49]，是以唯有親
自走入山水風景之中，憑詩人一己的感官經驗親炙山水，方能深入體
察各個山水所獨具之性情氣象、狀貌變態，單靠遙望，則難以獲致此
等具體細察的遊賞之樂。

性好山水的陸游，自是無法以遠距的遙望山海為滿足，他進一步
地走入了山海之中，徘徊流連於濱海的美景之間，詩如：

> 我來香積寺，清晨歷龍門。孤峰撐蒼昊，大壑裂厚坤。古穴吹
> 腥風，峭壁挂爪痕。水浮石楠花，崖絡菖蒲根。橫策意未厭，
> 褰裳探其源。絕境豈可名，恨我詩語煩。須臾蒼雲合，便恐白
> 雨翻。東走得平野，萬里扶桑暾。（〈龍門洞〉，卷6，頁487）
> 潮生抹沙岸，雲薄漏月明。江頭曉色動，鴉起人未行。扶攜度
> 長橋，仰視天宇清。遙憐繫舟人，聽我高屐聲。水檻得小憩，
> 一笑挂杖橫。澄瀞弄孤影，微風吹宿醒。湛然方寸間，不受塵
> 事攖。寄語市朝人，此樂未易名。（〈夜漏欲盡行度浮橋至錢清
> 驛待舟〉，卷16，頁1264）

---

49 〔清〕葉燮：《原詩》，收入丁福保輯：《清詩話》（上海市：上海古籍出版社，1999
　　年），頁606-607。

> 放船三家村，進棹十字港。雲山互吞吐，水草遙莽蒼。沙鷗下
> 拍拍，野鷖浮兩兩。蕭騷菰蒲中，小艇時來往。匡山如香爐，
> 藍水似車輞，夢魂不可到，于此寄遐想。瘦僧迎寺門，為我掃
> 方丈，指似北窗涼，此味媿專享。我笑謝主人，聊可倚拄杖，
> 吾廬已清絕，敢取魚熊掌。（〈遊法雲〉，卷44，頁2800）

香積寺（位於杭州市）、錢清驛（位於紹興市杭州灣南岸）、法雲寺
（位於紹興市境內），皆陸游家鄉山陰（今紹興）境內或附近的濱海
名勝。三首皆以作者的遊程為主軸，依時間的進展、腳步的移動，順
序展開沿途山海景致的描寫與內心剎時體驗的抒發；表現手法的最鮮
明特色，亦都藉由調動自身的多種感官，具體地描繪其所置身的自然
空間中各種細致的氛圍變化及整體感受。例如，〈龍門洞〉以帶有海
水腥味的嗅覺強調己身所處位置（在海邊的龍門洞）的特殊，以「蒼
雲合」（暗）到「扶桑暾」（明）的視覺光影變化象徵詩人心境由鬱到
晴的轉變；〈夜漏欲盡行度浮橋至錢清驛待舟〉以作者在渡口悠然躞
步所發出「履聲」的清朗聽覺、感受到「微風吹宿醒」的涼爽觸覺烘
托此時「湛然」無憂、清靜安寧的心境；〈遊法雲〉則以婉謝寺僧留
宿、自感「吾廬」已極「清絕」的心覺表達魚與熊掌不可得兼的知足
心態。

　　陸游還善於以精心熔鑄的動詞來描寫沿途所見山海美景，使大自
然增添靈動活躍的生命力，學者林文月曾云：「千錘百煉的動詞通常
置於五言詩之第三字，居於句中眼的地位，負起聯結與詮釋相關自然
物之關係的作用」，可以「使景物呈現活潑之生氣與清新之韻致」[50]，

---

50 以上二條資料，分別見林文月：〈鮑照與謝靈運的山水詩〉，收入氏著：《山水與古
　典》（臺北市：純文學出版社，1976年），頁107、108。

上引陸詩如：「孤峰撐蒼昊，大壑裂厚坤」、「潮生抹沙岸，雲薄漏月明」，其中「撐」、「裂」、「抹」、「漏」等動詞，不僅分別使山與天、海與地、潮與岸、雲與月兩兩產生緊密的聯結，也凸顯了山、海、雲、天的孤、廣、清、朗，以及深蘊厚蓄的生命力量。同時，陸游亦能巧藉各式動詞來呈顯己身移動時立體而流動的空間感，以及與自然互動時相親相得的和諧美感，如：〈龍門洞〉之「來」、「歷」、「橫」、「探」、「走」，〈夜漏欲盡行度浮橋至錢清驛待舟〉之「度」、「視」、「憩」、「橫」、「弄」，「吹」，〈遊法雲〉之「放」、「進」、「來往」、「到」、「迎」、「掃」、「謝」、「倚」等。

在詞彙的運用上，亦可見其慧心。一是藉雙聲、疊韻或疊字詞，如：「吞吐」、「拄杖」（以上雙聲）、「須臾」、「莽蒼」、「蕭騷」、「菰蒲」、「方丈」（以上疊韻）、「拍拍」、「兩兩」（以上疊字）等，形成了音律上的美感效果，另一是藉同部首詞，如：「菖蒲」、「莽蒼」、「菰蒲」、「澄瀄」、「扶攜」等草部、水部、手部之詞，以加強山海的花、水形象或詩人手部動作與姿態的方式，營造了空間上的臨場感受。

由上述可知，在作者運用身體感官與山海相近相親的互動往還後，在細察與用心記錄山海之花草鷗鷺、光影聲響與潤澤香氛後，這一切屬於海洋的、也是他最熟悉的氛圍氣味，給予了他心靈上極大的愉悅與滿足。

崇高美與和諧美，雖皆為陸游詩海洋書寫所透顯的美感，但是，就其生平行事無時不以報國殺敵為念可知：征服海洋的崇高美實為其海洋詩歌美學的主調，而清靜優美的和諧美則為其副歌，是詩人不得以退居家鄉後、藉歌詠海山以暫慰政治失意的產物。

四　海洋關懷的寫實美：由憂民轉為憂喜參半

　　海洋雖然蘊藏豐富的資源、為沿海人民提供了利益與生活之資，但依海為生的人民，其現實生活的艱辛，卻也攫取了詩人的目光，而將之記錄、反映在詩中；海洋風物、海民生活實錄，遂成為濱海仕宦或遊賞的詩人筆下重要的內容。這種傾向於「寫實主義」、再現海洋生活的真實感，與浪漫主義的想像力適成對比，而形成一種寫實之美。「寫實主義」（Realism）與「浪漫主義」（Romanticism），雖然是西方文化傳統下形成的文學批評概念，然而從藝術家在創作中所遵循的原則、精神來看，「寫實」與「浪漫」卻是人類審美理想形成過程的兩種可能的概括傾向：前者是審美感受的客觀再現佔了優勢，創作精神較傾向於認識對象、再現現實；後者則是審美理想的直接表現佔了優勢，創作精神更傾向於抒發內心、表現情感。[51]因此，「寫實主義」與「浪漫主義」，雖是源於西方的專有名詞，卻是人類審美過程普遍具有的兩種傾向。「寫實主義」正式成為口號並確定為一個美學流派，始於十九世紀五〇年代的繪畫領域，[52]其形成的最重要因素就是科學的發展，科學發展帶動了工業文明的快速進展、資本主義的興起、實證哲學的盛行，使得文化思想產生了「新」的變革，開始厭膩於浪漫主義的無視於自己所處的時代，因而在文學上認為應該以一種正視現實的清醒態度，來描寫作家主觀意識之外的真實事物；其文論主張最基本的要求就是真實，福樓拜認為「一件東西只要真，就是好

51　參李澤厚：《美學論集》（臺北市：三民書局，1996年），頁388-389。

52　一八五〇年代起的十年間是浪漫與寫實兩個流派的分水嶺。參考〔美〕George J. Becker, "Introduction: Modern Realism as a Literary Movement." in *Documents of Modern Literary Realism*. (Princeton: Princeton University Press, 1963), p.7.

的」[53]，左拉也說：「當今，小說家的首要品質是真實感」[54]；在創作
態度上要求做到客觀，在創作方法上則要求如實的觀察與精確的記
敘，[55]在照相式[56]的細節描繪中使讀者有身歷其境之感。

　　「寫實主義」雖源於西方，然其對於文學以客觀態度、如實觀
察、精確記敘、細節描繪可以達「真實感」的創作主張，頗可參酌。
唐代海洋詩作，即有一些以客觀態度、如實觀察手法真實反映海洋生
活之苦並深致憂憫之意者，如：「至寶含沖粹，清虛映浦灣。素輝明
蕩漾，圓彩色坋（王扁）。昔逐諸侯去，今隨太守還。影搖波裡月，
光動水中山。魚目徒相比，驪龍乍可攀。願將車飾用，長得耀君顏」
（鄧陟〈珠還合浦〉，卷780，頁8825）寫采珠生活之苦，[57]「屯門積

53　〔法〕福樓拜：〈致喬治・桑書信〉，伍蠡甫等編：《西方文論選》（上海市：上海譯
　　文出版社，1986年），下卷，頁216。

54　〔法〕左拉：〈論小說〉，朱雯等編選：《文學中的自然主義》（上海市：上海文藝出
　　版社，1992年），頁207。

55　〔法〕左拉：〈論小說〉，頁207-208。

56　這是受法國寫實主義影響的〔德〕霍爾茲（Arno Holz）所提出的創作理論，他主張
　　藝術應盡可能精確地仿製人類在其環境中的行為，提出了「分秒不漏的描寫」和
　　「照相錄音手法」等表現方法，認為依此理想創造出來的才是徹頭徹尾的寫實作
　　品。參李思孝：《從古典主義到現代主義——歐洲近代文藝思潮論》（北京市：首都
　　師範大學，1997年），頁272-273。

57　〔清〕張英奉敕編之《淵鑒類函》：「人採珠者以長繩繫腰，攜竹籃入水拾蚌，置籃
　　內，則振繩令舟人汲取之。不幸遇惡魚，一線血浮水面，則知人已葬魚腹矣」（臺
　　北市：新興書局，1971年，卷33〈地部十一〉，頁540），可知採珠的工作十分危險。
　　鄧陟〈珠還合浦〉寫的是廣西省北海市合浦縣居民靠採珠為生卻遭郡守搜刮的無奈。
　　另有王建〈海人謠〉：「海人無家海裏住，采珠役象為歲賦。惡波橫天山塞路，未央
　　宮中常滿庫」（卷298，頁3383），不僅直接道出採珠人海中採珠的辛苦，還明指其賦
　　稅沉重的壓力；此外，如施肩吾〈島夷行〉：「腥臊海邊多鬼市，島夷居處無鄉里。
　　黑皮年少學采珠，手把生犀照鹹水」（卷494，頁5592）、元稹〈采珠行〉：「海波無
　　底珠沉海，采珠之人判死采。萬人判死一得珠，斛量買婢人何在？年年采珠珠避
　　人，今年采珠由海神。海神采珠珠盡死，死盡明珠空海水。珠為海物海屬神，神今
　　自采何況人」（卷418，頁4606）、張籍〈送海南客歸舊島〉：「海上去應遠，蠻家云

日無回飆，滄波不歸成踏潮。轟如鞭石砐且搖，亙空欲駕黿鼉橋。驚
湍戚縮悍而驕，大陵高岸失岌嶢。四邊無阻音響調，背負元氣掀重
霄。介鯨得性方逍遙，仰鼻噓吸揚朱翹。海人狂顧迭相招，褰衣髺首
聲嘵嘵。征南將軍登麗譙，赤旗指麾不敢囂。翌日風回滲氣消，歸濤
納納景昭昭。烏泥白沙復滿海，海色不動如青瑤」（劉禹錫〈踏潮
歌〉，卷356，頁3997）寫踏潮傷民之害，[58]「嶺水爭分路轉迷，桄榔
椰葉暗蠻溪。愁沖毒霧逢蛇草，畏落沙蟲避燕泥。五月畬田收火米，
三更津吏報潮雞。不堪腸斷思鄉處，紅槿花中越鳥啼」（李德裕〈謫
嶺南道中作〉，卷475，頁5397）寫海洋風物之險惡。[59]

　　這種對日常生活或身邊物事作客觀觀察與如實反映的「寫實」傾
向，到了宋代，進入了最高潮，且「描寫的範圍和技巧也才達到了最
廣最細的地步」；再加上「中國的人道主義，經過長期的培養之後，
到了宋朝，終於達到了一個頂點」，[60]因此，宋代描寫海洋生活的詩
篇，比唐詩更加細膩精緻，篇幅更見加長，且更添人道精神的關懷與
同情。如：柳永〈鬻海歌〉[61]，以高達三十二句的長篇幅，書寫鹽民

島孤。竹船來桂浦，山市賣魚鬚。入國自獻寶，逢人多贈珠。卻歸春洞口，斬象祭
天吳」（卷384，頁4312）等詩，亦皆真實反映了採珠生活的艱險與困苦。

58 該詩有序云：「元和十年夏五月，終風駕濤，南海泛溢。南人云踏潮也，率三更歲
一有之。余為連州，客或為予言其狀，因歌之附于南越志。」可知此詩為對於廣東
連縣一帶特大風潮對百姓生命造成極大威脅的實寫。

59 李德裕本為唐武宗宰相，後宣宗立，貶其為海南島崖州司戶，該詩所記：桄榔樹、
椰子樹、瘴氣、蛇蟲、海潮等等，皆是作者赴貶所途中所親見海南島風物的實錄。

60 以上二條資料，見吉川幸次郎著，鄭清茂譯：《宋詩概說》，頁19。

61 原詩為：「鬻海之民何所營，婦無蠶織夫無耕。衣食之源太寥落，牢盆煮就汝輸
征。年年春夏潮盈浦，潮退刮泥成島嶼。風乾日曝鹽味加，始灌潮波增成滷。滷濃
鹹淡未得閒，採樵深入無窮山。豹蹤虎跡不敢避，朝陽出去夕陽還。船載肩擎未遑
歇，投入巨竈炎炎熱。晨燒暮爍堆積高，才得波濤變成雪。自從瀦滷至飛霜，無非
假貸充餱糧。秤入官中得微直，一緡往往十緡償。周而復始無休息，官租未了私租
逼，驅妻逐子課工程，雖做人形俱菜色。鬻海之民何苦辛？安得母富子不貧！本朝

飽受風吹日曬、冒險入山採樵、匍匐刮泥、熬鹵成鹽的煮鹽過程,以及官租私租催逼的可憐情狀,刻劃精確細膩,以照相式的細節真實反映了宋代鹽民的艱苦生活;詩末作者還為民發聲,盼君主能施恩海濱,請宰相主其事以罷徵鹽稅,可謂在愛民的實踐中扮演了人民和國家之間的「中間人」[62]角色;類似的詩作還有梅堯臣〈送朱表臣職方提舉運鹽〉、王安石〈收鹽〉等,亦皆藉刻劃鹽民生活之艱辛、甚至淪為海盜之無奈,以表達憂憫海民之情。至於陸游,在其靈視下的海城、海民生活寫實詩篇,也是以精繪實刻的手法書寫其儒者關懷民瘼的仁愛襟懷;但不同於前人的,他不再以旁觀者的姿態敘事,而是親身融入詩中(反覆出現「我」字),以自身的生活為重要的表現對象,更添真實性,且其在詩中不僅為海洋多困的生活而憂,也為海民的豐年而喜,情意的展現更為豐富多樣。茲分述如下:

(一)憂海洋生活多困的寫實美

1 憂大風

陸游在〈喜晴〉詩中曾慨嘆:「澤國風雨多」,生活於海濱,往往為驟起的暴風、以及隨風而至的雨潦所苦。詩人現身說法,道出內心

一物不失所,願廣皇仁到海濱。甲兵淨洗征輸輟,君有餘財罷鹽鐵。太平相業爾惟鹽,化作夏商周時節。」(北京大學古文獻研究所編:《全宋詩》,北京市:北京大學出版社,1993年,卷162,頁1841)

62 華盛頓大學的Franz Michael在一九五〇年代綜述了何炳棣和張仲禮等人的研究指出:中國傳統相當教育程度的精英分子(或稱為文人),在國家與鄉村社會之間扮演了中間人的角色,一方面,他們依照國家的政策,管理本地的公共事務;另一方面,他們在地方上又代表著平民百姓,向國家的官僚機構表達意見。士大夫也是宣揚國家核心的意識形態的傳播者,他們學之,信之,傳之;並對自己這種「以天下為己任」的角色深信不疑。詳參〔美〕Franz Michael, *State and Society in Nineteenth century China* (*World Politics*, Vol.7, No.3, Cambridge University Press, 1955), pp. 419-433.

最深的擔憂，而此擔憂，亦是所有海民生活上共同的困擾，詩云：

> 玄雲吞落日，大風東北起。隔林鳴兩鳩，當道行眾螘。晴來未
> 三日，雨候乃復爾。我場何時乾，嘉穀在泥滓。豐凶歲所有，
> 遊惰古所恥。努力教子孫，天公終可倚。（〈舟過南莊呼村老與
> 飲示以詩～又〉，卷15，頁1197）

作者自第一人稱發聲，以特寫的方式描繪風起雲湧時、南莊路上鳩鳴
蟻行的緊張氣氛，因為，緊接著而來的就是滂沱的大雨，詩人不禁為
嘉穀將浸泡於泥水、久久難乾而憂心忡忡。對於大風駭人擾民的寫
實，陸游還有以空間推移方式、運用細筆作具體的刻劃者，詩云：

> 驕風起海滋，浩蕩東北來；鐵騎掠陣過，秋濤觸山回。老夫北
> 窗下，坐守寒爐火。處世困憂患，萬事學低摧。便欲滅燈睡，
> 門閉不敢開。並海固多風，汝屏良可哀。（〈歲暮風雨〉，卷
> 26，頁1839）
> 風大連三夕，衰翁不出門。兒言卷茅屋，奴報徹蘆藩。狼藉鴉
> 擠壑，縱橫葉滿園。乘除有今旦，紅日上東軒。（〈大風〉，卷
> 55，頁3234）

由「老夫」、「衰翁」可知，二詩仍為詩人親身的體驗，同時，皆巧藉
實空間的推移、轉換作細筆的「橫向鋪敘」，曾大興謂此法為：「作品
的圖景和意象總是按照一定的邏輯線索和視聽者的欣賞習慣作順序轉
換和移動，由遠至近或由近及遠，由視而聽或由聽而視，層層推衍，
環環緊扣」[63]，〈歲暮風雨〉一詩，作者視聽的邏輯線索為「由遠而

---

63 曾大興：〈柳永以賦為詞論〉，《江漢論壇》1990年6期，頁58。

近」，其視點先落在遠處東北海濱風起之地，以「鐵騎掠陣過」的聽覺譬喻、「秋濤觸山回」的視覺摹寫，具繪颶風帶來的巨響與勁勢；而後將視線拉至近身，聚焦於己之居所，專就自身困守寒爐、閉門不敢開的形象著筆，含蓄而鮮明地展現沿海居民畏懼颶風聲勢的實況。〈大風〉一詩的空間推移方向則與前首相反，作者的視點先落在住處近身，自視覺上直言大風將茅屋掀捲、蘆藩吹徹的威力；而後再推擴至較遠處的坑洞、園圃，以鴉屍狼藉、落葉縱橫的視覺示現，生動描刻出強風襲捲海民家園所造成的嚴重毀損。另有〈風雲晝晦夜遂大雪〉一詩，在空間結構上更富變化，透過對實空間位置的靈活轉換和組織，引領讀者從多樣角度觀看大風侵襲海村的實況，詩云：

> 大風從北來，洶洶十萬軍。草木盡傴仆，道路瞑不分。山澤氣
> 上騰，天受之為雲。山雲如馬牛，水雲如魚龜。朝闇翳白日，
> 暮重壓厚坤。高城岌欲動，我屋何足掀。兒怖床下伏，婢恐堅
> 閉門。老翁兩耳聵，無地著戚欣。夜艾不知雪，但覺手足皲。
> 布衾冷似鐵，燒糠作微溫。豈不思一飲，流塵暗空樽。已矣可
> 奈何，凍死向孤村！（〈風雲晝晦夜遂大雪〉，卷60，頁3470）

開頭二句以遠方風之來處為視點，以兼具視、聽壯盛效果的軍事意象（「洶洶十萬軍」）喻寫風勢之盛，緊接著二句將視線拉回，寫眼前因風勢造成的草木盡仆、道路昏暗難辨的紛亂景象；而後六句又翻轉一筆，將空間推至更遠的山頭與天際，具寫因水氣積聚使白日更加陰鬱黑闇的天候，也更添詩人心頭的愁緒；到了「高城岌欲動」以下，又將空間移回至居住的城內，並自高城、而我屋、而床下，以由高而低的、層次井然的空間遞移，細膩而真切地表現出陸游與家人生命突遭海風威脅時手措無措的心境。作者運用了「遠→近→遠→近」的空

間往復推移，營造出大風突擊時實空間的倏忽變化感，以及居民來不及因應的驚慌感，予人身臨其境的美感效果。

2 苦雨潦

大風之外，詩人濱海生活的困苦更在久雨之後的潦災。他依舊採取實空間特寫、空間推移兩種方式來記實，實空間特寫者，如：

> 朝雨暮雨梅正黃，城南積潦入車箱；鏡湖無復鍼青秧，直浸山腳白茫茫。湖三百里漢訖唐，千載未嘗廢陂防，屹如長城限胡羌，嗇夫有秩走且僵，旱有灌注水何傷，越民歲歲常豐穰。決湖誰始謀不臧？使我婦子屨糟糠。陵遷谷變亦何常，會有妙手開湖光。蒲魚自足被四方，煙艇滿目菱歌長。（〈丙午五月大雨五日不止鏡湖渺然想見湖未廢時有感而賦〉，卷18，頁1380）
> 撫枕時時猶歎欷，阨窮已極畏凶饑。雨聲淅瀝孤齋冷，客夢蕭條萬里歸。山邑風雷移蜃穴，海城水潦半民扉。如雲秋稼方相賀，一飽還憂與願違。（〈枕上作時聞臨海四明皆大水〉，卷35，頁2275）

前者特寫作者家鄉紹興境內鏡湖的雨潦景象，以白描的方式，直接從視覺上陳述梅雨積水流入車箱，以及鏡湖湖水溢至山腳的災情；目睹此景，陸游一方面為百姓無法鍼秧而憂，一方面又冀望地方官能治湖灌注農田，透顯出愛民情懷。後者則特寫紹興東南方海城四明（今寧波市）的雨潦景象，仍以白描方式，直接從視覺上陳述大水半淹民扉的災情；大雨傷稼，作者聽聞了此一災情，對百姓的食、住問題憂心不已。空間推移者，如：

> 九淵龍公出忘還，瓦溝垂溜聲淙潺；茫茫大澤北際海，潋潋平
> 湖南浸山。吾廬四望路俱斷，蛙黽爭雄亂昏旦。漏床腐席夜失
> 眠，溼灶生薪朝不爨。今年十分喜有秋，豈知青秧出禾頭。老
> 夫一飽復繆悠，聽兒讀書寬百憂。（〈苦雨歎〉，卷23，頁1697）

詩作的寫實之美，表現在對實空間由遠而近的層層推移：最遠處是湖
澤之水因雨潦而南北橫流的慘狀；其次，鏡頭再拉近至作者住屋附近
交通阻絕、蛙黽漫至道上的異象；最後，更聚焦到詩人屋內，床席因
久雨而腐朽難眠，灶薪亦因溼氣而無法炊煮，這種層次性的橫向鋪
敘，成功地從多面向展現了「我」（詩人己身）在行、住、食等諸方
面的不便。同時，作者還調動了多種感官以寫實，如：視覺（茫茫、
潋潋）、聽覺（淙潺）、觸覺（溼）、心覺（繆悠、憂），更生動地透顯
出內在因雨潦而生的紛亂心理。

（二）喜海村豐年的寫實美

　　雨潦固然傷稼，旱象亦足以害農，當這兩種威脅皆解除後，才能
享有豐年自足的喜悅。

1 欣旱象解除

　　對於旱象解除後的喜悅寫真，陸游表現的方式有兩種，一是泛寫
百姓，一是特寫自己。泛寫百姓者，如：

> 冬旱土不膏，愛此春夜雨。四郊農事興，老稚迭歌舞。相呼長
> 沮耕，分喜樊遲圃。豐年已在目，亭障靜桴鼓。（〈春雨〉，卷
> 12，頁946）

歷經長久的冬旱後，一夜春雨，令老少們高興地載歌載舞、農民們雀躍地呼朋引伴立即耕作，陸游以細筆具寫百姓喜雨的反應，彷彿照相機般地呈顯出農村旱象解除後、豐年可期的生機與活力。特寫自己者，如：

> 峭崖磨天如立壁，柟根橫走松倒植。呀然一岫驚倒人，空洞坡陁三百尺。幽陰宜為異物託，角爪痕存猶可識。想當蟠蟄未奮時，腥風逼人雲觸石。一朝偶為旱歲起，卷海作雨飛霹靂。向來伊呂正如此，莘渭千年有遺跡。我欲酌酒招蜿蜒，安用辛苦常行天；太平海內多豐年，歸來故祠聽管絃。（〈龍洞〉，卷6，頁507）

詩人想像濱海龍洞有龍蟄伏其中，當旱歲時，酌酒招龍可解旱象；而當海內太平豐年時，作者特寫自我的形象是：歸故祠閒聽管絃之樂。正因高枕無憂，才有興致從事娛樂活動啊！

2 喜久雨放晴

久雨放晴，終於得以出門遊賞，作者實寫其所見、所聞、所感，手法更加多樣。其一，特寫農村交投活絡，如：

> 堤樹叢祠北，煙村古埭南。買魚論木盎，挑薺滿荊籃。積潦經旬月，晴光見二三。農功殊可念，保麥復祈蠶。（〈乍晴行西村〉，卷61，頁3500）

前六句為先果後因的結構，其中，前四句是果，以買魚、挑薺等動作的示現，生動地呈顯出西村市集貨品充足、買賣熱鬧的活絡景象，而

造成此景象的原因（第五、六句），作者則直敘是因雨後乍晴、以致人潮湧出。詩歌的末二句，陸游明白道出對農功的關懷之情，保麥養蠶，使民足食足衣，是他最大的心願。其二，以雨景對比晴景之可喜，如：

> 澤國風雨多，春盡尚裘褐；閉門不能出，飽受鳩婦聒。今朝雲忽歸，溝水清活活。偶為東園行，魚鳥間何闊？婦女蠶事終，桑柘光如潑。布穀汝勿憂，吾褲真可脫。（〈喜晴〉，卷43，頁2670）

詩中以雨天時，必須忍受寒氣逼人、不能出門、雌鳩聒啼的不便與痛苦，有效地對比、烘托出放晴時，作者行步東園所見清活溝水與悠遊魚群、所聞間關鳥鳴的自在與愉悅；詩人因百姓蠶事終了而歡喜，流露出關懷民生的儒者情懷。其三，移步換景法，如：

> 十日苦雨一日晴，拂拭拄杖西村行。清溝泠泠流水細，好風習習吹衣輕。四鄰蛙聲已閤閤，兩岸柳色爭青青。辛夷先開半委地，海棠獨立方傾城。春工遇物初不擇，亦秀燕麥開蘪菁。薺花如雪又爛熳，百草紅紫那知名。小魚誰取置道側，細柳穿頰危將烹。欣然買放寄吾意，草萊無地蘇疲氓。（〈雨霽出遊書事〉，卷1，頁104）

詩人依其雨霽出遊至西村的順序加以書寫，並開啟了眼、耳、皮膚等感官以迎接步履所至之美景與樂事，在流暢的景物轉換中，展現出作者的欣悅之情。首先，行至道上，欣賞路旁溝中清澈的泠泠細流、兩岸青青的動人柳色，感受輕拂衣襟的習習好風，聆聽閤閤的清脆蛙

鳴，是一幅清淨優美的圖畫；接著，來到田野，早謝的辛夷（玉
蘭）、亭亭的海棠、開花的燕麥與蕪菁（結頭菜）、如雪的薺花、不知
名的百草，卻又構成了一片萬紫千紅、絢爛奪目的彩色世界；當作者
心懷愉悅走入村中時，見路側穿頰小魚待價而沽，遂買下放生，又見
農地雜草皆除、耕作有望，更欣百姓豐年可期，在在透顯著悲憫萬物
蒼生的仁愛心腸。

3 樂豐年自足

　　當上述的豐年期待一旦成真，陸游於詩中更是具寫此海城豐年歡
樂的實況。其中，有以大筆概括地描寫歡笑高歌豐年之樂者，如：

> 三江郡東北，古戍鬱嵯峨。漁子船浮葉，更人鼓應鼉。年豐坊
> 酒賤，盜息海商多。老我無豪思，悠然寄醉歌。（〈三江〉，卷
> 44，頁2742）
> 豐年滿路笑歌聲，蠶麥俱收穀價平。村步有船銜尾泊，江橋無
> 柱架空橫。海東估客初登岸，雲北山僧遠入城。風物可人吾欲
> 住，擔頭蔬菜正堪烹。（〈明州〉，卷18，頁1383）

前者寫作者（「我」）醉歌舟中的悠然形象，後者則以明州的滿路笑歌
聲，以及蠶麥豐收並呈的方式，具寫該地因豐年而更顯風物可人、適
宜居住的實況。另有以細筆詳繪慶祝豐年的活動者，如：

> 秋風蕭蕭秋日薄，築場穫稻方竭作。志士雖懷晚歲悲，農家自
> 足豐年樂。撥醅白酒喚鄰曲，啄黍黃雞初束縛。長魚出網健欲
> 飛，新兔臥盤肥可斫。躬耕辛苦四十年，一飽豈非天所酢。書
> 生識字亦聊爾，莫作揚雄老投閣。（〈豐年行〉，卷17，頁1320）

柳姑廟前煙出浦，冉冉縈空青一縷；須臾散作四山雲，明日來
為社公雨。小巫屢舞大巫歌，士女拜祝肩相摩，芳茶綠酒進雜
遝，長魚大蟹高嵯峨。常年徵科煩箠楚，縣家血溼庭前土。妻
啼兒號不敢怨，期會常憂累官府。今年家家有餘粟，縣符未下
輸先足。木刻吏，蒲作鞭，自然粟帛如流泉，儲積不愁無九
年！（〈秋賽〉，卷37，頁2403）

前者是描寫作者自己呼鄰一同飲酒歡宴的慶祝行動，尤其是「撥醅」
以下四句，羅列了未過濾的白酒、啄黍的黃雞、矯健的長魚、肥嫩的
新兔等平日農家難得一見的豐盛菜餚，在作者精雕細琢與生動形容的
文字中，透顯出他內在無比歡愉的心情，甚具個性化特色。後者記錄
的則是陸游家鄉民眾秋收後在「柳姑廟」前的酬神活動，他以白描手
法精確地勾勒、再現了「秋賽」的場景：大小巫覡的載歌載舞、士女
摩肩擦踵的虔誠拜祝、芳茶綠酒長魚的多樣化祭品，顯現出照相式的
寫實美感；詩人還運用映襯手法將今、昔景況作強烈對比，過去百姓
常因穀物欠收、繳不出稅賦而遭受箠楚，如今豐年有積粟，便不必為
縣家徵科而憂心了。

　　其實，在陸游近一萬首詩中，經常流露著這種關懷百姓的仁愛之
心：「萬鍾一品不足論，時來出手蘇元元」（〈五更讀書示子〉，卷23，
頁1725）、「少小遇喪亂，妄意憂元元」（〈感興〉二首之一，卷9，頁
737），可知他心之所念者多為百姓（「元元」），又：「大藥年光病日
侵，久辭微祿臥山林。雖無歎老嗟卑語，猶有哀窮悼屈心。力薄不能
推一飯，義深常願散千金。夜闌感慨殘燈下，皎皎孤懷帝所臨」（〈冬
夜思里中多不濟者愴然有賦〉，卷79，頁4281），對於里中多有不濟
者、自己有意幫助卻力有所不能深致慨歎。他一生雖將愛國意識與熱
情集中在抗金收復的主張上，其實，目的仍是在為廣大黎民謀求安定

和幸福。我們由他實寫一己與海民海洋生活的詩篇，便可以探知他為
民既憂且樂的愛民情懷，其念茲在茲的唯有居民的安危與溫飽，先人
民之憂而憂，後人民之樂而樂，鮮明地呈顯出宋代文人「尊儒」[64]愛
民的精神面貌。

五　海山想像的浪漫美：由懷才不遇轉為報國無門

「茫茫滄海足以洗滌仕途爭競之心及易於引發神仙之幻想」[65]，
表現在文學作品中，會呈顯出一種對神仙之境自由想像的浪漫美感。
西方的「浪漫主義」，其相關文論雖在歐陸各國家有不同的樣態及理
論偏重處，但仍有其共同特色，韋勒克（René Wellek）指出這共同特
色為：在詩歌、創作方面所關注的「想像」性質，在世界觀方面所關
注的「自然」觀念，以及在詩歌風格方面所注重的「意象、象徵與神
話」的運用；[66]更詳細地說，其創作的主張為：偏愛表現主觀的理
想、著重抒發個人的感受和體驗、追求創作的絕對自由、嚮往非凡和
奇異的事物、喜用誇張和對比等予人強烈印象的寫作手法和生動的語
言等，在在體現出鮮明的時代特點。[67]

中國古典詩歌中，與海洋相關的神話想像書寫，即呈現出上述充
滿奇異想像和自由奔騰感情的浪漫美感與情調。例如唐詩中即有諸多
關於海洋仙境、仙物與仙人的想像，並於其中寄寓詩人懷才不遇或超

64 邱鳴皋指出，陸游的「尊儒」，表現為宗經，終生以研讀六經為己任。他宗經求道的
　最終目的是為了取得一套治國的思想、理論根據，他的宗經是與憂國、治國連在一
　起的。詳參氏著：《陸游評傳》（南京市：南京大學出版社，2002年），頁263-265。
65 廖國棟：《魏晉詠物賦研究》（臺北市：文史哲出版社，1990年），頁117-118。
66 〔美〕René Wellek, *Concepts of Criticism* (New Haven: Yale University Press, 1973)，
　pp.129-221。
67 參喻天舒：《西方文學概觀》（北京市：北京大學出版社，2004年），頁184。

然出世的情懷；而陸游的海洋詩中，固然有許多關懷海洋生活的寫實篇章，卻亦存在著不少繼承與開拓唐詩的浪漫書寫，以寄託其報國無門的心志，茲分述如下：

（一）海外仙境的想像美

唐代詩人對海外仙境的想像，多聚焦在五神山[68]仙境之輝煌、自由、長生等特徵描寫，如李白〈雜詩〉：「傳聞海水上，乃有蓬萊山。玉樹生綠葉，靈仙每登攀。一食駐玄髮，再食留紅顏。吾欲從此去，去之無時還」（卷184，頁1878），又〈夢遊天姥吟留別〉：「青冥浩蕩不見底，日月照耀金銀臺。霓為衣兮風為馬，雲之君兮紛紛而來下。虎鼓瑟兮鸞迴車，仙之人兮列如麻」（卷174，頁1779），又如獨孤及〈觀海〉：「超遙蓬萊峰，想像金臺存」（卷246，頁2765），皆想像出美好的仙界，以作為污濁現實的對照組、理想世界的隱喻，其實，作者真正著眼的是其懷才不遇的現實桎梏。

至於陸游，亦承唐詩藉由對海外仙境的美好想像以透顯對現實的不滿之情，但在仙境特徵的描寫上，卻於自由、長生等特質外，還新

---

68 《列子·湯問》詳細描述了五座仙山的神話：「渤海之東不知幾億萬里有大壑焉，實惟無府之谷，其下無底，名曰歸墟，八紘九野之水，尺漢之流，莫不注之而無增減焉。其中有五山焉：一曰岱輿，二曰員嶠，三曰方壺，四曰瀛洲，五曰蓬萊。其山高下周旋三萬里，其頂平處九千里。……其上臺觀皆金玉，其上禽獸皆縞，珠玕之樹叢生，華食皆有滋味，食之皆不老不死，所居之人皆神聖之種，一日一夕飛相往來者不可數焉。而五山之根無所連著，常隨潮波上下往還，不得暫峙焉，仙聖毒之，訴之於帝。帝恐流於西極，失群聖之居，乃命禺彊使巨鼇十五舉首而戴之，迭為三番，六萬歲一交焉，五山始峙。而龍伯之國有大人，舉足不盈數步而暨五山之所，一釣而連六鼇，合負而趣歸其國，灼其骨以數焉。於是岱輿、員嶠二山流於北極，沉於大海，仙聖之播遷者巨億計。帝憑怒，侵減龍伯之國使阨，侵小龍伯之民使短。至伏羲神農時，其國人猶數十丈。」見〔周〕列禦寇撰，〔晉〕張湛注：《列子》，頁616。

增了和諧有序的特徵以對比實際社會的混亂，詩云：

> 海山萬峰鬱參差，宮殿插水蟠蛟螭。碧桃千樹自開落，飛橋架
> 空來者誰？桐枝高聳宿丹鳳，蓮葉半展巢金龜。和風微度寶箏
> 響，永日徐轉簾陰移。西廂恍記舊遊處，素壁好在尋春詩。當
> 年意氣不少讓，跌宕醉墨紛淋漓。宿醒未解字猶溼，人間歲月
> 浩莫推。欷歔撫几忽夢斷，海闊天遠難重期。（〈記九月二十六
> 夜夢〉，卷23，頁1712）
> 碧海無風鏡面平，潮來忽作雪山傾。金橋化出三千丈，閒把松
> 枝引鶴行。
> 一劍能清萬里塵，讒波深處偶全身。那知九轉丹成後，卻插金
> 貂侍帝宸。春殘枕藉落花眠，正是周家定鼎年。睡起不知秦漢
> 事，一尊閑醉華陽川。（〈夢海山壁間詩不能盡記以其意追補〉
> 四首其一、三、四，卷23，頁1713）

兩首皆為夢遊仙境的詩，且均作於詩人六十七歲（紹熙二年，1191）
四度罷官後、長期隱居山陰之時；在對朝廷極度失望的心情下，詩人
運用浪漫主義的想像手法，不僅承唐詩書寫了宮殿、丹鳳、金龜、寶
箏、金橋、金貂等人間難見的輝煌美好之物，還另有開拓，新增「和
風微度」、「永日徐轉」等祥和而悠「閑」之特色，對比了陸游所處現
實社會的紊亂與失序。值得注意的是，詩中作者採取了夢中遨遊仙境
的方式，童熾昌說：「夢境的幻象美，是對人間世的缺陷的一種補
償，對人的乾枯的心靈的一滴甘露，也是超度人的苦痛的一只極樂之
舟」[69]，指出夢的本身，就是人類為了補償現實缺陷、超度心靈苦痛

---

69 童熾昌：〈鐵馬冰河入夢來──讀陸游的記夢詩〉，《浙江學刊》1983年1期，頁103。

而構築的幻境，具有幻象的浪漫美感，因此，夢中遊仙比直接想像的
遊仙，行動更不受限、幻想更易達成、更具想像以及迷離恍忽的浪漫
之美，更重要的是，它更含蓄地隱喻了詩人心中渴盼和諧有序社會的
主觀情感。詩末，詩人仍承繼了唐宋以來「以夢遊仙」詩的書寫模
式，亦即，於結尾點明夢、真有別，「歎驚撫几忽夢斷」、「睡起不知
秦漢事」，皆有意地與詩中仙境保持一定的心理距離，委婉地表達了
對仙境的質疑，在浪漫中仍不失理性的情調；我們還可從「海闊天遠
難重期」的無奈、「一尊閑醉華陽川」的清醒，看出作者與仙境呈現
極大的分離感，因此，對宋代詩人陸游而言，夢境與神仙的世界，恐
怕只是他報國無門之際，暫時尋求超脫與安慰、沖淡現實壓迫與失落
的一個浪漫所在吧！

（二）鼇鵬仙物的想像美

　　唐代李白詩云：「北溟有巨魚，身長數千里。仰噴三山雪，橫吞
百川水。憑陵隨海運，燀赫因風起。吾觀摩天飛。九萬方未已」（〈古
風五十九〉其三十三，卷161，頁1675），化用了莊子逍遙遊中鯤化為
鵬的神話：「北冥有魚，其名為鯤，鯤之大，不知其幾千里也；化而
為鳥，其名為鵬，鵬之背，不知其幾千里也；怒而飛，其翼若垂天之
雲。是鳥也，海運則將徙於南冥……水擊三千里，搏扶搖而上者九萬
里」[70]，以巨鯤運海化而為大鵬飛天的想像，反映他「身不用，鬱鬱
不得志，而思高舉遠引」（《韻語陽秋》）的心緒；又云：「雲垂大鵬
翻，波動巨鼇沒。風潮爭洶湧，神怪何翕忽。觀奇迹無倪，好道心不
歇。攀條摘朱實，服藥鍊金骨。安得生羽毛，千春臥蓬闕」（〈天台曉

---

70 〔周〕莊周撰，〔晉〕郭象注：《莊子》，《景印文淵閣四庫全書》（臺北市：臺灣商
　　務印書館，1986年），冊1056，頁6。

望〉，卷180，頁1834），大鵬之外，李白還想像了能使海波動蕩的巨
鼇自由疾游於大海之中，寄託其欲超脫塵俗的自由之想。

　　然而，李白在詩中對於大鵬、巨鼇等仙物，僅止於一種保持距離
的「觀」看而已，至於陸游詩中的主人翁則表現出求巨鼇、跨鵬背等
更積極的態度，詩云：

> 志欲富天下，一身常苦飢；氣可吞匈奴，束帶向小兒。天公無
> 由問，世俗那得知！揮手散醉髮，去隱雲海涯。風息天鏡平，
> 濤起雪山傾。輕帆入浩蕩，百怪不可名。虹竿秋月鈞，巨鼇倘
> 可求。滅迹從今逝，回看隘九州。（〈三江舟中大醉作〉，卷
> 14，頁1145）
> 我不如列子，神遊御天風。尚應似安石，悠然雲海中。臥看十
> 幅蒲，彎彎若張弓。潮來湧銀山，忽復磨青銅。飢鶻掠船舷，
> 大魚舞虛空。流落何足道，豪氣蕩肺胸。歌罷海動色，詩成天
> 改容。行矣跨鵬背，弭節蓬萊宮。（〈航海〉，卷1，頁35）

高莉芬曾指出：「如從秩序論的角度來看，《列子》中所載述的仙界秩
序，是一種『有序→破壞→制裁→重整→有序』的宇宙秩序演變過
程」[71]，一旦「巨鼇」被龍伯國大人釣走六隻，神山的數目遂發生變
化，可見，「巨鼇」在仙界秩序中扮演了維繫秩序的重要角色，象徵
的是一股使社會穩定的巨大力量，後人遂常「以海客釣鼇為氣魄非凡
之舉，以釣鼇客喻指胸襟豪放、懷天下之專的曠世雄才」[72]。上述第

71　高莉芬：《蓬萊神話：神山、海洋與洲島的神聖敘事》（臺北市：里仁書局，2008
　　年），頁61。

72　紀玉洪、呼雙雙：〈唐宋詩詞中海的審美意象探析〉，《青島大學師範學院學報》21
　　卷1期（2004年3月），頁50。

一首詩，陸游亦將自己描繪成釣求「巨鼇」的海客，投射出意欲一展雄才、維繫社會秩序的內在企盼，但從詩中伴隨出現的「醉酒」、「隱居」等意象，卻可探知詩人內心事與願違的苦悶與無奈；此詩作於淳熙九年（1182）三度罷官退居山陰後（時年五十六），淳熙七年（1180）時，他因江西水災，奏請發粟賑民，卻被趙汝愚彈劾，[73]以擅權、頹放等罪免職，歸居山陰故鄉閑放了六年，即使如此，他卻不甘於就此「老故丘」（〈泛三江海浦〉，卷17，頁1317），仍極為關心國事，密切注意敵人的動態，[74]希望朝廷能把握戰機、出擊金人；有時，他甚至會流下憂國之淚：「和戎壯士廢，憂國清淚滴。關河入指顧，忠義勇推激。常恐埋山丘，不得委鋒鏑。立功老無期，建議賤非職」（〈書悲〉，卷13，頁1061-1062），這種空有恢復中原秩序（「志欲富天下」）的抱負卻報國無門的痛苦，可謂「天公無由問，世俗那得知」，只好學李白「以虹霓為絲，明月為鈎」，[75]幻想已能釣到道教仙鄉中的「巨鰲（鼇）」，以紓解「平生抱負與生活現實相矛盾」、「復見鄙棄世俗，要求解脫」[76]的鬱悶！

第二首詩，作於紹興二十九年（1159）由寧德縣主簿調為福州郡決曹之時，時年三十五，賦閒多年的陸游，頗思一展政治長才，力圖抗金救國，因此，詩中充滿了銀山巨浪、十幅蒲帆、飢鶻掠舷、大魚

---

73 《宋史》：「累遷江西常平提舉。江西水災，奏：『撥義倉振濟，檄諸郡發粟以予民。』召還。給事中趙汝愚駁之，遂與祠。」見〔元〕脫脫等：《宋史》，卷395〈陸游傳〉，頁12058。

74 同時所作詩有云：「羽檄未聞傳塞外，金椎先報擊衙頭」，作者自注：「聞虜酋行帳為壯士所攻，幾不免。虜語謂酋所在為衙頭」（〈秋夜泊舟亭山下〉，卷17，頁1321），又有：「懸知青海邊，殺氣橫千里。良時不可失，胡行速如鬼」，作者自注：「時聞虜酋自香草淀入秋山，蓋遠遁矣」（〈感秋〉，卷17，頁1324）。

75 〔宋〕趙令畤：《侯鯖錄》（北京市：中華書局，2004年），卷6，頁152。

76 于北山：《陸游年譜》，頁276。

舞空等海上壯奇景致的描寫，以展現一己意欲報國滅敵的壯志豪情；
可惜，當時南宋朝政仍被主降派把持，無奈之餘，只好藉莊子「鯤化
為鵬」的神話，想像自己跨坐大鵬背上、衝上九萬里高空、飛往凡人
嚮往的蓬萊仙境，將現實中無法實現的報國救民的理想寄託於海外的
神仙世界之中。陸游求巨鼇、跨鵬背的想像，較李白的旁觀更具主動
性，更能透顯詩人內在的焦慮與渴望。

（三）安期仙人的想像美

「安期生」是蓬萊山神話中能食巨棗的仙人，本為有經世之才的
策士，卻不被踞牀見客的劉邦與力能扛鼎的項羽重用，只好飄然出
世、於海上的蓬萊仙鄉得道成仙，《史記・封禪書》中方士李少君對
漢武帝云：「臣嘗游海上，見安期生，安期生食巨棗大如瓜。安期生
僊者，通蓬萊中，合則見人，不合則隱」[77]，即使權重如漢武帝，亦
無法得見之；唐代多有提及安期生的詩篇，如：「安期今何在，方丈
蔑尋路。仙事與世隔，冥搜徒已屢」（宋之問〈景龍四年春祠海〉，卷
51，頁621）、「我昔東海上，勞山餐紫霞。親見安期公，食棗大如
瓜。中年謁漢主，不愜還歸家」（李白〈寄王屋山人孟大融〉，卷
172，頁1769），宋之問直言欲尋安期而不可得，而李白則想像親見了
安期食棗的景象，其實，都在藉仙人安期的遭遇表達己身「不滿世
事、壯志未酬的一種鬱悒、憤懣的心情」。[78]

然而，儘管李白在詩中親見了仙人安期生，但仍舊只是遠遠地
「觀」看而已，並未與之互動；陸游則不然，他雖然也有和宋之問一
樣的尋找安期的舉措，如：

---

77 〔日〕瀧川龜太郎：《史記會注考證》（臺北市：洪氏出版社，1982年），卷28〈封
　　禪書〉，頁507-508。

78 郭振：《古代詩人詠海》（北京市：海洋出版社，1993年），頁134。

羨門安期何在哉？河流上泝崑崙開。白雲不與隱居老，孤鶴自
下遼天來。春江風物正閒美，綠浦潮平柂初起。暮吹長笛發巴
陵，曉挂高帆渡湘水。世間萬變更故新，會當太息摩銅人。脫
裘取酒藉芳草，與子共醉壺中春。（〈對酒作〉，卷53，頁
3131）

在尋安期不得的嘆息中，藉薊子訓與老翁共摩銅人的典故，[79]暗示其
深感光陰易逝、懷才不遇的無奈心理。但他更有與安期親密互動的詩
篇，在嚮往仙人的想像中透顯出急欲超越現實、積極改變命運的願望
與生命活力，如：

我昔遊岷峨，捫蘿千仞峰。丈人倚赤藤，恐是安期翁。贈我一
丸藥，五雲出瓢中，服之未轉刻，瑩然冰雪容。素手掬山靄，
綠髮吹天風。丈人顧我喜，共騎一蒼龍。蓬萊亦何求，愛此萬
里空。卻來過齊州，蟪垤看青嵩。（〈安期篇〉，卷16，頁
1280）

此詩作於淳熙十一年（1184），詩人因奏請朝廷撥義倉糧賑江西災民
而於淳熙七年（1180）五月三度罷官，在立功無門、建議無路、壯志
難伸的鬱悶下回到山陰，至寫作此詩時已閒居四年之久，遂以不受重
用而出世得道的仙人安期生為書寫焦點，藉此表現作者在現實中懷才
不遇的苦悶。陸游發揮想像力，將己置身詩境，全力描寫他與安期生
的親密互動：先是仙人「贈我一丸藥」，陸游服食之後，傾刻間亦成

---

79 詳參〔南朝宋〕范曄：《後漢書》（臺北市：鼎文書局，1994年），卷82下〈方術列
　　傳下・薊子訓〉，頁2745-2746。

為長生且能自在遨翔的仙人，王國瓔曾說：「即使詩人本身並不一定是求仙的體行者，可是當他面對自我，思索個人生命處境時，意識到生命困境的存在，也會油然興起對長生、無慮的神仙世界的嚮往」、「經過儒、道哲學的理論化，隱逸已不再是單純的逃避行為，卻可以解釋成一種具有道德批判性的政治姿態，也可以代表一種人生理想的索求」[80]，可見陸游將自己想像成「長生、無慮」的仙人，更可以傳達出他對現實中生命困境存在的無力感，以及對人生理想的強烈索求；而後是陸游與仙人安期「共騎一蒼龍」，遨遊萬里天空，於是，陸游本身亦成為一個能遊的仙人，徐復觀曾指出：「能遊的人，實即藝術精神呈現出來的人」[81]，王立亦云：「遊仙主題，真正成功而動人地打破了塵世與天堂之間那種現實與非現實界限，在人心靈世界中將人間與幻界融為一個審美對象化意象整體，自由而自覺地移入作品，開創了中國文學創作主體重感覺想像，著重表現人生命活力的習慣」，「遊仙之作即便有許多看似不經意為之，卻重在體現人的主體性，是人有意識或潛意識中力圖超越現實、改變命運與自身的一種努力，凸顯出人的智慧才能與精神追求」[82]，由此可知，陸游與安期共翔的遊仙想像，是以一種更具生命力的姿態，呈現出他力圖超越現實、改變命運與自身的努力與精神。然而，儘管陸游以幻遊仙人表現對現實超越的企圖，卻仍心念現實中的故土人情，遂於詩末採用〈離騷〉[83]由從上天窺視下界的手法（「蓬萊亦何求，愛此萬里空。卻來過齊州，蟣蝨看青嵩」），一如邱鳴皋所言：「他（陸游）盡可以把一切

80　分別見王國瓔：《中國山水詩研究》（臺北市：聯經出版社，1996年），頁83、101。

81　徐復觀：《中國藝術精神》（臺北市：臺灣學生書局，1983年），頁63。

82　分別見王立：〈中國古代文學的遊仙主題〉，《中國古代文學十大主題》（臺北市：文史哲出版社，1994年），頁221、224。

83　〔戰國〕屈原〈離騷〉：「升皇之赫戲兮，忽臨睨夫舊鄉」，見湯炳正：《楚辭今注》（上海市：上海古籍出版社，1996年），頁26。

身外之物統統忘卻，但這團火（抗金收復），不屬於身外之物，而是他的靈魂所在」[84]，若結合〈安期篇〉的寫作背景來看，陸游與安期生密切互動的仙遊書寫所隱隱透顯的，正是這份對「抗金收復」理想的追求與努力，以及現實中此理想未能實現的遺憾與失落之感。

綜合以上兩小節來看，寫實美與浪漫美，雖並為陸游詩海洋書寫所透顯的美感，但是，就其終身重儒崇經的思想背景言，[85]關懷海民的寫實美可視為其海洋詩歌美學的主色調，而海山神話想像的浪漫美則為其副彩，是詩人報國無門之際，暫藉想像仙境、仙物、仙人以作為精神協調機制下的產物。

六 海洋哲思的變化美：由感性驚嘆轉為理性哲思

海洋，除了有規律性的潮汐變化外，還有更多難以預測的海象變化，例如：暴風狂浪、黑霧雷電、海市蜃樓等等，雖然有些會造成人類的畏懼心理，但是，對於以內陸為主要活動場域的中國詩人而言，多變的大海，仍極具變化美的吸引力。求變化，本就是人們基本的心理需求，英國畫家和美術家羅傑‧弗萊（Roger Fry）說：「沒有變化，感覺得不到足夠的刺激」[86]，認為單純會平淡無味，而變化則可以滿足刺激之感；陳望道也說：

---

84 邱鳴皋，《陸游評傳》，頁245。

85 積極入世的儒家思想，一直是陸游思想的主軸，曾自謂：「五世業儒書有種」（〈閑遊〉，卷68，頁3830）、「六經萬世眼，守此可以老」（〈冬夜讀書〉，卷15，頁1212）、「經術吾家事，躬行更不疑」（〈自儆〉之二，卷63，頁3581）、「萬事忘來尚憂國，百家屏盡獨窮經」（〈自詠〉，卷49，頁2965）、「老益尊儒術，閒仍為國憂」（〈初秋夜賦〉，卷62，頁3560）。

86 見〔英〕羅傑‧弗萊（Roger Fry）：〈論美感〉，收入佟景韓、易英主編：《現代西方藝術美學文選——造型藝術美學卷》（臺北市：洪葉文化公司，1995年），頁307。

人類心理卻都愛好富於變化的刺激，大抵喚起意識須變化，保持意識底覺醒狀態也是須要變化的。若刺激過於齊一無變化，意識對它便將有了滯鈍、停息的傾向。在意識底這一根本性質上，反復的形式實有顯然的弱點。反復到底不外是同一（縱非嚴格的同一，也是異常的近似）狀態之齊一地刺激著我們的事。反復過度，意識對於本刺激也便逐漸滯鈍停息起來，有在不識不知之間，移向那有變化有起伏的別一刺激去的趨勢。[87]

從內在意識層面，詳細說明了人類在反復過度之後的求變、求刺激的心理需要。至於喬治·森塔亞納（George Santayana）則從生理解釋人類渴望變化心理的原因：「恆常訴諸於同一器官，恆常需要同樣的反應，這使感覺系統疲倦，於是我們渴望變化，以便休息」[88]，唯有變化，才能使疲倦的器官休息，而刺激大腦另一部位產生新的反應，從而引起新的「注意」；錢谷融、魯樞元也從生理方面解釋「變化」引起「注意」的發生歷程：

> 人對某一對象的某種特徵的注意越集中，在大腦皮層的相應部位就越能引起優勢興奮中心。此時舊的暫時神經聯繫被抑制，新的暫時聯繫容易形成，因而能保證外界刺激信息充分被感知。被感知的信息引起大腦皮層相應部位的興奮，對於同時可能興奮起來的其它部位來說是一種抑制。興奮程度強的佔了優勢壓倒興奮程度弱的，使之處於抑制狀態，這在心理學上稱為「負誘導作用」。……由於這一心理規律，文學家要達到有效

---

87 陳望道：《美學概論》，收入《陳望道文集》，第二卷，頁42。
88 〔美〕喬治·森塔亞納（George Santayana）著，王濟昌譯：《森塔亞納美學箋註》（臺北市：業強出版社，1986年），頁88。

的觀察，必須有一個注意中心。我們可以把這叫做「有意注意
優勢」，這個優勢的建立，有助於作家實現真正有效的觀察感
受。[89]

可知，尤其是對於具有敏銳觀察力及「有意注意優勢」的詩人而言，
長時間接受不變的或單調重複的刺激，神經系統就會降低對刺激的感
覺敏度，直到對它完全失去反應。因此，變化莫測的海景，正符合了
敏感詩人們求變求異的心理需求，引起了他們更多的「注意」。

　　然而，面對多變的海象，由於文化精神面貌的差異，唐、宋詩人
的觀物角度與情志表現也就有所不同。唐人多憑感性觀物，重「感
情」[90]的抒發；宋代，由於哲學的發達，詩人們受到儒、釋、道等文
化思想高度融合的影響，觀物的角度由「感性」的體會轉而偏向「理
性」的思索，[91]再加上「宋代詩人喜歡用詩的形式談論哲學道理」[92]，
因此，宋代詩人如陸游，面對倏忽萬變的海景，所引發者多為生命的
哲思，茲分海潮、海氣、海外神山三方面較析如下：

（一）海潮聲勢的變化美

　　每年八月十五至十八的錢塘海潮，為天下奇景，自古以來吸引無

---

89 見錢谷融、魯樞元著：《文學心理學》（臺北市：新學識文教出版中心，1990年），
　　頁101。

90 〔日〕吉川幸次郎：「唐詩在中國詩歌的歷史上，有著如此空前絕後的地位，原因
　　何在呢？大致而言，這是因為自《詩經》以來經歷了千年以上歷史的詩歌之流，也
　　就是把熾烈的感情用有韻律的語言加以表達的創作之流，到此，方始得到充分的表
　　現。」見氏著，章培恒、駱玉明等譯：《中國詩史》（上海市：復旦大學出版社，
　　2012年），頁178。

91 詳參鄒巔：《詠物流變文化論》（長沙市：湖南人民出版社，2009年），頁191。

92 〔日〕吉川幸次郎著，鄭清茂譯：《宋詩概說》，頁23。

數人潮前往觀賞，謳歌海潮之作亦不絕如縷，唐詩亦然，詩人們多驚嘆於潮聲與潮勢的浩大迅猛，如：「百里聞雷震，鳴弦暫輟彈。府中連騎出，江上待潮觀。照日秋雲迥，浮天渤澥寬。驚濤來似雪，一坐凜生寒」（孟浩然〈與顏錢塘登障樓望潮作〉，卷160，頁1645）、「巨浸東隅極，山吞大野平。因知吳相恨，不盡海濤聲。黑氣騰蛟窟，秋雲入戰城。游人千萬里，過此白髭生」（貫休〈秋過錢塘江〉，卷829，頁9343）、「浙江悠悠海西綠，驚濤日夜兩翻覆。錢塘郭裏看潮人，直至白頭看不足」（徐凝〈觀浙江濤〉，卷474，頁5377）、「樓有章亭號，濤來自古今。勢連滄海闊，色比白雲深。怒雪驅寒氣，狂雷散大音。浪高風更起，波急石難沈。鳥懼多遙過，龍驚不敢吟。坳如開玉穴，危似走瓊岑。但褫千人魄，那知伍相心」（姚合〈杭州觀潮〉，卷499，頁5677）、「怒聲洶洶勢悠悠，羅剎江邊地欲浮」（羅隱〈錢塘江潮〉，卷658，頁7556），著眼的多是海潮來時的洶洶怒濤與如雷巨響所帶給觀潮人的震撼與驚懼。

　　陸游則不然，他雖亦有描寫潮聲、潮勢之筆，卻將視野拓展，對海潮發生前、後的江面變化作了對比性的描寫，詩云：

> 江平無風面如鏡，日午樓船帆影正。忽看千尺涌濤頭，頗動老子乘桴興。濤頭洶洶雷山傾，江流卻作鏡面平。向來壯觀雖一快，不如帆映青山行。嗟余往來不知數，慣見買符官發渡。雲根小築幸可歸，勿為浮名老行路。（〈觀潮〉，卷21，頁1580）

作者雖一如前人以洶洶怒濤與如雷巨響寫海潮發生時的壯觀驚人之勢，更注意到當海潮退去後江面復平如鏡、可供行帆賞看青山的寧靜之境；不僅呈顯出潮起、潮落各有其妙的變化之美，同時還在兩者的對比之中，透露出一己安於平靜風濤的生命省悟與抉擇。

（二）海氣景觀的變化美

海氣，即指海上蜃氣，是光線經過不同密度的空氣層而發生折射
或反射現象，進而將遠處景物顯示在空中或地面的幻景。唐代詩人目
睹此光線變化的奇觀美景時，多從感性角度發抒其嚮往、驚嘆之情：
「毫釐見蓬瀛，含吐金銀光。草木露未晞，蜃樓氣若藏……靈津水清
淺，余亦慕修航」（陳陶〈蒲門戍觀海作〉，卷745，頁8467）、「海氣
百重樓，巖松千丈蓋。茲焉可遊賞，何必裏城外」（李世民〈於北平
作〉，卷1，頁5）、「江濤如素蓋，海氣似朱樓。吳趨自有樂，還似鏡
中遊」（虞世南〈賦得吳都〉，卷36，頁473），與沈括《夢溪筆談》所
記之宮室、臺觀、城堞、人物、車馬、冠蓋等多樣內容相比，[93]唐詩
更集中在宮室、臺觀的描繪。

身處宋代哲學氛圍濃厚的陸游，眼前變化萬千的海氣，自然引起
了他高度的「注意」，並將其目之所見奇景，以及內心憑「理性」觀
物所興發的哲理玄思入詩，詩云：

> 浴罷來水滸，適有漁舟橫，浩然縱棹去，漫漫菰蒲聲。海浸乃
> 爾奇，萬象空際生：駸駸牧龍馬，天矯騰蛟鯨，或如搴大旗，
> 或如執長兵。我欲記其變，忽已天宇清。成壞須臾間，使我歎
> 且驚。世事正如此，何者非強名。（〈海氣〉，卷62，頁3550-
> 3551）

心念殺敵抗金、拯百姓於水火的陸游，突破前人靜態呈現建築、人物
的方式，而以動態的、獨特的戰爭意象群來描繪蜃景的變化：先是神

---

93 〔宋〕沈括著，胡道靜校證：《夢溪筆談校證》（上海市：上海古籍出版社，1982
　年），卷21〈異事〉，頁691。

馬飛天、「蛟鯨」騰海，揭開海天激鬥的序幕；其次是戰士登場，有
穩掌大旗的先鋒，亦有手執長戟的戰士們，正進行著盛大的戰爭；
然而，就在作者欲記下此難得的變化美景時，天空卻在瞬間一掃而
淨、空無一物，詩人在震懾驚歎之餘，悟及佛家「成壞相尋，亦豈有
常」[94]的無常之理，並於詩末提出順其自然的生命態度，展現了宋詩
「從大處著眼」、「視界最為開闊的達觀態度」[95]。

（三）海外神山的變化美

陳望衡《中國古典美學史》還指出宇宙的「變化」是與時、空交
叉的，他說：「『變』既是空間性的，表現為物體位置的變異；又是時
間性的，表現為時光的線性流程。……這實際上是提出，我們視察事
物應該有兩種相交叉：空間的——天地（自然、社會）；時間的——
四時（歷史）」[96]，因此，海洋的變化美，也可以從時間的向度來考
察，例如唐詩：「海上三神山，逍遙集眾仙。靈心豈不同，變化無常
全。龍伯如人類，一釣兩鼇（俗「鼈」字）連。金臺此淪沒，玉真時
播遷。問子勞何事，江上泣經年」（張說〈入海〉二首之二，卷86，
頁931），藉仙境神山因龍伯破壞而產生數量的變化（詳見前引《列
子・湯問》）深致「變化無常」之慨；又如：「從來繫日乏長繩，水去
雲回恨不勝。欲就麻姑買滄海，一杯春露冷如冰」（李商隱〈謁山〉，
卷540，頁6208），則藉麻姑已見到東海幾次變為桑田、蓬萊海水亦較

---

94 〔明〕釋明河：「成壞相尋，亦豈有常。今日之壞，安知不為四眾作福之地哉！」見
　　氏著：《補續高僧傳》（上海市：上海古籍出版社，2002年），卷11〈退谷雲傳（附石
　　橋宣公）〉，頁166。

95 〔日〕吉川幸次郎著，鄭清茂譯：《宋詩概說》，頁25。

96 見陳望衡：《中國古典美學史》（長沙市：湖南教育出版社，1998年），頁188。

先前減損一半的神話，[97]以表達自然界變化難以扭轉、人類生命短暫易逝之嘆。

陸游對於上述神山隨著時間改變而發生數量與海水深淺的變化，也與唐詩人一樣發出驚嘆之聲，但不同的是，他還進一步作了哲理的思索，提出因應的人生態度，詩云：

> 吾聞海中五神山，其根戴以十五鼇。一朝六鼇被釣去，岱輿員嶠沉洪濤。尚餘三山巋然在，當時不沒爭秋毫。如何蓬萊又已淺，忽見平地生藜蒿。伏羲迄今幾萬歲，世事如火煎油膏。娶妻不敢待翁命，治水無暇憐兒號。避讒奔楚僅得免，歷聘返魯終不遭。老聃關尹亦又死，人實危脆無堅牢。有口惟可飲醇醪，有手惟可持霜螯，勿令他人復笑汝，後有萬世來滔滔。
> （〈神山歌〉，卷5，頁425-426）

詩人從時間的、歷史的角度，觀察象徵長生不死的神話仙境——五神山的數量變化，由於遭致龍伯國大人的破壞，從五座變成三座；甚至，其中一座神山——蓬萊山，還面臨了水「淺」的危機。連不死的仙人世界都如此難以避免無常的變化，更何況是血肉之軀的人類呢？陸游思及神話中海上神山的這兩種變化，一方面從感性的角度聯想到人間從伏羲、舜禹以至老聃關尹，無論賢愚不肖，生命都是「危脆無堅牢」的！另一方面更從理性的角度悟得應及時行樂之理，勿令後世之人嘲笑！

此詩作於淳熙元年（1174）的居蜀時期，正是朝廷改採「和戎」

---

97 〔晉〕葛洪《神仙傳》：「麻姑自說：接侍以來，已見東海三為桑田。向到蓬萊，水乃淺於往者，會將減半也，豈將復為陵陸乎？方平（王遠）笑曰：聖人皆言海中行復揚塵也。」（臺北市：廣文書局，1989年，卷2，頁8）

政策、王炎被召還京城、陸游由前線（嘉州）調回成都之時，詩人心中自是充滿壯志難酬的鬱悶，他藉由對於海上神山變化的想像之旅，不僅引發生命無常的感觸，也以孔子「避讒奔楚僅得免，歷聘返魯終不遭」的政治失意暗示一己報國志願的難酬與對時局多變的慨嘆，從而在詩末發展出對於這種生命、世事桎梏的對治之道，即：「有口惟可飲醇醪，有手惟可持霜螯」等及時飲酒行樂的人生觀。這恐怕是他因報國無門、意欲逃避苦悶和煩惱，而不得不採取的「自我麻醉」與「精神發洩」渠道；[98]在這種「傾家作樂」人生觀的背後，或許亦隱藏著陸游對主政者「和戎」政策無可奈何的心理，隱隱透顯出作者獨具的愛國思想與抗金性格。

七　結語

　　本論文乃針對在宋詩海洋書寫的質與量皆有突破性表現的陸游相關詩作近百首為主要觀察文本，並與唐代相關詩篇略作比較，以便具體觀察陸游詩海洋審美的內涵與特徵。除了結合美學理論發掘其美感效果外，還從作者所處南宋之時代背景及其個人遭際以深入抉發其情志，初步獲得如下結論：

　　第一，從審美內涵言，陸游詩主要呈顯出五種類型，分別為：「海洋經綸的崇高美」、「海山詠歌的和諧美」、「海洋關懷的寫實美」、「海山想像的浪漫美」、「海洋哲思的變化美」。當陸游報國無門、屢遭挫難時，面對潔淨空闊、遠離人境、變化萬千的海洋，難免生發對優美海山的欣賞詠嘆，或是產生道教遊仙的浪漫遐想，甚至興起生命的理性哲思；但是，由於他剛健不屈、積極入世的個性與學

98　參高繼堂：〈陸游記夢詩探析〉，頁80。

養，澎湃的大海卻更能激發他經綸海洋、抗敵滅金的崇高鬥志；又由於他終身重儒崇經、以救國濟世為己任，海洋多困的生活更引起他繫念海民民生現實的仁愛情懷。崇高美與寫實美，可謂陸游詩海洋美學的主要底蘊。

第二，從歷史發展言，陸游詩的海洋美學內涵與表現對前代（唐朝）有諸多轉化或新變之處，例如：崇高美，大多數的唐代詩人仍敬畏、恐懼海洋，陸游則在繼承李白、杜甫等少數詩人以描繪壯海、從容航海、想像征服海域來展現征服海洋、一展抱負的崇高美感外，又以更細膩豐富的情志書寫與己身形象化的聚焦，展現更勝前朝的經綸海洋與國事的崇高勇氣與生命力；和諧美，無論是岸邊觀海或海上觀海，唐詩人多藉冥茫淒清的海景宣洩其思鄉或不遇的熱烈、悲傷之情，而陸游則能善用身體感官以登高遠望、舟中覽觀或移步遊賞等方式，與海山相近相親、互動往還，細細感知、體察潔淨空闊的海山優美之景，從而滌除功利之思，將心靈安頓其間，而達人海和融的美境。

又如：寫實美，唐代雖已有以客觀態度、如實觀察手法來真實反映海洋生活之苦並深致憂憫之意的詩篇，但畢竟仍屬少數；及至宋詩，寫實傾向才進入最高潮，不僅詩篇大增，手法亦更形細膩精緻，篇幅更見加長，且更添人道精神的關懷與同情，而陸游更改變前人旁觀敘事的立場而親身融入詩中，並轉而以自身生活為主要題材，更增添書寫的真實性，至於情意展現亦有拓展，在憂民之苦外還新增了為豐年而喜，映照出更鮮明的儒者愛民性格。浪漫美，唐以前詩人即有諸多關於海洋仙境、仙物與仙人的想像，並於其中寄寓懷才不遇或超然出世的情懷；陸游更突破前人消極觀看仙人、仙物的態度，轉而藉仙境和諧特徵的強調、對巨鰲大鵬的積極求取、與安期生親密互動的想像，展現詩人於報國無門之際，仍力圖超越現實、改變命運的努力

與精神。變化美，唐代詩人面對海潮聲勢、海氣景觀、神山數量深淺等變化之美，多從感性角度深致嚮往或驚嘆之意；陸游雖也於詩中書寫對這三種海洋變化美的驚奇與讚嘆，卻還從理性角度加以思索，表達出佛家成壞相尋的「無常」哲思，從而發展出安於平靜風濤、順其自然的生命態度。

第三，從陸游詩海洋審美的內涵，可以具體探知作者足以代表宋代文人尚氣節、重理性、尊儒愛民、愛國家、好哲思等獨特的精神面貌；從陸游詩海洋審美內涵與表現手法對前朝的轉化與新變，可以肯定他在古典詩海洋美學發展史上居於轉變關鍵的重要地位。

主要參考文獻

一　傳統文獻（依時代先後排序）

〔周〕左丘明傳　〔晉〕杜預注　〔唐〕孔穎達疏　《春秋左傳正
　　　義》　收入〔清〕阮元　《十三經注疏》　臺北市　藝文印
　　　書館　1989年

〔周〕左丘明撰　〔吳〕韋昭注　《國語・鄭語》　收入《景印文淵
　　　閣四庫全書》　冊406　臺北市　臺灣商務印書館　1986年

〔周〕列禦寇撰　〔晉〕張湛注　《列子》　《景印文淵閣四庫全
　　　書》　冊1055　臺北市　臺灣商務印書館　1986年

〔周〕莊周撰　〔晉〕郭象注　《莊子》　《景印文淵閣四庫全書》
　　　冊1056　臺北市　臺灣商務印書館　1986年

〔晉〕葛　洪　《神仙傳》　臺北市　廣文書局　1989年

〔南朝宋〕范　曄　《後漢書》　臺北市　鼎文書局　1994年

〔南朝宋〕劉義慶撰　〔梁〕劉孝標注　楊勇校箋　《世說新語校
　　　箋》　臺北市　正文書局　1992年

〔南朝梁〕蕭統撰　〔唐〕六臣註　《文選》　臺北市　華正書局
　　　1981年

〔宋〕郭　熙　《林泉高致》　收入黃賓虹、鄧實編　嚴一萍補輯
　　　《美術叢書二集第七輯》　臺北市　藝文印書館　1975年

〔宋〕沈括著　胡道靜校證　《夢溪筆談校證》　上海市　上海古籍
　　　出版社　1982年

〔宋〕陸游著　錢仲聯校注　《劍南詩稿校注》　上海市　上海古籍
　　　出版社　1985年

〔宋〕劉辰翁　《須溪集》　收入《四庫全書珍本四集》　臺北市
　　　臺灣商務印書館　不著出版年
〔宋〕趙令畤　《侯鯖錄》　北京市　中華書局　2004年
〔宋〕辛棄疾撰　鄧廣銘箋注　《稼軒詞編年箋注》　上海市　上海
　　　古籍出版社　1995年
〔元〕脫脫等　《宋史》　臺北市　鼎文書局　1994年
〔元〕馬端臨　《文獻通考》　臺北市　世界書局　1986年
〔明〕釋明河　《補續高僧傳》　上海市　上海古籍出版社　2002年
〔清〕清聖祖敕編　《全唐詩》　臺北市　文史哲出版社　1978年
〔清〕董誥等奉敕編　《欽定全唐文》　臺北市　啟文出版社　1961年
〔清〕葉　燮　《原詩》　收入丁福保輯　《清詩話》　上海市　上
　　　海古籍出版社　1999年
〔清〕張英奉敕編　《淵鑑類函》　臺北市　新興書局　1971年
北京大學古文獻研究所編　《全宋詩》　北京市　北京大學出版社
　　　1993年

二　近人論著（依作者姓氏筆畫排序）

于北山　《陸游年譜》　上海市　上海古籍出版社　2006年
王　立　〈中國古代文學的遊仙主題〉　《中國古代文學十大主題》
　　　臺北市　文史哲出版社　1994年　頁201-228
王國瓔　《中國山水詩研究》　臺北市　聯經出版社　1996年
伍蠡甫等編　《西方文論選》　上海市　上海譯文出版社　1986年
朱東潤　〈陸游的思想基礎〉　《陸游研究》　上海市　中華書局
　　　1962年

朱洪玉　〈從遊仙詩看山水詩的發展過程〉　《湖北成人教育學院學報》　17卷2期　2011年3月　頁83-84

朱雯等編選　《文學中的自然主義》　上海市　上海文藝出版社　1992年

佟景韓、易英主編　《現代西方藝術美學文選──造型藝術美學卷》　臺北市　洪葉文化公司　1995年

李文濤　〈宋代的海洋文明概況〉　《歷史月刊》　第261期　頁53-62

李思孝　《從古典主義到現代主義──歐洲近代文藝思潮論》　北京市　首都師範大學　1997年

李致洙　《陸游詩研究》　臺北市　文史哲出版社　1991年

李澤厚　《美學百題》　臺北市　丹青出版社　1987年

李澤厚　《美學論集》　臺北市　三民書局　1996年

林文月　《山水與古典》　臺北市　純文學出版社　1976年

邱鳴皋　《陸游評傳》　南京市　南京大學出版社　2002年

紀玉洪　呼雙雙　〈唐宋詩詞中海的審美意象探析〉　《青島大學師範學院學報》　第21卷第1期　2004年3月　頁49-54

胡如虹　〈論陸游紀夢詩中的愛國詩作〉　《婁底師專學報》　1985年3期　頁19-25

胡滄澤　〈隋煬帝與流求〉　《武陵學刊》　1997年5期　頁64-65

徐復觀　〈山水畫創作體驗的總結──郭熙的林泉高致〉　收入氏著《中國藝術精神》　臺北市　臺灣學生書局　1998年

徐復觀　《中國藝術精神》　臺北市　臺灣學生書局　1983年

徐曉望　〈隋代陳稜、朱寬赴流求國航程研究〉　《福建論壇・人文社會科學版》2011年3期　頁80-85

徐鴻儒　《中國海洋學史》　濟南市　山東教育出版社　2005年

高莉芬　《蓬萊神話：神山、海洋與洲島的神聖敘事》　臺北市　里仁書局　2008年

高繼堂　〈陸游記夢詩探析〉　《寶雞師院學報（哲學社會科學版）》　1987年3期　頁73-80+84

張　法　《中西美學與文化精神》　北京市　北京大學出版社　1997年

郭　振　《古代詩人詠海》　北京市　海洋出版社　1993年

陳　香　《陸放翁別傳》　臺北市　國家出版社　1982年

陳望道　《美學概論》　收入《陳望道文集》第二卷　上海市　上海人民出版社　1980年

陳望衡　《中國古典美學史》　長沙市　湖南教育出版社　1998年

喻天舒　《西方文學概觀》　北京市　北京大學出版社　2004年

曾大興　〈柳永以賦為詞論〉　《江漢論壇》　1990年6期　頁56-61

童熾昌　〈鐵馬冰河入夢來──讀陸游的記夢詩〉　《浙江學刊》　1983年1期　頁102-103

逯欽立編　《先秦漢魏晉南北朝詩》　北京市　中華書局　1998年

葉太平　《中國文學之美學精神》　臺北市　水牛圖書出版公司　1998年

鄒　巔　《詠物流變文化論》　長沙市　湖南人民出版社　2009年

廖國棟　《魏晉詠物賦研究》　臺北市　文史哲出版社　1990年

歐陽周、顧建華、宋凡聖編　《美學新編》　杭州市　浙江大學出版社　2001年

蕭果忱　《陸放翁晚年的生活與思想》　北京市　中國書店　2012年

錢谷融、魯樞元著　《文學心理學》　臺北市　新學識文教出版中心　1990年

顏智英　〈論陸游詩的泛海書寫〉　收入劉石吉等主編　《旅遊文學與地景書寫》　高雄市　中山大學人文研究中心　2013年7月初版　頁71-94

顏智英　〈論稼軒「博山道中詞」篇章意象之形成及組合〉　《師大
　　學報：人文與社會類》　50卷1期　2005年4月　頁41-64

〔日〕吉川幸次郎著　章培恒、駱玉明等譯　《中國詩史》　上海市
　　復旦大學出版社　2012年

〔日〕吉川幸次郎著　鄭清茂譯　《宋詩概說》　臺北市　聯經出版
　　公司　2012年

〔日〕瀧川龜太郎　《史記會注考證》　臺北市　洪氏出版社　1982年

〔加拿大〕菲力浦・科克（Philip Koch）著　梁永安譯　《孤獨》
　　臺北市　立緒文化事業公司　1997年

〔美〕喬治・森塔亞納（George Santayana）著　王濟昌譯　《森塔
　　亞納美學箋註》　臺北市　業強出版社　1986年

〔奧地利〕佛洛伊德（Sigmund Freud）著　賴其萬、符傳孝譯
　　《夢的解析》　臺北市　志文出版社　1986年

〔德〕康德（Immanuel Kant）著　宗白華、韋卓民譯　《判斷力批
　　判》　臺北市　臺灣商務印書館　1964年

〔美〕Franz Michael. 1955. "State and Society in Nineteenth century
　　China." in *World Politics*, Vol.7, No.3. Cambridge University
　　Press.

〔美〕George J. Becker. 1963."Introduction: Modern Realism as a
　　Literary Movement." in *Documents of Modern Literary Realism*.
　　Princeton: Princeton University Press.

〔美〕René Wellek. 1973. *Concepts of Criticism*. New Haven: Yale
　　University Press.

論文天祥詩的海洋意象*

摘　要

　　文天祥（1236-1282），自四十歲起，便一路從海道輾轉鯨波、數瀕死境，欲南歸海上行朝以圖中興南宋，卻不幸於五坡嶺為元軍所俘，被迫目睹南宋亡於崖海之上。因此，海洋對他而言，具有深刻的意義，其詩筆下的海洋，亦具有豐富的文化意涵。本文即探討他一百四十多首與海相關的海洋詩歌所呈現的文化意涵。先析論他對傳統視海洋為「阻隔的空間」、「奇美的勝地」、「超越現實的理想世界」等意象書寫的繼承與開拓情形，再探究他憑藉親身泛海的經驗與強烈報國的意識，將傳統視海洋為「重生的搖籃」之意象具體化為「南歸的希望」、將「毀滅的場域」聚焦化為「殺戮的戰場」之深刻內涵；在他具體而形象的書寫藝術中，我們透視了文天祥個性化（報國丹心）、大格局（由私憤提昇至忠憤）的情意書寫特徵。

關鍵詞：文天祥、宋詩、海洋詩歌、文化、意象

---

* 本文為科技部102、103年補助專題研究計畫【宋詩海洋書寫研究】、【宋詩海洋書寫的主題研究】之部分研究成果。（計畫編號：NSC102-2410-H-019-022、MOST103-2410-H-019-015）

一　前言

　　海洋，早在《詩經》〈小雅·沔水〉：「沔彼流水，朝宗於海」、「沔彼流水，其流湯湯」[1]之時，就已進入詩人的視野，而中國的古典詩歌，又是「以詩人主觀情感的渲洩為核心」，[2]因此，詩中所勾勒的海洋，便較其他體裁更能表現出詩人主觀的情感、思想；同時，詩人筆下的海洋意象，也隨著詩人們不同的個性、經歷、生活、時代背景等，而展現出較其他體裁更豐富多樣的風貌與內涵。

　　意象，是「作者的意識與外界的物象相交會，經過觀察、審思與美的釀造，成為有意境的景象」，[3]從漢魏以至南北朝，詩人靈視下的海洋已有「阻隔的空間」、「無窮的宇宙」、「奇美的勝地」、「超越現實的理想世界」等多樣的意象書寫。到了唐代，由於朝廷實行對外開放政策、航海技術進步、造船技術提高，[4]於是，海外朝貢貿易開始出現、中外互派使節，海洋交通與文化交流漸繁，詩人也因此有較多泛海的詩篇；然而，因作者仍「多置身海畔，作海洋想像之敘寫；涉身海中，遊海、渡海之實臨感受，並不普遍」，[5]再加以海上風險難測、生死難卜，是以除了承繼上列海洋意象書寫外，其泛海詩作多將海洋

1　〔漢〕毛亨傳，鄭玄箋，〔唐〕孔穎達等正義：《毛詩正義》，《十三經注疏》（北京市：中華書局，1980年），卷11，頁432。

2　李劍亮：〈中國古典詩賦中的「海」意象〉，《浙江海洋學院學報》16卷3期（1999年9月），頁21。

3　黃永武：《中國詩學·設計篇》（臺北市：巨流圖書公司，1999年），頁3。

4　徐鴻儒指出：「唐朝在造船技術上取得了一系列的進步，使中國的海船以體積大、載貨多、抗沉性能優良、穩定性好，而馳名海外。」見氏著：《中國海洋學史》（濟南市：山東教育出版社，2005年），頁11。

5　張高評：〈海洋詩賦與海洋性格——明末清初之臺灣文學〉，《臺灣學研究》第5期（2008年6月），頁4。

視為「毀滅的場域」，對於航行海上突如其來的威脅，深表畏懼。至於北宋，詩人看待海洋的視角發生了明顯的轉變，多能樂觀以對，海洋，雖一方面威脅著生命的安全，但另一方面卻也是孕育生命、使萬物「重生的搖籃」，象徵著希望與生機。

上述海洋意象，儘管各有其不同的海洋面貌與作者情思，然而，在人海關係上仍呈現出詩人藉海「傾訴渴望或宣洩煩惱」、「物我渾融」[6]的共同特徵；直至南宋初陸游（1125-1210）的海洋相關詩篇中，這種關係才有了改變，他除了藉海傾訴心懷外，由於一心想抗金殺敵，還將海洋（與海族）視為「征服的對象」，以展現其恢復中原的愛國豪情，與海呈顯出異於傳統的、「對立」的關係。值得玩味的是，同為愛國詩人的文天祥（1236-1282），卻未承續陸游詩中視海為對立、征服對象的人海關係書寫，箇中原因值得深究。文天祥，吉州廬陵（今江西省吉安縣）人，自四十歲（南宋恭帝德祐元年，1275）奉詔勤王後，即屢屢輾轉鯨波之間，或欲南歸行朝、或成海上楚囚，因此，在他八百多首詩作中，[7]有高達一百四十多首與海洋相關的作品，且在其靈視下的海洋，不僅有繼承前人之處，還有詩人憑其強烈報國意識而加以開拓、轉化者，就海洋意象的發展譜系言，具有重要的研究價值。

目前學界關於文天祥生平、思想與作品的研究頗眾，[8]但未見針

6　王立：〈海意象與中西方民族文化精神略論〉，《大連理工大學學報（社會科學版）》21卷4期（2000年12月），頁62。

7　參俞兆鵬、俞暉：《文天祥研究》（北京市：人民出版社，2008年），頁310。

8　專著如：俞兆鵬、俞暉《文天祥研究》、修曉波《文天祥評傳》、黃玉笙《文天祥評傳》、楊正典《文天祥的生平和思想》、張公鑑《文天祥生平及其詩詞研究》等；單篇論文如：周國平〈文天祥勤王幕府述論〉、姜國柱〈文天祥其人及其軍事思想〉、劉仁衍〈論文山精神〉、陳衛華與胡紹炯〈透過詩歌看文天祥的生命意識〉、王家琪〈文天祥《集杜詩》的敘事結構與對杜詩之接受〉、劉華民〈論文天祥的紀行詩〉、

對其詩歌海洋意象作專門論述者，期盼本文的研究成果，能從海洋詩歌文化意涵切入、對文天祥的情志研究提供另一種觀看的視角，也能對古典詩歌海洋意象發展的研究，作出一些補充性的貢獻。以下將先析論他對傳統視海洋為「阻隔的空間」、「奇美的勝地」、「超越現實的理想世界」等意象書寫的繼承與開拓情形，再探究他憑藉親身泛海的經驗與強烈報國的意識，將傳統視海洋為「重生的搖籃」意象予以具體化為「南歸的希望」、將「毀滅的場域」聚焦化為「殺戮的戰場」的深刻內涵。

二　對傳統「海洋」意象書寫的繼承與開拓

（一）阻隔的空間

　　冥茫無際、浪濤洶湧的大海，阻隔了親友與家鄉，漢魏南北朝的詩人往往以遠觀的方式、素樸而直接的文字，書寫因海廣無舟、風強濤驚而致無法歸鄉的惆悵，如：「海廣無舟悵勞劬」、[9]「風潮無極已，……自然傷客子」；[10]唐代，詩人對於大海仍心存畏懼，然因航海技術較為進步，出海者漸多，詩中書寫造成阻隔感之因亦較多樣，新增了航行海上的海程難計、海族威脅等因素，表現出唐朝泛海活動日漸頻繁的時代文化特徵，如：「越海程難計，……望鄉當落日」、[11]

張來芳〈宏衍巨麗　嚴峻劌切——文天祥詩歌美學價值抉微〉、邱昌員〈論文天祥後期詩歌的審美情趣〉等。

9　〔晉〕傅玄：〈擬四愁詩四首之一〉，收入逯欽立編：《先秦漢魏晉南北朝詩》（北京市：中華書局，1983年），頁574。

10　〔北齊〕祖珽：〈望海詩〉，《先秦漢魏晉南北朝詩》，頁2273。

11　〔唐〕李昌符：〈送人入新羅使〉，〔清〕清聖祖敕編：《全唐詩》（上海市：上海古籍出版社，1986年），卷601，頁1526。

「波翻夜作電，鯨吼晝為雷」。[12]然而，上述書寫，仍止於普泛化的故鄉友人之思，思念對象並不明確，直至北宋蘇軾，方指明特定的思念對象，如其遠貶海南之詩：「颶作海渾，天水溟濛。雲屯九河，雪立三江。我不出門，窅寐北窗。念彼海康，神馳往從」，序云：「自立冬以來，風雨無虛日，海道斷絕，不得子由書。乃和淵明〈停雲〉詩以寄」，[13]明確指出思念對象為子由，因海道斷絕、書信難達，只能無奈地與謫放雷州（今廣東海康）的弟弟隔海遙望。

這樣的個性化書寫，到了南宋文天祥的詩中有了極佳的繼承。望著廣袤的海洋思念親友，天祥亦同蘇軾一樣，在詩中寫出特定的思念對象，云：

> 不見江東弟，急難心惘然。念君經世亂，臥病海雲邊。（〈弟第一百五十四〉，卷16〈集杜詩〉）[14]
>
> 風塵淹白日，乾坤霾漲海。為我問故人，離別今誰在。（〈懷舊第一百五〉，卷16〈集杜詩〉）

上述二詩詩句中，皆明白道出了作者思念的對象。前者乃思「弟」之作，天祥〈弟第一百五十一・序〉有言：「余二弟，長璧，次璋。璋自船澳奉母喪趨惠州別，璧來五羊（廣州的別名）別，自是骨肉因緣，墮寥廓矣。哀哉」（卷16〈集杜詩〉），是知此詩作於趙昺祥興元

---

12 〔唐〕林寬：〈送友人歸日東〉，《全唐詩》，卷606，頁1536。

13 〔宋〕蘇軾：〈和陶停雲四首〉其二，〔清〕王文誥輯註，孔凡禮點校：《蘇軾詩集》（北京市：中華書局，1999年），頁2269。

14 〔宋〕文天祥：《文文山全集》（臺北市：世界書局，1956年），卷16〈集杜詩〉，頁434。本論文所引文天祥作品，皆出此書，為省篇幅，再次援引文天祥詩文時僅標示篇名與卷數，不另作註。

年（1278）九月母親病逝之後，[15]時天祥正欲領兵往潮州潮陽討伐海
盜陳懿兄弟等人，[16]無法與弟文璧、文璋扶母靈至惠州，只能獨自在
濱海的船澳，遙望海洋、思念二弟。[17]後者則為思念「故人」而作，
該詩詩序明確指出「故人」有兩類：一是「為王事而沒」者（自百
五至百九），可惜「固多不能盡紀」；另一是「師友之際，同列之情」
者（自百二十六至百三十八），如今卻「死生契闊，不能自已也」。雖
然此詩僅以「漲海」象徵阻隔友情的強大力量（入侵中原的元人），
概括地宣洩出詩人與故人們離別的無奈，並未確指所思者的姓名；但
是，在該詩之後，自〈金應第一百一十〉至〈家樞密鉉翁第一百三十
八〉等二十九首詩中，卻清楚地以詩題道出這些故人的身分與姓名，
且各首皆以小序一一記錄該故人為王事而歿的忠義行跡。[18]

　　大海，除了阻隔親友之望以外，還阻絕了故國之眺，這是天祥書
寫內涵的開拓之處。同時，意象表現上，也不再如前人般怨懟海廣濤
驚、海程難計，而偏好選取蘇武為喻，以主人翁困處海上的形象，表
現對大海阻隔神州之望的迷惘，打破個人思鄉的局限而提昇至對國家
前途的關照，詩云：

　　　　夜靜吳歌咽，春深蜀血流。向來蘇武節，今日子長游。海角雲

15　〔宋〕文天祥：「戊寅，宋景炎三年（祥興元年）九月，齊魏國夫人薨。」（卷17
　　〈紀年錄〉）

16　《宋史》：「至元十五年（祥興元年）……十一月，進屯潮陽縣。潮州盜陳懿、劉興
　　數叛附，為潮人害。天祥攻走懿，執興誅之。」見〔元〕脫脫等：《宋史》（臺北
　　市：鼎文書局，1994年），卷418〈文天祥傳〉，頁12538。

17　同時期詩句還有：「兄弟分離苦」（〈弟第一百五十一〉，卷16〈集杜詩〉）、「風急手
　　足寒」（〈弟第一百五十二〉，卷16〈集杜詩〉）、「忍淚獨含情」（〈弟第一百五十
　　三〉，卷16〈集杜詩〉），足以見出文天祥與手足的戀戀深情。

18　詳參〔宋〕文天祥：〈集杜詩〉，頁422-430。

為岸，江心石作洲。丈夫竟何事，底用泣神州。(〈長溪道中和
張自山韻〉，卷13〈指南錄〉)

漠漠愁雲海戍迷，十年何事望京師。李陵罪在偷生日，蘇武功
成未死時。鐵石心存無鏡變，君臣義重與天期。縱饒夜久胡塵
黑，百煉丹心涅不緇。(〈題蘇武忠節圖有序〉三首之三，卷13
〈指南錄・補遺〉)

詩人藉蘇武遠離故國、持節北海十九年、幽絕困處海上的形象自喻，
並結合「雲」的意象來渲染海天相連、望無際涯的浩渺無依之感。鄧
碧清評論此詩作法云：「(天祥)把蘇武和自身對照抒寫，處處寫蘇
武，但同時處處又在寫自己，表現了高超的寫作技巧」，[19]言雖有理，
卻只就寫作手法立論，未能道出該詩的真正價值；其實，天祥二詩詩
末均跳脫了前人對大海阻隔的埋怨情調，轉而以矢志報國的堅定語氣
作結，且巧借蘇武不變的丹心喻其自身不畏困境、無視大海阻撓的意
志與勇氣，這份救國的丹心與堅持，方為其詩作之最大價值所在。

　　可惜，天祥救國的心願，最後卻未能達成：不僅親眼目睹南宋覆
亡於海上，甚且成為元人的階下之囚，從廣東一路北上，經由海道被
押解至元大都。此時，大海對他而言，除了是阻斷故國之望的無情所
在外，更是限制其行動自由與阻隔其歸國希望的樊籠，詩云：

茫茫地老與天荒，如此男兒鐵石腸。七十日來浮海道，三千里
外望江鄉。高鴻尚覺心期闊，蹇馬何堪腳跡長。獨自登樓時柱
頰，山川在眼淚浪浪。(〈登樓〉，卷14〈指南後錄〉)

風打船頭繫夕陽，亭前老子舊胡牀。青牛過去關山動，白鶴歸

---

19 鄧碧清譯注：《文天祥詩文》(臺北市：錦繡出版公司，1993年)，頁82。

來城郭荒。忠節風流落塵土，英雄遺恨滿滄浪。故園水月應無
恙，江上新松幾許長。（〈蒼然亭〉，卷14〈指南後錄〉）
見說黃沙接五原，飄零隻影向南轅。江山有恨銷人骨，風雨無
情斷客魂。淚似空花千點落，鬢如碩果數根存。肉飛不起真堪
歎，江水為籠海作樊。（〈再和〉，卷14〈指南後錄〉）

上列三首皆作於南宋「崖山行朝」覆滅（1279）之後，當時天祥已成
為元人的俘虜。海，將把他帶往北方敵營，使他離故國越來越遠。詩
人以「七十日來浮海道」、「風打船頭繫夕陽」、「風雨無情斷客魂」的
視覺摹寫，以及「江水為籠海作樊」的嶄新譬喻，具體描刻出一己困
處海上，飽受風吹雨打、不得歸國的窘況。亡國後的天祥，不再以蘇
卿自況，而是以己海上隻影飄零、鬢髮凋落、淚眼浪浪的孤臣形象，
表達失家喪國的悲憤與苦痛。面對大海無情的阻隔與摧殘，擁有鐵石
般堅硬心腸的天祥，仍未表現出如前人般畏海、怨海的情緒，而是將
滿腔無法救國救民的英雄遺恨，悉數拋向大海，盡情地痛哭宣洩，展
現出末世孤臣的忠節與義憤，風格獨樹一幟。

（二）奇美的勝地

魏晉南北朝的詩人對臨海潮、蜃氣、大型海族等海洋奇觀時，多
以景情分離的書寫模式，表達其因遙望陌生而神祕的海洋所昇起的敬
畏或驚嘆之情，如：「高彼（波）凌雲霄，浮氣象螭龍。鯨脊若丘
陵，鬐若山上松，呼吸吞船欐，澎濞戲中鴻。……經危履險阻，未知
命所鍾。常恐沈黃壚，下與黿鼈同」；[20]唐代的海洋詩仍承此景情分離
的書寫模式，但觀看的視角更廣、心理更複雜，尤其出現一些海上觀

20　〔魏〕曹植：〈盤石篇〉，逯欽立編：《先秦漢魏晉南北朝詩》，頁435。

海之作，透顯出作者驚嘆、好奇、神祕、恐懼等繁複的心緒，如：
「鱗介錯殊品，氛霞饒詭色。天波混莫分，島樹遙難識。……搜奇大
壑東，……驚浪晏窮溟，飛航通絕域。……海路行已殫，輶軒未皇
息」，[21]可惜，如此多樣而奇壯的海景仍無法令詩人消憂。及至北宋，
由於「理學的思想環境和散文化的生活情調」[22]使然，詩人情感不似
唐代那麼激烈、悲傷，展現在對海的靈視與審美中，遂轉而偏向以較
清朗、優美的海山之景來書寫內在天人合一的悠然感受，如：「日上
紅波浮翠巘，潮來白浪卷青沙。清談美景雙奇絕，不覺歸鞍帶月
華」，[23]此時，海洋奇景，已可消詩人之憂；北宋詩人又新增借景寫情
的書寫特色，如：「西望揚州何處，雲中雙塔巑岏，山外雲濤斷日，
夕陽應近長安」，[24]其中「雲濤斷日」，既寫海濤高聳，也暗示朝中弄
權小人的蒙蔽國君，「夕陽應近長安」，既寫暮景，也暗寫作者對回朝
的嚮往。至於南宋陸游，閒居家鄉山陰（今浙江省紹興縣）海濱近三
十年，泛海經驗豐富，其詩筆下的大海，「壯美」[25]與「優美」[26]兼

---

21 〔唐〕宋務光：〈海上作〉，《全唐詩》，卷101，頁252。

22 朱洪玉：〈從游仙詩看山水詩的發展過程〉，《湖北成人教育學院學報》17卷2期
（2011年3月），頁84。

23 〔宋〕蘇軾：〈次韻陳海州乘槎亭〉，《蘇軾詩集》，卷12，頁595。類似之作，還
有：「劍氣崢嶸夜插天，瑞光明滅到黃灣。坐看暘谷浮金暈，遙想錢塘湧雪山。已
覺蒼涼蘇病骨，更煩沉瀣洗衰顏。」〔宋〕蘇軾：〈浴日亭〉，同前書，卷38，頁
2067-2068。

24 〔宋〕張耒：〈登山望海四首〉其三，北京大學古文獻研究所編，《全宋詩》第11冊
（北京市：北京大學出版社，1993年），卷631，頁7536。類似之作還有：「江邊身
世兩悠悠，久與滄波共白頭。造物亦知人易老，故叫江水向西流」（〔宋〕蘇軾：
〈八月十五日看潮五絕〉其三，《蘇軾詩集》，卷10，頁485），其中「江邊身世兩悠
悠」，既寫悠悠不定的海潮起落，也隱喻作者己身由京城外調、悠悠難測的宦海身
世；至於「故叫江水向西流」，則以海潮能使江水西流寄寓對重返朝廷的期盼。這
種融合景語、情語的藝術手法，更添含蓄蘊藉的韻致。

25 「壯美」的對象給人以強大感的方式，一如陳望道所言，主要有三方面：（一）形

具，可謂集前人書寫之大成。壯美者如：「鯨吞鼉作渾閑事，要看秋
濤天際高」，[27]優美者如：「雲興山叠見，海近地勢坼。悠然滄洲趣，
宛與塵世隔」，[28]其藝術表現亦多採前人借景寫情之法，如：借「鯨吞
鼉作」寫仇敵金人，借濤高寫己殺敵壯志，借己飄然泛海形象寫退居
家鄉的悠然；然其借山海奇景所欲滌除之憂，不止於個人不遇之感，
還有對國事百姓的深憂，這是他書寫內涵異於前人之處。

　　南宋末世孤臣文天祥，不僅承繼了北宋詩人、陸游以來藉景寫情
的方式，而且同陸游一樣，以壯美之景寫報國戰鬥之壯志，以優美之
景寫暫滌國事之悠然；然而，天祥描寫海景，又能出之以嶄新的譬喻、
明亮多樣的色彩詞與高密度的數字，可謂別出心裁。壯美之景如：

狀上的強大──為在空間裏眼力所不及或眼力所難及的對象底情況。如無邊的海
水、無限的晴空、無頂的古水、無底的深潭，以及宏大的建築、高闊的巨人等；
（二）物質力底強大──如狂的雨、暴的風；（三）生命力底強大──如於超凡的人
物、不世出的偉人等。參陳望道：《美學概論》，載於《陳望道文集》第2卷（上海
市：上海人民出版社，1980年），頁76-77。

26 陳望道指出：「優美」的成立，要在形式與內容的平衡；只要形式與內容貼合渾融，
形式的一面又整潔又溫和，而內容的一面又清靈又高貴；優美，能給人安靜平衡、
輕快和柔的優美情趣，讓人覺得和樂可親、適情順性。參《美學概論》，頁78-79。

27 〔宋〕陸游：〈海上作〉，錢仲聯校注：《劍南詩稿校注》（上海市：上海古籍出版
社，1985年），卷46，頁2804。陸游類似之作還有：「忽看千尺涌濤頭，頗動老子乘
桴興」（〈觀潮‧送劉監至江上作〉，卷21，頁1580）、「我夢入煙海，初日如金
鎔……平生擊虜意，裂眥髮上衝」（〈我夢〉，卷20，頁1573）、「海禨乃爾奇，萬象
空際生。驂驔牧龍馬，天矯騰蛟鯨，或如搴大旗，或如執長兵」（〈海氣〉，卷62，
頁3550-3551），舉凡前人所寫之海潮、海族、海上日出、海氣等海上奇景，無一不
包，且善用「涌」、「動」、「吞」、「作」、「鎔」、「騰」、「搴」等具動能的動詞以造成
雄壯之感，極具特色。

28 〔宋〕陸游：〈舟中〉，《劍南詩稿校注》，卷57，頁3333。陸游類似之作還有：「一
葉輕舟一破裘，飄然江海送悠悠。閑知睡味甜如蜜，老覺羈懷淡似秋。……年逾八
十真當去，似為雲山尚小留。」（〈舟中作〉，卷60，頁3470）

一團蕩漾水晶盤，四畔青天作護闌。著我扁舟了無礙，分明便今混淪看。水天一色玉空明，便似乘槎上大清。我愛東坡南海句，茲游奇絕冠平生。(〈出海〉二首，卷13〈指南錄〉)
海山僬子國，邂逅寄孤篷。萬象畫圖裏，千崖玉界中。風搖春浪軟，礁激暮潮雄。雲氣東南密，龍騰上碧空。(〈亂礁洋〉，卷13〈指南錄〉)

上列詩篇皆作於恭帝德祐二年（1276）天祥從海路南歸永嘉（溫州治所）行朝之際。他自二月廿九日於鎮江北營脫逃後，一路歷經艱難險阻，數度瀕臨死境，方抵通州；[29]復聞「二王（益王、廣王）建元帥府於永嘉」(〈自序〉，卷13〈指南錄〉)，歡喜之際，遂於「閏三月十七日，遵海而南」(「丙子」，卷17〈紀年錄〉)，輾轉迴避了元兵後，終得出海。首次出海的天祥，親見「極目皆水，水外惟天」(〈出海・序〉，卷13〈指南錄〉)的壯麗景象，遂在〈出海〉詩中藉此遼闊空明的海景寫其了無罣礙的開闊胸襟：他揚棄前人直書海洋遼曠、青天無盡的方式，改以「水晶盤」比喻大海平靜時的晶瑩剔透，以「護闌」比喻籠罩大海的碧藍晴天，意象尖新，在天祥之前，實所未見；更可貴的是，還巧妙地運用了兩個典故來刻劃自身形象，以暗示詩人此時愉悅、進取的心境，成功地實踐其「比興悠長，意在言外」(〈信雲父・序〉，卷13〈指南錄〉)詩法主張，亦即委婉地藉物言志，[30]「茲游奇絕冠平生」句，不僅借用東坡〈元月二十日夜渡海〉詩句抒

---

29 這段渡海之前驚險萬狀的逃脫過程，文天祥在〈指南錄・自序〉（卷13）頁311-312、〈紀年錄〉（卷17）頁453，皆有詳述。

30 歷來有關「比興」的說法極多，茲依周振甫的說法：比是用物來打比方，興是用物來寄託；比是明比，興是暗比。詳參周振甫：《詩詞例話》（北京市：中國青年出版社，2006年），頁217-226。

發初見大海的愉悅，也藉由東坡自儋州獲赦北歸（北宋哲宗紹聖四年，1097）之典寄託一己甫脫虎口的僥倖；「便似乘槎上大清」句，則以擁有「奇志」、乘槎上天河探險的無名英雄傳說，[31]興寄一己積極進取、勇赴國難的戰鬥奇志與決心。

　　至於〈亂礁洋〉，則為天祥繞去北海（崇明島北面海路）、再從揚子江口南下進入浙東海面的「亂礁洋」（今舟山群島附近海域）時所作。詩序云：

> 自北海渡揚子江，至蘇州洋，其間最難得山，僅得蛇山、洋山、大小山數山而已。自入浙東，山漸多。入亂礁洋，青翠萬疊，如畫圖中。在洋中者，或高或低，或大或小，與水相擊觸，奇怪不可名狀。其在兩傍者，如岸上山，叢山實則皆在海中，非有畔際。是日風小浪微，舟行石間。天巧捷出，令人應接不暇，殆神僊國也。孤憤愁絕中，為之心曠目明，是行為不虛云。（卷13〈指南錄〉）

海洋，以其形狀上的強大而予人以強壯的美感，天祥雖未有相關的美學理論陳述，卻極肯定山水客觀存在的奇美，曾云：「天下之奇觀，莫具於山水，山水非有情者，莫之為而為」（〈孫容菴甲藁序〉，卷9〈序〉），此處難得一見的雄奇海山，不僅令他心曠目明，更激發其邁飛的報國壯心。天祥仍以寓情於景的作法寄託心境，全詩切割成兩個畫面：前六句，以擬人手法勾勒出時而風搖浪舞、時而礁激潮雄的海面美景，如此生氣蓬勃的海山神仙圖，既表露了詩人愛戀山河之情，

---

31 詳參〔晉〕張華：《博物志》，收入陳文新：《六朝小說》（北京市：文化藝術出版社，1997年），卷10〈雜說下〉，頁42。

也寓示對國家未來前途的樂觀態度；[32]末二句，描繪海洋上空的奇景，俞兆鵬、俞暉詮釋此二句言：似乎是在寫海上奇景，其實是文天祥在抒發對國家中興的期望，「雲氣」隱喻戰雲，「東南」指閩、浙地區，「龍」暗指二王，二王在東南地區將發動抗元戰爭，而他即將投入這場偉大的戰事。[33]俞氏說法如若可參，此蛟龍騰空奇景恐非實景，而是天祥借以表現對抗元戰事樂觀態度的虛景。

壯景之外，天祥亦有寫優美海景者，如前所述，優美的形式是整潔又溫和，內容是清靈又高貴，能給人安靜平衡、輕快和柔的情趣，讓人覺得和樂可親、適情順性，天祥雖未有相關的美學論述，卻曾提及此種審美的欣然愉悅之感：「江南春小，天和景明，山靈川后，畢獻萬狀，欣然有應接佳客之意」(〈與胡端逸〉，卷5〈書〉)，因此，此類作品僅能見於他亡國前的作品中，詩如：

> 王陽真畏道，季路漸知津。山鳥喚醒客，海風吹黑人。乾坤萬里夢，烟雨一年春。起看扶桑曉，紅黃六六鱗。(〈石港〉，卷13〈指南錄〉)
>
> 風起千灣浪，潮生萬頃沙。春紅堆蟹子，晚白結鹽花。故國何時訊，扁舟到處家。狼山青兩點，極目是天涯。(〈賣魚灣〉，卷13〈指南錄〉)
>
> 飄蓬一葉落天涯，潮濺青紗日未斜。好事官人無勾當，呼童上岸買青鰕。(〈即事〉，卷13〈指南錄〉)

〈發通州·序〉云：「予萬死一生，得至通州。幸有海船以濟，閏月

---

32 參張來芳：〈宏衍巨麗　嚴峻剴切——文天祥詩歌美學價值抉微〉，《南昌大學學報（社會科學版）》25卷2期（1994年6月），頁76。

33 參俞兆鵬、俞暉：《文天祥研究》，頁201。

十七日，發城下。十八日，宿石港」，又〈賣魚灣・序〉云：「賣魚灣，去石港十五里許，是日曹大監膠舟，候潮方能退」，〈即事・序〉亦云：「宿賣魚灣，海潮至，漁人隨潮而上，買魚者邀而即之，魚甚平」，是知三首皆作於德祐二年閏三月天祥從通州城出發、即將出海之時，天祥三月十八日宿石港，而後宿石港附近的賣魚灣。

三詩承繼了北宋詩人以清麗明亮的色彩詞寫清朗海景的手法，暗示作者怡然暢快的心境。取景上，分別特寫了海面上下的日出與魚戲、海灣的風生浪起與漁獲豐收、海岸人物（天祥）的悠閒買蝦等三種不同的場景，其運用黑、紅、黃、白、青等多種色彩構成繽紛海洋世界的手法，雖非創舉，但在短短二十句中高密度地嵌入「萬」（出現二次）、「一」（出現二次）、「六六」（借指鯉魚，因鯉魚脊上一道的鱗有三十六片）、「千」、「兩」等數字以增添趣味的方式，在前人詩作中應屬罕見。

（三）超越現實的理想世界

先民面對巨大無涯、永恆存在的海洋時，內在會興起一種「想要突破自身的有限性而獲得永恆」[34]的渴望，當現實無法滿足這種渴望時，會促使他們對遙遠未知的海洋世界作出豐富的想像，在海市蜃樓、霧靄雲霓、奇洞深淵等變幻奇譎景象的刺激下，設想出一個「非現實性的神仙世界」，[35]並視之為能超越現實的理想世界。此海外神仙世界的他界想像，以《山海經》中出現的蓬萊山與姑射山為主，[36]但

---

34 汪漢利：〈從神話看先民的海洋認知〉，《浙江海洋學院學報（人文科學版）》27卷1期（2010年3月），頁8。

35 王立：〈中國古代文學的遊仙主題〉，《中國古代文學十大主題》（臺北市：文史哲出版社，1994年），頁207。

36 原文分別為：「蓬萊山在海中，大人之市在海中」、「列姑射在海河洲中。姑射國在

書中僅指出二山位於海中，未與仙話連結，蓬萊仙鄉的型態可見於
《列子》〈湯問〉，[37]呈顯出富麗、稀奇、長生、自由等仙界特質，而
姑射仙鄉的型態則可見於《莊子》〈逍遙遊〉，[38]側重仙人冰清玉潔、
不食人間煙火等不受世累的形象，而成為逍遙自由的精神的象徵。這
些海外仙鄉自由美好的意象，隨著五言詩的成熟，亦進入詩人的視
野，漢魏南北朝詩人以「神遊」的方式想像海外仙鄉，以仙人的自由
飛騰、無拘無束，來對比現實中生命的短暫、人生的失意與理想的破
滅等局限；[39]唐代詩人則採「以夢遊仙」的方式，藉此對仙界「含蓄
地表達懷疑的態度」，[40]詩人仍著眼於現實，而仙鄉僅是「作為污濁的
現實世界對立物而存在」，[41]是以轉而強調仙境的美好純潔、永恆長

海中，屬列姑射，西南，山環之」，見〔晉〕郭璞注：〈海內北經〉，《山海經》（臺
　北市：臺灣商務印書館，1984年《景印文淵閣四庫全書》），第1042冊，頁67。

37　其原文為：「有五山焉：一曰岱輿，二曰員嶠，三曰方壺，四曰瀛洲，五曰蓬
　萊。……其上臺觀皆金玉，其上禽獸皆純縞，珠玕之樹皆叢生，華實皆有滋味，食
　之皆不老不死，所居之人皆仙聖之種，一日一夕飛相往來者，不可數焉」，見〔周〕
　列禦寇撰，〔晉〕張湛注：《列子》（《景印文淵閣四庫全書》第1055冊），頁616。

38　其原文為：「藐姑射之山，有神人居焉，肌膚若冰雪，綽約若處子。不食五穀，吸
　風飲露。乘雲氣，御飛龍，而遊乎四海之外。其神凝，使物不疵癘而年穀熟」，見
　〔清〕王先謙：《莊子集解》（《新編諸子集成》第4冊，臺北市：世界書局，1983
　年），頁4。

39　如〔三國魏〕曹植〈遠遊篇〉：「遠遊臨四海，俯仰觀洪波。大魚若曲陵，承浪相經
　過。靈鼇戴方丈，神嶽儼嵯峨。仙人翔其隅，玉女戲其阿。瓊蕊可療飢，仰首吸朝
　霞」（逯欽立編：《先秦漢魏晉南北朝詩》，頁434）、〔三國魏〕阮籍〈詠懷詩八十二
　首〉之七十八：「昔有神仙士，乃處射山阿。乘雲御飛龍，噓唏嘰瓊華。可聞不可
　見，慷慨歎咨嗟。自傷非儔類，愁苦來相加。下學而上達，忽忽將如何」（同前
　書，頁510）。

40　張振謙：〈試論北宋文人游仙詩〉，《蘭州學刊》2010年6期（2010年6月），頁168。

41　廖明君：〈生命的渴望與理想——李賀游仙詩論〉，《暨南學報》15卷4期（1993年10
　月），頁114。

生，以顯現作者對美好人生的渴望，或不願同流合污的高潔之志。[42]
北宋詩人仍繼承這種「以夢遊仙」的書寫模式，但對仙鄉較少作詳細
描繪，大多僅是藉夢仙來表達個人的逍遙之志而已。[43]南宋陸游則不
然，他具體勾勒夢中仙境，且對仙鄉和諧的秩序情有獨鍾，這種悠閒
有序的仙境隱喻，曲折地投射出他對現實混亂失序的不滿心緒，以及
對國家恢復秩序的理想企盼。[44]

　　天祥雖也懷抱著與陸游相同的理想，但他此類書寫的獨特之處，
則在於他打破了宋人長期以來沿襲唐人以夢遊仙的書寫模式，而採取
將己身與仙物綰合的方式來書寫內心超越現實的想望，詩云：

> 赤烏登黃道，朱旗上紫垣。有心扶日月，無力報乾坤。往事飛
> 鴻渺，新愁落照昏。千年滄海上，精衛是吾魂。(〈自述〉，卷
> 15〈吟嘯集〉)

---

42 如〔唐〕李賀〈夢天〉：「老兔寒蟾泣天色，雲樓半開壁斜白。玉輪軋露濕團光，鸞
　 珮相逢桂香陌。黃塵清水三山下，更變千年如走馬。遙望齊州九點煙，一泓海水杯
　 中瀉」(《全唐詩》，卷390，頁974)，具體描繪了蓬萊三神山上皎潔清朗又具永恆意
　 象的月宮，反襯出塵世的污濁與生命的短暫，也寄寓了詩人對無憂而永恆生命的企
　 盼；又如〔唐〕李白〈夢遊天姥吟留別〉：「海客談瀛洲，烟濤微茫信難求。……青
　 冥浩蕩不見底，日月照耀金銀臺。霓為衣兮風為馬，雲之君兮紛紛而來下。虎鼓瑟
　 兮鸞迴車，仙之人兮列如麻……忽魂悸以魄動，怳驚起而長嗟。惟覺時之枕席，失
　 向來之煙霞。……安能摧眉折腰事權貴，使我不得開心顏」(同前書，卷174，頁
　 407)，金碧輝煌、美好和諧的仙界，對比、暗示出李白被唐玄宗「賜金放還」時對
　 政治現況的不滿，只能將理想寄託在遠離權貴俗事的夢中仙鄉。

43 如〔宋〕王安國〈紀夢〉：「萬頃波濤木葉飛，笙簫宮殿號靈芝。揮毫不似人間世，
　 長樂鐘聲夢覺時」，見《全宋詩》，卷631，頁7536。

44 如〔宋〕陸游〈記九月二十六夜夢〉：「碧桃千樹自開落，飛橋架空來者誰？桐枝高
　 聳宿丹鳳，蓮葉半展巢金龜。和風微度寶箏響，永日徐轉簾陰移。……欻驚撫几忽
　 夢斷，海闊天遠難重期」(錢仲聯校注：《劍南詩稿校注》，卷23，頁1712)、〈夢海
　 山壁間詩不能盡記以其意追補四首〉其一、四：「金橋化出三千丈，閒把松枝引鶴
　 行。……睡起不知秦漢事，一尊閒醉華陽川」(《全宋詩》，卷23，頁1713)。

此詩作於元滅南宋之後，他直接將自己與「精衛」合而為一，欲藉此
仙鳥的轉化傳說與堅持精神以寄寓從現實轉化與超越的想望。精衛鳥
的神話來自《山海經》〈北山經〉：

> 又北二百里，曰發鳩之山，其上多柘木。有鳥焉，其狀如烏，
> 文首、白喙、赤足，名曰精衛，其鳴自詨，是炎帝之少女，名
> 曰女娃。女娃遊于東海，溺而不返，故為精衛，常銜西山之木
> 石，以堙于東海。[45]

是一則人化為動物的神話，晉代陶淵明讀之有感，其〈讀山海經十三
首〉其十曰：「精衛銜微木，將以填滄海。刑天舞干戚，猛志固常
在。同物既無慮，化去不復悔。徒設在昔心，良晨詎可待」，[46]而清代
陳祚明謂淵明：「〈讀山海經〉詩，借荒唐之語，吐坌涌之情，相為神
怪，可以意逆」，[47]認為淵明乃藉此神話以發抒一己不得志的憤懣；陳
翔鵬也說，淵明完全把自己的悲痛跟它融合在一起，精衛銜木填滄
海，「既言其（陶淵明）志也寫精衛鳥之悲壯行為」。[48]二者所言雖然
不差，卻僅著眼於淵明慨嘆自身現實的一面，而未注意到他在「化去
不復悔」句中，對神話主角因堅定無悔而得以轉化、超越的肯定與嚮
往之意。自神話發生的心理言，精衛神話乃「源於古代人認為人死之
後，靈魂不滅，轉化為飛鳥而再生的神話信仰」，[49]對此，吳智雄曾有

45 〔晉〕郭璞注：《山海經》，頁27。

46 逯欽立編：《先秦漢魏晉南北朝詩》，頁1011。

47 〔清〕陳祚明評選，李金松點校：《采菽堂古詩選》（上海市：上海古籍出版社，
   2002年《續修四庫全書》），第1591冊，卷14，頁99。

48 陳鵬翔：〈從神話的觀點看現代詩〉，《主題學理論與實踐——抽象與想像力的衍化》
   （臺北市：萬卷樓圖書公司，2001年），頁86。

49 王孝廉：《中原民族的神話與信仰——中國的神話世界・下編》（臺北市：時報文
   化公司，1992年），頁151。

極佳的闡釋云：

> 在精衛神話中，海洋既是結束女娃生命的死亡場域，也是女
> 娃得以重生的超越場域。兩種場域意象同時存在一個空間
> 中，超越的意義與死亡的意義並存並重。從死亡到重生，從
> 少女的女娃到海鳥的精衛，從被吞噬的溺者到對抗的英雄，
> 從恐懼到征服，種種的轉化與超越，都在海洋中發生、進
> 行、完成。[50]

認為經由海洋的想像空間，女娃憑藉著堅定無悔的意志，可以超越現
實形體的桎梏，由柔弱的溺海者轉化而為對抗命運的填海英雄（精衛
鳥）。的確，這種由弱轉強，由超越形體束縛而達致精神自由的轉
化，不僅為淵明所羨，天祥亦心嚮往之：「千年滄海上，精衛是吾
魂」，少女／精衛所擁有的精誠無悔、征服死亡恐懼的意志，正是甫
目睹國滅家亡的天祥的心靈寫照。他同淵明一樣，一方面將壯志未酬
的悲憤投射在精衛神話中，與精衛的悲痛合而為一（「無力報乾
坤」）；另一方面，更將精衛填海之鬥魂象徵己之心志氣節，人世間的
國事既無法再有作為，唯有超越死亡、捨身報國，方能由亡國的俘虜
身分轉化為抗節不屈的千年英雄。

另一首詩，天祥遂命詩題曰「不睡」，可知其亦非採夢仙的寫作
手法，而是以直接想像遊仙來寄託其人生理境。詩云：

> 終夕起推枕，五更聞打鐘。精神入朱鳥，形影落盧龍。弭節蓬

---

50 吳智雄：〈試論先秦文學中的海洋書寫〉，《海洋文化學刊》2009年6期（2009年6
月），頁50。

萊島,揚旗大華峰。奔馳竟何事,回首謝喬松。(〈不睡〉,卷
15〈吟嘯集〉)

此詩亦作於宋亡之後,天祥僅標舉「蓬萊」之名,而未對該海外仙鄉
作任何形容或描繪;反倒詳細勾勒已於現實世界中被囚北營(「盧
龍」縣在河北省)、終夜難眠、嘆奔馳無功的困愁形象,與陸游具體
描述仙鄉秩序以投射其政治理想的書寫重點差異極大。揆其原因,恐
與天祥特殊的遭遇有關。陸游雖也與當權的主和派不和,內心亦有報
國志向難伸之困,但他大部分時間乃閒居家鄉山陰(近三十年),至
少在形體上未被限制行動自由;天祥則不然,四十一歲至四十七歲的
人生後半期中,有近百日的時間亡命於海、陸之途,更有高達三年
的光陰身陷囹圄之中,身、心飽受壓迫、煎熬,是以即使他年輕時
詩中曾透顯出對道教自在而虛靜境界的嚮往,[51]但在四十歲奉詔勤王
後,就被迫於現實環境而無暇也無法以悠閒之姿或自由之身去親近
山水、縱馳其想像力。儘管如此,詩人還是在〈不睡〉一詩中表達
了身雖受制於北人、精神仍能如仙人般自在遨遊南方(「朱鳥」為司
南方之神獸)的心靈狀態,「弭節蓬萊島」則暗示其現實中無法實現
的救國理想,[52]只能寄託在遙遠未知的海外仙鄉,曲折而含蓄地表達
其內心的無奈與痛苦;這些對海外仙鄉的想像,迥異於他其他海洋

---

51 文天祥受父親文儀的影響,曾嚮往過自由自在的神仙生活,在罷官隱居文山時期,
常徜徉於山水之間,羨慕著道教的「虛靜」境界,有詩云:「白雲山下泠泠水,自
在人間太極圖」(〈贈彭別峰太極數〉,卷1〈詩〉)、「山中老去稱菴主,天上將來說地
仙……金精深處苳堪飯,更住人間八百年」(〈贈老菴廖希說〉,卷1〈詩〉)、「小洞
烟霞國,重陽風雨秋。歐公嵩嶽步,朱子武夷舟」(〈游集靈觀〉,卷1〈詩〉)。

52 文天祥〈高沙道中〉:「夫人生於世,致命各有權。慷慨為烈士,從容為聖賢。」
(卷13〈指南錄〉)可以看出他的人生理想為:從容地負起救國救民的責任成為聖
賢,或是為國慷慨地犧牲生命成為烈士;因此,當他被禁錮元獄時,既無法救國,
又求死不得,可以想見其心中的痛苦。

意象的「寫實」[53]手法，而呈顯出自由奔騰的「浪漫」[54]色彩，藝術
風格獨樹一幟。

三 對傳統「海洋」意象書寫的轉化

文天祥自四十一歲至四十七歲間，「日夜奔南、出入北衝」（〈自
序〉，卷13〈指南錄〉），兩度被俘，第一次（德祐二年（1276），皋亭
山元營）幸能逃脫、由海路南歸行朝，第二次（祥興元年（1278），
五坡嶺）則無法脫身，在被迫目睹國亡海上後，又由海道被押至北
都；所以，在此屢涉黥波的時期中，有諸多與海相關詩作，並能以親
身泛海的經驗，將傳統海洋意象予以具體化、聚焦化，而展現出更大
格局的情志內涵。

（一）將「重生的搖籃」具體化為「南歸的希望」

浩瀚深厚、流動不竭的海水，是孕育眾多生命、充滿希望的搖
籃。海路航行，雖有難以逆料的風浪險阻，但因理學興盛而較偏向
「冷靜而從容不迫」[55]情調、人生視野較開闊的北宋詩人卻能樂觀以

---

53 「寫實主義」（Realism）與「浪漫主義」（Romanticism），雖是源於西方的專有名
詞，卻是人類審美過程普遍具有的兩種傾向。「寫實主義」在文學上認為應該以一
種正視現實的清醒態度，來描寫作家主觀意識之外的真實事物，其文論主張最基本
的要求就是真實，如福樓拜（Gustave Flaubert）認為：「一件東西只要真，就是好
的。」見〈致喬治・桑書信〉，伍蠡甫等編：《西方文論選》下卷（上海市：上海譯
文出版社，1986年），頁216。

54 韋勒克（René Wellek）曾指出浪漫主義的共同特色為：在詩歌、創作方面所關注的
「想像」性質，在世界觀方面所關注的「自然」觀念，以及在詩歌風格方面所注重
的「意象、象徵與神話」的運用。參〔美〕Wellek, René, *Concepts of Criticism* (New
Haven: Yale University Press, 1973), pp. 129-221.

55 〔日〕吉川幸次郎著，鄭清茂譯：《宋詩概說》（臺北市：聯經出版公司，2012年），
頁34。

對，相信狂風駭浪之後終有風平浪靜的時刻。因此，海洋雖然是「毀滅的場域」，卻也是蘊含無限生機的「重生的搖籃」，如蘇軾：「參橫斗轉欲三更，苦雨終風也解晴。雲散月明誰點綴，天容海色本澄清」，[56] 雨後澄清的海天之景加上明月朗照，正是宋哲宗元符三年（1100）蘇軾接獲可以離海南島北歸消息時的重生心境；蘇軾還結合海風吹襲、使萬物重現生機來強調海的生成意象，如〈儋耳〉：「霹靂收威暮雨開，獨憑闌檻倚崔嵬。垂天雌霓雲端下，快意雄風海上來。野老已歌豐歲語，除書欲放逐臣回」，[57] 海上雄風，是內移詔命的隱喻，更是將蘇軾載往重生之路的希望；同時，上述二詩皆以「先苦景後清景」的「先抑後揚」結構，來表現雨後天青、撥雲見「月」的生機與愉悅。

同樣地，對矢志南歸行朝的文天祥而言，海洋便是他逃脫元營後「重生的搖籃」，這段邁向希望的海路驚險重重，在詩作中他雖大體上仍採「先抑（險境）後揚（脫險）」的書寫模式，但在意象的選取上，卻不再以海景的變化為書寫材料，而是藉諸多代表希望或象徵其心志的典型意象，來具體記錄其化險為夷的南歸歷程與心境，展現出昂揚的鬥志與雄渾的氣勢。這些意象，分述如下：

1 磁針石：喻南歸之志

南方行朝，是天祥性命與希望之所繫。德祐二年（1276），天祥出使元營、復從京口（鎮江）脫險後，又經「十五難」[58] 才到真州，再歷揚州、高郵、泰州而至通州，一聽聞益王（趙昰）和衛王（趙昺）在溫州建立元帥府，便欲遵海南行、追隨二王以圖復興宋室，有

---

56 〔宋〕蘇軾：〈六月二十日夜渡海〉，《蘇軾詩集》，卷43，頁2366。
57 同前註，頁2363。
58 文天祥以十五首詩記錄此十五「難」，詳參卷13〈指南錄〉，頁323-327。

詩云：

> 淮水淮山阻且長，孤臣性命寄何鄉。只從海上尋歸路，便是當
> 年不死方。(〈發通州〉，卷13〈指南錄〉)

詩人承東坡「先抑後揚」的方式結構全詩：先以阻隔的山水言其性命
無寄之苦，再以海為歸路言其生機所在，在材料的對比中凸顯出「海
洋」的重要性──是天祥南歸的唯一希望。然而，海道艱險異常，出
海口又為元人控制，本來由通州至揚子江口，「兩潮可到」(〈揚子
江‧序〉，卷13〈指南錄〉)，而今卻須先向北繞出北海，然後再向南
度過揚子江，多行了「數千里」(〈北海口‧序〉，卷13〈指南錄〉)的
海路；但天祥仍意志堅定，不畏海上風濤，並以「磁針石」自況，宣
示其矢志南歸的決心，詩云：

> 幾日隨風北海游，回從揚子大江頭。臣心一片磁針石，不指南
> 方不肯休。(〈揚子江〉，卷13〈指南錄〉)

謀篇上，依舊是先言繞至北海的苦境(「抑」)，而後再對比出已抵長
江口的舒況(「揚」)；接著，作者藉此發抒心志，並由海洋發出聯
想、以航行用具「磁針石」為喻，掌握其「指南」的特性以自比一心
向南的貞定不移，又妙用雙重否定的句法以加強語氣，形象而強烈地
表露出對南方行朝的忠心與赤忱。

2 喜鵲：知海路已通

　　元兵的追捕，是天祥實現南歸希望過程中的最大阻礙。無論是在
天祥通州入海前，或是入海後，元軍總是窮追不捨，無時或歇，詩云：

羈臣家萬里，天目鑒孤忠。心在坤維外，身遊坎窞中。長淮行
不斷，苦海望無窮。晚鵲傳佳好，通州路已通。（〈泰州〉，卷
13〈指南錄〉）

滄海人間別一天，只容漁父釣蒼煙。而今蜃起樓臺處，亦有北
來蕃漢船。（〈北海口〉，卷13〈指南錄〉）

前者以「坎窞」、「苦海」形容作者入海前，由泰州亡命至通州這一
段「三百里河道」[59]的險與苦；[60]而後者則以只容漁父垂釣的海面煙
波美景，反襯北人船隻出沒浙東海面的不協調、不恰當。合二詩以
觀，可見北人追捕天祥的態度甚是積極。所幸，在歷經驚險萬端、
「艱難萬狀」（〈脫京口·序〉，卷13〈指南錄〉）的逃亡後，詩人得
以脫離險境、平安入海，這份慶幸與喜悅，詩中並未直接道出，而
是以東亞文化中象徵好運與福氣的喜鵲意象，曲折地傳達出來；同
時，帶著這份喜悅，繼續朝向南方的希望之地航行。

3 婁師德、魯仲連：解海盜之危

海盜的劫掠，也是天祥航向希望之路時的一大威脅。他在〈自淮

---

59 文天祥〈泰州·序〉云：「予至海陵（泰州又名海陵，今江蘇泰州），問程趨通州（今江
蘇南通）。凡三百里河道，北與寇出沒其間，真畏途也。」（卷13〈指南錄〉）

60 文天祥在泰州（又名海陵）為避元人，躲了十天才有機會與弓箭手前往通州，卻又
驚聞元騎兵在塘灣，只好再折回泰州，即〈發海陵·序〉所云：「自二月十一日，
海陵登舟，連日候伴，問占苦不如意；會通州六交自維揚回，有弓箭可仗，遂以孤
舟，於二十一日早徑發。十里驚傳馬在塘灣，迤回，晚乃解纜，前途吉凶，未可知
也。」（卷13〈指南錄〉）當夜又聞元軍來，遂張帆疾逃，好不容易才抵通州，
即〈聞馬·序〉所云：「二十一夜宿白蒲下十里，忽五更，通州下文字，馳舟而
過，報吾舟云：馬來來。於是速張帆去，慌迫不可言。二十三日，幸達城西門鎖
外，越一日，聞吾舟過海安未遠，即有馬至縣。使吾舟遲發一時，頃已為囚虜矣，
危哉。」（卷13〈指南錄〉）

歸浙東第六十一・序〉云:「船中遇風波,屢覆,又遇賊迫逼數四。
是行寄一生於萬死,不復望見天日」(卷16〈集杜詩〉),可見海盜賊
船的連番逼迫,幾乎令天祥放棄南歸的希望。所幸,每回都能逢凶化
吉,除了運氣之外,人為的努力更是箇中主因,詩云:

> 一陣飛帆破碧煙,兒郎驚餌理弓弦。舟中自信婁師德,海上誰
> 知魯仲連。初謂悠揚真賊艦,後聞款乃是漁船。人生漂泊多磨
> 折,何日山林清晝眠。(〈漁舟〉,卷13〈指南錄〉)
> 鯨波萬里送歸舟,倏忽驚心欲白頭。何處赭衣操劍戟,同時黃
> 帽理兜鍪。人間風雨真成夢,夜半江山總是愁。雁蕩雙峰片雲
> 隔,明朝躡屩作清游。(〈夜走〉,卷13〈指南錄〉)

二詩所敘,分別為兩次驚險的海上遭遇,詩中皆以「驚」字直陳作者
心境,亦皆有詩序詳述其經過:前一首序云:「(閏三月)二十八日,
乘風行入通州海門界,午拋泊避潮,忽有十八舟,上風冉冉而來,疑
為暴客。四船戒嚴,未幾,交語而退,是役也,非應對足以禦侮,即
為魚矣,危哉殆哉」,十八艘疑載海盜的飛船接近,幸好在溝通交涉
之後,得知只是漁舟,虛驚一場;後一首序云:「舟入東海,報者
云,前有賊船。行十數里,報如前。望見十餘舟,張帆噢口,意甚
惡。梢人亟取靈山巖路避之。一夕搖船,極其慌迫。際曉,幸得脫
去」,此番真的遇到海盜,幸而梢公機警,立刻轉舟入靈山巖海路躲
避,才逃過一劫。結構上,仍然呈現「抑(險境)→揚(脫險)」的
對比、順敘模式,在歷述危機之後,詩人援引了歷史人物中自奮討
邊、屢立戰功的「婁師德」[61]以自況,以及善於遊說、解趙之圍的

---

61 〔宋〕歐陽修:《新唐書》(臺北市:鼎文書局,1994年),卷108〈婁師德傳〉,頁
4092。

「魯仲連」[62]以喻舟中善與漁船交涉的人才，概括性既強，又能收具體生動的美學效果。

4 金鰲：盼巨濤平息

難以逆料的風濤，更是天祥南歸海途中的潛在憂慮。人為所造成的危險，尚有機會藉人為的努力加以克服；但是，大自然的暴風巨浪對船隻所造成的破壞，著實是渺小的人類難以招架的。詩云：

> 雨惡風獰夜色濃，潮頭如屋打孤篷。漂零行路丹心苦，夢裏一聲何處鴻。（〈夜潮〉，卷13〈指南錄〉）
>
> 厄運一百日，危機九十遭。孤蹤落虎口，薄命付鴻毛。漠漠長淮路，茫茫巨海濤。驚魂猶未定，消息問金鰲。（〈入浙東〉，卷13〈指南錄〉）

作者多方運用修辭格寫出自然力帶給人類的威脅與苦難：不僅將風雨比擬為猙獰的惡人，將潮頭譬喻成高高的屋頂，還將飽受暴風惡潮摧殘的自身形象轉化為漂零孤獨的飛鴻，以疊字形容詞強調海濤之巨、海路之艱；可謂栩栩如生，令人觸目驚心。然而，元軍、海盜之來尚可想法閃躲，像如此巨濤襲船的危機究該如何才能化解？作者的解脫之道在詩末「消息問金鰲」一句，「金鰲」指巨鼇，為蓬萊仙話中承載五神山的力量，《列子》〈湯問〉云：

> 渤海之東……其中有五山焉：一曰岱輿，二曰員嶠，三曰方

---

62 魯仲連有「義不帝秦」之辯，使信陵君率魏軍擊秦，解趙國之圍。詳參〔日〕瀧川龜太郎：《史記會注考證》（臺北市：洪氏出版社，1982年），卷83〈魯仲連鄒陽列傳〉，頁1000-1002。

壺，四日瀛洲，五曰蓬萊。……五山之根無所連著，常隨潮波
上下往還，不得蹔峙焉，仙聖毒之，訴之於帝。帝恐流於西
極，失群聖之居，乃命禺彊使巨鼇十五舉首而戴之，迭為三
番，六萬歲一交焉，五山始峙。而龍伯之國有大人，舉足不盈
數步而暨五山之所，一釣而連六鼇，合負而趣歸其國，灼其骨
以數焉。於是岱輿、員嶠二山流於北極，沈於大海，仙聖之播
遷者巨億計。[63]

十五隻巨鼇，每三隻為一組、輪流承載一座神山，神山始得以穩峙不
移；當龍伯國大人釣走六隻巨鼇後，兩座神山就因而漂走，甚至沉入
大海。由是可知，巨鼇是穩固神山的主要維繫，後世亦因此以「巨
鼇」象徵安定的力量。天祥在詩末拈出巨鼇，乃欲藉其「安定」的象
徵意義以表達巨濤能夠平息的願望；其中也透顯出他面對大自然威力
時的無力感，當人力無法勝天時，就只有將希望寄託於超越現實的神
話力量，以求得暫時性的精神解脫。

5 羝乳、日出：望宋室中興

在輾轉鯨波、歷經百險千難後，天祥南歸的希望終於實現。其
〈至福安第六十二・序〉云：「予四月八日到永嘉（溫州）」（卷16
〈集杜詩〉），初歸溫州的天祥，內心激動不已，詩云：

萬里風霜鬢已絲，飄零回首壯心悲。羅浮山下雪來未，揚子江
心月照誰？祇謂虎頭非貴相，不圖羝乳有歸期。乘潮一到中川
寺，暗讀中興第二碑。（〈至溫州〉，卷13〈指南錄〉）

---

63 〔周〕列禦寇撰，〔晉〕張湛注：《列子》，頁616。

前四句，詩人回首南歸途中擔心惠州（「羅浮山」在惠州）老母、躲避元人（「揚子江」口、崇明島一帶被元人控制）追捕的悲苦；後四句，則表達自己平安歸南的喜悅、對未來宋室能夠中興的企盼。因此，仍屬「先抑（途中苦境）後揚（歸抵喜境）」的對比性結構，且在順敘的方式中，將作者由擔心、而慶幸、而期盼中興的心路歷程依序呈現。在意象的運用上，也能選取貼切的歷史人文意象書寫其心境：他先藉漢代蘇武被單于以「羝（公羊）乳乃得歸」[64]要脅投降的典故，傳達自己得以南歸的不可思議、喜出望外；再用本朝中興宋室的高宗曾駐蹕「中川寺」（在溫州江心嶼中）之事，輔以作者自身「暗讀中興第二碑」的行動，暗示其對宋室中興的深深企盼。

　　除了以「中興第二碑」象徵宋室中興的希望外，天祥還以「海上日出」來象徵對新朝廷積極抗元的希望，詩云：

> 崔嵬扶桑日，闐會滄海潮。傾都看黃屋，此意竟蕭條。（〈福安府第二十九〉，卷16〈集杜詩〉）

此詩的謀篇異於前述諸詩，而是採取「先揚（壯景）後抑（淒情）」的結構。此時，二王已在福安府（福州）建立抗元的大本營，並召天祥由溫州至此（「闐會滄海潮」），欲賦之以興亡大任，因此，天祥以海上日出的壯麗景致，以及傾城瞻仰御駕的熱鬧歡樂之景，象徵對朝廷能積極抗元的樂觀希望；然而，詩末卻以「蕭條」的心境作結，形成一種極為突兀的現象，挑起讀者想要一探究竟的慾望。其實，這是一種「以樂景寫哀」[65]的作法，欲藉熱鬧之景反襯天祥此時內心深層

64　〔漢〕班固：《漢書》（臺北市：鼎文書局，1995年），卷54〈李廣蘇建列傳〉，頁2463。

65　〔清〕王夫之：《薑齋詩話》，王夫之等：《清詩話》（臺北市：西南書局，1979年），頁2。

的哀情。此哀情為何？其〈至福安第六十二·序〉即已明白道出：
「予以觀文殿學士侍讀，召赴行在。二十六日，至行都，即再相。然
國方草創，陳宜中尸其事，專制於張世傑。余名宰相，徒取充位，遂
不敢拜，議出督」（卷16〈集杜詩〉），原來天祥發現他千辛萬苦南歸的
宋廷，竟無心抗元，只圖苟安，其心境之蕭條失望，自然可想而知。

　　後來，在元人的追逼下，行朝不得不輾轉漂流於海上；維持不到
三年，便被元人滅於崖山（位於廣東新會市南約50公里外的海中）的
海上。

（二）將「毀滅的場域」聚焦化為「殺戮的戰場」

　　魏晉詩人已注意到巨鯨毀船、海浪吞舟會對人的生命造成重大威
脅，而視海洋為「毀滅的場域」。[66]但是，一直要到海洋交通與文化交
流較繁盛的唐宋，才有較多的泛海詩書寫此類意象，其毀滅生命的力
量，除巨鯨、駭浪外，還增加了海上突起的颶風；[67]此外，還有人為
的因素，如：「爾來賊盜往往有，劫殺賈客沉其艘」，[68]指出航行海上
還有海盜劫掠的威脅。然而，這種書寫人與人間的海上殺戮，天祥以
前詩作並不多見，且此類視海為毀滅場域的書寫，往往未指明被毀滅
的對象身分，多呈現一種普泛化的情感，缺少作者個性化的情志特
徵。及至天祥，憑其特殊的個人遭遇與時代背景，此類書寫，方才有
了突破性的進展。他以高達十餘首的詩篇聚焦在人與人的殺戮戰

---

66 如前文所引之曹植〈盤石篇〉：「鯨脊若丘陵，鬐若山上松。呼吸吞船欐，澎濞戲中
　鴻。……經危履險阻，未知命所鍾。常恐沉黃壚，下與黿鼈同。」

67 如韓愈：「颶起最可畏，訇哮簸陵丘。雷霆助光怪，氣象難比侔」（〈赴江陵途中寄
　贈王二十補闕李十一拾遺李二十六員外翰林三學士〉，《全唐詩》，卷336，頁831）、
　沈佺期：「鼇抃群島失，鯨吞眾流輸」（〈夜泊越州逢北使〉，《全唐詩》，卷95，頁
　240）。

68 〔宋〕王安石：〈收鹽〉，《全宋詩》，卷549，頁6561。

爭——「崖海戰役」書寫上，不僅有明確的時間、地點、規模、對象（侵略者與防禦者）、戰況、武器、結果等戰事相關描寫，還有發抒作者戰後的情志與反省，更特別的是，點出了這場戰爭的特殊意義，充分展現出極具臨場感與個性化的書寫特色。具毀滅性的大海，在天祥詩筆下，被特寫為一個人間的「殺戮戰場」。

首先，就戰爭意義言，他將崖海戰役視為南宋的生死存亡戰；也是在其歷史認知中，中國戰爭史上的第一個海上戰爭。詩云：

> 崖海真何地，驅來坐戰場。家人半分合，國事決存亡。一死不足道，百憂何可當。故人聲似戟，起舞為君傷。（〈懷趙清逸〉，卷14〈指南後錄〉）
> 古來何代無戰爭，未有鋒蝟交滄溟。（〈二月六日，海上大戰，國事不濟，孤臣天祥，坐北舟中，向南慟哭，為之詩曰〉，卷14〈指南後錄〉）

早在祥興元年（1278）十二月二十日，天祥已於五坡嶺（廣東省海豐縣北）為元軍所獲，張弘範下海追南宋行朝時，囚之於海船中，同行至崖山。即將目睹戰事發生的天祥，卻完全無可作為，只能透過文字表達難言的心曲。〈懷趙清逸〉前四句，並未運用特別的寫作技巧，而以平鋪直敘的方式道出：此戰正是決定國家存亡的重要戰役，透露出戰前作者焦慮、擔心、無奈的複雜心緒。〈二月六日……〉一詩，則指出此役乃古來戰爭中的第一場海戰，雖然這只是天祥就其歷史知識所提出的看法，但若從該詩對崖海戰役諸多面向所作的描繪與抒感以觀，至少可將之視為「中國海戰詩歌的濫觴」，[69]其開創性與個性化

---

69 廖肇亨：〈浪裏挑燈看劍：中國海戰詩學之書寫特質與價值信念初探〉，復旦大學中

書寫的價值不容忽視。

其次，就戰事書寫言，詩人對於戰事進行的諸多面向概有提及，茲表列如下：

崖海戰役	詩　句	詩　題
時　間	遊兵日來復日往，相持一月為鷸蚌。	〈二月六日……〉（卷14〈指南後錄〉）
地　點	厓海真何地，驅來坐戰場。	〈懷趙清逸〉（卷14〈指南後錄〉）
規　模	樓船千艘下天角，兩雄相遭爭奮搏。	〈二月六日……〉
	寶藏如山席六宗，樓船千疊水晶宮。	〈哭崖山〉（卷15〈吟嘯集〉）
對　象	南人志欲扶崑崙，北人氣欲黃河吞。	〈二月六日……〉
戰　況	開帆駕洪濤，血戰乾坤赤。風雨聞號呼，流涕灑丹極。	〈南海第七十五〉（卷16〈集杜詩〉）
	一朝天昏風雨惡，炮火雷飛箭星落。……昨夜兩邊枹鼓鳴，今朝船船鼾睡聲。	〈二月六日……〉
	飆風起兮海水飛。	〈又六噫〉（卷14〈指南後錄〉）
結　果	誰雌誰雄頃刻分，流屍漂血洋水渾。昨朝南船滿厓海，今朝只有北船在。	〈二月六日……〉
	吳兒進退尋常事，漢氏存亡頃刻中。	〈哭崖山〉
	去年今日遁崖山，望見龍舟咫尺間。海上樓臺俄已變，河陽車駕不須還。	（〈正月十三日〉（卷15〈吟嘯集〉）
	文武盡兮火德（南方）微。	〈又六噫〉

崖海戰役	詩　　句	詩　　題
	猲來南海上，人死亂如麻。	〈南海〉（卷14〈指南後錄〉）
	魚龍沸海地為泣，烟雨滿山天也愁。	〈戰場〉（卷15〈吟嘯集〉）

　　從歷史角度看，上述內容無論是在戰事的時間（戰前相持一個月，戰爭爆發在二月六日）、[70]地點（崖海）、規模（樓船千艘）[71]等方面的敘述，皆能與史實相符，可謂針對崖海戰役所作的「真實」書寫。又，元代詩人張憲同樣對崖海戰役這一史實有所記述，詩云：

> 三宮銜璧國步絕，燭天炎火隨風滅。間關海道續螢光，力戰厓山猶一決。午潮樂作兵合圍，一字舟崩遂不支。檣旗倒仆百官散，十萬健兒浮血屍。皇天不遺一塊肉，一瓣香焚海舟覆。猶有孤臣臥小樓，南面從容就刑戮。[72]

詩中對於宋軍的佈陣、戰敗慘況，較天祥詩有更詳細的描繪，但此詩的意義更在於能作為天祥有意「以詩存史」的極佳註腳。

　　從文學角度看，天祥詩乃以多樣的修辭技巧，就雙方對峙的氛圍、武器造成的殺傷力、兩軍交戰的激烈、交戰之後海面的血腥悲慘等多方面，僅聚焦在某一特定戰事作集中而完整的特寫，使得人類在海上被殺戮、生命在海上被毀滅的殘酷畫面有形象而整體性的呈現。

70　宋濂《元史》載：自正月六日起，張弘範就已率元軍水師從潮陽入海，其舟師抵崖山時，發現宋水師頗有實力，遂先佔領海口以阻宋之出路、與宋軍對峙。（臺北市：鼎文書局，1980年，卷156〈張弘範傳〉，頁3683）可知，由正月六日至二月六日戰爭爆發為止，計兩軍相持達一月之久。

71　文天祥〈祥興第三十六・序〉：「行朝有船千餘艘。」（卷16〈集杜詩〉）

72　〔元〕張憲：〈厓山行〉，《玉笥集》（上海市：上海商務印書館，1935年《叢書集成初編》），卷2，頁32。

例如以扶崑崙、吞黃河之舉誇飾交戰對象（宋、元）互不相讓的氣勢；又如以視覺、聽覺的摹寫修辭，生動而具體地展現激烈的戰況：

> 一朝天昏風雨惡，炮火雷飛箭星落。誰雌誰雄頃刻分，流屍漂血洋水渾。昨朝南船滿厓海，今朝只有北船在。昨夜兩邊桴鼓鳴，今朝船船鼾睡聲。（〈二月六日……〉，卷14〈指南後錄〉）

上引詩句還特別講究聲韻平仄，不僅句句押韻，且兩句一換韻、平聲韻與仄聲交替出現，使得聲調迫促，情思沉重，有效營造出戰事的緊張氣氛。這些從文學角度出發的戰事書寫，在取材與表述方式上都與客觀的記載有別，如下列三種：

> （元軍）登其船，斷其索，短兵接戰。彼以江淮勁卒各殊死鬥，矢石蔽空，至巳時奪三船。恒率拔都軍復與快船戰，……以火砲禦南面軍。……兵矢火石俱發，……聲震天海，……天晚風雨驟至，烟霧四塞。[73]
>
> 先麾北軍一軍乘潮而戰，不克，李恒等順潮退。樂作，宋人以為宴，少懈，王舟犯其前南，眾繼之，王命高構戰樓於舟尾，以布障之，命軍士負盾而伏，令之曰：「聞金聲起戰，先金而外動者死！」敵矢傳我舟如猬，伏盾者不動，舟將接，鳴金撤障，弧弩、火、石交作，頃刻迸破七舟，宋師大潰。[74]

---

73 〔元〕蘇天爵編：《國朝文類》，元代史料叢刊編委會主編：《元人文集》上卷（合肥市：黃山書社，2012年），卷41〈經世大典・政典總序・征伐・平宋・崖山拉傾〉，頁1759-1760。

74 〔元〕虞集：〈淮陽獻武王廟堂之碑〉，《道園學古錄》（臺北市：臺灣商務印書館，1983年《景印文淵閣四庫全書》），第1207冊，卷14，頁211。

初六日晨炊蓐食，恒乘早潮退，帥北面海船進攻，酣戰至午，殺傷相當。恒以船深入，千戶林茂躍登南船，千戶曾勝、百戶解清繼之，攻西北角上，眾大潰。俄而晚潮至，恒舟不能駐，僅奪數舟而還。宏（弘）範乘潮生，帥南面海船進攻。世傑摘北面守兵策應，士眾傷殘，俱無鬭志。恒復麾北面海船夾攻，呼聲動天地。水寨表裏受敵。會有仆其檣竿之旗者，諸船風靡，檣旗俱仆。世傑知事去，即抽精銳入中軍自衛。諸船奔潰，招撫翟國秀、團練使劉浚解甲降。貴官士女多腰金赴水自沈，死者數萬人。北舟進擊中軍，戰至晡，海霧四昏，咫尺不辨，風雨大作，海勢退。世傑與殿帥少保蘇劉義、都統張達、尚書蘇景瞻等十九舟斫斷矴石，乘風水之勢決圍東走。[75]

上引史書、碑文、傳記皆以平鋪直敘的方式，客觀而周延地順敘此役交戰的全過程。然而，天祥卻僅選取較為駭人心目的海戰場景，從視覺上摹寫因船戰引致的洪濤、因殺戮導致的血海、因砲火造成的風狂水飛，還馳騁聯想力、以「星落」譬喻箭矢飛射的繁密眾多；從聽覺上摹寫因殺戮引發的悲號聲、因作戰敲出的桴鼓聲、因熱兵器（火炮、石砲）導致的如雷響聲，從而營造出較客觀記錄更加震撼人心的交戰氛圍與場景。再如：不似史料等直言宋軍頃刻間戰敗的結果，而委婉地以映襯（「昨朝南船滿厓海，今朝只有北船在」）、借代（「火德微」，以南方火德之神借指南軍）手法含蓄表達；至於宋軍戰敗的慘狀，亦不採史籍「七日，浮屍出於海十餘萬人」[76]之直書死亡數目方

75 〔宋〕佚名：《昭忠錄》（北京市：北京圖書館出版社，2006年《宋代傳記資料叢刊》），第27冊，〈陸秀夫傳〉，頁71-72。

76 〔元〕脫脫等：《宋史》，卷47〈瀛國公紀〉，頁945。

式，而以海上充斥流屍與渾血之摹寫、人死如麻之比喻、地泣天愁之擬人修辭，極寫我軍犧牲之慘烈與觸目驚心，其震撼人心的臨場效果遠遠超越了前代詩人空泛而片面的書寫。與前人相較，天祥對海洋「毀滅意象」的書寫，堪稱有突破性的進展。

再次，就戰後書寫言，天祥深刻地描寫了自身目睹國人慘遭殺戮的痛苦心境，一如其文所云：「厓山之敗，親所目擊，痛苦酷罰，無以勝堪」（〈南海第七十五・序〉，卷16〈集杜詩〉），而其詩中表情方式有二，一是以淚、血等字眼象徵亡國後心底「泣血」的慷慨悲越與熱血丹心，詩云：

> 北兵去家八千里，椎牛釃酒人人喜。惟有孤臣兩淚垂，冥冥不敢向人啼。（〈二月六日⋯⋯〉，卷14〈指南後錄〉）
>
> 南海春天外，祇應學水仙。自傷遲暮眼，為我一潸然。（〈南海第七十六〉，卷16〈集杜詩〉）
>
> 諸老丹心付流水，孤臣血淚洒南風。（〈哭崖山〉，卷14〈指南後錄〉）
>
> 從今別卻江南日，化作啼鵑帶血歸。（〈金陵驛〉，卷14〈指南後錄〉）
>
> 俛首北去明妃淚，啼血南飛望帝魂。（〈和中齋韻〉，卷14〈指南後錄〉）
>
> 淚如杜宇喉中血，鬚似蘇郎節上旄。（〈覽鏡見鬚髯消落為之流涕〉，卷14〈指南後錄〉）
>
> 江南啼血送殘春，漂泊風沙萬里身。（〈自述二首〉其二，卷14〈指南後錄〉）

修曉波注意到天祥後期詩歌中「血」字出現的次數大量增加，並

指出「這些帶『血』的詩篇凝聚了作者滿腔的英雄遺恨」,[77]報國的心血付諸流水;而楊正典則從熱血闡釋「血」意,這股迸發自丹心的熱血,是天祥詩歌中最集中最突出的象徵,「以奔騰噴迸的激情和洶湧而來的力量,震撼著讀者的心靈」。[78]二者分別掌握了天祥藉「血」表達心血徒耗、熱血仍澎湃的作意,其見解應當合觀;但是,他們仍忽略了天祥詩中的「血」字經常伴隨著「啼」、「淚」出現,更增添因亡國失家而心頭泣血的悲越意緒。另一則是以己身衰老的形象暗示其喪國之痛,詩云:

> 腥浪拍心碎,飆風吹鬢華。一山還一水,無國又無家。(〈南海〉,卷14〈指南後錄〉)
> 三年海嶠擁貔貅,一日蹉跎白盡頭。垓下雌雄羞故老,長安咫尺泣孤囚。(〈戰場〉,卷15〈吟嘯集〉)
> 可憐羝乳煙橫塞,空想鵑啼月掩關。人世流光忽如此,東風吹雪鬢毛斑。(〈正月十三日〉,卷15〈吟嘯集〉)

這場殘酷殺戮在海上所引發的腥膻飆風,使親見國家覆亡的天祥頃刻白頭、鬢毛成雪,其中雖不無誇飾的成分,卻形象地透顯出詩人深層的無奈與憂傷。其中,「一山還一水」、「無國又無家」,以「山」對「水」、「國」對「家」的當句對,在節奏感與對稱美的藝術效果中,加深了作者的跋涉之苦與亡國之痛。

然而,面對這場毀滅性的海上殺戮,除了悲傷泣血的心緒書寫外,詩人還能作何表述?廖肇亨針對海戰詩價值所作的一段論述,頗具啟發性,他說:

---

77 修曉波:《文天祥評傳》(南京市:南京大學出版社,2002年),頁292。
78 楊正典:《文天祥的生平和思想》(濟南市:齊魯書社,1992年),頁322。

海戰詩當然也有抒情寫意的一面，但更重要的是：面對世界，以及他者的態度與姿勢。因此，決不能只是將海戰單純視為山水詩、邊塞詩、詠史詩之其中一類，海戰詩所反映的書寫特質與價值信念皆非其他主題所能涵括。[79]

的確，天祥此類海戰書寫的真正價值，並不在於上述的傷亡悼逝，而在於他身體受到羈縛、無法自主時，精神意志卻能展現出面對他者的強硬姿態，以及對國家民族所持的忠貞信念。詩中，多處可見其戰後這種堅不投敵、捨身報國的姿態與志向，一如其文所云：「時日夕謀蹈海，而防閑不可出矣。失此一死，困苦至於今日，可勝恨哉」（〈南海第七十五·序〉，卷16〈集杜詩〉），而其詩言志方式有二，一是直陳不苟幸生、為國死節的忠義：

> 我生不辰逢百罹，求仁得仁尚何語。一死鴻毛或泰山，之輕之重安所處。……以身狗道不苟生，道在光明照千古。（〈言志〉，卷14〈指南後錄〉）
> 我今戴南冠，何異有北投。不能裂肝腦，直氣摩斗牛。（〈發高郵〉，卷14〈指南後錄〉）

這種寫法的好處是，能讓讀者直接、清楚地理解作者的想法，而為國裂肝腦、以身殉道、求仁得仁，即為詩人目前的唯一企盼；可惜，張弘範等元軍防伺甚嚴，天祥一時還無法得遂其志，及至困囚大都三年後，方得以從容就義、完成心願。另一則是借歷史持節典範以自喻：

---

79 廖肇亨：〈浪裏挑燈看劍：中國海戰詩學之書寫特質與價值信念初探〉，頁307。

平生管鮑成何事，千古夷齊在一時。(〈睡起〉，卷14〈指南後錄〉)

子卿羝羊節，少陵杜鵑心。(〈詠懷〉，卷14〈指南後錄〉)

萬死小臣無足憾，蕩陰誰共侍中遊。(〈戰場〉，卷15〈吟嘯集〉)

悔不當年跳東海，空有魯連心獨在。(〈去年十月九日，余至燕城。今周星不報，為賦長句〉，卷15〈吟嘯集〉)

可憐大流落，白髮魯連翁。每夜瞻南斗，連年坐北風。三生遭際處，一死笑談中。贏得千年在，丹心射碧空。(〈自歎〉，卷15〈吟嘯集〉)

藉由歷史人物形塑自己的心志，可以達致更具體而有深度的美學效果。夷齊采薇而食、義不食周粟的堅持，蘇武北海牧羊、矢志不降匈奴的高節，侍中嵇紹身護惠帝、至死不悔的忠貞，[80]魯仲連不受強敵（秦）屈辱、寧蹈海而死的情操，都是天祥心志的寫照，使得千年以後，吾人彷彿仍能見其熠熠朗照的丹心與志節。其中「贏得千年在，丹心射碧空」二句，更具體落實其「心容萬象」[81]的意象理論，以超越時間、空間的宇宙意識，以及不受身觀局限的馳騁想像，將其丹心推擴至極久、極廣，給予讀者極大的審美滿足。

此外，關於是役宋軍慘遭殺戮、頃刻敗亡的原因，天祥詩（含詩序）亦有深刻的反省，展現出對國事念茲在茲的忠貞信念。他指出近

---

80 〔唐〕房喬等：《晉書》（臺北市：鼎文書局，1995年），卷89〈忠義傳‧嵇紹〉，頁2300。

81 文天祥云：「以一室容一身，以一心容萬象。所為容如此，此詩之所以為詩也」、「是百世之上，六合之外，無能出於尋丈之間也」(〈孫容菴甲藁序〉，卷9〈序〉)，認為在詩歌創作中，詩人應超越時、空限制，盡情馳騁想像或聯想，使「心」能感受、反映外界客觀的萬事萬物。

因乃將領張世傑指揮的失籌，〈祥興第三十四‧序〉云：「己卯正月十
三日，虜舟直造厓山，世傑不守山門，作一字陣以待之。虜入山門，
作長蛇陣對之。二月六日，虜乘潮進攻，半日而破，死溺者數萬人，
哀哉」（卷16〈集杜詩〉），並針對此錯誤決策提出對治之道云：

> 初，行朝有船千餘艘，內大船極多。張元帥大小船五百，而二
> 百舟失道，久而不至。北人乍登舟，嘔暈執弓矢不支持，又水
> 道生疏，舟工進退失據。使虜初至，行朝乘其未集擊之，蔑不
> 勝矣。行朝依山作一字陣，幫縛不可復動，於是不可以攻人，
> 而專受攻矣。先是，行朝以游舟數出得小捷，他船皆閩浙水
> 手，其心莫不欲南向。若南船摧鋒直前，閩浙水手在北舟中必
> 為變，則有盡殲之理。惜世傑不知合變，專守□法，嗚呼，豈
> 非天哉。（〈祥興第三十六‧序〉，卷16〈集杜詩〉）

認為應認清我方有戰船與人員數量上的優勢，以及閩浙水手心向南方
的心理，準確掌握制敵先機，並嚴守山門以控制入海口；這些議論，
可以見出天祥卓越的軍事見解。至於遠因，則如其詩所云：

> 六龍杳靄知何處，大海茫茫隔煙霧。我欲借劍斬佞臣，黃金橫
> 帶為何人。（〈二月六日……〉，卷14〈指南後錄〉）

天祥直接道出導致宋室覆滅的最大罪人，實為腰纏黃金卻怯戰投敵的
佞臣們。因此，「我欲借劍斬佞臣」，便是詩人對這些權奸小人們表達
譴責與深諷的怒吼。

　　上述書寫，集中而具體地表達了天祥對這場海上殺戮的情志與反
省，鮮明地刻劃出詩人面對大海成為殺戮戰場時的心靈圖像，迥異於

前人普泛式的情感抒發，而展現出具有作者強烈個人特色的書寫特徵，充滿悲壯的情調。值得注意的是，在字頻方面，天祥於海戰的描繪或亡國後的心志表達，尤喜用含數字「一」的詞彙，如：「一死不足道」、「相持一月為鷸蚌」、「一朝天昏風雨惡」、「一死不足道」、「為我一潸然」、「一山還一水」、「一日蹉跎白盡頭」、「一死鴻毛或泰山」、「千古夷齊在一時」、「一死笑談中」，其中又以「一死」出現的次數最多（三次），反映了天祥對於只有一次的生死抉擇的重視態度，一如他在文章中所云：「人生天地間，一死非細事。……吾順苟不虧，吾寧始無愧」（〈贈莆陽卓大著順寧精舍三十韻〉，卷1〈詩〉）、「身為大臣義當死」（〈二月六日……〉，卷14〈指南後錄〉），生時順事進取，死時則安然無愧、惟義是從。

四　結語

　　文天祥，憑其文武兼備的才華、末世孤臣的身分，以及個人特具的民族氣節，其詩歌中的海洋意象，無論是繼承或轉化傳統者，都能突破前人直書海景的窠臼，而改以與海相關的、鮮明而典型的人物、神話或事物為喻，更具體而形象化地勾勒出詩人靈視下的海洋意象與自身形象（個性、面貌、心境）；不僅成功實踐其「比興悠長，意在言外」（〈信雲父・序〉）的詩法主張，更展現出個性化、大格局（由「私憤」提昇至「忠憤」）[82]的情意書寫特徵。

---

82 楊正典指出：在中國文學史上，「憤」是一個重要的優良傳統，從《詩經》已發其端。「憤」，有出自憤世嫉俗的，也有出自遭讒被貶或是懷才不遇的，不少是出於私憤。文天祥國破家亡，孤臣楚囚，他的「憤」與民族的災難、國家的厄運、人民的塗炭，融為一體，這種「哀憤」、「忠憤」、「憂憤」，促使文天祥憤筆憤書，成為文學創作的動力。參《文天祥的生平和思想》，頁261-264。

　　漢至南北朝的詩人，多視海洋為阻隔的空間、奇美的勝地或超越現實的理想世界。對天祥而言，海洋，雖也因海廣濤驚而成為阻隔親友的空間；但他更藉「蘇武」（喻己）、「樊籬」（喻海）描寫一己困處海上的形象，而視大海為阻絕他神州之眺、歸國之望的所在。還有，唐以前詩人面對海洋的浩瀚無窮、鱗介殊品、變幻萬千，總存在著驚嘆、好奇、神祕、恐懼等複雜的心理，較難藉以消憂；但初次泛海的天祥，不僅能暫消國事之憂，還妙用新穎的譬喻（如：水晶盤、龍騰）、明亮多樣的色彩詞、高密度的數字描寫海景，並藉海上「壯景」喻己抗元之高昂鬥志與對抗元戰事之樂觀態度，藉「優美清朗」的海景寄寓對南歸行朝的希望與期待。至於遙遠未知的海上仙鄉，一直是詩人們馳騁想像力，藉以超越現實桎梏、寄託人生理想的境地；天祥更揚棄了唐、宋以來以夢遊仙的書寫程式，而將己身與「精衛」縮合，更能與精衛的悲痛合而為一，投射出一己現實中志未酬的悲憤，以及欲從俘虜轉化為超越形體束縛、死亡恐懼之千年英雄的理想。

　　孕育眾多生命、蘊含無限生機的海洋，有時也被北宋詩人視為重生的搖籃，往往以雨後澄清的海景，結合海風的吹拂，以強調萬物重現生機的生成意象；而矢志南歸行朝的天祥，則將此意象具體化為「南歸的希望」，以「先抑後揚」的對比性結構，並選取磁針石、喜鵲、婁師德、魯仲連、金鰲、羝乳、日出等代表希望或象徵其心志的典型意象，鮮明而具體地記錄下他朝「南歸希望」邁進的歷程與心境，呈顯出雄渾的風格。然而，當暴風突起、掀起滔天巨浪，或海族肆虐、鯨吞鼉作時，大海又成為唐以後詩人眼中毀滅生命的絕望場域；而目睹海上行朝覆滅的天祥，更將此意象聚焦為人與人間相互毀滅的「殺戮戰場」，真實而詳細地描寫殺戮的時地、規模、對象、過程、結果，並藉夷齊、蘇武、嵇紹、魯連等典型以形象化地喻寫戰後一己的亡國之痛、捨身之志與對佞臣的憤怒與諷刺，深刻地展現臨場

感與個性化的書寫特色，充滿著悲壯的情調。

海洋曾經帶給天祥極大的希望（南歸行朝、抗元驅敵），然而，卻因天祥的大意被俘、張世傑的指揮失籌、權奸的專任用事，海洋，終究無法成為他可以馳騁豪情、力圖征服的對象，而只能是讓他傾訴渴望、宣洩煩惱，甚至絕望傷心的所在。

儘管如此，但在南宋岌岌可危的政權中，素有匡世濟國大志的天祥，仍能戮力勤王，「展轉患難，東南跋涉萬餘里」（〈行府之敗第七十四・序〉，卷16〈集杜詩〉），竭力為國盡忠；國亡後，面對戰爭的他者，其身雖無法自主，精神意志卻展現出堅不投敵的強硬姿態，矢志不移，實屬難能可貴。友人鄧光薦曾讚天祥：「雖功業不能以尺寸，而志節照耀乎終古」，[83]的確，不能以成敗論英雄，從其詩中藉海洋所書寫的對南歸行朝的丹心赤忱、對宋室覆亡的心痛絕望、為國家民族犧牲守節的堅定不渝，在在皆可看出天祥特出於傳統海洋詩人的、更大格局的心靈圖景。

---

83 〔宋〕鄧光薦：〈文信國公墓誌銘〉，收入劉文源編：《文天祥研究資料集》（北京市：中國社會科學出版社，1991年），頁175。

主要參考文獻

一　傳統文獻（依時代先後排序）

〔周〕列禦寇撰　〔晉〕張湛注　《列子》　《景印文淵閣四庫全書》　第1055冊　臺北市　臺灣商務書館　1984年

〔漢〕毛亨傳　鄭玄箋　〔唐〕孔穎達等正義　《毛詩正義》　〔清〕阮元校刻　《十三經注疏》　北京市　中華書局　1980年

〔漢〕班　固　《漢書》　臺北市　鼎文書局　1995年

〔晉〕郭璞注　《山海經》　《景印文淵閣四庫全書》　第1042冊　臺北市　臺灣商務印書館　1984年

〔唐〕房喬等　《晉書》　臺北市　鼎文書局　1995年

〔宋〕歐陽脩　《新唐書》　臺北市　鼎文書局　1994年

〔宋〕蘇軾撰　〔清〕王文誥輯註　孔凡禮點校　《蘇軾詩集》　北京市　中華書局　1999年

〔宋〕陸游撰　錢仲聯校注　《劍南詩稿校注》　上海市　上海古籍出版社　1985年

〔宋〕文天祥　《文文山全集》　臺北市　世界書局　1956年

〔宋〕佚　名　《昭忠錄》　《宋代傳記資料叢刊》　第27冊　北京市　北京圖書館出版社　2006年

〔元〕脫脫等　《宋史》　臺北市　鼎文書局　1994年

〔元〕張　憲　《玉笥集》　《叢書集成初編》　上海市　上海商務印書館　1935年

〔元〕蘇天爵編　《國朝文類》　元代史料叢刊編委會主編　《元人文集》上卷　合肥市　黃山書社　2012年

〔元〕虞　集　《道園學古錄》　《景印文淵閣四庫全書》　第1207
　　　冊　臺北市　臺灣商務印書館　1983年

〔明〕宋　濂　《元史》　臺北市　鼎文書局　1980年

〔清〕清聖祖敕編　《全唐詩》　上海市　上海古籍出版社　1986年

〔清〕王先謙　《莊子集解》　《新編諸子集成》　第4冊　臺北市
　　　世界書局　1983年

〔清〕王夫之　《薑齋詩話》　王夫之等　《清詩話》　臺北市　西
　　　南書局　1979年

〔清〕陳祚明評選　李金松點校　《采菽堂古詩選》　《續修四庫全
　　　書》　第1591冊　上海市　上海古籍出版社　2002年

逯欽立編　《先秦漢魏晉南北朝詩》　北京市　中華書局　1983年

北京大學古文獻研究所編　《全宋詩》　北京市　北京大學出版社
　　　1993年

〔日〕瀧川龜太郎　《史記會注考證》　臺北市　洪氏出版社　1982年

二　近人論著（依作者姓氏筆畫排序）

王　立　〈中國古代文學的遊仙主題〉　《中國古代文學十大主題》
　　　臺北市　文史哲出版社　1994年　頁201-228

王　立　〈海意象與中西方民族文化精神略論〉　《大連理工大學學
　　　報（社會科學版）》　21卷4期　2000年12月　頁60-64

王孝廉　《中原民族的神話與信仰──中國的神話世界・下編》　臺
　　　北市　時報文化公司　1992年

朱洪玉　〈從游仙詩看山水詩的發展過程〉　《湖北成人教育學院學
　　　報》　17卷2期　2011年3月　頁83-84

伍蠡甫等編　《西方文論選》　上海市　上海譯文出版社　1986年

吳智雄　〈試論先秦文學中的海洋書寫〉　《海洋文化學刊》　2009
　　　　年6期　2009年6月　頁31-58

李劍亮　〈中國古典詩賦中的「海」意象〉　《浙江海洋學院學報》
　　　　16卷3期　1999年9月　頁21-25

汪漢利　〈從神話看先民的海洋認知〉　《浙江海洋學院學報（人
　　　　文科學版）》　27卷1期　2010年3月　頁6-9

周振甫　《詩詞例話》　北京市　中國青年出版社　2006年

俞兆鵬、俞暉　《文天祥研究》　北京市　人民出版社　2008年

修曉波　《文天祥評傳》　南京市　南京大學出版社　2002年

徐鴻儒　《中國海洋學史》　濟南市　山東教育出版社　2005年

張來芳　〈宏衍巨麗　嚴峻剴切──文天祥詩歌美學價值抉微〉
　　　　《南昌大學學報（社會科學版）》　25卷2期　1994年6月
　　　　頁75-78

張高評　〈海洋詩賦與海洋性格──明末清初之臺灣文學〉　《臺灣
　　　　學研究》　第5期　2008年6月　頁1-15

張振謙　〈試論北宋文人游仙詩〉　《蘭州學刊》　2010年6期
　　　　2010年6月　頁167-169

陳文新　《六朝小說》　北京市　文化藝術出版社　1997年

陳望道　《美學概論》　《陳望道文集》　第2卷　上海市　上海人
　　　　民出版社　1980年

陳鵬翔　〈從神話的觀點看現代詩〉　《主題學理論與實踐──抽象
　　　　與想像力的衍化》　臺北市　萬卷樓圖書公司　2001年　頁
　　　　73-96

黃永武　《中國詩學・設計篇》　臺北市　巨流圖書公司　1999年

楊正典　《文天祥的生平和思想》　濟南市　齊魯書社　1992年

廖明君　〈生命的渴望與理想——李賀游仙詩論〉　《暨南學報》
　　　　15卷4期　1993年10月　頁112-118

廖肇亨　〈浪裏挑燈看劍：中國海戰詩學之書寫特質與價值信念初
　　　　探〉　復旦大學中國古代文學研究中心編　《中國文學研
　　　　究》　第11輯　北京市　中國文聯出版社　2008年　頁285-
　　　　314

鄧碧清譯注　《文天祥詩文》　臺北市　錦繡出版公司　1993年

劉文源編　《文天祥研究資料集》　北京市　中國社會科學出版社
　　　　1991年

〔日〕吉川幸次郎著　鄭清茂譯　《宋詩概說》　臺北市　聯經出版
　　　　公司　2012年

〔美〕René Wellek 1973. *Concepts of Criticism*. New Haven: Yale
　　　　University Press.

後記

　　臺灣是個海島，被海洋環擁著。但是，臺灣大部分的居民，對海卻是陌生的；學界亦然。若非來到海洋大學任教，我，亦是如此。

　　來海大任教，轉眼之間，十個年頭就如此輕易地從指間流逝；但是，一些宋代詩人對於海洋的記憶，我卻努力地嘗試用電腦鍵盤將之強行留住……

　　迴異於唐以前大部分詩人的畏海、懼海，宋代與海有緣的詩人們多是愛海、戀海的，且多能從海汲取人生的智慧，譬如蘇軾貶謫海南島時，將環島四周的海想像成無窮無盡的宇宙，從而引發萬物如「稊米」般地微不足道的哲思，遂在瀕臨絕境時得以超脫現實的桎梏，盡情享受島上浩然的天風與「千山動鱗甲，萬谷酣笙鐘」的美妙天籟；又如文天祥輾轉鯨波、數瀕死境地自海道南歸行朝之際，將孕育眾多生命、蘊含無限生機的海洋視為其重生的搖籃、南歸的希望。最特別的是陸游，他罷退濱海的家鄉逾三十年，海洋，不僅僅只是他失意時精神的慰藉、政治受挫時宣洩煩惱的窗口與寄託生命理想的所在，更是他意欲征服的對象，藉以展現其意欲消滅強敵金人的愛國豪情，在詩歌的海洋書寫史中別具意義。研究宋詩的海洋書寫，開啟了我生命的另一扇出口，也提昇了我生命的格局。

　　期盼這本書是一個美好的開端，未來十年、二十年，願我還能掘

出更多詩人關於海洋的種種印象，元、明、清，乃至現代……，以開
啟我生命更多元、更豐盈的道路。

顏智英

二〇一七年六月二日於海洋大學

出處一覽

一、〈北宋詩海洋書寫之主題探析〉,「第三屆語文教育暨第九屆辭章章法學學術研討會」,國立臺灣師範大學國文學系、中國語文學會、中華民國章法學會主辦,地點:國立臺灣師範大學文學院,2014.10.25。(計畫編號:MOST 104-2410-H-019-020)

二、〈南宋詩海洋書寫之主題探析——以「藉海抒懷」、「特寫海景」二主題為例〉,「第五屆語文教育暨第十一屆辭章章法學學術研討會」,主辦:中華民國章法學會、海大海洋文創設計產業系,地點:臺北市立教育大學,2016.11.5。(計畫編號:MOST 104-2410-H-019-020)

三、〈南宋詩海洋書寫之主題探析——以「海民關懷」、「海洋貿易」、「海洋生活」為例〉,「2016兩岸海洋文化交流研討會」,主辦:上海海洋大學海洋文化研究中心、國立臺灣海洋大學海洋文化研究所,地點:上海海洋大學海洋文化研究中心,2016.06.7-11(計畫編號:MOST 104-2410-H-019-020)

四、〈論蘇軾海南詩詞中的「海」意象〉,《海洋文化學刊》,第8期,2010.06,頁1-29。

五、〈論陸游詩的泛海書寫〉,收錄於劉石吉、張錦忠、王儀君、楊雅惠、陳美淑等編,《旅遊文學與地景書寫》(高雄:國立中山大學人文研究中心,2013.07),頁71-94。(計畫編號:NSC 101-2410-H-019-012)

六、〈論陸游詩的泛海想像〉，《海南師範大學學報（社會科學版）》，
　　2016年第4期（總166期），2016.04，頁73-84。（計畫編號：
　　MOST 104-2420-H-019-020）

七、〈中國古典宋詩中的海洋美學——以陸游詩為例〉，「第四屆海峽
　　兩岸海洋海事大學藍海策略校長論壇暨海洋教育、科技與文化研
　　討會」，主辦：國立中山大學，地點：國立中山大學圖資大樓11
　　樓國際會議廳，2013.10.21。（計畫編號：NSC 101-2410-H-019-
　　012）

八、〈一山還一水，無國又無家：文天祥海洋詩歌文化意涵探析〉，
　　《漢學研究》，第34卷第3期，2016.09，頁285-318。（計畫編號：
　　NSC 102-2410-H-019-022、MOST 103-2410-H-019-015）

文學研究叢書・古典詩學叢刊 0804017

宋詩海洋書寫研究

作　　　者	顏智英	
責任編輯	翁承佑	
特約校稿	林秋芬	

發 行 人	陳滿銘
總 經 理	梁錦興
總 編 輯	陳滿銘
副總編輯	張晏瑞
編 輯 所	萬卷樓圖書股份有限公司
排 　 版	林曉敏
印 　 刷	百通科技股份有限公司
封面設計	斐類設計工作室

發　　　行　萬卷樓圖書股份有限公司
　　　　　臺北市羅斯福路二段 41 號 6 樓之 3
　　　　　電話 (02)23216565
　　　　　傳真 (02)23218698
　　　　　電郵 SERVICE@WANJUAN.COM.TW
大陸經銷　廈門外圖臺灣書店有限公司
　　　　　電郵 JKB188@188.COM
香港經銷　香港聯合書刊物流有限公司
　　　　　電話 (852)21502100
　　　　　傳真 (852)23560735

ISBN 978-986-478-097-6
2017 年 10 月初版一刷
定價：新臺幣 480 元

如何購買本書：

1. 劃撥購書，請透過以下郵政劃撥帳號：
　　帳號：15624015
　　戶名：萬卷樓圖書股份有限公司
2. 轉帳購書，請透過以下帳戶
　　合作金庫銀行 古亭分行
　　戶名：萬卷樓圖書股份有限公司
　　帳號：0877717092596
3. 網路購書，請透過萬卷樓網站
　　網址 WWW.WANJUAN.COM.TW

大量購書，請直接聯繫我們，將有專人為
您服務。客服：(02)23216565 分機 10

如有缺頁、破損或裝訂錯誤，請寄回更換
版權所有・翻印必究
Copyright©2017 by WanJuanLou Books CO., Ltd.
All Right Reserved　　　　　**Printed in Taiwan**

國家圖書館出版品預行編目資料

宋詩海洋書寫研究 / 顏智英著. -- 初版. –
臺北市 ： 萬卷樓, 2017.10
　面 ；　公分
ISBN 978-986-478-097-6(平裝)

1.宋詩 2.詩評

820.9105　　　　　　　　　　　　106009828